KB110132

사주학과
궁합의 비밀

사주학과 궁합의 비밀

발행일   2021년 12월 30일

지은이   이세민
펴낸이   손형국
펴낸곳   (주)북랩
편집인   선일영   편집   정두철, 배진용, 김현아, 박준, 장하영
디자인   이현수, 한수희, 허지혜, 안유경   제작   박기성, 황동현, 구성우, 권태련
마케팅   김회란, 박진관
출판등록   2004. 12. 1(제2012-000051호)
주소   서울특별시 금천구 가산디지털 1로 168, 우림라이온스밸리 B동 B113~114호, C동 B101호
홈페이지   www.book.co.kr
전화번호   (02)2026-5777   팩스   (02)2026-5747

ISBN   979-11-6836-088-4 03810 (종이책)   979-11-6836-089-1 05810 (전자책)

(주)북랩 성공출판의 파트너

북랩 홈페이지와 패밀리 사이트에서 다양한 출판 솔루션을 만나 보세요!

홈페이지 book.co.kr   •   **블로그** blog.naver.com/essaybook   •   **출판문의** book@book.co.kr

작가 연락처 문의 ▸ ask.book.co.kr

작가 연락처는 개인정보이므로 북랩에서 알려드릴 수 없습니다.

정치의 음과 양 소통의 궁합 그리고 사주학과 관상으로
볼 수도 만질 수도 없는 마음 엿보기

사주학과
궁합의 비밀

이세민 지음

북랩 book Lab

머리말

우리는 자신의 의지와 상관없이 부모의 의지로 이 세상에 태어나 세상의 흐름에 휩쓸려 살다가 어디로 가는지도 모른 채 이 세상을 떠나갑니다. 그리고 수의엔 주머니가 없습니다. 빈손으로 와서 빈손으로 가지요. 따라서 죽음은 누구에게나 평등한 것입니다. 그리고 생전에 내 삶의 모든 정보가 들어있는 것이 사주명리학입니다.

사주명리학은 지나온 과거 흔적과 미래를 예측하는 학문이 됩니다. 따라서 명리가가 예측하고 대안과 방책을 제시하려면 이 학문에 대한 깊은 이해와 많은 임상실험을 통해야 합니다. 경우에 따라서 내담자의 인생진로가 수정될 만큼 중요합니다. 함부로 운명을 논하거나 제시하면 절대 안 되는 것입니다. 이론 부분은 유튜브에서 강의하는 '다이어트 사주학'에서 논했던 가장 중요한 부분만 소개합니다.

또한 정치에 깊은 식견은 없지만 보수적 입장에서 비판한 것도 나만이 옳다고 주장하기보다는 음과 양의 시각으로 조명하시길 부탁드립니다. 여와 야, 진보와 보수가 궁합이 맞아야 제대로 된 국가이지요. 평범한 민초 생각으로 조명해 본 것입니다. 한쪽만 존재할 수 없지요. 대립하고 공존하지요. 예를 들면 여성이 없는 세계는 존재할 수가 없습니다.

한 갑자! 어느새 이순이 넘은 나이가 되었습니다. 인생은 아침 이슬과 같다 했던가요. 25년 전에 이 학문과 인연 맺은 지가 엊그제 같은데 벌써 강산이 두 번 변했군요. 바른 대안과 방책을 제시했는지 깊은 고민을 해 봅니다. 사술을 쓴다던지 두루뭉실 상담하면 그 '업' 또한 나한테 반드시 돌아오는 부메랑임을 기억하고 정돈된 품행으로 바르게 정리하서서 대명리사상가가 되시길 기원합니다.

차례

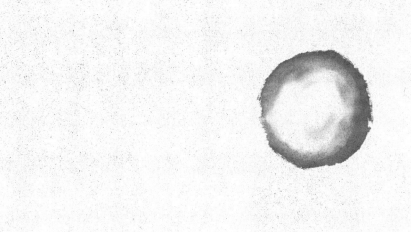

1. 사주명리학의 개요

나의 소신은 인생의 갈림길이나 터닝 포인트에서 어느 길을 택할 것인지는 그 사람의 팔자와 '업'이 결정하는 것 같습니다. 따라서 사주를 전생 성적표라 하기도 합니다. 개인적으로는 윤회를 분명히 믿기에 '업' 또한 믿습니다. 우리가 소박하고 평범한 삶을 지향하면 미래에 대한 두려움도 적어집니다. 삶이 무질서한 경우는 남과 비교하고 위와 앞만 보고 살아왔기 때문입니다. 잘살아 보겠다고 발버둥친 길이 몸과 마음을 망가뜨린 길이라는 걸 깨닫는 데는 오랜 시간이 걸리는 법입니다. 지나친 욕심은 화를 부르는 법입니다. 이럴 때 명리가의 조언이 필요한 것입니다. 제대로 된 방향을 제시하고 그대의 그릇은 이 정도이고 대운이 흘러가는 상황 분석하여 분수에 맞게 삶을 운전하라고 조언하는 것입니다.

내담자의 운이 나쁠 때는 듣지 않으니 몇 번이고 강조해야 합니다. 사기를 당할 때 그 사람이 무능무식해서 당하는 것이 아닙니다. 따라서 사주명리학은 바르고 행복한 길을 안내하는 인생 상담자 역할과 차의 핸들 역할을 하는 것입니다. 주식시세 예측하는 애널리스트들도 다 맞느냐 하면 그렇지 않습니다. 우리가 "운명"이라 하는 단어 의미도 주어진 요소를 운전한다는 의미이고 그 해답을 구하고자 하는 학문이 사주명리학입니다. 따라서 주어진 운명을 어떻게 운전할까 고민하고 그 해법을 찾아가는 것입니다.

동양학의 세 분야는 사주명리학, 한의학, 풍수이고 사주명리학은 과거시험 중 잡과에 해당하는 전문 기술직에 해당하였습니다. 조용헌은 명리학을 불법체류자로 묘사하였는데 그 의미는 정해진 수학공식 같은 이론이 없고 혹세무민하는 일부 명리가들이 문제 있지 않나 생각합니다. 우리의 경제는 눈부시게 성장하였지만 정신적으로는 언밸런스 성장이 삶의 고통 이유로 봅니다. 따라서 마음이 병들고 삶이 힘들 때 의사에게 가서 진단하듯이 명리가 여러분도 명쾌히 결론 내리셔야 합니다. 현대인은 거의 기계처럼 조직에 의해 움직여 나간다고 보시면 됩니다. 즉, 빨리빨리의 냄비근성과 돈이 제2의 심장이다 보니 속도주의와 물질주의에 함몰되어 노예로 살아가는 것입니다. 그런 과정에서 살다보면 절박하게 도움이 필요할 때가 오기 마련입니다. 고비 없는 인생은 없는 것입니다.

나의 상담경험상 가진 자와 지도급 인사 그리고 쓰리고에 피박 맞아 쓰러지기 직전 사람들이 많이 보입니다. 직장인 경우는 승진 문제나 전업문제 외에는 많지 않습니다. 사주명리학은 운명의 이치를 분석하여 대안과 방책을 제시하는 심오한 학문이자 음양오행으로 인간의 본성을 탐구하는 학문입니다. 즉, 분수를 알고 분수껏 살아라, 다시 말해 너 자신을 알라는 의미입니다.

일본에서는 운명을 추리한다 하여 추명학, 대만에서는 운명을 계산한다 하여 산명학, 우리는 운명의 이치를 분석한다 하여 명리학이라고 합니다. 수학처럼 통일된 이론이 없고 스승 따라 해석 차이와 비중 두는 이론도 조금씩 차이가 있습니다. 공자는 인생사 이미 정해져 있는데 사람들은 그것도 모르고 우왕좌왕 방황한다고 했지만 본인도 책이 닳도록 주역을 놓지 않았다 합니다. 성현도 가까이 할 만큼 이 학문은 깊고 오묘한 것입니다.

나의 생각은 운명은 결정되어 있지 않기에 명리가의 조언과 방향 제시는 매우 중요하다고 생각합니다. 운명이란 본인이 운전해 가는 것이기에 주변의 조언이 중요한 것이고 숙명은 태어나면서 정해진 것이기에 바꿀 수 없는 것입니다. 우리가 의지대로 부모자식을 바꿀 수 없는 것이 숙명입니다.

이 학문도 사업처럼 타이밍의 때를 잘 만나고 스승을 잘 만나야 합니다. 명리가는 단 일격으로 상대에게 해결방법을 제시하는 고수가 되어야 합니다. 나의 스승은 고해정 선생님입니다. 사단법인 "동양사상연구회" 회장과 원광대에서 명리학 강의하시는 걸로 알고 있습니다. 품행이 정돈되고 깔끔하며 핵심정리가 분명한 명강의입니다. 다른 학문도 마찬가지겠지만 특히 이 학문은 스승을 잘 만나야 합니다. 이 책 저 책, 이 강의 저 강의 듣다보면 혼란과 혼동이 옵니다. 한 강사의 강의를 숙지한 후 기준이 확실히 정립되었을 때 다른 사람 강의를 들어야 효과가 있습니다. 부산 지역 총무일 맡아 분주했던 그 시절 이 벌써 20년이 넘었습니다. 내가 가장 힘든 시절이었네요.

유튜브에서 내가 강의하는 "다이어트 사주학"은 스승에게서 배운 그대로이고 그동안 감정 통해 터득한 몇 가지 가미한 정도입니다. 스승의 교재를 흉내 낸 나의 무례를 용서하시리라 믿습니다. 다시 한번 명강의에 감사드립니다.

사주는 주제 파악 즉, 나(일간)의 그릇과 한계를 대운분석과 함께 제시해 주고 과욕과 지나친 욕망을 조절하고 컨트롤해 주어야 합니다. 예를 들어 인성은 있는데 식신이나 상관이 없으면 받을 줄만 알고 베풀 줄 모르는 변비현상이 오고 주변에 사람이 없는 것이지요. 그런 내담자에게는 세상은 뿌린 대로 거두는 것이며 뿌리지 않으면 싹이 나오지 않는다는 즉, 공짜는 절대 이 세상에 없다는 것을 상기시켜야 합니다. 또한 자녀문제로 상담 오는 내담자에게는 자식을 통해 내 모습을 깨달아야 한다고 말해줍니다. 자식을 통해 자신의 모습을 보게 하는 것입니다. 자식은 나의 흔적이고 카르마까지 유전되는 것이고 나의 그림자인 것입니다.

명리가는 충분한 임상과 확고한 기준 명쾌한 정리가 필요합니다. 행운과 불운을 만났을 때 삶의 대처 방법과 방향 따라 운명은 엇갈리지요. 타이밍이 사주학의 핵심이라 생각합니다. 하수는 바둥거리고 방황하지만 고수는 때를 기다릴 줄 아는데 이 타이밍은 우리 명리가들이 조언해 주어야 합니다. 또한 위기와 기회는 같이 오는 것을 적극 강조하여 용기를 주어야 합니다.

몇 만 원에 사술이나 쓰고 죽음 논하면 절대 안 됩니다. 죽음은 하늘의 뜻입니다. 분명치 않은 대안 제시는 상대도 나도 망하는 길이고 그 업은 고스란히 나에게 오게 됩니다. 그리고 현대인들은 정신과 치료받아야 할 분들이 대단히 많습니다. 나도 병원코디네이터 자격증이 있고 짧은 병원 근무도 해 보았지만 옛날 우리 어머니들의 화병 치료는 정신과에서는 불가능하다고 봅니다. 의사분들이 들으면 화내겠지만 신경전달물질이나 이완제 정도 처방 아닐까 생각합니다.

거기에 심리치료까지 하면 효과가 극대화하지 않을까요. 마음병은 마음으로 고쳐야 할 것 같습니다. 부정적 정서를 긍정적 정서로 앵커링시키는 최면 NLP 요법이나 관점 바꾸기 통한 마음 변화 말입니다. 최근 정신과 김영우 박사가 이 분야에 열성적이신 걸로 아는데 최면가로서 아주 바람직하지 않나 생각합니다. 정신의학과 마음까지 치유하니까요. 병원치료로 안 되는 경우를 너무 많이 보았습니다.

불교의 팔만대장경을 한 단어로 하면 "일체유심조"이고 한 글자로 표현하면 마음="심(心)"이라면 나의 오만한 생각일까요. 마음병의 치유는 마음 바꾸기에 있고 실제로 최면 통해 많이 치유한 일이 있습니다. 나와 갑장인 레드썬 김영국 교수는 최면을 마음을 바꾸는 과학이라고 설명하였고 설기문 교수의 NLP 교육도 정서 즉 의념 바꾸기입니다. 또한 전생 상담의 핵심도 찾아가는 의식변화라고 임재형 박사는 강조합니다. 세 분 모두 나의 최면 스승이지요.

사주명리학에서 최면이 어떠니, 마음이 어떠니 하냐고 하실지 모르나 내려놓고 비우면 행복이 오는 것이고 그것은 내담자에게 아무리 강조해도 지나침이 없습니다. 사주상담이란 결국 내담자에게 희망을 갖게 하고 심리적 안정이 무엇보다 중요합니다. 자, 예를 들어 대운이 엄청난 불운으로 흐른 내담자가 왔을 때 그대로 명리가가 설명하실 수는 없습니다.

나의 경우는 첫 번째가 건강이고 나보다 훨씬 낮은 계층부터 대비하면서 아래를 보게 합니다. 노숙자, 불구자…. 그리고 소규모 장사를 권합니다. 망해 봤자 소액손해 보는 업종 말입니다. 그리고 통계에 의하면 노숙자 중에 농업에 종사한 사람은 거의 없습니다. 길에서 방황할 이유가 없지요. 그리고 시골에서 욕심 안 부리면 굶을 이유도 없습니다. 의외로 고학력자들이 많습니다. 세상 등질 정도로 상처 안고 있는 사람들입니다.

그리고 부탁드리고 싶은 것은 운이 하강하는 사람 가족이 오면 절대 도우지 말라고 권합니다. 바닥치고 올라올 때 도와주는 것이 올바른 도움이 됩니다. 그리고 동업 시 필히 상대방 사주와 궁합 크로스 체크가 필요합니다. 한쪽 운이 하강 시 동업은 추락하는 것입니다.

조선시대 왕실로 가볼까요. 왕자와 공주의 합궁일과 합궁시간을 명리학자가 잡아준 날 경건하게 결합했다고 합니다. 뒤에 설명할 인풋과도 연결됩니다. 정자와 난자의 만남, 즉 부정과 모정이 만나는 인풋이 합궁시간입니다. 이 시간에 태교 못지않게 중요하다고 인풋과 아웃풋에서 설명드립니다. 그리고 출산 수술시간 상담 시 새벽 시간이나 밤늦은 시간은 힘들어 문제지요. 병원의 의료진도 휴식 취해야 하지요. 시간은 노후를 의미하고 수명이 늘어난 지금은 택일 시 가장 아쉬운 부분이 됩니다. 앞서 설명한 왕실의 대소사에 관여할 수밖에 없는 명리가의 위상은 후계자 선정 과정에도 관여할 정도로 높았고 권력암투의 중심에 서는 위험한 상황도 감수해야 했던 것입니다.

삼성 이병철 회장도 사주명리학을 각종 인사나 신규 사업에 활용할 정도로 신뢰했고 당대의 신화인 박제산 명리가에게 작은 건물을 사주었다고 전해집니다. 삼성에 배신자가 유난히 적은 것도 참고할 부분이고 몸담았다가 나온 삼성맨은 어디 가서도 빛을 발하는 관리의 로드맵입니다. 박제산 명리가가 누구인가요. 박통 당번병으로 사병과 소장이 인연 맺어 권부핵심 사항을 요리한 명리학계의 신화 아닌가 생각됩니다. 나의 삼종 숙부께서도 삼성그룹에 관상 부분에 참여하신 걸로 아는데 지금은 작고하여서 아쉽네요. 비하인드 스토리를 들어봤으면 이 책에 소개할 텐데 말입니다.

아무튼 이 회장은 눈에 보이는 직관력과 보이지 않은 영적인 기운을 중시하는 즉, 이판과 사판을 크로스 체크하는 사람이었다고 생각합니다. 삼성그룹이 하늘에서 거저 떨어진 그룹이 아닌 것입니다. 이 회장이 반도체 시작할 때가 73세였지요. 나이는 숫자에 불과한 것입니다. 김형석 교수도 100세에 《조선일보》에 수필연재하고 계십니다. 대단하신 분이고 얼굴이 상당히 맑습니다. 그만큼 내면 정화가 잘 이루어진 것이지요. 삶에 찌든 얼굴이 아니지요.

　그리고 운이란 준비해야 할 미래이고 행운과 불운을 만났을 때 어떻게 대처하느냐에 따라 엇갈리는 것입니다. 위기를 기회로 하는 자와 좌절하여 넘어가는 자로 구분되는 것입니다. "명"은 정해진 것이고 타고난 것이라면 "운"은 변화하는 것, 후천적인 것입니다. 합쳐서 운명이라고 합니다. 따라서 운명이란 타이밍과 방향을 결정합니다.

　또한 사주명리학도 시대 따라 다른 해석이 필요합니다. 옛날 농경시대에는 공직이 최고여서 관성을 중시하였지만 현대는 재성상태도 중요하고 상관도 식신 못지않게 중요합니다. 특히 도화살이나 역마살도 재조명되어야 합니다. 역마살도 상업이 천민에 속할 때 이야기지, 지금은 비행기 많이 타는 직업이 외교관이나 무역업 등 고급 직업군이고 운수업도 있지요. 그리고 대통령들에게 유난히 많은 것이 역마살입니다. 혁명이나 변화가 심한 풍운아 성질도 있다고 생각됩니다. 그리고 도화살은 섹시함이지, 화류계가 아님을 유의해야 합니다.

　사주명리학은 미신이 아니라 학문입니다. 조선시대에는 과거시험 잡과가 속한 전문직이었고, 첨단기기가 생활을 지배하는 이 시대에도 가장 인기 있는 테마 중 하나가 운세 진단입니다. 누구나 미래가 궁금하고 불안한 현대의 삶이지요. 상담가의 위로가 최면과 유사한 플라시보 효과도 있습니다. 즉, 가짜 약도 효과 있는 심리적 위약 효과도 있는 것이죠. 또한 한의사분들도 음양오행 공부하면 집맥 없이 사주 보고 처방합니다.

큰 병은 사주팔자에 나타나니 공부를 깊게 하셔야 할 부분입니다. 나는 상담 시 맨 먼저 건강부터 설명하는데 거의 적중합니다. 오만함이 아니라 한의학 기초이고 특히 없는 오행과 강한 오행이 극하는 오행은 적중률이 꽤 높지요. 그리고 작은 병은 관리 소홀이며 대운이 흉운으로 흐를 때 명리가는 건강을 유심히 봐야 합니다. 특히 신약사주 경우 편관운을 참고하세요. 시기는 노년이겠지요. 요즈음은 가진 자가 더 많이 상담합니다. 돈의 위력을 알기에 지켜야 하는 것입니다.

자신이 예언한 그 날짜, 그 시간에 저승 간 박재완 명리가와 성철스님처럼 자연의 변화와 음양오행의 오묘함을 통해 대명리사상가가 되시길 기원합니다.

2. 음과 양

　음의 기운이 팽창하면 양의 기운이 생겨나기 시작합니다. 한겨울이 지나면 봄이 가까이 와 있다는 것이죠. 동트기 전 새벽이 가장 어둡지요. 그래서 추락의 끝은 회복의 시작이기도 하지요. 돌고 또 돌지요. 그것이 인생사입니다. 음양과 오행의 기운과 성격을 충분히 이해하신다면 명리학의 대부분을 소화한 것이 됩니다. 음과 양은 끊임없이 변화하는 것이 음양의 핵심입니다. 바꾸어 말하면 음양은 분리된 것이 아니고 언제나 함께 한다는 의미죠. 낮이 다하면 밤이 오고 밤이 다하면 또 다시 낮이 찾아오는 것입니다. 야당이 있으면 여당이 있고 해가 있으면 달이 있습니다. 왜 양음이 아니고 음양일까. 그것은 시작은 음이기 때문입니다. 우리가 장례일 정할 때 짝수는 패일이라 하여 쓰지 않고 길 의미의 홀수를 씁니다. 그래서 1, 3, 5, 7, 9를 쓰죠. 또한 우리나라 국경일 중 짝수는 없습니다. 5월 8일은 원래 어머니날이었고 6월 6일은 선열 추모일입니다. 돌아가신 나의 가친 장례일은 15일장을 했는데 중간에 구정도 있었고 진주향교 전교를 지내서서 성균관에서 장례일을 정한 것으로 알고 있습니다.

음양의 특징을 논하자면 음은 내성적이고 양은 외향적입니다. 또한 음기운은 깊은 생각을 하는 사고지향적이고 양은 활동지향적입니다. 겨울에 태어난 사람은 대체로 차분합니다. 우리가 월지 조후를 중시하는 이유가 됩니다. 그리고 음양에는 남녀궁합도 속해있는데 어느 한쪽만 있으면 죽음이죠. 궁합은 보완이기 때문입니다.

지금 정치판이 다수당의 오만으로 가면 붕괴되기 충분합니다. 이번 서울 부산시장 선거에 징후가 보였지요. 정권 초기에 지르박과 블루스 추다가 지지율 떨어지니까 코로나 정국을 고묘히 배합하여 넘어갑니다. 음과 양은 이기고 지는 것이 없고 서로 의지하는 데 이건 정상이 아니라 비정상입니다. 협치한다고 포장하고 협박정치 합니다. 북이 우리 국민을 바비큐 해도 어물쩍 넘어갑니다. 군인들은 정치화되고 김관진 같은 참군인은 보기 어렵습니다. 군인이 여성처럼 부드러우면 이미 음양공존은 없습니다. 대기업도 한쪽은 추진력 강한 임원과 다른 쪽은 제어하는 기능 가진 임원을 고용하여 추진과 균형으로 음양배합을 합니다. 아우토반의 무한질주만이 능사가 아닌 것입니다. 속도와 제어를 적절히 해야 탈선하지 않는 것이지요.

작명에도 가운데 주음의 경우 여자는 홀수 피하는 이론도 있는 것입니다. 여성의 주음은 "음"인 짝수를 써야 한다는 의미이지요. 음양이란 대립과 공존을 하는 단계입니다. 한쪽만 존재하면 파멸 즉, 죽음입니다. 여자가 없다고 생각해 보시면 됩니다. 또한 낮만 존재한다면 이 땅은 사막화되겠지요. 밤을 통해 휴식과 충전을 하는 것입니다. 진보와 보수도 음과 양인데 지금 여야관계는 공존은 없고 한쪽이 죽어야 끝나는 치킨게임 같아 보입니다. 내가 전부 옳은 것 아니지요. 오직 나 관점이지요.

그러면 오행은 어떻게 설명될까요. 봄과 여름은 발산기운이 강하기에 양이고 가을과 겨울은 응축기운이 강하기에 음이죠. 대체로 여성은 음이기에 봄을 선호합니다. 봄에 꽃이 피어납니다. 그래서 화장품 매출이 봄에 최고로 높다고 합니다. 화장은 유혹 아닌가요. 꽃이 예뻐야 벌도 찾아오지 않을까 생각합니다. 남자는 양이기에 가을을 선호합니다. 봄은 목, 여름은 화, 가을은 금, 겨울은 수에 해당하고 토는 환절기에 해당하여 중화기운이고 완충기운입니다.

오행의 첫 번째 기운은 목(木)입니다. 봄에 해당하고 꿈과 희망 의미의 소년기이며 하늘 향해 이상 추구 하듯이 올라갑니다. 성장과 호기심 그리고 어진 마음을 상징합니다. 그다음은 화(火)인데 여름이 연상되고 청년의 힘이자 열정입니다. 투박한 경상도가 해당합니다. 보수의 중심 대구는 유난히 덥고 분지지형이고, 큰불이 많이 나고 지하철도 화재가 발생하고 찌는 듯한 더위입니다. 부마항쟁 등 정부에 대항하는 큰 사건들이 경상도 주축이 상당히 많습니다. 4·19 혁명 시작이 대구였지요. 그다음은 토(土)입니다. 중간 관리자이며 중화의 기운입니다. 충청도가 해당하며 때로 캐스팅보트 역할도 합니다. DJ도 JP와 연합하여 정권을 창출했습니다.

그다음은 금(金)이죠 50세 장년에 해당하고 가을을 상징합니다. 의리와 신용을 중시하고 하늘의 뜻을 알 나이 즉, 지천명입니다. 그다음은 수(水)는 물입니다. 지혜와 포용을 상징하고 처음 만난 사이에도 잘 어울립니다. 탁한 물과 맑은 물이 서로 섞여서 바다가 되는 것이죠.

지난 25년간 운명을 감정해 본 결과 오행분석과 십간 십이지지의 완벽한 분석은 적중률이 아주 높았습니다. 거기에 일간=나 십간오행 분석과 일지와 지장간=속마음 분석하면 사주학의 70%는 분석이 완료됩니다. 거기에 신강약 구분과 대운분석으로 거의 완료됩니다. 그리고 천간은 정신적 의미이며 지지는 처한 환경이 되는데 나 경우는 지지를 더 중시합니다. 유튜브 '다이어트 사주학'에 설명되어 있는 월지나 무지 즉, 월지 환경에서 일간의 향하는 마음과 일지의 지장간 분석으로 속마음 알고 타 간지 크로스 체크로 종료됩니다. 괜히 어려운 용어와 복잡한 이론에 얽매이시지 마시고 월지나 무지만 이해하시면 70%는 감정되지 않을까 진단합니다.

다시 한번 강조하면 언제(월지) 태어난 나(일간)는 무엇을 추구하며(일지) 진정한 속마음(지장간)은 무엇인가입니다. 제 경험으로 25년간에 걸친 임상에서 나온 이론이니 여러 명리가 분들에게 간곡히 권합니다. 이제는 음양공부를 포괄적으로 해 보겠습니다.

동물은 음양이 하나가 되기 위하여 죽음도 불사합니다. 동물의 세계 보면 수컷이 암컷 차지하기 위해 보이는 사투를 보면 처절합니다. 목숨을 걸지요. 우리 인간도 마찬가지이지요. 보이지 않지만 총칼 없는 전쟁터 아닌가요. 사람은 지위와 재물이 힘이고 동물은 강한 녀석이 힘이니까 암컷들이 좋은 유전자 받기 위해 강한 녀석을 선호하는 것이지요. 사자의 암컷은 때로 불륜(?)도 저지르는데 2인자와도 관계하여 보험(?)도 들어놓지요. 그래야 자기 새끼를 죽이지 않으니까 말이죠.

동물은 발정기 때 음양이 만나나 인간은 유일하게 암컷이 오르가슴 느끼니까 언제든 가능하지요. 그래서 궁합은 오르가슴 일치라고 뒤에 설명드립니다. 1톤이 넘는 곰이나 사자 호랑이의 유혹하는 애교를 보세요. 수줍은 소녀 같아 보입니다. 이처럼 사나운 맹수세계도 음과 양은 운행하지요. 사막의 개구리들도 1년에 한 번 비올 때 사랑하고 비가 마르기 전에 새끼가 성장한다고 합니다. 500개 알 중 하나 아니면 둘이 생존한다고 합니다. 신비하죠. 음과 양 조화가 없으면 죽음이죠.

부모의 음양이 만나 지극한 정성으로 새끼를 키우는 겁니다. 새끼 돌보다가 죽어서 자기 살 점 모두를 자식에게 다 주고 떠나가는 가시고기도 있습니다. 부모 마음은 미물이나 인간이나 차이가 없지요. 자식은 소중하다는 말로는 부족한 존재인 것입니다. 따라서 자식을 먼저 저세상 보낸 부모는 그 아픔이 너무 커서 마땅한 호칭이 없는 것이죠. 순탄한 삶이 아닐 때 부모 탓하는 자식은 있지만 자식 탓하는 부모는 없습니다. 내가 어른이 되는 사이 부모는 조금씩 늙어가고 효도가 뭔지 알 때는 이미 부모는 떠나버린 뒤입니다. 세월의 무게를 느낄 때 자신도 장년이 되어 버린 것입니다.

현대 사회의 남녀 간 음양의 성질을 많이 변하였지요. 기다림의 세대였던 우리 때와 달라 젊은이들은 자유분방한 삶이라 쉽게 사랑하고 쉽게 서로의 몸을 탐닉합니다. 싫증나면 다른 사람을 찾지요. 참사랑 느끼기 어렵지요. 가벼운 디저트식 사랑은 그만큼 공허함을 동반합니다. 카사노바가 공허함을 느끼는 것과 같습니다. 채워도 채워도 끝이 없지요. 스포츠게임 같아 보입니다. 이것도 음양 부조화입니다. 표피만 만족하고 음구조인 마음은 각각 분리된 것입니다. 우리가 늑대 같은 인간이라 비교하는 늑대는 처음 짝짓기한 상대와 평생 함께 합니다. 바람 피우지 않죠. 인간 못지않게 극진하게 가족을 우선시합니다. 여성분들은 늑대 같은 남자 만나면 행복이 주렁주렁 달립니다.

동물세계도 그러한데 인간세계는 음양 부조화인 내로남불이나 법꾸라지도 많고 인간만이 가지는 부끄러움 없는 인간이 너무 많아요. 사주명리학 관점에서 조명하면 인성이 강하여 공부기술은 발달하여 좋은 자리 차지하였지만 식신과 상관이 없는 변비 증세라 얻어먹을 줄만 알고 줄줄 모르는 것이지요. 즉, 먹어도 배설이 안 되니 변비가 오고 몸이 망가지지요. 이런 자는 대부분 자기 본위적입니다. 그러니 이 정부의 '내로남불'이 나오고 시장선거에서 회초리 맞지요. 상대가 어떻든 내 위주입니다. 《뉴욕타임스》에 고유명사 '내로남불'까지 창조하여 세종대왕 짜증나게 하고 또한 내 중심이니까 균형이 불균형으로 음과 양이 조화 안 되지요.

정의의 미투 검사도 P시장 사건에 호박꿀 드시고 벙어리 삼룡이 오빠 만나러 가셨답니다. 자신을 드러내고 알리는 양의 기운은 조디를 통해 드러내지만 성찰과 이성의 음의 기운은 없죠. 그것이 음양 부조화죠. 즉, 절름발이 인생인 것입니다. 주위 환경 따라 색깔 바꾸는 카멜레온입니다. 1년 조금 지나서 권력이 바뀐다면…. 한 치 앞도 모르고 있지요.

또한 586 운동권의 선두주자 H는 국회의원 청부 질의 통해 공공기관에 납품 압박하시더니 은팔찌 하사받는 영광을 누리네요. 국회의원은 청부업자이고 그는 범죄자가 되어 쿵짝쿵짝 불륜의 궁합소리 요란하네요. 모두 음양 부조화의 극치네요. 신재생에너지 사업에 맞추어 멀쩡한 원전을 도태시켜 온 데에는 이러한 자들이 직간접으로 연결되어 있기 때문입니다. 환경단체 역시 조용하네요. 카바레에서 불륜과 비벼대니 정신이 있을 리가 없지요. 여당 초선 의원들은 쓴소리 한번 못하고 차렷 자세로 줄 서고 애교 부리기 바쁘네요. 그리고 야당도 무기력하기 짝이 없네요. 박통시절 그 암흑기에서도 YS와 DJ를 보세요. 다부지게 바꾸어 보겠다는 투지도 적고 음인 야당이 일신우일신 해야 되는데 어둡네요.

이번 시무7조 발표한 분도 평범한 시민이시라는데 내가 볼 때는 문창성이 두 개는 있어 보입니다. 김은 파직하고 붕어를 추는 파직하고 개를 쓰시라는 언어구사는 아무나 하기는 어렵지요. 붕어는 23타수 무안타 타율 같고 강아지 이야기는 애완견 비유로 보입니다. 그리고 인터뷰에 전혀 관심 없다 했지요. 정글 같고 험악한

이 사회에 자신을 드러내기 싫은 것입니다. 그리고 거수기 여당의 초선 의원들에 비해 다행히 야당 초선 의원에는 윤 의원, 조 의원 같은 할 말 하는 의원 있네요.

정치와 부부관계를 연결해 볼까요. 부부싸움 뒤 부부상담을 할 때 "무엇이 문제죠?"라는 질문하면 입에 거품 물고 상대방 욕합니다. 100번째 물으면 나 자신이 문제고 내 탓입니다. "나의 무엇이 문제일까요?"라고 물으면 나의 기준을 강요한 것이죠. 지금 정치판과 똑같지요. "내 마음이 문제죠. 역지사지해야 되는데 말이죠. 나만 생각했지요"라는 대답이 옳다. 드러난 행동인 양과 내면의 차가운 이성인 음의 조화가 없으면 파멸입니다.

왠지 소인은 불안합니다. 국회의원 1인당 년 7억이 넘는 국민의 피와 땀을 가져가는 양반들이 저질 코미디쇼하라고 국회 보낸 건 아닙니다. 그리고 광복회장이란 양반이 상생과 협치를 논해야지 광복절에 전체주의식 편 가르기를 하시네요. 청와대는 우리가 무관하다 하고 여당 의원들과 대선후보도 그럴 수 있다고 옹호합니다. 이래서 매사 분명하게 가는 이 지사보다 때론 지지율 낮은 장어가 되는 것입니다. 그리고 우리 국민은 지구상에서 가장 괴상한 독립기념일을 보낸 영광을 안게 되었어요. 갈등과 분열을 봉합하는 기회로 삼아야 하는데 아쉽네요. 입만 열면 친일청산, 토착왜구 운운하시는데 이날은 일본이 패망한 날 아닌가요. 축복의 날이자 화합의 날입니다. 큰 나라 인도도 식민지 잔재로 남은 다민족·다종교·다언어 국민을 하나로 묶었고 통합의 수단으로 만들었는데 독립기념일 축사가 저주의 언어로 채워지고 청와대는 침묵하고 여당은 그 저주에 박수 보내고 동참하여 국민을 둘로 쪼갭니다. 지도자급 단체 회장이 음양의 밸런스가 깨어지면 헛소리하고 본인은 자기의 파멸을 모르지요. 그러니 이번에 독립유공자 후손에게 먹살 잡히는 수모를 당하지요. 추풍장관이 상 받는 해괴한 아부놀음에 분노한 거지요. 그리고 정부도 전 정권 탓, 토착왜구 탓, 야당 탓만 합니다. 전 정부보다 잘할 생각 없는 소인배들입니다.

몇 달 째 묶여 있는 국민 눈 어설프게 가리는 곰팡이 세균 사건들 처리합시다. 썩으면 구더기와 파리가 날아듭니다. 그러니 위안부 앵벌이 사건은 1년 만에 재판기일 잡히지요. 그 사건 막으려고 전광석화처럼 공수처 만든 것은 아니지요. 오직 민주화 과정일 겁니다. 정의당과 불륜관계 맺어 처리한 공수처법 몇 달 안 가 무용지물 부처가 되었네요. 공수처 출범하면…, 공수처장이 윤 총장이나 최 감사원장이면…, 국민은 더 영리하십니다. 그리고 우리나라에 토착왜구 1인도 없는데 그런 선동하는 자가 정신이상자입니다. 거기에 말려들 국민 없으니 이제 선동에서 빼 봐요. 이제 그런 발언하는 자 바로 보이지 않지요. 그런 유치함보다는 대통령이 칭송했던 일제 강점기 장군도 흠결 있어 보훈처에서 취소되는 제 발등 찍는 추태 점검이나 제대로 하세요. 일제 치하에 살아본 적도 독립운동도 해 본 적 없는 양반들이 친일 논하고, 위조에 딸 입학시키고, 위안부 할머니 앵벌이시키고, 음과 양이 현저히 다른 위장된 쇼를 하시면서 피의자가 피의자 칭송하는 아이러니를 연출하시네요.

야당 지도자가 무릎 꿇어 사과한 5·18 묘역참배도 신파극이라 합니다. 그나마 정의당은 늦었지만 좋은 일이라 평가하였습니다. 음은 제어하고 양은 드러내는데, 극단적인 과속은 브레이크 없는 벤츠가 아니라 오물로 가득찬 차지요. 사고가 예정되니 있는 이 차는 전복될 수 있는데 사고 나면 온 나라가 오물로 범벅이 됩니다. 이번 시장선거에서 보았지요. 정신 안 차리면 더 추락합니다. 다시 한번 음과 양을 보시지요. 견제와 균형을 통해 바로잡지요. 내가 보기에는 다수당 만들어준 것은 다음 대선에 야당 정권 후원하는 것이니 야당 정신 바짝 차리길 바랍니다.

음과 양이 조화와 공존이 없으면 파멸입니다. 우리 국민이 어느 한쪽 기운 것을 방치할 만큼 어리석지 않습니다. 탈선을 너무 하여 너무 멀리 여당이 왔지요. 이번 선거에서 보았지요. 되돌아가려니 많이 늦고 부끄럽지요. 그리고 그 시대를 준비하려면 야당이 뼈를 깎아야 합니다. 1년 반 뒤의 역사를 기대합니다. 정의와 공정이 있고 반칙이 없는 세상 보고 싶어요. 그리하여 노년에는 밝게 보내고 싶습니다. 나의 생각입니다. 생각이 다르다고 편 가르기 하지 마세요. 그건 전체주의지요. 반대와 반대가 만나 화해하고 순응하는 아름다움을 보고 싶네요. 그것이 음양 조화이지요.

궁합이 안 맞으면 깎아내고 조이고 조정해야지요. 상대 없는 음양은 파멸입니다. 민초 생각을 너무 흉보지 마세요. 내 생각이니까요. 나만 옳은 것 아니지요.

3. 바그네와 한 갑자

사람은 태어난 해가 60년 지나면 돌아와 그 해가 한 갑자이자 환갑입니다. 나의 경우 57년 정유생이니, 지나간 정유년이 나의 회갑이자 한 갑자가 됩니다. 지나온 60년 동안 무얼 하고 살아왔을까 하고 되돌아보니 후회와 가족에 대한 무능함 외에는 이룬 것도 없습니다. 영국 극작가 버나드 쇼의 묘비명에는 "우물쭈물 하다가 내 이럴 줄 알았다"라고 쓰여 있다고 합니다. 모든 분들이 지나온 흔적은 후회와 회한이겠지요. 세월은 화살처럼 지나갑니다. 초등학교 때 할머니 회갑잔치를 하였고 대입재수시절에 아버님 회갑 떠들썩하게 동네 어르신 초청하여 했던 기억이 있고 출산으로 참석 못한 형수가 낳은 조카 녀석이 지금 불혹의 나이가 되었네요. 지금은 수명이 연장하여 회갑은 사라지고 부부여행이나 외식으로 변하였습니다.

내가 한 갑자가 되었을 때 바그네의 탄핵으로 나는 패닉상태에 빠졌고 극복하는 데 꽤 오랜 시간이 걸렸습니다. 열렬한 지지자였기에 사랑하는 사람을 잃은 것 같았고, 슬픈 영화가 끝난 사춘기 소년의 예민한 느낌의 상황이었지요. 문빠의 댓글도 이해는 하지만 극단적 편 가르기는 그대들만 고립되지요. 그러나 세상은 냉정하지요. 잊는 것이지요. 이 정권도 마찬가지이지요. 지금도 무엇이 잘못되었는지 모른다면 무식하기 짝이 없는 사람일까요. 지금 현 정부의 검찰 수사가 바그네 사건들과 무엇이 다른지 무식한 나는 모르는 것 같아 혼란스럽기 짝이 없네요.

부모와 자식 없이 칠순의 나이에 차디찬 방에서 무슨 상념에 잠겨 있을까요. 4년 넘은 최장 기간이네요. 심하네요. 지지에 역마충이 있는 사주라 기억하는데 박통도 노무현 대통령도 역마충(沖)이 있었고, YS는 토(土)의 충(沖)이 있습니다. 혁명과 풍운아 성향이 강합니다. 흐르는 물처럼 평범한 삶은 드문 경우에 해당됩니다. 그리고 대운이 함지에 빠지지 않았나 유추됩니다.

부모를 한 분은 내부 적에, 또 한 분은 이데올로기의 흉탄에 보낸 비운의 여인이자 자식 없이 살아온 세월이 고독했을 것입니다. 일찍 영부인 역할 하면서 남도 아닌 JP가 생전에 말한 정치와 권력은 허망한 업종 즉, 허업이라고 한 그 말을 어떻게 보았을까요. 그리고 권력에 맴도는 위선자와 줄서기 선수들을 많이 보았을 것이고, 탄핵 후 썰물처럼 빠져나가는 애완견들과 인간사의 허무함도 강하게 느꼈을 것입니다. 개인적으로 육 여사는 좀 더 오래 살았더라면 하는 아쉬움이 남네요. 인자하고 맑은 그 모습이 눈에 선하네요. 보여주기 식 쇼하는 국모 모습이 아닙니다. 독재치하의 그 암울했던 시절을 어느 정도 희석시킨 국모 아닌가요.

박통 빼고 근대사 논할 수 없지요. 잘하고 못하고는 역사가 평가할 일이고 주린 배 해결과 공업입국의 기틀을 닦고 새마을 운동으로 농촌 혁신 운동은 누구나 인정할 것입니다. 독재와 인권 유린은 흠으로 남아있긴 합니다. 지금 전 국토의 산이 울창한 것은 박통 때 엄하게 조성한 산림녹화 덕이지요. 시골이 고향이라 초등학교 때 산에 줄 세워 심던 기억이 생생합니다. 나무가 자라기 어려운 척박한 땅에는 아카시아를 심었는데 성묘 가는 길이 어려울 정도로 울창한 숲이 되어 있습니다. 한 나라 지도자의 발자취와 흔적을 느낍니다.

그 울창한 산이 문화재 보호구역까지 태양광 사업으로 잘려나가는데 환경단체들은 과거에는 벌떼 같더니만 지금은 꿀먹은 삼룡이입니다. "꿀단지 카바레" 개업하여 취업하셨지요. 주도자는 구속되시고요. 박통은 나의 초등학교 시절에서 군 제대 시절까지 우리 세대에 가장 강력한 영향을 준 대통령이죠. 연탄 보급하여 산에 나무 못하게 하였고 술 담그는 거 단속하여 식량 절약하던 시절이 생생합니다. 또한 시골 성황당을 깨끗이 정리하던 기억이 납니다. 선무당 무속인 정리지요. 그리고 권력의 힘과 무서움을 직접 내 눈으로 보기도 하였습니다.

3공화국 그 당시 부산시장이 P씨였을 때 큰어머님 조카분이 사정수석을 하였는데 큰어머니 뵈러 K수석이 부산 괴정에 왔을 때 P시장부터 영접하더군요. 정권 바뀐 뒤에 법무부장관까지 지냈는데 그때가 5공 때니까 꽤 관운이 좋은 분이죠. 그때 민정수석이 오늘날 방황하고 있는 그분이죠. 지금도 권력에 취해 비몽사몽이네요. 측은합니다. 그리고 전투적인 여성 장관을 솔직히 미워하지 않아요. 장관의 모성애와 그 양반의 꿈에서 헤어나지 못하는 모습이 가련합니다. 이번 경남도지사 재판에 또 상처 입네요. 비우세요. 모 교수와 함께 나르시시즘이 넘치면 몽유병 환자가 됩니다. 인생 몇백 년 사실 건가요. 바람도 방향 바꾸고 해는 지기 마련이지요. 감정과 복수에 빠져 내전상태 만들지 마세요. 권력도 마약 같네요. 한여름 밤의 꿈에서 빨리 깨어나 석고대죄하세요. 그러면 국민들도 달리 조명하겠지요. 도대체 이 정부에서 사과하는 양반 본 적이 없습니다. 하심(下心)이 없는 거죠. 삼보일배도 보여주기 식 하면 안 됩니다.

다시 바꾸어 내가 군 제대 무렵에 12·12 사태가 있었고 삼청교육대 만들어 민초들을 짐승 취급하던 5공 초기에 제대하였습니다. 당시에 박통은 절대 권력자였고, 신의 영역이었습니다. 박지만과 나는 동기가 되고 아쉽게 저세상 간 최동원 야구선수도 그렇습니다. 지금 58년 개띠 출신들이 무르익은 활약하는 걸로 압니다. 58년생들은 서울과 부산만이 추첨을 합니다. 추첨 1기가 되고 타도시는 1, 2년 늦은 것으로 압니다. 추첨으로 그때는 뺑뺑이로 진학했습니다. 나는 57년생인데 시골 촌놈이 학생회장이랍시고 도시 중학에 낙방하여 재수했기 때문에 58년생과 같이 진학하였습니다. 고향의 대곡중학 거쳐 범어사 재단 금정중학교로 고등학교는 기독교 재단 브니엘고로 진학했는데 교회 문턱에도 가보지 않은 내가 부활절날 회개하면서 우는 걸 보고 멘붕이 와서 꽤 오랜 시간 동안 혼란스러웠습니다. 한문이 철폐되어 우리 동기들은 대체로 한문이 약하지요. 고3 때 국어에 한문이 조금 가미된 정도죠. 조금 아쉬운 부분입니다.

시인 김지하의 오적도 발표되고 서릿발 같던 권력하에서도 참저항 운동하던 시절이죠. 보안법으로 무자비한 탄압이 자행되던 암흑기였습니다. 바그네 대통령도 이 시기를 지켜보았겠지요. 그 암흑기에 권력구조를 지켜 나왔을 것인데 왜 국가 운영에 허점이 생겨 탄핵되었을까 생각하니 두고두고 아쉽네요. 역사의 패자는 말이 없는 것입니다. 승자만이 조명받아 빛나고 춤추고 있죠. 그리고 그 당시 공돌이, 공순이라 불렸던 산업현장의 일꾼들의 피와 땀이 오늘날 우리나라를 이렇게 강국으로 만들었습니다. 버스비 아끼려고 입석버스에 도보로 걸어가고 강한 생존력의 아버지, 어머니를 만들어 이 나라 지금의 초석이 된 것입니다. 그 당시에 육사시험이 SKY대 못지않게 커트라인이 높았고 우리 세대가 대학 경쟁률이 가장 높았다고 전해집니다. 휴전 후 안정시기에 많이 태어났고 산아제한도 없으니까 그렇지 않을까요. 그래서 실버산업이 이 시대 유망한 사업이 되었지요.

그리고 우연이라 하기엔 기이한 숫자가 있습니다. 육 여사의 결혼기념일이 12월 12일이고 바그네의 대통령 득표율이 51.6%였지요. 5·16혁명과 12·12 사태⋯. 박제산 명리가가 생전에 박통에게 유신을 말렸으면 하는 부질없는 생각을 해 봅니다. 비서실에서 유신에 관한 자문을 구했을 때 저승 "유" 글씨 쓴 걸 비서가 주워가 보고하여 죽도록 맞을 때 털어놓고 대화했으면 하는 상상을 해봅니다. 바보같이 말입니다.

부모를 흉탄에 생을 마감한 그 한을 잘 극복하고 대통령까지 오른 양반이 어떤 회한으로 차디찬 방에서 지난날을 회상하고 있을까요. 한 치 앞을 인간은 알 수 없고 세상은 냉정한 것입니다. 누가 바그네 운명이 이렇게 될 줄 예상했으며 썰물처럼 사람들이 빠져나갈 줄 알았겠습니까. 그렇게 권력은 허망한 업이고 교도소 담장과 가까운 것입니다. 모든 정권의 반면교사이고 거울이지요. 현재 잘해야 합니다.

가려지고 눈에 덮인 들판은 봄이 오면 다 드러납니다. 아무리 감춰도 봄이 오면 민낯을 드러냅니다. 가릴 수가 없습니다. 모든 건 변하지요. 불교에서는 제행무상이라 하지요. 그리고 권력은 한 번 밀려나면 추락밖에 없지요. 특히 부도덕에 기초한 정권은 더하지요. 전 서방과 노 서방 보지 않았나요. 60년 우정도 하루아침에 깨어지지요. 지조와 신념이 아닌 로봇화된 관계는 뿌리가 없지요.

제일 잘한 인사가 윤 총장과 감사원장 일임을 안다면 이미 바른 길을 가는 것인데 가능성은 아예 희박하네요. 권력 중심 비서실장도 정의부라 할 법무장관도 국민을 대표하는 국회의원 질의에 "버럭" 하고 안하무인입니다. 분노조절장애 환자 아니시면 국민을 무시하는 추태입니다. 고위직일수록 품위가 있어야 합니다. 그 정도면 중증환자입니다. 그렇지 않으면 맹수처럼 그런 추태 부릴 수 없습니다.

바그네 정부와 무엇이 달라졌을까요? 줄서기가 검찰개혁이라면 아주 많이 달라졌지요. 부동산 안정도 많이 달라지고요. 지역별 편중인사도 그렇지요. 검찰을 로봇화한 나라가 망하지 않는 국가가 없습니다. 우리가 동물적 증오 가지고 진보가 틈나면 써먹는 친일청산 대상 일본은 검찰분야는 미안하지만 선진국입니다. 그런 것도 모르고 난리지르박 추는 것입니다. 모르니까 공직에 있는 여검사가 정치에 관여하고 날 좀 보소 춤추니 어김없이 한양으로 오십니다. 참 재미있습니다. 충견과 맹견은 없고 귀여운 강아지만 득실거릴 때 대통령 주변은 구중궁궐이 되는 것입니다.

이번 경남지사 줄서기 말로 보셨지요. 징후이고 시작입니다. 그 양반이 무슨 죄일까요. 권력이 죄지요. 이승만과 바그네가 왜 망했습니까. 줄서기와 소통 부족 아닌가요. 사람은 배고플 때 고마움 모르고 주린 배에서 벗어나니 박통의 잘한 부분을 잊어버리고 인권이 어떠니 탄압이 저떠니 하고 주디 놀립니다. 3년이 지난 지금도 바그네 이명박 탓합니다. 촛불정신 살려서 제대로 전 정권 못한 것 할 생각 전혀 없고 무슨 일 터지면 무조건 전 정권 탓이고, 사과 한 번 들어본 적 없습니다. 이제 미안하신지 "촛불" 단어 듣기 어렵지요. 냉정히 돌아보고 점검하시길 바랍니다. 문 대통령 공약 중 지금 이행된 것이 그리고 진행 중인 것이 어디까지 왔는가 하고 체크하여 국민에게 보고해야 하지 않겠습니까. 지금도 궤도수정하기에 시간 많이 있습니다. 소인이 볼 때는 "한 번도 경험하지 못한 나라" 이거 하나는 완벽해 보입니다. 오랜 세월 지도자

수업 받은 바그네도 병살타 쳐서 함지에 빠져 삼진아웃되어 영어의 몸이 되었습니다.

대통령! 아무나 하는 자리가 아닙니다. 풍수이론에서도 내가 언급하겠지만 대통령 끝이 편한 분이 누가 있었을까요. 그 이유가 뭘까요. 평범한 내가 보기에는 제왕적 대통령이 문제라고 봅니다. 하심(下心)을 하셔야 합니다. 온리 마이웨이가 아닙니다. 국민이 5년 전셋집으로 청와대 내어줄 때 조심해야지요. 그런데 자기 집인 양 행동하네요. 그것은 또 다른 적을 만들지요. 원칙과 소신이 아닙니다. 바다처럼 온갖 물을 합하여 이런 인간, 저런 인간 모두 흡수하여 하나가 되듯 해야지 대립으로 끝나면 모두 앙금이 남지요. 공존으로 가야 합니다.

보여주기 '쇼'는 부산 보림극장에서 하시고요. 양지가 음지 되는 것 순간이죠. 또한 음지가 양지되는 것 또한 마찬가지입니다. 바그네 정권이 한 여자로 인해 무너졌지요. 레임덕이 다가오고 있습니다. 철새들은 벌써 어느 쪽인가 하고 기웃거립니다. 나는 광복회장 따라가라고 권하겠습니다. 박통부터 지금까지 양지만 따라다닌 천재분 아닙니까. 한 번도 오차가 없습니다. 그러니 따라다니세요.

바그네가 영부인 역할 하고 대통령까지 되었을 때 누가 탄핵 예견했을까요. 진보분들은 초이 아줌마에게 속으로 몇 번이고 감사했겠지요. 전 서방이 40여 년 전에 정권 잡았을 때 누가 은팔찌 찰 거라고 예상했겠습니까. 이제 바그네도 밖을 나오셔야 합니다.

충분한 시간 보냈다고 생각합니다. 뿌린 대로 반드시 거둡니다. 메아리와 다른 것은 하나도 없습니다. '업'입니다. 부메랑입니다.

선인선과… 악인악과…. 만약 1년 후 정권이 바뀐다면, 70노인을 이제 나오게 하세요.

4. 아름다운 만남과 멋진 이별의 궁합

　교육과 양반의 도시 진주에 가면 나의 고향 맞은편에 남강을 두고 지수초등학교가 있지요. 뒤로는 방어산이 주산으로 감싸고 앞으로는 개구쟁이 시절 추억이 담긴 남강이 유유히 흘러갑니다. 방어산 뒤로는 남해고속도로가 나있고 진주 방향으로 조금 더 가면 지수 인터체인지가 있습니다. 풍수상 배산임수가 되고 물 흐름이 최고로 좋다는 서출동류 입니다. 어릴 때 큰아버지 따라 배 타고 돼지종돈이 있는 지수마을에 돼지 시집(?) 보내러 가다가 돼지가 남강 물에 빠져 놀랐지요. 그런데 돼지의 조오련 못지않은 수영실력 보고 또한 번 놀란 적 있습니다.

　남강은 지리산과 진주남강댐을 거쳐 낙동강과 삼랑진에서 합류하는 물줄기가 됩니다. 지수초등학교에서 보면 나의 고향은 노적봉이 되고 앞은 너른 곡창지대입니다. 이 작은 초등학교가 우리나라 4대 재벌 창업주가 수학한 곳이라면 놀라운 일이 아닐까요. LG, GS, 삼성, 효성 등이고 수많은 장군과 학자를 배출한 풍수에 대한 시각을 재조명하게 하는 길지가 됩니다. 삼성은 의령이고 효성은 함안을 연고로 하는데 지수초등학교는 의령과 함안 그리고 진주의 경계선이 되어 통학이 가능하지 않았을까 추측이 됩니다. 그리고 일제시대 남강 물을 끌어오는 시설과 물길터널로 볼 때 상당히 큰 경작지로 유추됩니다. 효성도 삼성과 동업하다가 지향하는 바가 달라 분가한 것으로 알고 있습니다. 의령부자와 함안부자가 만난 것이지요. 산업화되기 전이라 농토 많이 가진 지주가 곧 부자였지요. LG와 GS도 너른 땅의 부자였음은 따로 설명이 필요 없겠지요.

두 그룹은 280년 전 사돈관계를 맺었고 반세기 넘게 동업하면서 헤어지기가 더 어렵다는 그룹 분리를 잡음 없이 완성하여 잔잔한 감동을 주었습니다. 구자경 회장 부인은 진양하 씨로 우리 면의 단목리에 진양하 씨 본산이 있습니다. 최초 지분은 65:35 비율로 알고 있는데 그룹 전반 관리하는 위원회도 3인 3인 동수로 하여 균형을 유지한 것으로 알고 있습니다. 대외적인 일은 구씨가 하고 내부적인 재무관리는 허 씨가 맡아 여기서도 음양과 궁합의 조화가 보입니다. 돈이 혈연인 피보다 진한 경우가 종종 발생하는 현대 사회 실상 입니다. 지금도 국내 상위그룹은 일본과 국내에서 피비린내 나는 경쟁을 하고 후계자 문제에 형제간 다툼으로 남이 된지 오래고 또 다른 그룹은 남매간에 싸움으로 후계자 경쟁하는 정글 같은 이 험한 세상에 만남도, 이별도 환상적인 궁합으로 아무리 칭송해도 지나침이 없습니다. 신선하지 않나요.

내가 어릴 때 구 씨 형제가인 구태회 국회 부의장 지낸 분을 본 적 있습니다. 그 당시 진주 지역 국회의원이었는데 어머님이 너는

커서 저분처럼 훌륭한 사람이 되어야 한다고 몇 번 말씀하셔서 내 뇌리에 남아 있지 않나 생각됩니다. 사랑채에 손님이 들면 음식배달을 해야 했는데 대부분 머슴들이 하였습니다. 초등학교 저학년 때까지 머슴이 있었지요. 그때 형들은 학교 가고 머슴들은 일 나간 듯합니다. 닭백숙을 배달하였는데 경쟁자 누나 때문에 사랑채 아궁이에 몰래 남은 것을 숨겨 두었다가 저녁에 먹으려고 가보니 서생원(?) 선생에게 도난당한 기억이 있습니다. 그 당시 귀한 음식이라 며칠간 잊지 못한 추억이 있습니다.

가친께서 면 의원(지금의 면장)하셔서 선거참모 하시지 않았나 생각됩니다. 아버지와 창업주와는 9살 차이였고, 아들인 구자경 회장과도 9살 차이라 양쪽으로 형님이라 불렀다고 합니다. 그 당시에는 조혼을 하였기에 부자간 나이차가 많지 않았지요. 형제간 재산분쟁을 명리학에서는 군겁쟁재라 하는데 때로는 원수가 되기도 하지요. 재벌뿐일까요. 일반인들도 살인을 하는 험한 세상입니다. 이런 세상에 LG와 GS의 사돈 간 이별도 해피엔딩이고 LG의 형제 간 분가도 깔끔하게 마무리 지었습니다.

나의 생각으로는 선대선업 많이 쌓았고, 엄격한 유교전통이 DNA에 흐르지 않나 생각되고 후계자도 장자원칙 따라 물이 흘러가듯 결정된 것으로 보입니다. 한때 사돈 간인 삼성과 LG가 소원해진 경우가 있었는데 LG가 전자업계에 먼저 진출하였는데 삼성이 동종업계에 진출할 때 불편한 시기가 있었지요. 해군사관학교 출신의 치밀한 성격의 구자학이 이병철의 사위가 되지요.

작고하기 전 구자경 회장을 몇 번 본 적 있는데 시골 아저씨 같이 소탈해 보였습니다. 아버님과 식사를 몇 번 하셨는데 진수성찬 기대하고 나가신 아버님은 많이 실망하셨다고 어머님이 말씀하셨지요. 그 이유는 진주 중앙식당의 비빔밥과 나물류 그리고 된장찌개를 즐겼다고 전해집니다. 그래서 장수했을까요. 일찍 회장직 내려놓고 천안에 있는 학교와 강원도 오가며 농업연구로 말년을 멋지게 보냈습니다.

방하착! 내려놓으니까 행복과 건강이 기다리는 것이지요. 집착과 물욕은 사람들을 병들게 합니다. 특히 노욕은 경계해야 하고 추합니다. 명리학에서도 늙어서 돈 많으면 적지 않은 문제가 발생함을 "재다신약" 사주에서 논합니다. 또한 자연에서 멀어지면 병에서 가까워지고 자연과 가까워지면 병에서 멀어짐을 실천하는 듯 보입니다. 우리가 TV프로그램에서 많이 보지 않나요. 물, 공기 좋고 무공해 섭취로 건강을 극복한 〈나는 자연인이다〉 프로그램 말입니다. 가장 중요한 것은 '하심(下心)' 아닌가요. 그리고 후계자도 장남으로 철저한 장자계승 원칙이지요. 가부장적이고 유교식이죠. 조금 일찍 세상 떠난 구본무를 몇 번 본 적 있는데 극심한 스트레스가 문제 아니었나 생각됩니다. 재벌들이 암환자가 많다고 합니다. 대체로 구 씨들은 애주가가 많은데 선대 회장이 장수하는 걸 보면 스트레스가 문제 아닌가, 돌팔이인 내가 보기엔 그렇습니다. 나의 매형 장례식 때 의령에서 본 지가 엊그제 같은데 흐르는 세월이 정말 무섭네요. 그룹장으로 성대히 장례식 치렀지만 매형은 일찍 저세상 갔습니다. 매형은 LG화학 부회장 지낸 성재갑입니다.

종자가 좋으면 그 나무는 거목으로 성장할 가능성이 높지요. 종자가 양이라면 환경은 음이 되지요. 거기에도 음양배합은 중요하지요. 씨앗은 LG가, 토양조건은 GS가 합작하여 세계적인 기업이 되었고 '인화'가 LG의 지향점이 되었듯이 의인상 제정은 참으로 소중한 DNA가 될 것으로 확신합니다. 우리가 재벌이라면 무조건 색안경 끼고 보는 경향이 있는데 일그러진 사고 버려야 합니다. 국내 10대 재벌과 연계된 국민이 얼마이고 GNP비중이 얼마이며 국가에 내는 세금까지 계산해야 합니다. 그리고 극일하여 일본이긴 참 기업인도 기억해야 합니다. 정권과 야합하여 부도덕한 성장을 이젠 할 수 없습니다. 인드라망처럼 촘촘한 감시망을 벗어날 수 없는 정보화 사회입니다. 재벌회장으로 권위와 많은 돈 가진 이도 그룹 부회장까지 한 매형도 이름 없는 민초인 사주쟁이인 나도 죽음을 평등하게 다가오는 것입니다. 화합하고 만날 때나 헤어질 때나 한결같은 LG그룹을 소개하였습니다.

성철스님은 물욕 버리면 낙원이 보인다고 했습니다. 즉, 행복은 채우는 데 있는 것이 아니라 비우는 데 있는 것입니다. 동업관계 정리할 때 왜 욕심이 없겠습니까. 형제간도 아닌 사돈관계의 깔끔한 정리나 후에 사촌 간 계열 분리의 깔끔함은 쉽게 이루어지는 것이 아닙니다. 돈이 많을수록 더 집착합니다. 돈의 위력을 알기에 그 힘을 알기에 더욱 더 그렇지요. 여기서 궁합을 볼까요. 완전한 기업은 초창기 때 없는 것입니다. 서로의 부족함과 모자람을 채워나가니 국내 굴지의 기업으로 성장해나가는 것입니다.

나 어릴 때 발가벗고 수영하던 남강이 생각납니다. 지리산 맑은 물과 진주 상평공단의 물이 섞여 하나가 되어 흘러갑니다. 그리고 낙동강에서 만나 남해 바다 갑니다. 모든 걸 포용하고 하나가 됩니다. 물처럼 LG와 GS처럼 정치권도 뭔가 느끼시면 좋겠습니다. 1+1=1이 되는 궁합을 기원합니다. 그리고 아름다운 두 그룹도 승천하세요. 덕을 쌓았으니 가는 곳은 정해져 있겠지요.

5. 재다신약 사주와 탐재괴인 사주

　바람둥이의 가슴은 늘 허전한 법이지요. 채워도 채워도 끝이 없지요. 바람이란 머물지 않고 스쳐 지나갈 뿐 정착을 하지 못합니다. 늘 새로운 대상을 찾기 때문입니다. 명리학에서 돈과 여자는 남자 입장에서는 재성이라 하여 같이 보는데 신약사주 경우와 많은 재성으로 인해 몸이 약해지는 경우로 구분하기도 하는데 여기서는 신약사주로 허약한 힘을 가진 자가 분수도 모르고 이 돈 저 돈, 이 여자 저 여자 쳐다보는 과욕을 가지면 결과는 정해져 있는 것입니다. 제비족으로 망가지거나 재물 관련 사기꾼으로 전락하게 되고 배우자로부터 버림받는 정해진 순서가 되겠지요. 바람둥이의 감정습관은 처음은 긴장하고 짜릿할 줄은 모르나 열정 식으면 새로운 여자를 찾고 그것이 습관이 되는 것입니다. 죽어야 낫는다는 의처증도 바람둥이에게 많아요. 자기의 고약한 버릇으로 온갖 상상을 동원하여 일그러진 형태로 상상하기 때문입니다. 과거에는 낮에 몇 번씩 확인전화하는 의처증 환자를 본 적 있습니다. 참으로 고약한 질환입니다.

　또 다른 하나는 자기 그릇에 비해 돈, 여자가 너무 많아 신약한 경우도 있습니다. 대부분 질환을 앓게 되는 경우가 많습니다. 남성 경우는 여자가 드세고 안하무인이 많고 서터맨도 보이죠. 돈 많은 곳에 온갖 벌레들이 모이기 마련이고 몇번 당하다 보면 신약한 경우 견디기 힘든 것이죠. 돈이 많은데 뭐가 문제냐고 반문하실지 모르나 자기그릇과 능력 밖의 일은 앞서 설명드린 현상이 발생합니다. 그 상황을 조절하고 제어해 주는 것도 우리 명리가의 의무이자 방향 제시가 되는 것입니다.

그리고 무재사주 즉, 재성이 없는 사주는 입산수도하여 수행자로 살아가는 경우도 있는데 이때에는 대운과 비교분석이 필요한 경우입니다. 따라서 원국과 대운분석이 크로스 체크가 되어야 함은 물론입니다. 남자 사주에 재성이 여자 사주에 관성이 없다 하여 독신으로 지낸다는 것이 아니고 대운과 세운을 분석해야 함은 물론입니다. 그리고 재성과 연관되는 성격이 다른 하나는 탐재괴인 사주인데 학문을 연구하거나 고위공 직자가 재물이나 능력 밖의 자리를 넘으면 학문이 무너지고 공직에서 하차하게 되는 것입니다. 때로는 모범생으로 로봇처럼 시키는 대로 제어하는 대로 살다가 권력에 취해 빗나간 인생이 있지요. 도덕과 부모 교육이 무너진 것이지요. 그리고 부끄러움이 없습니다. 즉, 재물과 학문은 반비례 관계여서 고위직으로 갈수록 돈과는 멀어져야 하는데 그렇지 않은 경우를 최근 많이 보고 계시지요.

대권까지 넘보셨던 좋은 머리와 잘생긴 얼굴이지만 어제 한 말, 오늘 한 말 틀리는 카멜레온 교수님, 스스로 생을 마감한 P시장

등이 해당하지요. 몸과 정신이 하나가 아니고 분리되어 돌아나는 따로국밥입니다. 그런 양반이 대권후보라 하니 우리나라 국운이 좋은 모양입니다. 일찍 알았으니 다행 아닐까요. 나는 개인적으로 싫어하는 사람 나오면 얼굴과 신체를 해골로 의념화시켜 보는 최면요법을 사용하지요. 때로는 직장인의 상사와 갈등 시 최면요법에도 사용합니다. 그리고 채용조건에 뇌물받은 양반보다 전달한 사람의 형량이 더 많은 요상한 판결 보세요. 자기 힘이 약한 자가 돈, 여자 추구하는 것이나 힘이 강해도 공직과 학문의 길을 가는 자가 재물을 탐하고 권력에 취하면 학문이 무너지는 걸 무리는 지금 보고 있지 않습니까. 눈이 내려 지붕 건디는 힘보다 많이 쌓이면 집이 무너지지요. 과욕은 화를 부르는 것이지요. 그냥 교수직에 있었으면 얼마나 좋은가요.

그리고 집만 무너지는 것이 아니죠. 눈이 녹아내리면 민낯이 드러나지요. 자기의 흔적이 드러나니 추한 모습 보이기 시작합니다. 세상에 비밀은 결코 없지요. 자기가 지은 업은 반드시 되돌아옵니다. 이번 보궐선거 공신이 '엄빠' 찬스 당사자들이지요. 불공정에 분노한 것입니다. 우리가 씨도둑 할 수 없듯이 지나온 길의 흔적을 어떻게 지울까요. 내 힘 범위를 알고 처신해야 하는데 권력이라는 마약에 취하면 비틀거리죠. 그리하여 이성을 잃고 내 안의 더러움을 방치하여 불행을 초청하는 꼴이 됩니다. 사주명리학의 핵심은 자기 분수 지키는 것입니다. 즉, 너 자신을 알라는 것이죠.

때로는 혼란이 극에 달해 무엇이 옳고 그른지 모르는 바보가 되는 느낌입니다. 대통령은 부동산 안정되었다 하고, 뉴스에는 택도 없다 하고, 국토부장관은 10% 올랐다 하고, 경실련에서는 50% 올랐다 합니다. 야당도 반성해야 합니다. 맵고 짠 독설은 전혀 없고 대항할 수 있는 송곳은 없어 보입니다. 민주화 투쟁처럼 말입니다. 재다신약과 탐재괴인 사주 논하는 부분에서 정치가 웬 화두냐 하실지 모르나 함량미달이 너무 많아 지금 흘러가는 정치환경이 그 두 개 격국과 떨어질 수 없는 상황이기 때문입니다. 지위와 품위에 맞지 않는 발언도 그렇고 국정 독주하다가 청와대 대표회담 툭 던져놓고 불발되자 야당 탓하는 한 나라 정무수석의 내 마음대로 협치하는 이중성도 그렇죠. 손꼽을 정도로 서울 집권당 낙선자 중 1인이고 취임선서 때 보니까 임전무퇴 장군이지, 양쪽화합 이끌 수 있는 관상은 아닌 듯합니다. 취임인사에 권위주의 청산이 1호 공약이었지만 권력이 집중되니까 보기 어렵습니다.

애완견이 너무 많아지고 찬양일색에 구중궁궐이 되어 대통령의 눈과 귀를 가리지 않을까 우려됩니다. 페미니즘을 입버릇처럼 논하다가 자기편에 눈감은 이중성에 이젠 속을 사람 없습니다. 이제라도 안 것이 다행입니다. 하마터면 속아넘어갈 뻔한 것입니다. 이 정권은 선거에 두 번 다시 페미니즘 논하지 않겠죠. 그리고 툭하면 써먹던 친일청산도 위안부 할머니들을 앵벌이시킨 그 파렴치범도 관리 못하니 염치가 없지요. 천인공노할 만행을 저지른 일본인들이 사과하지 않는 것 보세요. 독일과 선명히 대비되죠. 그것이 대국과 소인배의 차이죠. 대인과 소인도 똑같지요. 밴댕이 속은 사과를 모르지요.

노무현 대통령도 부동산문제에 솔직히 인정하고 사과했습니다. 사과를 굴욕으로 해석하는 듯합니다. 그러니 어른이 될 수가 없지요. 명리학으로 보면 여와 야는 음과 양인데 한쪽이 없으면 파멸이자 죽음이고 독재국가입니다. 아내가 힘없다고 눌러보세요. 바로 이혼이자 결별입니다. 밤이 없다고 생각해 보세요. 에어컨이 없고 보일러가 없다고 생각해 보시기 바랍니다. 모두 음과 양의 조화입니다. 그리고 통계조작하고 포퓰리즘 정책으로 그리스와 아르헨티나는 부도가 나서 망신을 샀지요. 강대국으로 근접해가던 아르헨티나는 페론의 포퓰리즘 정책에 중병 들어 무너진 것입니다. 좌파 선동가들의 마지막 모습이지요. 또 다른 엇박자는 대통령은 독립운동 영웅이라 하고 보훈처는 친일파라 하여 서훈을 보류합니다. 이렇게 대통령을 제대로 보좌 못하는 분들이다 보니까 백선엽 장군 장례 다음날 망자와 후손에게 상처나 주지요. 탐재괴인이 무엇이라 했나요. 배우고 국가 녹 자시는 양반들이 편 가르기 주심이 되면 안 되지요. 예를 들면 쿠폰 발행과 외식장려로 코로나 확장 원인 제공해 놓고 민노총 집회에 대해서는 한나라당에서 진영을 바꾸신 진영장관은 서병수 의원의 질문에 당황하여 꿀 먹은 벙어리가 되시어 쩔쩔맵니다.

민노총도 권력화되어 있지요. 옛날 공돌이, 공순이가 아니죠. 파업 비롯하여 노동손실일수가 한국이 일본의 209배라 합니다. 노사협력 수준은 141국 중 130위고요. 그만큼 책임도 져야 합니다.

자영업자들이 초근목피로 생존 걱정하는데 귀족들입니다. 코로나 정국의 집회에 대해 엄정한 법 집행을 대통령은 당부하고 법무장관은 법정 최고형으로 다스린다고 검사가 할 몫인 구형까지 언급하면서 짝짜꿍입니다. 코로나 위기에도 민노총은 정부를 우롱하고 정부는 '우리가 남이가'로 구렁이 담 넘어가지요. 이제 버릇이지요.

그리고 판사를 누가 해임하나요. 바그네 판결한 판사도 해임하면 되겠네요. 울산시장 사태, 윤미향 사태, 옵티머스 사태 등은 엄정은커녕 청개구리도 웃고 난리입니다. 가리면 될 듯하지요. 틈나면 과거 탓하시는 분들 오래가지 않습니다. 옵티머스 창업자 이혁진은 수행자도 아니면서 대통령 전용기도 타시더니 시카고에서 알 카포네 연구하고 계시고 더불어 인터폴이 무얼 하는 곳인가도 연구 중이십니다. 피해자들의 500억은 연기처럼 사라지고 그리고 부인은 평통 자문의원이랍니다. 우리 명리학계에서 그런 도인을 초청하여 천리안을 배워야 합니다. 천안통도, 전생 보는 숙명통도 나의 스승인 임재형 박사보다 한 수 위일 것이 분명해 보입니다.

훌륭한 분들은 코로나로 신음하는데 정부와 의사 양반들은 치킨게임 하면서 치킨과 생맥주 들고 계십니다. 역시 가진 자들은 여유가 있죠. 이 상황에 칼 빼는 정부나 파업하는 의사들이나 유치합니다. 하기사 몇 달 병원 문 닫는다고 굶을 일 없지 않아요. 고약한 분들이지요. 그리고 엄정한 법 집행도 민노총은 치외법권이지요. 이젠 귀족이니까요. 검찰총장 임명 시 살아있는 권력에 엄정하라는 말은 조국 사태 거치면서 유체이탈법임이 만천하에 드러나고 환부수술을 싫어하는 걸 눈치 챈 애완견들이 줄을 서서 아첨검찰로 뼈대구축하시고 있네요. 그러니 27회 거짓말해도 당당합니다. 한편으로는 뜨거운 모성애가 측은해 보입니다. 조그마한 틈새가 제방 무너지는 걸 초래함을 이번 수해에 보시지 않았을까요.

미국에서도 칭송받는 백 장군은 광복회장이란 자의 집권당만 쫓아다닌 변신의 귀재에게는 사형감이 됩니다. 변신은 생계 때문이었다고 구차하신 변명만 하십니다. 이 정부의 고유명사 내로남불의 '모델'로 손색없지요. 일제 치하였으면 어떻게 처신했을까요. 생계 때문에 영혼도 내놓지 않을까요. 박통부터 지금까지의 행적은 백발백중이니 줄서기 선수들은 이 분 따라가시면 후회(?)하지 않습니다. 이런 언행은 독립유공자와 광복회를 욕보이는 것인데 대권후보자는 맞장구칩니다. 청와대는 무관하다고 말하나 속은 짝짜쿵 소리가 진동합니다. 그리고 여당 의원들은 적극 옹호합니다. 호국영령분들에 대한 모독이고 화합해야 할 광복절에 편 가르기 하는 고약한 폐습 누구에게 배우셨을까요.

세월호 사건을 그렇게 우려먹으셨는데 이번 북한 만행 10시간은 말이 없습니다. 3년 세월호 리본 달고 다니시는 분들은 부모상도 3년상 했을 것입니다. 국가 위해 전사한 천안함 사건은 색깔이 있기에 지나갑니다. 무슨 색깔일까요. 요즘은 색깔 구분이 안 되고 그 지저분한 훈장 떼내세요. 맑은 세월호 영혼들이 화냅니다.

그리고 대권후보가 이번 광복회장 발언에 사려 깊지 못한데 지도자 품격이 있을까요. 모 대선후보의 두루뭉술 발언은 분명한 언어의 도지사와 지지율 오락가락하는 건 우연이 아니지요. 바그네보다 김정은 가문이 낫다는 광복회장 말은 정신질환자 화법 같아요. 이곳저곳 기웃거린 철새지요. 한곳에 둥지 만들지 않으니 집이 없는 철새지요. 집 걱정 없이 편하지요. 철새는 집이 필요 없지요. 북으로 가시라요. 천국인 북으로 가십시오. 소원 이루세요. 경제도 어려운데 한 사람이라도 줄면 좋지 않을까요. 김일성의 항일독립운동 강조하고 6·25 때 우리 민족 살인한 수백만 명은 잊어버린 절름발이 생각이지요.

영국 시사주간지 《이코노미스트》는 지금 정부는 남 비판할 줄만 알지, 자신향한 비판은 수용 안 한다고 꼬집었지요. 야당도 맵고 다부지게 해 보세요. 과거 YS나 DJ의 암울한 시절에 했던 파이팅 넘치는 민주화 투쟁처럼 말이죠. 진보학자 최장집 교수는 현재 상황은 진보와 보수의 극단적 양극화를 불러왔고 민주주의 위기라 진단합니다. 개혁드라이브인 적폐청산은 완전히 실패했고 공수처법도 위험한 법이라고 진단했습니다. 이제는 시 골경찰서로 변하였네요. 권력이 아무리 강해도 민심을 굴복시키고 변화시키는 건 어려운 것입니다.

사회단체도 이 정부 들어 선동의 대가들이 양반으로 변하여 아주 조용하시네요. 꿀단지 하나씩 챙겨주니까 조용하지요. 과거에는 전투력이 막강했던 환경보호 단체들이 문화재 보호구역 태양광 설치에도 꿀 드신 삼룡이 형이 되시네요. 70%가 산지인 우리나라에 신재생에너지 무리하게 추진하여 이번 수해에도 많은 문제가 노출되었습니다. 학교 태양광 사업에 5,000억 투자하여 연전기료 생산 120억이랍니다. 사업자와 중국생산업자만 재미 보는 자선사업입니다. 보수는 부패로, 진보는 분열로 망한다는데 거꾸로가 되지 않을까 우려됩니다. 재다신약과 탐재괴인이 돈에 한정된 것은 아닙니다. 거기에는 권력욕과 명예욕도 포함됩니다. 그리고 제발 부탁인데 이 정부 과거 탓 하지 마세요. 그것은 모자람 드러내는 솔직한 자의 고백입니다. 과거와 현재가 싸우면 미래는 없어집니다. 즉, 잃어버립니다. 포퓰리즘 예를 볼까요. 수도권 이전 선동하다가 여론 식으면 조용합니다. 국가정책을 백화점 바겐세일하는 식입니다. 사회 구석구석 대립을 격화시켜온 운동권들이 계산을 잘못한 것입니다. 비전문가들의 정해진 순서이지요. 그러니 부동산도 24번째 실험 중이라네요. 국토부가 아니라 실험부입니다. 비대위원장과 주 대표는 너무 양반선비 같습니다. 윤 의원과 조 의원의 두 여성위원에 비해 남성위원의 활약이 약하지 않으신가요. 두 여성의원의 날카롭지만 부드러운 언어구사면 선동하고 호위하는 선수를 제압할 수 있겠구나 하고 위안을 얻습니다. 명리 연구하는 사람으로 분수 지키지 않고 자기 드러내는 재다신약과 정도를 지키지 못해 학문과 명예가 무너지는 탐재괴인을 논할 뿐입니다. 지도부에 소신과 쓴소리 없는 사람이 많을수록 국운은 쇠약해질 뿐입니다.

항상 악재를 기막하게 활용해 자신들의 실정과 무능을 가리는 선수들입니다. 부동산 23타수 무안타는 코로나라는 바이러스로 국가위기 이용해 비켜 가십니다. 이순신 장군은 전승무패의 통쾌한 기록을 가지고 계신데 광화문에서 내려다보시면서 무얼 생각하실까요. 쿠폰과 민노총과 외식장례는 코로나와 전혀 무관한 내로남불 그리고 어린이대공원에 몇만 명은 문제 안 되고 광화문 안 9대 이상은 공권력으로 막는 코미디쇼 하고 있습니다. 뭐가 두려운가요. 참으로 유치하기 짝이 없는 저질 해프닝입니다. 개인적으로 뉴스는 2개 방송국 외에 보지 않습니다. 모두 코로나로 채워지니 앵무새 소리 듣기 싫어 피합니다. 내 탓이오는 없지요. 3개 부서 장관 겸한다고 조롱받는 전지전능한 추풍장관님은 부동산 급등은 주부와 젊은 층 투기 탓만 하고, 부동산 담당 장관님은 3년간 정책실패 반성은 없네요. 두 여성분이 코로나로 올린 지지율을 하락시키는 엇박자를 연출하십니다. 자기 직분을 벗어나게 되면 전문성이 없어 23타수 무안타가 되어 선수는 은퇴해야 하나요 지부동입니다. 그것은 선수 자신이나 감독도 피곤하고 관중인 국민도 감독과 선수를 불신하게 됩니다. 이것은 소신도, 철학도 아니지요. 그것은 지도자의 소양이 아니라 무대포 매너이지요. 기업도 인사고과가 안 좋으면 퇴출시키는데 국가인사가 인간관계에 치우쳐 통계의 중요성은 아예 없으니 구멍가게 운영과 무엇이 다를까요. 그러니 이번 시장선거 참혹하지요. 사필귀정이지요. 징후로 보이니 조심해야지요. 세상은 변합니다. 그리고 미래 예측은 불가능합니다.

이번 광복절에 또 다른 편 가르기를 시도하시는데 백 장군의 죽음과 장례문제로 시끄럽군요. 죽음이란 살아온 인생의 총정리인데 어떻게 죽었느냐가 어떻게 살아왔는지 알 수 있지요. P시장 장례는 서울시 장으로 하고 백 장군에 대해서는 말이 많네요. 미투사건과 전쟁영웅 차이인데 기가 막히지요. 잘 죽었다는 건 지나온 흔적이 깔끔하다는 의미가 됩니다. 20대 혼동의 시대에 잠시 친일문제와 관련 있다고 하더라도 미 국무부에서 그렇게 칭송한 그 장군을 군대도 가지 않은 군인권센터 소장이라는 자가 경박하기 짝이 없는 행동을 보입니다. 백 장군이 이끄는 사단이 무너졌다면 오늘의 대한민국이 있겠는가요. 김일성 체제에서 짐승처럼 사는걸 막은 것만으로도 몇천 배 갚았습니다. 그리고 정의당에서 호부견자라 일갈한 100억대 자산가는 파묘 운운하는데 기가 막히고 코도 막힙니다. 몇 억 형제간 재산 문제나 해결하시고 수신제가 후 치국평천하세요. 부끄러움도 없어요. 그런 부동산 귀재 양반이 백 장군의 죽음에 오물 뿌리고 난리지르박에 탱고까지 추네요. 사이다 하태경은 이중적 교활함이라 하네요. 박통 파묘까지 주장할 것입니다. 다행히 국방부에서 백 장군은 나라를 구한 분이고 파묘는 절대 안 된다고 발표하니 안심이 되네요. 그리고 가벼운 K의원은 내가 좋아했던 표창원처럼 오물통이 싫어 의원직 포기한 의원과 대비되는군요.

간신을 제대로 가려내야 합니다. 청와대 안주인의 수해현장 방문은 참으로 좋은 일이지만 애완견들의 도에 넘는 애교는 불쌍하고 역겹네요. 줄서기 챔피언 경연장 같습니다. 눈병 날 정도로 현란하게 돌리네요. 육 여사처럼 소록도 나병환자들과 손잡고 식사하는 걸 봤으면 졸도하고 기절할 것 같네요. 국민은 바보가 아닙니다. 그렇다고 서릿발이 되어야 할 야당이 잘한다는 것 절대 아닙니다. 야당도 적지 않은 문제가 있어 보이네요. 민초 입장에서 그렇습니다.

그러나 집권당이 1차적 책임이 있지요. 누가 적폐인가요. 계류되어 있는 의혹부터 깨끗하게 정리하세요. 내 느낌으로는 울산시장 사건이 두고두고 정권 바뀌어도 문제가 되지 않을까 생각됩니다. 절대 가리지 못합니다. 분명히 보세요. 같은 물도 독사가 마시면 독이 되고 소가 마시면 부드러운 우유가 되듯이 권력도 마찬가지 아닐까 생각합니다. 무엇이 두려워 검찰을 장악하고 사정기관도 애완견으로 채우고 공수처도 법을 고쳐서라도 하려 하실까요. 입법·사법·행정을 하나로 묶어 지휘자 지휘봉으로 오케스트라를 만들려고 하실까요. 정말 한 번도 경험하지 못한 나라를 만들겠다고 취임사에서 밝힌 그대로 되어갑니다. 우호적 무역상대국인 일본을 어떻게든 요리해 우리의 이익을 취할 생각은 하지 않고 토착왜구니 친일이니 알 수 없는 말만 합니다.

그리고 북한에는 친절하십니다. 같은 민족이고 도우는 걸 반대할 국민은 아무도 없을 것이지만 우리 국민이 무참히 살해되어도 '미안' 한마디에 감동하며 빨간 벌레들이 스멀스멀 기어 나오네요.

배웠다는 딱따구리의 "계몽군주" 발언은 가볍기 짝이 없고 그런 부류가 "탐재괴인"의 모델이 되니 이 책이 많이 팔리면 모델료 주고 초빙할 생각입니다. 수시로 색깔 바꾸니 출신 학교 비인기 랭킹 1, 2위 다투는 그 양반과 비교가 재미있네요. 그리고 통일부장관과 이 정부는 북에도 따끔하고 강한 모습 보이고 때로는 형 같은 모습 보이지 않고 펴줄 생각만 하니 만행 저지르고도 당당한 모습 보입니다. 먼저 탈북자에게 호의 베풀지 않는 이유를 무식한 나는 도저히 이해가 안 되네요. 그런 기울어진 정신은 시민운동단체도 권력화되어 악취 나는 상황 가져오고 이 정부가 친일이니 토착왜구니 말할 염치없게 만듭니다. 청와대 초청하여 쇼를 보이더니 그 할머니 앵벌이 사건 후에는 벙어리 삼룡이 형 오룡입니다. 바그네의 국정농단에는 시민사회와 무슨 단체가 벌떼였지만 지금은 부처님 얼굴입니다. 상대 배려 없고 자기 상처만 생각하는 지독한 이기주의자입니다.

전직 대변인, 장관, 사정수석 전부 부동산문제는 아내 탓입니다. 올챙이통 떼어내십시오. 몇십 억 투자도 교수님은 모른다 하시니 야당 법사위원장 부인이 간이 참 크시네요. 내가 좋아하는 사이다 의원 하태경은 참 비겁하다고 쓴소리 하네요. 지위가 높아질수록 교도소와 가까워진다는 영국 속담이 있는데 자신에게 엄격해야 할 타이밍 잊어버리고 독주에 취해 오락가락하다 보면 이미 늦어버린 세월이지요. 그래도 SNS에 글 올리는 것 보면 측은하기 짝이 없네요. 어쩌다 보니 집이 세 채라는 K의원은 노블레스 오블리주 실천하겠다 합니다. 진정한 노블레스 오블리주는 경주 최 부자 집이나 인촌 선생이나 독립운동가 집안의 이종찬 집안이 해당합니다.

그리고 요즘 아들 군 생활에 엄정해야 할 국가기관이 모두 무너져 가고 있는데 훌륭한 가문이 훨씬 많지요. 썩어빠진 정신은 폐족이지요. 연평도 포격 당시 현역차관 외아들도 해병대 백령도 근무했고 진영 행자부장관 아들은 자이툰 부대 지원하였습니다. 또한 루스벨트 대통령은 자녀, 손자 10명이 1차, 2차 세계대전에 참여하였습니다. 근본 없이 흉내만 낸다고 귀족이 되지 않고 정신이 부패하면 천민이 되지요. 또한 6·25사변 때 덕을 베푼 사람들은 살벌한 인민군들조차 보호할 정도입니다. 지위 높고 덕 베풀지 못하면 소인배이지요.

참된 귀족 사례 한 가지 소개할까요. 1,000억 대 대원각 요정을 아무 조건 없이 시주한 김영환 여사입니다. 월북한 천재시인 백석의 여인이지요. 두 사람 인연은 남쪽에 남았지요. 백석의 여인 '자야'는 기생 출신으로 평생 홀로 살며 일군 고급요리집 '대원각'의 엄청난 재산을 불교계에 기증하였지요. 법정스님에게 넘겨 길상사를 창건한 것입니다. 법정스님 역시 절의 재정에는 일체 관여하지 않았습니다. 무소유 스님의 모범을 우리는 볼 수 있습니다. 참된 인연이지요. 수행자가 어떤 길을 가야 하는지 명쾌하게 보여주는 로드맵을 보여줍니다. 김수환 추기경도 개원일에 참석했지요.

종교도 화합하는데 일부 정치인의 행위는 멀미가 날 지경입니다. 어느 사회나 넘어서는 안 될 선이 있지요. 원전 수사에 선넘지 말라는 경고 보내내요. 청와대는 황제가 거주하지요. 그러니 일그러진 고약한 말하지요. 윤 총장은 눈만 껌뻑 합니다. 여당 의원들이 대권후보 만들지요. 철은 두드릴수록 강해집니다. 학문과 인연 맺어 성공한 의원이 되었으면 모든 일에 모범이 되어야지 거기에 취하여 오락가락하다 보면 추악한 얼굴을 보게 됩니다. 그리고 초선 의원이면 배우는 자세와 겸손함을 보여야지, 가벼운 행동은 하면 안 되지요. 쓴소리 초선 의원의 기개는 아예 없고 짖는 소리만 요란하지요. 다음에 그대들 선거구민이 뽑아줄까요? 지저분한 훈장 좀 버리세요. 나비처럼 날아갈 꿈 같네요. 드러내려고 하면 할수록 그대들의 입지는 무너집니다. 한 나라의 운영에 참여하는 것이 깡통 소리 내는 것이 아님을 부탁합니다. 국회의원이라는 권력에 취해 함부로 처신하면 안 됩니다. 지역구민들이 바보가 아닙니다. 겸손할수록 자기 가치는 상승합니다. 지나온 나의 흔적이 나의 미래입니다. 미래라⋯. 많이 배운 자가 정치를 하면 제대로 바른길 가야 합니다. 권력에 취하면 망가지고 되돌아가기엔 너무 늦지요. 탐재괴인⋯. 취하면 음과 양은 무너지고 그 불균형은 나르시시즘에 빠져 부끄러움 모르고 자기변호만 합니다. 이 세상에 자기가 최고 잘난 것이지요. 역지사지는 꿈꾸는 백마강이지요.

6. 오르가슴과 궁합

무아의 경지이자 그 순간만은 모든 걸 잊어버립니다. 분별이 사라지고 나를 잊어버립니다. 시원함과 나른함을 가져옵니다. 물론 궁합이 좋은 경우에 해당합니다. 속궁합의 핵심은 오르가슴 일치에 있는 것입니다. 우리는 속궁합이라 표현하지요. 남녀가 하나되는 조화이지요. 동물 중에는 인간의 암컷만이 오르가슴을 느낀다 합니다. 남녀 간의 사랑에 오르가슴이 없다고 하면 재미없는 운동과 다를 것이 하나도 없는 것입니다. 그리하여 인류와 동물이 번성하고 유지되는 것입니다. 가치관이 인생관이니 성격 차이니 하는 것은 껍데기 언어에 불과하고 오르가슴 일치가 가장 핵심 포인트입니다.

사람이나 짐승이나 배설이 원활하지 못하면 건강할 수가 없지요. 또한 사주명리학에서도 비견과 인성은 있는데 식신이나 상관이 없으면 배설이 안 되는 변비가 되어 막혀버려 문제가 생깁니다. 베푸는 마음 주는 마음이 없고 받을 줄만 아는 형태가 되니 주변에 사람이 없고 큰 재물은 기대하기 어렵습니다. 주변이 모두 떠나가지요. 동기 녀석들과 모임 가면 계산할 때 구두끈 매는 놈치고 성공한 놈 없습니다. 서울은 더치페이였지요. 그래서 부산과 서울은 너무 다르다 했더니 서울 집값이 워낙 비싸고 해서 합리적이지 않느냐고 말하더군요. 그래서 내가 서울 올라가면 의사인 친구에게 몽땅 바가지 씌우는 만행(?)도 저지르고 했습니다.

식신과 상관은 베푸는 것입니다. 남녀의 운우지정도 배려와 함께합니다. 칭기즈 칸이나 롬멜처럼 용맹스럽게 공격해도 상대 배려 없이 중간에 거시기가 장렬히(?) 전사하면 여인은 한숨과 아쉬움이 남는 것이고 계속되면 욕구 불만이 되고 불화의 씨앗이 됩니다. 그리고 외도로 이어질 가능성도 많아집니다. 부부간에 충분히 대화하여 타이밍과 전희과정을 털어놓고 의논하고 대처해야 합니다. 감각적 쾌락은 너무나 짧고 꿈같은 것이고 빨리 사라지지만 부부 유대관계에는 상당히 중요합니다. 동물의 세계를 보면 목숨 걸고 싸웁니다. 인간 사회에서는 왕 지위 버리게 하는 것이 '사랑'입니다. 독이 발린 날카로운 면도날이라 해도 주저함이 없지 않나요. 그것이 불나비사랑이고 불륜의 남녀입니다. 법 응징 받아도 '죽어도 좋아'입니다. 사마귀 경우는 교미 도중 암컷이 수컷을 잡아먹어도 계속 교미한다고 합니다. 신경은 살아서 가능하다고 합니다. 때로는 절제 못하는 욕구로 비아그라 복용도 하는데 정신이 황폐화되고 육체를 병들게 하니 삼가야 합니다. 복상사의 많은 사례가 비아그라가 원인이라는 의학적인 보고도 있습니다.

여성의 화장도, 몸매 드러나는 옷도, 미니스커트도 유혹수단이 아닌가 생각됩니다. 오죽하면 화장품 회사에서도 봄을 매출 타킷으로 할까요. 봄에 매출이 제일 높기 때문입니다. 아름다운 꽃도 봄에 피어납니다. 꽃은 식물의 성기이지요. 아름다움으로 벌과 나비 유혹하여 후손을 잉태하는 것입니다.

인간은 오르가슴을 통해, 발칸포(?)를 통해 정자와 난자의 아름다운 만남을 이룹니다. 부부간이면 성스럽고 경건한 행위가 되고 부도덕한 행위는 불륜과 업이 되어 가혹한 응징이 뒤따르는 것입니다. 동물도 생사를 걸고 싸우는 것은 후손을 자기 DNA도 남기는 것이고 암컷은 가장 강한 수컷을 원하기 때문이죠. 사람도 마찬가지이지요. 현대 사회에서 힘은 돈이죠. 돈이 권력입니다. 따라서 궁합의 1조건은 오르가슴 일치이고 2조건은 경제력으로 봅니다. 몸이 통하고 돈 있으면 무엇이 문제 될까요 성격은 세 번째로 나는 해석합니다. 그리고 궁합은 생식기 결합상태를 분석하는 것이고, 음양조화를 상징하는 것입니다. 따라서 남녀궁합 볼 때 조후를 아주 중시하고 여름 태생이면 상대는 겨울 태생이 좋고 화(火)기운이 강하면 상대는 수(水)기운 강한 것이 좋은 것입니다. 궁합은 보완이기 때문입니다. 음기운이 강한 여성은 밤을 기다리는 촉촉한 생물학적 구조인데 화(火)기운만 강하여 멧돼지처럼 공격만 하다가 짧은 시간에 전사하면 그다음 날 아침식사에 국물은커녕 숟가락도 놓지 않게(?) 됩니다.

조후 분석 뒤 일지 오행분석과 간지합, 성격 격국 그리고 대운 분석의 비교가 중요한 분야가 됩니다. 남자는 대운이 상승하는데 여자는 하강하면 그것은 인연이 아닙니다. 프로명리가가 잊으면 안 되지요. 동업 파트너 역시 그렇지요. 궁합 감정 시 상당히 중요합니다. 그리고 후손이 태어난다는 것은 단순한 생물학적 결합이 아니라 DNA와 '업'까지 포함하는 것이기 때문에 연주의 뿌리와 근본 그리고 월지의 환경 분석과 월간의 정신적 가치를 비교·분석하는 것입니다. 그리고 모든 생명은 번식기가 건강의 절정기가 되고 이때가 임신시기로 좋은 것입니다. 이때 남녀의 정상 성행위는 남자는 고환에서 양기 발산하고 여자는 자궁에서 음기 발산하여 중화가 됩니다.

그러나 무당은 음기가 사라지기에 성행위 피합니다. 유방은 작아지고 클리토리스는 없어집니다. 남자 수행자의 경우도 남성의 상징은 번데기처럼 작아집니다. 누진통이라 하여 새는 것이 끝난 경지가 되는 것입니다. 즉, 정액이 나오지 않지요. 성적 욕망에서 해방되었다는 징표이지요. 그래서 진정한 수도인은 목욕탕 가면 확연히 드러납니다. 위에 설명한 무속인은 강신무 경우이지, 반풍수나 세습무당은 아닙니다. 이것은 마음장상이라 하는데 수련하면 성감대는 퇴화됩니다. 그리고 무속인 경우는 접신된 영과의 영적인 성행위나 성적 흥분 꿈을 자주 꿉니다. 우리가 무속인을 다른 시각으로 무슨 외인부대처럼 생각하는 경향이 있는데 정작 본인들은 힘든 고통 속에서 지내는 접신 안 된 분들이 많습니다. 최면가로서 회로 열어준 적은 있으나 너무 힘들어서 몇 분 열어주고 그만둔 적 있습니다.

이야기를 바꾸어서 남성분들이 알아야 할 중요한 부분은 남성

오르가슴은 화려하게 폭발할 때 한 번에 그치지만 여성은 연속적이기에 세밀함이 필요합니다. 시각형인지 청각형인지도 서로 대화가 필요합니다. 자기 목적 달성했다고 금방 코골기보다는 좀 더 머물러야(?) 하는 것이고 여성분이 섬세하고 음기운 강하면 디테일하게 후희를 점검해야 합니다. 연주자의 손에 따라 명곡도 되고 알 수 없는 소리도 날 수 있는 것입니다. 다시 말해 여성은 악기와 같고 몸 전체가 민감합니다. 그래서 섬세한 연주가 필요합니다. 격정의 시간이 끝나도 부드러운 스킨십이 필요합니다.

세월 따라 권태기가 오는데 서로에 대해 모르는 것이 없을 때입니다. 신혼 때에는 탐험할 미지의 영역이 많았지만 이제 새로이 발견할 영역이 없을 때에는 모든 것이 기계적으로 보이고 열정이 미움으로 변해가는 것입니다. 익숙해지면 아름다움이 사라집니다. 여러 가지 변화가 필요한 시기입니다. 나는 남녀 궁합 변화를 3.3.3으로 규정해 봅니다. 최초 3개월은 눈에 콩깍지 쓰여 눈에 보이는 것은 "너 없인 못 살아" 시기로 하늘별도 따줄 것 같은 시기이고 그다음 3년은 때로는 "너 때문에 못 살아" 라는 권태기가 와서 때론 이혼도 생각해 보는 시기입니다. 3년 내 이혼이 50%입니다. 그다음 30년은 어디 내놔도 주워가는 사람 없는 나이입니다. 요즘 졸혼이니 뭐니 고상한 언어 쓰는 양반들 참 보기 민망해요. 포장하지 마시지요. 부부 정이 얼음처럼 식은 거지, 위장철학으로 가리지 마시라요.

몇 년 전 아주 추운 겨울에 부산역 광장에서 두꺼운 이불 아래에서 열정을 불태우는 노숙자를 본 적 있었습니다. 여러분들은 어떤 느낌을 가지실까요. 나는 살아있다는 그분들의 행위에 아름다움을 진하게 느꼈습니다. 남녀 간에 그 행위가 없다면 우주가 존재하지 않지요. 참으로 황홀하고 아름답지요. 그리고 우리 모두 거기가 출발이지요. 그러나 정은 하나이지요. 정은 하나라 둘이 되면 파국이 오지요. 깨어지고 부서지지요. 뒤돌아보면 이미 늦지요. 후시딘으로도, 대일밴드로 치료 안 되지요.

국가도 마찬가지지요. 음과 양 배합이지요. 편 가르기 하는 고약한 버릇 고쳐야지요. 극단의 결과는 극단적이지요. 치우친 음과 양은 부조화로 이어져 파멸 부르지요. 즉, 궁합이 깨어지는 것이지요. 중화해야 합니다.

7. 지킬 앤 하이드 그리고 음과 양

지킬은 의학박사이자 지도급 인사로 명성이 자자합니다. 그는 아버지의 정신병을 고치기 위한 약을 개발하던 중에 자신에게 임상실험을 합니다. 실험 도중에 자신이 야수가 되고 살인마가 되는 충격적인 사태가 발생합니다. 자신을 표현하고 드러내는 양적 성향과 제어하고 통제하는 차가운 이성의 음적 성향이 서로 중화되고 공존해야 동물 아닌 인간이 되는데 균형을 잃어버리고 본능만 존재하는 반쪽인간으로 변모하는 것입니다. 낮에는 박사이고 밤이면 범죄자로 변하는 이중인격으로 변화해 갑니다.

나는 이 약을 먹으면 권력에 취해 비틀거리는 인간들의 형태를 조명해 보고자 합니다. P지킬 변호사는 페미니스트이자 여성인권 변호사로 우리나라 국민의 많은 인구를 보호하시는 수도 서울의 시장입니다. 입만 열면 여성의 인권에 대해 열변을 토하십니다. 그러나 그것은 위장술이고 내면의 P하이드의 눈에는 오로지 한 표구걸의 걸인 자세가 되어 모든 여성을 영혼 없는 한 표로 비춰질 뿐입니다. 한여름에 서민쇼도 보여주시고 연기도 기막히게 잘하십니다. 국무회의도 참석하여 오염된 립서비스합니다. 시간이 흘러

대권후보 반열에 등장하니 권력에 취해 자신의 일그러진 추함을 모르십니다. 이성은 습관에 의해 마비되고 실종되어 버렸습니다.

처음에는 음양 간에 대립이 있어 갈등이 있었겠지만 시간이 지나면 무감각해져버립니다. 주변에 충견이 있을 리 만무합니다. 원래 권력에 취하면 싫은 말 극도로 피합니다. 좋은 대가리로 변호사 합격하고 현란한 조디로 시민을 우롱합니다. 그 뻔뻔함에 서울 시민들 참 불행하다고 생각합니다. 더듬고만진당 소리 들을 정도로 A지사, O시장 줄줄이 사탕이 주렁주렁 열려도 사과나 반성은 아예 없습니다. 그러니 이번 선거에 당연히 철퇴 맞지요. 사필귀정이지요. 청와대, 집권당, 여가부…. 사과는 구경 못하고 묵언수행하네요. 인간만이 유일하게 부끄러움 아는데 말입니다.

이럴 땐 하이드로 바뀝니다. 길거리에서도 개는 교접합니다. 부끄러움 모르니까 당연합니다. 그게 그들의 생활이지요. 사과는 굴욕이고 패배로 인정하는 것이 선동가들의 버릇입니다. 부동산 23타수 무안타도 사과 없지요. 코로나위기 활용은 천재들입니다. 상인들 언어 중에는 저울추 계산 잘못하면 3대까지 업이 내려간다는 말이 있습니다. 양을 속이지 말라는 것이지요. 상인도 깨끗해야 할 도덕기준이 있지요. 그런데 정확한 저울추를 계산해야 할 여검사는 사진 패러디로 아부 코미디극 벌입니다. 공직에 있는 자가 이런 행동 해도 법을 지켜야 할 기본 정의도 없는지 말이 없네요. 하기사 대법원장이 거짓말쟁이인데 누굴 탓하겠습니까. 그런 자가 엄격한 잣대로 법 감정 되겠습니까. 사이다 진 전 교수는 당신 딸 같으면 그러겠냐고 일갈합니다. 공직자가 그런 행동하면 공직자 윤리법에 어긋나는 걸 무식한 나도 아는데 애교로, 양념으로 받아들입니다. 재판에도 사주 대입하다가 패소한 걸로 압니다. 엄중 경고해야 할 지휘부가 쿵짝쿵짝 박자 맞추어 흔들어주니 신이 나서 하이드로 변해 감을 모릅니다. 그러니 대구에서 서울로 영전하십니다. 미투검사란 양반도 P시장 사건에 호박꿀 드시고는 정의의 모델께서 벙어리가 되셨답니다. 공황장애가 왔다는데 그러면 옷 벗어야지, 막중한 공직에 누가 되면 안 되겠지요. 검찰개혁이 절실한 이유가 여기에 있습니다. 그런 양반이 여성의 권익에 사명감으로 서릿발 같은 지휘가 가능할까요.

이혼이 흉은 아니지만 세 번 이혼 후 거리에서 필이 오는 남자와 처음 만나서 인연 이어간다는 작가도 조국 사태 이어 P시장 사건에도 훌륭하신 말씀하십니다. 제대로 된 소설에 힘쓰세요. 이문열 같은 작가 반열에 오른 뒤 좀 끼어드십시오. 최소한 그대 선배인 최인호 작가 정도 내공이 있을 때 말입니다. 이젠 여배우와 전남편이 어쨌다나 저쨌다나 난리지르박 추십니다. 연예부 기자 같네요. 나 개인의 꿈이 여생에서 소설 창작이 꿈인데 회의가 듭니다. 또 한 시인은 노벨상 후보까지 거론되더니 미투사건에 얽힌 작태나 그에 못지않은 가볍기 짝이 없는 "계몽군주" 발언, 그 양반도 작가시라니까 회의가 듭니다. 유체이탈 화법까지 쓰시면 안 되지요. 그리고 아침저녁으로 말씀이 바뀌네요. 누구 하고 똑같으니 그 출신학교 비호감 랭킹 1, 2위지요. 어쨌든 튀고 싶은 겁니다. 초선 국회의원 때도 요상한 옷차림으로 코미디극을 연출하시 었죠. 본인은 엄청 많이 알고 똑똑하신 줄 알지만 나 개인적으로 는 전혀 아니올시다입니다. 현란한 언어 구사보다 진실로 다가와 야지 전혀 감동 없는 선동은 먹히질 않지요.

그리고 이 정부의 핵심인 비서실장과 법무장관의 언어구사는 분 노조절장애로 보입니다. 한 나라의 중심에 서있는 분들이 국회의 원은 국민인데 얼마나 오만하고 무시하면 그럴까 한심하고 법무장 관의 일그러진 모성애가 측은하기까지 합니다. 대개 대쪽 같은 성 품이 많고 때로는 전혀 걸림이 없는 이사무애 성격에도 많이 있지 만 국정을 요리하는 데는 장애가 많아 보입니다. 남 발언 끊는 '무 식함' 이제 버리세요. 자기 자신을 수신 못하면서 치국평천하는 뜬구름이고 떠나버린 버스입니다. 나 개인적으로는 법무장관이 아쉬운데 서울시장이건 대권이든 두고두고 아킬레스건이 될 것입 니다. 이번에는 떠중이의 센터링 받아 자충골 넣는 김경수의 댓글 사건에 혁혁한 공을 세우네요. 그리고 비서실장의 자기 자신을 못 이기는 '버럭' 성질은 국민에 대한 예의가 아니지요. 오만한 태도입 니다. 그리고 추풍장관은 자식에게 흠이 없으면 수사로 밝히면 됩 니다. 뭐가 두려울까요. 그러니 27회 거짓말 나오고 국민은 웃고 있지요. 나의 지나온 그림자가 '업'이 밝고 깨끗하다면 말입니다. 검찰도, 사정기관도 전부 우군으로 채워졌습니다. 무엇이 두려울 까요. 떳떳하면 공개하면 될 일입니다.

대통령 아들도 한참 나이 위인 곽상도 의원에게 반말 써가며 맹

비난합니다. 그러다가 헛발질한 것을 알고 사과합니다. 그리고 페어플레이하자고 오만한 말을 합니다. 그대가 국회의원이신가요. 착각도 심하시네요. 헤비급과 플라이급이 페어플레이가 되나요. 곽상도 의원이 '아빠찬스' 곧 끝나니 대단한 사람이라 착각하지 말고 자숙하라고 일침 놓는군요. 교수의 딸, 장관의 아들은 내가 보기에는 부모찬스라기보다는 평생을 무거운 짐을 지고 갈 것으로 보입니다. 힘들지 않을까요. 군 제대 40년 지난 나도 분노하는데 20대가 탈영을 이해하겠습니까.

그리고 이 정부가 한글날 방어펜스 치고 집회광장 봉쇄하여 세종대왕을 갑갑하시게 만든 행위를 보고 많이 느꼈습니다. 물샐틈없이 4중, 5중 가려도 진실은 드러납니다. 라임 사태에서는 강 수석에게 5,000만 원, 다른 실세에게도 금품 주었다 하고, ○의원에게는 양복선물 하였다는데 그걸 믿을 순수한 국민이 있을까요. 오랜만에 윤 총장 활약을 기대합니다. 이번 방어펜스 보고 이런 건 평양에서도 못 본 장면이고 말 그대로 미쳤다고 외신기자는 말합니다. 놀이공원은 제재라곤 없고 우리나라는 이순신과 세종대왕 계신 광화문만 바이러스가 있답니다. 그렇게도 K방역 자랑하더니 백신 확보도 못해 아프리카 르완다도 따라가지 못하네요. 빼빼로 111위라네요. 한강변도 빈자리가 없는데도 말입니다. 세종대왕의 애민정신은 없고 정권보위 위한 행위에 내부 비판이 없습니다.

검찰에 이어 군대도, 체육단체도 일제히 추풍낙엽 아들 감싸기에 나서네요. 일반 병사는 꿈도 못 꿀 전 국가적 서 일병 구하기에 올인합니다. 그러니 군대가 강아지판이고 이역만리 파병 장병들을 사지에 빠트리지요. 또한 옵티머스 라임에서 2조 1,000억 피해 냈는데 검찰은 업자만 수사하고 쉬쉬하네요. 닭의 목을 비틀어도 새벽이 온다고 YS는 말했지요. 아무리 틀어막아도 밝은 날이 오고 게이트는 열리기 마련입니다. 이 정부는 울산시장 선거 개입사건 수사팀의 공중분해에 이어 빠르게 인사이동 통하여 친정권 호남 출신 배치하여 윤 총장에게 보고하지 않은 의도적 라인을 구축하였습니다.

지킬과 하이드도 한 사람이듯이 권력에 취하면 헛된 꿈꾸는 것입니다. 인간적 측면에서 장관의 모성애가 측은하게 보입니다. 금수저 아닌 가정환경에서 법조인 되었으니 가문의 영광 아닌가요. 엄청난 내공이 성장과정에서 생겼을 거고 방어기제 또한 강하게 작용하여 남이 공격하면 참지 못하는 장애가 오지 않았나 생각됩니다. 그리고 현 위치에 그만두는 것은 굴욕이지요. 불교 신자로 알고 있는데 하심(下心)하고 비워야 합니다. 등산도 하산이 힘들듯이 명쾌하게 '방하착'해야 합니다. 지금까지도 대단한 성공 아닌가요. 채우려고 하면 불행이 다가옵니다. 비우세요. 최면치유 시 방어기제가 강한 사람은 치유가 어려운데 대부분 편관이 강한 군인검찰 경찰 의사에게서 많이 봅니다. 강한 소신과 원칙주의자지만 고지식하고 융통성이 결여된 경우를 많이 봅니다. 따라서 사주학은 빛과 그림자 즉, 음과 양이 공존하는 것입니다. 이순의 나이이고 스마트한 머리를 가졌을 것인데 순리대로 가는 길이 어떤 길이라는 것은 잘 알 것입니다. 개인적 생각으로는 애증이 교차하는 사람이기에 아쉽군요.

민초가 이 정부에 바라는 것은 사과할 줄 알아야 하고 잘못되면 궤도 수정해야 하고 통계를 정확하게 인용하라는 것입니다. 외부로부터 공격받으면 흑백논리에 빠져 상대방 신뢰커녕 편 가르기에만 몰두하는 이상한 집단이 됩니다. 나에게 주는 조언은 외면하고 진영논리만 존재하니 소통은커녕 불통이 되어 하이드로 변모해갑니다. 일부 의원들은 리모컨으로 움직이는 것 같아요. 이성과 소신은 없고 지휘자의 지휘 따라 움직이는 로봇이 아닌가 생각이 됩니다. 특히 초선 의원들의 해바라기 형태는 세비가 아깝지요. 전 서방 때 거수기 대의원이네요. 차라리 사업을 하시지요. 부끄럽지 않을까요? 쓸개도 없어 보이네요.

개인적으로는 유튜브 방송은 따따부따를 제일 선호합니다. 여기에도 음양조화가 있어 화(火)기운 강한 그라제(?) 아저씨를 배 변호사가 제어하기도 합니다. 일반통행이 아닌 적당히 브레이크 밟아 주지요. 전라도 사투리의 민영삼 평론가와 배승희 변호사의 법률지식 그리고 열정적인 민영삼의 흥분하여 구사하는 큰 소리도 즐겁습니다. 구독자 70만 돌파했다니 축하드립니다. 음과 양의 찰떡궁합도 좋아 보이고 가공 없이 진실을 말하니 호응이 좋지 않나 생각합니다.

그리고 비상사태 코로나 정국에 지킬만 있으면 좋겠습니다. 정부와 의협파업도 협상시기를 늦춰 국민건강부터 챙기시유. 둘 다

두 보 후퇴하세유. 사이다 서민 교수는 기생충은 숙주 안에서 최대한 조용히 살고 숙주가 죽으면 기생충도 죽으니 공생과 협조하고 숙주에 피해를 끼치지 않는다고 합니다. 그것이 진정한 음과 양의 조화입니다. 즉, 대립하면서 공존하지요. 한쪽이 없으면 죽음이자 파멸이죠. 상생과 원원이죠. 그런데 코로나와 싸우는 의사들은 정부가 뒤에서 공격한다고 하면서 이 정부는 기생충보다 못한 정치한다고 목소리 높이네요. 그러자 정부는 엄정한 법 진행을 재차 강조합니다. 시기를 늦추어야지 피해는 볼모가 된 국민 아닌가요. 두 쪽 다 사춘기 소녀 같아요. 양쪽 다 반반 책임이고, 이 시기에 힘 가진 단체나 협치 않는 정부나 자유로울 수 없지요.

20년 동안 예산은 40배 늘어난 여가부의 존립취지는 여성의 인권신장이 중요테마일진데 A지사, O시장, P시장의 행위에 꿀 먹은 벙어리 삼룡이 누나네요. 이미 O시장과 A지사는 자백했는데도 검토 중이고 이 정부의 성명은 단골언어 메뉴인 수사 중이라 발표 못하지요. 우리 공무원이 불에 태워져도 국방부는 보안을 말합니다. 국민이 생사 헤매는데 기밀보안입니다. 국방부는 국민생명·안전이 최우선인데 걸핏하면 군사기밀이고 검찰은 수사 중입니다. 여가부장관은 검토 중이라고 앵무새 소리 내십니다. 여성부장관은 부동산 갭투자 의혹 받고 모계사회인 현대에 위안부 할머니 관리감독 못한 여성부가 필요할까요. 복지부와 합하세요. '줄리'가 등장해도 먼 산 보고 뻐꾸기 소리 냅니다. 의문이 드네요. 소신과 원칙은 내팽개치고 자기 몸보신에 열 올리십니다. 이리저리 바쁘신 법무장관도 다음 정치일정 로드맵 짜실 것인데 아드님 문제의 명쾌한 해결 없이는 시장이든 대권도전이든 난관에 부딪히지 않을까요. 우리나라에 병역문제는 역린입니다. 시원한 해결 없이 후일보장 어렵지요. 그리고 틈나면 검찰개혁 외치는데 살아있는 권력에 칼을 대야 검찰개혁이지, 줄 세워 리모콘 작동이 검찰개혁 아닌 것 같습니다.

제행무상! 불교에서는 모든 것은 변하지요. 특히 권력은 한 치 앞 모르지요. 그리고 군대 안 간 남자가 어디 있습니까. 선거에 절대적 영향을 미치지요. 이회창도 낙선했지만 하이드 김대업 그 양반 비참한 말로 보내고 있지 않나요. 자기편 들어주면 의인이지요. 윤석열도 한때 이 정부의 의인이었지요. 그러나 네거티브도 이번 선거에는 생떼탕으로 망신 당하네요. 선거운동이 네거티브로 생떼밖에 모르지요. 정치란 잘 모르지만 때로는 소모품으로 토사구팽으로 많이 이용되지요. 이승만 박사 하야 뒤 형장의 이슬로 사라진 애완견들을 보세요. 반대로 김두한을 보세요. 아버지의 DNA가 뚜렷한 독립군 총사령관 후손이 아닌가요.

역사는 거울이고 모델이고 그림자입니다. 물론 거울에 흔적도 그림자도 남지 않지만 우리 인간은 DNA가 있지 않나요. 철권통치 박통의 흔적이 바그네 탄핵을 이어져 그것이 아버지의 업 때문이 아닌가 생각이 들 때가 있습니다. 천하의 이기붕도 대통령을 구중궁궐에 가둬놓고 세 치 혀로 온갖 애교 부리던 애완견들의 말로는 거의 다 총살당했지요. 권력에 취해 지킬에서 하이드로 변한 사람들은 철저하게 부메랑 맞아 길로틴(단두대)으로 생을 마감한 것이 그 시대 팩트입니다. 함무라비 법전을 만든 왕은 그 법에 의해 처형당하고 사형기구 만든 길로틴도 마찬가지이지요. 양귀비 꽃은 화려하지만 열매는 아편이지요. 그것이 권력입니다.

시장의 미투사건도 해가 뜨고 밝은 세상 오니 이슬처럼 사라지고 권력에 취하면 정신 잃고 P시장 장례식 때 "님의 뜻 기억하겠습니다"라는 명언(?)을 플래카드에 남기시네요. 나도 이 사건의 당사자가 되어 짐승처럼 행동하겠다는 뜻은 아니겠지요. 망자를 두고 이러쿵저러쿵하는 것은 삼가야 할 일인 줄 알지만 백선엽 장군과 너무 대비되어 울화통 터져서 그냥 지나가기 싫네요. 망자 추모도 경건히 해야 하는데 피해자에게 몹쓸 댓글 다는 행위는 구토 날 정도입니다. 또한 우리 국민이 북에 의해 불에 태워져도 그 아들에게 향하는 욕설과 비하는 그대들이 향하는 그 양반을 정말 욕되게 함을 알아야 합니다.

P시장 경우는 5급 비서관에 의해 막히고 소통되지 않았다 합니다. 사주학으로 분석하면 식신과 상관이 없으니까 배설이 안 되는 변비구조이니 고인 물은 썩게 마련입니다. 그러니 파리가 모여듭니다. 그들을 불러들이는 것은 부패한 환경입니다. 내 안의 더러움 방치하니 불행은 가까이 다가옵니다. 입으로는 소통이니, 협치니 하는데 내가 보기에는 전혀 아니올시다로 보입니다. 내가 보기에는 내편 여론만 민심으로 착각하여 음양이 중화 안 되니 시끄럽네요. 걸핏하면 민심 팝니다. 한쪽 귀 막고 내편만이 여론이라면

심각합니다. 그러니 음양의 균형이 무너진 독재가 됩니다. 국민을 두려워하지 않고 부끄러움 없는 정부만큼 위험한 정부는 없지요. 그리고 권력을 견제해야 할 검찰의 허리도 무너져 가고 있습니다. 정권에 밉보인 맹견들이 엘리트들이 줄줄이 좌천되어 사표를 던지니 말입니다. 이러한 것이 검찰개혁이라면 민초인 내가 봐도 코미디극 같군요. 아니지요. 그대들이 볼 때에는 정의와 공정과 협치의 사회지요. 가을 장관은 나와 아들이 피해자라고 국민 가슴에 염장 지르십니다. 줄서기가 검찰개혁이고 유권무죄이고 무권유죄이면 이미 검찰개혁 완료된것 아닐까요.

앵벌이 윤○○에 호의적 발언하는 김○○한테 상당히 실망했습니다. 처신이 가볍습니다. 이장에서 국회의원까지 장관까지 한 양반이 할 말이 아닌듯합니다. 이번에는 광주에 윤 총장이 만진 비석을 손수건으로 닦네요. 이장 아닌 반장 행동이네요. 대선후보라…. 양산 시민들 훌륭합니다. 정신 차리세요. 그리고 이 정부가 틈만 나면 써먹는 토착왜구니, 친일이니 제발 써먹지 마세요. 촌스럽습니다. 반일감정 이용하는 선동은 6·25 때 빨갱이들이나 지주 숙청할 때 사용하던 수법이니 이제 그 테마 좀 적폐청산하세요. 재주는 곰이 부리고 되놈이 돈 받아먹었다는 이용수 할머니 절규나 제대로 듣고 우리 위안부 할머니들 앵벌이 시킨 자들을 깔끔히 정리하시라요. 청와대 초청도 세 번이나 하고 포장된 페미니스트들이 난리지르박에 탱고까지 추시더니 요즘 꿀 드신 삼룡이 형님이 너무 많아지네요. 부끄러워 쥐구멍을 찾아야 할 인간들이 현란한 굿판 벌이십니다. 그리고 아들 문제에 감싸기 하는 이 지사에 대해 사이다 진 교수는 "아빠찬스와 엄마찬스에는 찍소리 못하는 주제에"라면서 살아있는 권력의 부정에는 아무 말 못하는 겁쟁이가 정의의 사도처럼 온갖 ×폼 다잡으면서라고 일침을 가합니다. 시원하기 짝이 없네요. 정치인 특히 야당 정치인 몇 명 모아야 이 정도 사이다에 얼음물 띄어 보낼까요. 아무도 걸림이 없는 이사무애가 시원하네요.

국군인지 민주당군인지 민간인인지 헷갈리는 군 기강 자체가 허물어지는 소리가 들립니다. 국군은 누구에게 충성하고 있을까요. 공무원이 피살되어 불에 타 사망해도 처음 발표한 국방부 성명이 짜깁기로 변해가는 걸 우리 국민이 모를까요. 김관진이 그립습니다. 군인 냄새는 없고 이웃 아저씨 같은 국방장관이 되어서는 안 되겠지요. 소위 개혁된 검찰은 가을장관 손 번쩍 들어주시네요. 손발이 이렇게 잘 맞으니 환상의 드림팀입니다. 여기에 공수처까지 합세하면 뉴욕 양키스가 오든 메시와 호나우두가 오든, 문제전혀 없지요. 그러나 잘못이 있으면 분명히 대가가 옵니다. 비켜갈 수 없지요. 지금은 리모콘 하나면 충분합니다.

간절히 기원해봅니다. 하이드를 지킬로 돌려줄 묘약과 지도자가 나타나길 말이죠. 보름달도 하루하루 기울어 초승달이 됩니다. 그리고 또 보름달이 되지요. 인생도 그렇고, 권력도 마찬가지이지요. 인생무상 일장춘몽이지요. 폭탄 사이다 진 교수는 윤 총장 징계 의원을 을사오적이라고 평하네요. 올해가 경자년이니 경자오적이네요. 선수가 심판이 되는 것이 불공정한 게임 위반이지요. 반드시 부메랑은 돌아옵니다. 분명하게 비우고…, 또 비우세요. 오물은 비우지 않으면 반드시 돌아옵니다. 총알은 피할 수 있어도 '흔적'과 악취는 재채기처럼 감출 수가 없지요. 불륜의 '궁합'은 깨어지지요.

8. 식물의 성기는 꽃이다

활짝 핀 꽃은 참으로 아름답지요. 개인적으로는 봉우리 맺힌 꽃을 좋아하지만 활짝 핀 꽃은 후손 잉태할 준비가 되었음을 사랑의 전달자인 벌과 나비들에게 부끄럽게 알려주지요. 그리고 씨앗을 만들기 위한 수정이 진행됩니다. 수정이 되면 꽃이 떨어지지요. 아름다운 신부가 새 생명 잉태하면 처녀로서는 끝이지만 아름다운 후손을 남기는 것과 같습니다. 성스럽지요. 힘을 다하여 성장하여 꽃을 피우고 씨앗을 만들어 후손을 이어갑니다. 윤회사상과 일치하고 사주학상 십이운성의 연기론과 맥이 닿아 있습니다.

성철스님은 죽음을 옷 바꿔 입는 것이라 하였습니다. 지은 업대로 내 걸어온 발자취와 그림자로 내생이 정해진다는 법칙입니다. 선인선과요, 악인악과이지요. 최면치유 시 전생상담과 전생퇴행을 많이 유도해 본 결과 나는 전생을 '업'으로 강하게 규정합니다. 전생이 현생이고, 현생이 내생임을 나는 확신합니다. 그리고 윤회는 분명히 존재한다는 믿음을 가지게 되었습니다. 여러분도 믿으시길 권합니다. 윤회를 믿으시면 현생을 소홀히 할 수 없고 밝고 건강한 삶에 무게중심 두어 인생이 풍요롭지 않을까요. 그리고 죽음에 대한 두려움도 적어지겠지요. 정신건강과 육체건강에 긍정적 효과가 오게 됩니다. 모든 것이 나에게 좋은 힐링이지요. 그리고 여유롭지요.

전생 퇴행하여 보면 그 전생에 사망하는 질병이 현생과 연결되는 경우가 많다고 나의 스승인 전생상담 전문가 임재형 박사는 말합니다. 미국의 유명한 정신의학자 브라이언 와이스는 그의 저서 『나는 환생을 믿지 않았다』에서 임사 체험자의 연구를 통하여 전생은 분명히 있다고 결론짓고 있습니다. 본인이 기독교인이라 처음에는 부정하다가 연구를 통하여 확신을 가진 것입니다. 원래 기독교에서도 인정하다가 로마제국 때 콘스탄티누스 대제가 종교의 정치적 이해관계로 그의 모친과 함께 없앤 것으로 압니다. 티베트의 〈사자의 서〉에는 상세히 기술되어 있습니다.

윤회를 믿는 나로서는 꽃이 지면서 맺는 씨앗을 업이자 흔적이고 그림자이자 윤회의 연결고리고 해석합니다. 씨앗이 좋고 건강하면 내생 즉, 다음 대에도 건강하고 예쁜 꽃이 피어나는 것입니다. 인간인들 뭐가 다르겠습니까. 부모의 인격 따라 DNA가 결정되는 것 아닐까요. 허재 선수나 이종범 선수 자식들의 천재성을 보세요. 야당의 비대위원장도 가인 김병로 대법원장의 핏줄 아닌가요. 묵직한 인품이 촐랑대는 정치인과는 다르다면 나의 후한 평점일까요. 검찰총장도 대쪽 같은 윤증 선조가 있는 것입니다. 콩심은 데 옥수수가 나지는 않는 것입니다. 궁합을 보러 오는 젊은이들한테 부모를 유심히 관찰하라고 당부합니다. 특히 여성분은 장모가 음식 잘하나 못하나 따라 딸도 거의 적중합니다. 그래서 씨도둑 못하고 붕어빵 복사판 보는 것입니다. 과거 만화에 등장했던 것이 기억나는데 딸을 낳아 키워보니 엄마 닮지 않은 옥떨메라 이상하게 생각했는데 사실은 와이프가 성형수술 했다는 것이 탄로 났다 하지요. 따라서 내가 지은 업은 자손만대까지 내려갑니다.

활짝 만개한 꽃은 화려하지만 오래가지 못하지요. 그러나 귀중한 생명을 잉태하지요. 우리가 산소에 많이 심는 백일홍은 백일 간다 하여 많이 심지만 대부분 십일홍입니다. 인생도 권력도 찰나의 부귀영화이자 덧없는 백년인생이지요. 그런데도 인생과 권력이 영원할 것처럼 오만 부립니다. 자식들 유치원 재롱잔치가 엊그제 같은데 벌써 한 갑자 지난 장년에서 노년으로 가고 있습니다. 공수처니 촛불정권이니 하는 권력도 종말이 빠르게 다가옵니다. 그것도 모르고 권력에 취해서 비틀거립니다. 삼청교육대로 무자비하게 탄압하던 전 서방도 치매환자로 옛날 살기 어린 눈이 아닙니다. 김형석 선생님처럼 100세에 신문 기고하는 건강과 평화로움은 없지요. 현대인의 대부분이 스트레스와 모략 중심 구덩이에 살아가니 삶이 피폐한데 마음평화 추구하는 분들은 삶의 궤적이 다르니까 당연한 결과입니다.

꽃이 지고 시드는 것은 열매 맺기 위한 과정이고 저장 보관 과정입니다. 사주학 오행에서는 지지의 술토(戌土)가 됩니다. 흙에서 태어나 흙으로 돌아간다는 것은 축토(丑土)에서 술토(戌土)로 가는 것을 의미합니다. 때로는 잘 익은 가을 단풍이 꽃보다 아름다울 때가 많습니다. 꽃과 나무를 위해 헌신봉사를 하여 자외선을 공급한 뒤 가을이 오면 자신을 비우기 때문이지요. 우리의 어머니처럼 아무 대가를 바라지 않고 비바람 맞으며 희생과 봉사 후 조용히 떨어집니다. 시든 꽃도, 단풍도 자신의 흔적을 남겨 씨앗을 남긴 채 떠나가는 것입니다. 꽃이 지고 비바람에 나뒹굴어 추하게 보여도 새 생명 잉태한 그동안의 치열함 때문에 아름답고 아름다운 것입니다. 또한 꽃은 수정을 위해 존재하는 강렬한 유혹의 아름다움입니다. 봄은 여자의 계절이기에 꽃이 되고 가을은 남자의 계절입니다. 여성은 음이기에 따뜻함 찾고 남성은 양이기에 가을을 선호하게 됩니다.

여기에도 음양의 오묘함과 배합이 있습니다. 얼마나 신비한가요. 여성이 한 달에 한 번 마술에 걸려서 꽃물(?)을 배출해 몸을 정화하고 새 생명 탄생 준비하는 과정 말입니다. 생활이 힘들어도 기억합시다. 수억 마리 중에서 내가 선택되었다는 자부심을. 그리하여 부모님이 물려주신 이 몸과 마음을 오염시키면 안 됩니다. 건강하게 깨끗한 마음으로 이승을 정리하십시오. 그리고 윤회는 반드시 있다고 믿습니다. 낮이 지나면 밤이 오고 추운 겨울이 지나면 봄이 오지요. 그것이 윤회이지요. 보름날 보름달이 뜨지 않는 경우는 한 번도 없지요. 윤회라…. 하얀 눈 위를 걸어가면서 뒤를 가끔 돌아보세요. 그 흔적이 내생입니다.

9. 졸혼과 궁합의 비밀

인도의 성자 간디는 38세 때에 명상과 수련을 위해 부인과 상의 후 해혼을 하고 가정을 떠났습니다. 부처처럼 오랜 수행 기간을 거친 후 지도자가 되어 지배국이던 영국에 비폭력으로 저항하여 인도 독립과 국민들을 이끄는 지도자가 됩니다. 요즈음 주변에 작가나 연예인의 졸혼이 많이 보도되고 황혼이혼도 급증하는 추세에 있습니다. 졸혼은 법적으로는 부부이나 서로의 영역에 관여하지 않는 자유와 고독을 동시에 가지는 것입니다. 표면상으로는 그럴듯하나 생물학적으로 성의 욕구가 사라진 것도 한 부분이 되고 궁합의 부조화도 마찬가지입니다. 노후에 부부가 육체적 사랑이 문제가 아니고 지나온 트라우마가 원인이 된 경우도 많이 있겠지요. 사회적인 공인이다 보니 우아한 표현을 하지만 실제로는 애정이 식어버린 이미 오래전에 금이 가버린 것입니다. 젊을 때보다 더 의지하고 은은한 부부도 상당히 많이 보입니다. 그리고 경제적으로 힘든 부부는 하고 싶어도 어렵습니다.

궁합도 변합니다. 변하지 않는 것이 무엇이 있나요. 불교에서는 '제행무상'이라고 하지요. 젊을 때는 육체적인 합이 대단히 중요하지만 노년기에는 배려와 정신적 경제적 풍요가 중요하지요. 그리고 졸혼이란 집시처럼 소유와 의무가 아예 없는 자유로움과 홀가분함이 아닙니다. 그리고 시대의 빠른 변화로 여성상위를 넘어 모계사회가 되어 가는 현대 사회에선 여성에게 '순종'을 강요했다가는 정신병자 취급을 받지요. 명리가 여러분도 상담 시 '순응'이라는 언어를 구사하셔야 합니다. 시대에 맞지 않은 옷을 입으면 부부불화가 생기는 것입니다. 자식들은 짝을 만나 이소를 하고, 자기들 살기에도 벅찹니다. 서울 아파트 값을 보십시오. 언제 부모 도움 없이 집 장만할까요. 우울한 현실입니다. 부모를 챙기기가 어려운 현실입니다. 그리고 요즈음은 며느리가 갑이 되는 집도 흔히 있는 일입니다. 대부분 못난 며느리에 부모 경제력이 없는 무능력한 경우입니다.

현대는 돈 때문에 절규하는 사회입니다. 극단적 물질주의와 속도주의로 앞만 보고 맹렬히 달려갈 뿐 여유가 없습니다. 농경사회였던 우리 부모 세대에는 노인이 되면 자식이 봉양하였지만 지금은 전혀 아닙니다. 따라서 노년의 부부궁합은 상당히 중요합니다. 그래도 황혼이혼은 증가세입니다. 내 친구 중에 중소기업 전무지내고 퇴직한 녀석이 있는데 모은 돈이 서울 아닌 안산에 중형 아파트 한 채라면서 소주잔 기울이며 뭔가 지나온 세월이 잃어버린 것 같다고 푸념하는 말을 들은 적이 있습니다. 결국 마지막엔 부부인 것입니다. 용돈도 자식에게는 서서 받아야 하고 대소변도 자식보다는 배우자가 편한 것입니다.

이 때 중요한 화두는 건강과 경제 그리고 고독이지요. 건강이 우선이지만 경쟁사회에서 무리하다가 병을 얻는 경우가 많습니다. 스트레스도 큰 문제입니다. 현대의학은 심성을 중요하게 생각합니다. 스트레스는 누구나 내야 하는 세금으로 관점 바꾸기가 필요합니다. TV의 자연인 프로는 자연과 가까워지면 병은 멀어지고 자연과 멀어지면 병은 가까워진다는 진리를 여실히 보여줍니다. 거기엔 욕심을 내려놓으라는 의미도 함축되어 있는 것입니다.

나도 하루 2갑 피우던 담배를 2년 전에 끊었습니다. 40년 동안 애연가였고, 술도 많이 마셨는데 술도 기쁜 날 외엔 거의 마시지 않습니다. 명색이 최면가이고 마음 공부하는 자가 그걸 극복 못해 하는 자기암시 최면기법으로 끊었지요. 의지가 강한 사람이 아닌데 실행하니 두 아들과 집사람이 놀라더군요. 혹시 여러분 중에 금연하시고자 하는 분 있을 것 같아 소개하면 옛날 부산 사상공단의 시커먼 굴뚝 위에서 매연을 들이마시는 의념과 손자 앞에서, 그 천사 앞에서 독극물을 뿜어대고 찡그린 얼굴을 주입하니 어렵지 않게 끊었습니다. 최면의 관점 바꾸기이지요. 술은 쉽게 금주되었는데 담배는 정말 힘들었습니다. 술도 사업실패 후 습관처럼 마셔댄 것이라 쉽지 않았지만 비교적 괜찮은 집안과 배경을 활용 못하고 처자식 고생시킨 나의 무능함과 노후에 가족에게 피해를 주고 싶지 않았습니다.

전생악연이 부부된다고 합니다. 서로 화해하고 풀어나가라는 뜻이지요. 그리고 빚 갚는 기회도 되지요. 특히 마음의 상처는 치유가 어렵지요. 그래서 황혼이혼이 증가하는 이유 중 하나로 보입니다. 무심코 연못에 던진 돌의 파장이 전체로 퍼져 나가듯이 그것이 미물의 죽음을 가져오듯이 노년기나 장년기의 부부대화는 세 번 생각하고 말하는 삼사일언 방식으로 대화해야 합니다. 내기준으로 상대방 대하니 이혼이 증가하는 것입니다. 특히 현재 청춘들은 거의 독자나 남매로 성장하여 상대방 생각하는 대화인 역지사지가 어렵고 이기적으로 내 기준에 맞지 않으면 충돌이 일어납니다.

국가도, 기업도, 인간 사회도 마찬가지입니다. 야당 배제하고 다수당 단독처리하면서 협치강조하는 것을 협력정치가 아니라 협박정치이고 전체주의 국가에서나 있는 행위 버젓이 합니다. 이럴 때 고루 섞어 하나로 만드는 비빔밥정신이 필요하지요. 버무림의 미학이고 음양 조화이지요. 젓가락이 짝수인 것은 지역감정 만들면 안 된다는 의미지요. 하나는 넘어지지요. 화합해야 한다는 의미지요. 그것의 또 다른 의미는 우리나라 일부 지역의 묻지 마 지지자는 대통령의 오만과 독선에 일조하고 점점 고립되지요. 마치 섬처럼 분리되지요. 그걸 조장하는 정치인들 정신 차려야 합니다.

음양조화 안 되면 파멸입니다. 음양 부조화는 정치나 부부관계나 다를 바 없지요. 입으로는 공정과 정의 그 뒤로는 힘으로 누르는 정치도 이미 깨어진 궁합입니다. 사람의 마음은 볼 수도, 만질 수도 없지만 진정으로 다가가면 부부는 감응하고 소통하게 되어 있습니다. 상처주지 마세요. 과거 일 들추지 마세요. 상처는 후시

딘으로 치료 어렵고 깨어진 달걀에 스카치테이프 붙인다고 부화 안 되겠지요. 음양의 조화로 자식이 태어난 것 아닌가요. 자식 있고 이혼한 분들 중 행복해하기보다는 고통스러운 분이 더 많습니다. 때로는 상극관계이면서 궁합이 맞는 경우가 있습니다. 돼지고기와 새우젓 관계처럼 체하는 것 막고 느끼함도 없애줍니다. 따라서 상극도 중화가 되면 부부간에 해결 못할 일 없지요.

지역감정도 마찬가지지요. 그리고 부부간도 내 잘못은 먼지이고 남의 잘못은 바위덩어리 입니다. 그래서 관점을 바꾸어야 합니다. 소통이 안 되니까 정치나 부부관계나 니 죽고 내 살자이지요. 남의 허물 배우자 허물 보기 전에 내 모습부터 보세요. 정치나 부부관계나 똑같지요. 이번 시장선거 보셨지요. 참패하니 입 닫고 있던 초선 의원들 말입니다. 소신도 패기도 없는 인형들이지요. 국민세금이 부끄럽지 않나요. 그러니 또 오적이 어떠니 저떠니 정신 못 차리지요. 혁혁한 공 세운 떠중이를 사이다 폭탄 진 교수는 "주술사"라 평하네요. 야당에서 감사패 주세요. 이번 경남지사 재판에도 눈부신 공을 세우네요. 그러고도 열 받아 재판부 고상하게 흉보네요. 어려운 시기에 출연료나 내놓으세요.

그리고 전 정부 탓도 그렇지요. 과거는 이미 흘러 남강에서 대서양까지 갔지요. 부부도 흘러가버린 좋지 않은 기억들 들춰내지 마세요. 그리고 배우자한테도 남과 비교하는 것 절대 하면 안 되지요. 나의 큰누님도 상류사회라 생각하는데 매형 작고 후 죽으려고 곡기 끊은 적 있다고 막내인 나한테 눈물 글썽이며 대화하여 내가슴이 먹먹해진 적 있습니다. 특히 남자는 부인 먼저 저세상 보내면 극심한 혼란이 온다고 합니다. 내가 상담한 분들 중 최면을 통해 치유한, 우울증 겪고 있는 분들은 생존 걱정하는 분들이 아니었습니다. 생존 걱정하는 분들은 그럴 틈이 없지요. 조폭도 우울증 없습니다. 분석하지 않고 단순하기 때문입니다.

그러나 노후에 심한 경제적 어려움은 문제가 됩니다. 돈은 제2의 심장이고 돈에는 귀신이 숨어있다는 말이 틀리지 않습니다. 라임이나 옵티머스 사태도 귀신이 숨어있지 않으면 일어나겠는가요. 수천 명 고객의 피를 빨아서 자식 유학 보내고 흥청망청 탱고 춘 작자들이 벌을 안 받으면 예수나 부처가 용서할 수 없지요. 돈이 신앙이고 신인 그 자들이 무슨 행복을 논할 수 있을까요.

부부는 노년기에 평화롭고 건강하면 됩니다. 불륜은 부도덕에 기초한 찰떡궁합이고 평화와 부부사랑과는 거리가 있지요. 남녀 간 장년기 이후에 궁합은 보완과 균형 그리고 배려가 필요합니다. 아무리 늙어도 "나는 여자입니다"를 기억해야 합니다. 얼마 전 TV에서 첫사랑 남녀가 각각 배우자 사별 후 만나 재혼하여 알콩달콩 살아가는 80대 중반의 부부를 보고 음양의 조화를 깊이 느껴본 적 있습니다. 과속하면 브레이크가 궁합이고 지금 다수당처럼 Q브레이크 밟아 정지하는 것은 궁합이 아닙니다. 그러면 상처가 나고 사고가 나지요. 마음 상처주는 것도 살생이지요. 기업도 추진력 강한 임원과 제어력 강한 임원 두 사람이 추진과 제어 그리고 균형을 적절히 배합하는 것이 궁합입니다. 우리가 홀로 있을 때 자유스럽지만 행복한 것은 아닙니다. 음양배합 이루어질 때 비로소 행복이 오게 되어 있습니다. "여보"라는 단어는 보배와 같다는 말이고 당신이란 당연한 내 몸이고 자기는 나와 같은 너라는 의미이니 얼마나 그윽한 단어입니까. 또한 그것은 생사고락을 같이 한다는 의미이니 해로하자는 뜻도 됩니다.

내 기준으로 상대를 변화시키려고 하는 건 아주 고약한 생각이고 내가 아주 힘들어지는 원인이 됩니다. 현대 젊은이들은 대부분 독자나 남매간이라 형제 많았던 우리 세대와는 달라 개인적이고 이기적인 성격이 강합니다. 그래서 상대방 입장에서 바라보는 역지사지가 필요합니다. 또한 장년기 지나면 부부 모습은 배우자를 통해서도 바뀝니다. 남편 사랑받는 여성은 피부 트러블이 많이 없습니다. 좋은 궁합과 기(氣)의 교감입니다. 그리고 호르몬이 윤활유 역할을 하지요. 우리가 남녀 미팅 시 학벌이나 경제력 모두 좋은데 끌리지 않는 것도 기(氣)의 작용이고 첫눈에 반한 것도 마찬가지입니다. 흔히 제 눈에 안경이라 하지요. 텔레파시라고도 부르지요. 전기나 자외선이 눈에 보이지 않으나 분명히 존재합니다.

내가 군대 갈 무렵에는 군대 가기 전 여자 친구에게 육체도장(?) 찍으려고 난리지르박 많이 추었지요. 그러면 내 여자가 될 가능성이 높았고 고무신 거꾸로 신을 확률이 낮아지는 거였습니다. 묘비명에 "우물쭈물하다가 내 이렇게 될 줄 알았다"고 쓴 영국 극작가 버나드 쇼는 여자의 운명은 최초의 ( )에 의해 결정된다고 하였는데 들어갈 단어는 "한방"이었습니다. 지금 남녀 사랑은 스포츠게

임처럼 즐기지만 우리 시대와 청교도가 지배한 그 시대에는 순결이 그만큼 중요했지요. 토마스 하디가 지은 소설 『테스』도 순결이 주제인 걸로 기억합니다.

현대 사회의 궁합은 나이 들어가면서 변하지만 무엇보다 상대 배려와 사랑입니다. "당신 때문에 못 살아"를 버리고 "당신 없이 못 살아"로 바꾸세요. 그리고 〈우리 이혼했어요〉라는 TV에 나오는 부부의 핵심은 결국 소통이었습니다. 한때 배우 이O하의 금슬이 좋다고 하여 부러워했지만 부부불화 내가 볼 때에는 소통 부족이었지요. 결국 음양 부조화가 파경까지 간 거지요.

우리 정치도 지금 이 지경이지요. 힘있으니까 좋아 보이지요. 내 나이 20대 중반에 정권 잡은 전 서방은 국민 마음 잃어버린 헛된 인생 살았지요. 그리고 영어의 몸이 되어있는 두 전직 대통령 그리고 전 서방이 힘이 없어서일까요. 박통이 나는 새를 못 잡아 그런가요. 궁합이란 것이 이럴 때 꼭 필요하고 대립하지만 소통 통해서 공존해야지, 불통되면 부서집니다. 이 정부의 마지막을 지켜보아야지요. 그러나 지금은 소통과 협치는 없고 공정과 정의는 화성에 가버렸지요. 이번 선거에 결정타 맞았지요. 야당도 정신 못 차리면 똑같지요. 그리고 현정 국은 음과 양이 없는 조화가 없는 곳에 살고 있네요. 피어있는 꽃은 향기 없는 조화라 나비와 벌은 찾아오지 않네요. 봄이 오면 꽃과 나비가 사랑할 수 있을까요. 터널 끝이 안보이네요! 터널 끝이….

부부도 한쪽만 있으면 존재할 수 없지요. 여당과 야당도 마찬가지이지요. 한쪽만 존재할 수 없지요. 궁합은 한쪽이 없으면 파멸입니다. 숨쉬는 '호'와 '흡', 낮과 밤 속도의 브레이크와 가속페달…. 하나는 존재할 수 없지요.

10. 부부궁합

서양 우화를 하나 소개하겠습니다. 시한부 생명을 선고받은 아내와 남편이 여행을 떠났습니다. 지나온 세월의 희로애락을 이야기하며 과거를 반추하는 서글픈 시간이자 후회와 아쉬움이 교차되는 상황이 전개되는 시간입니다. 남편이 토스트를 구워서 가운데 속살이 아닌 테두리 부분을 부인에게 건네면서 "여보! 사랑해요!"라고 말하는 찰나 부인이 "이제 말해야겠어요" 하며 자세를 고쳐 앉았습니다. "나는 부드러운 속살을 좋아하는데 이 세상을 떠난다 해도 테두리 빵을 줍니까?" 그 말에 남편은 멘붕이 왔습니다. 부부일심동체는 환상일 뿐이고 이심이체이지요. 엄밀히 부부는 둘이요. 오르가슴 일치되는 그 순간 하나로 변하지요. 남편은 자기가 테두리 부분을 좋아하니 부인도 그런 줄 알고 지금까지 그렇게 해 온 것입니다. 부부간 소통의 주요성을 보여주는 이야기입니다. 부부 누구에게나 있을 수 있는 해프닝이지요.

음양조화의 공존이 소통인 것은 부부나 국가도 마찬가지입니다. 여당과 야당이 입으로는 협치강조하면서 협력과 상생의 공존을 떠나 다수당이 협박정치를 한다면 협치는 먼 나라 이야기가 됩니다. 부부역시 마찬가지입니다. 음과 양이 만나 서로 중화가 이루어져야 하는데 일방통행을 하는 한쪽으로 기울어진 부조화는 불화의 씨앗이 되는 것이고, 부부 사랑도 한쪽만 만족하고 잠들면 불만이 있게 되겠지요. 남성 사주 경우에 편관이 강하고 금(金) 기운까지 강하면 대체로 소신과 원칙은 강하지만 고지식하고 융통성 없는 비가정적 가장이 됩니다. 음양 부조화이지요. 그러나 사회적으로는 분명하고 맑은 사람이 됩니다. 남자 사주에 인성과 비견 겁재가 없는 신약사주에 재성이 강하면 강한 배우자에 종속되어 살아갑니다. 앞서 말한 사례를 통하여 볼 때 소통이 얼마나 중요한지 설명이 됩니다. 그리고 중년 넘어선 대부분 부부생활이 그렇지 않나 생각됩니다.

특히 경상도 남자들은 투박하고 거칠어 보입니다. 우스갯소리 하나 할까요. 경상도 남자가 퇴근하여 집에 오면 묻는말은 ① 아는, ② 묵자, ③ 자자, 이 세 마디 말이 전부이고 한 단어 추가하면 ④ 존나(?)라고 합니다. 얼마 전 TV프로에서 노년기 부부의 소통 안 되는 경우를 봤습니다. 할머니가 이 옷 저 옷 입어보며 비교하며 화장을 열심히 하는데 할아버지가 버럭 소리치니까 할머니가 다른 방으로 가서 한숨 내쉬면서 "그래도 나는 여자인데" 하십니다. 70 넘어 시골 장에 가시는데 예쁘게 하고 싶은 여자의 아름다운 설렘을 뭉개버리는 것입니다. 나는 아버지가 생각났습니다. 얼마나 창피했으면 집에 와서 울고불고 한 적이 있었습니다. 초등학교 바로 옆에 우리 집이 있었는데 나는 전교회장으로 맨 앞에 교장 선생님 훈시를 듣고 조용한 가운데 아버님이 "이놈의 달구새끼 (닭의 사투리)들이!" 하시면서 몇 분 간 소리 지르시는 것이었습니다. 부끄러워서 혼났지요. 형과 누나들은 아버지가 워낙 엄하시니 입도 뻥긋 못했지만 8남매 막내인 나는 집에 와서 사랑채 앞 화단에서 뒹굴었습니다. 어머님은 더 강하게 하라고 손짓으로 응원하시고 아버님 사과를 받아냈습니다. 어머님은 평생 처음 보는 사과라 하시면서 통쾌하다는 듯 웃으셨습니다. 그때는 남존여비 사상이 지배하던 시대였고 여성을 구타하는 것도 많이 보았습니다.

지금은 모계사회입니다. 요즘 여성운동할 것도 찾기 어렵습니다. 그러나 남성은 남성다워야 하고 여성은 여성다워야 합니다. 그것이 음과 양이 조화이고 균형입니다. 그리고 부부는 젊을 때와 노년기에 절실히 필요하지 않나 개인적으로 생각합니다. 젊을 때는 생물학적인 욕구로 나이 들어서는 의지 때문이 아닐까요. 그리고 나이 들어 혼자는 고독이 가장 힘들다고 합니다.

앞서 말한 것처럼 나는 부부의 변화과정을 3.3.3으로 정리합니다. 최초 3개월은 눈에 콩깍지가 씌어 "그대 없인 못 살아" 하는 시기입니다. 하늘의 북두칠성도 따줄 시늉도 하는 밤의 설렘과 환상이 있는 시절입니다. 설렘이 없는 이 나이엔 꿈결 같은 희미한 기억 속의 신혼시절입니다. 그다음 3년간은 권태기와 자식이 태어나는 시간입니다. 이 시기에 이혼이 절반을 차지하는 시간이고 북두칠성은 커녕 호박도 따주지 않는 시간이 됩니다. 점잖은 방귀소리도 발칸포로 변합니다. 옛날 아버님이 며느리 앞에 큰소리로 방귀 소리 내니까 어머님이 "며느리 앞에서"라고 흉을 보시니까 "며느리는 자식 아이가" 했던 말이 기억납니다. 이 시기에는 고상하고 무드 찾던 아가씨도 맹렬한 모성애와 바겐세일 줄서는 경제가 중심이 되는 생활인으로 변해 갑니다.

부부생활 3년이 지나면 많은 것이 달라집니다. 우리가 지리산을 멀리서 보면 육산으로 아주 후덕하고 듬직합니다. 특히 겨울의 설화는 감동하지요. 그러나 가까이 다가가 보세요. 온갖 쓰레기와 사목도 보이고 하여 기대가 깨어지죠. 인간관계도 적당히 거리가 있을 때가 좋은 것이고 부부관계도 3년이 지난 권태기 시기인 이때가 환상은 달나라 여행가고 내 옆에 없습니다. 그래서 서로 갈라서는 것입니다. 내면을 볼 시간이 없었던 것입니다. 포장되고 위장된 겉모습에 취해서 정신 못 차린 것입니다. 이때 역지사지의 마음예절이 필요합니다. 내 기준 버리고 전체공존과 화합의 길을 찾아야 하는데 어렵습니다. 거기다가 육체합에 트러블이 생기고 성격까지 충돌하면 심각해집니다.

문제의 해답은 "내 탓이오" 하면 되는데 요즈음은 대부분 독자나 남매간이라 내 기준에 안 맞으면 그걸로 끝입니다. 내 탓이오는 '마음' 하나만 바꾸면 됩니다. 최면도 마음 바꾸는 것입니다. 앞서 말한 적 있지만 불교의 가장 중심은 '일체유심조'이고 그것은 '심(心)', 한 글자입니다. 권태기 올 때 대부분 양보 없고 무찌르자 공산당입니다. 부부싸움 후 남는 것은 상처 외에는 아무것도 없습니다.

나는 8남매의 막내로 태어났습니다. 가친께서는 면 의원(지금 면장)과 정미소도 한때 운영했고 후에 진주향교 대표인 전교를 지내셨습니다. 시골에서는 부자였죠. 어머님이 머슴밥을 꾹꾹 눌러 담으시는 걸 그 사발과 함께 기억납니다. 이웃에서 쌀을 빌리러 올 정도로 힘든 시절이었습니다. 형제남매는 4남 4녀였는데 누나들과 형 모두 중매결혼이었고 나만 연애결혼 하였지요. 누나들은 해 지면 바깥에 나갈 수 없을 정도로 엄한 시절이었지요. 결혼은 중매쟁이 통하여 사성(지금의 사주팔자)을 보내면 저쪽에서 응답하여 팔자를 비교·분석하여 궁합을 본 것입니다. 대부분 가문과 재산이 비슷한 경우로 결혼이 성사되었습니다.

우리 집에는 성이 민 씨인 중매쟁이가 자주 왔고 그 양반 별호가 '민바람'이었습니다. 바람처럼 정처 없이 떠돈다는 의미였을까요. 초등학교 교장으로 퇴직한 둘째 매형이 여흥 민 씨인데 동성인 민바람이 중매한 걸로 압니다. 내가 가장 닮고 싶은 부부입니다. 누님은 부처 같고 매형도 선비입니다. 가정방문 시 주는 교통비도 돌려줄 정도이니까요. 산청 지리산 아래 대포리가 고향인데 어릴 때 줄배를 타고 건넌 기억이 있고 똥돼지에 놀란 적이 있습니다. 조선말에 민 씨가 득세할 때 유배지가 아니었을까 생각합니다. 성철스님 생가가 있는 겁외사와 가깝고 공기가 너무 맑지요. 따따부따에 그라제 원장도 여흥 민 씨라 들었지요. 조선시대 말 세도가 당당했지요. 참으로 은은한 향기가 나는 부부입니다.

큰누님과 둘째 누님은 종부로 시집가서 최근까지 4대 봉제사 지냈습니다. 산청 선산에 누님 가묘자리 잡으려고 간 적이 있는데 땅의 기운과 혈자리 그리고 태·식·잉·육·의 산세가 너무 조화로워 기분이 좋았습니다. 역시 땅의 기운도 주인 따라 다를 수 있구나 생각하였습니다. 풍수 연구하는 분들은 무슨 말인지 이해하실 겁니다.

두 분 사이 부부궁합의 포인트는 무엇일까요. 내가 보기에는 상대 배려라 생각합니다. 그러니 소리 나는 싸움이 적어지겠지요. 생전에 어머님이 둘째 누님 성격이 칼 같아서 걱정하셨는데 배우자에 따라 부부 성격도 변화함을 느꼈습니다. 동생들이 옷 지저분하면 무섭게 혼내고 깔끔한 처녀였는데 교육자에게 시집갔지요. 최근 종형 장례식에서 누님과 매형을 만났는데 80 노인들의 신관이 너무 맑아 놀랐습니다.

부부의 합이 좋으면 얼굴로 드러납니다. 특히 젊을 때는 피부가 상당히 좋습니다. 호르몬과 마음 안정 탓입니다. 현대 사회는 육체의 탐색기간인 리허설(?)을 충분히 한 뒤 결혼하는데도 이혼은 늘어만 갑니다. 내 기준으로 보면 이기적으로 배려 없이 살아가니까 그런 것입니다. 누님 세대 때에는 신랑 얼굴을 결혼식 외에는 볼 수가 없었습니다. 이혼은 생각하기 어려웠습니다. 이혼은 흉은 아니지만 자랑할 것도 아닙니다. 온갖 군데 소식 올리시는 세 번 이혼하고 한 번 필이 오는 사람과 인연 맺었다는 위대한 작가도 있지요. 본인은 여성해방의 선구자라 생각하시는지 모르나 내가 볼 때는 아니올시다입니다. 위대하니까 카멜레온 교수와 통하고 이번 P시장 자진에도 하나님 품이 어떻고 저떻고 난리 지르박 춥니다. P시장의 자살은 부모 배반하고 남은 자 슬프게 하는 못난 행위입니다. 그것도 국가의 지도자급이 한 행위는 문제 있지요. 남은 가족에게 무책임하지요.

이야기가 옆으로 흐른 것 같지만 맥은 같습니다. 이혼이 어찌한 사람 잘못이고 책임이겠습니까. 그래서 부부궁합이 중요합니다. 나의 생각은 첫 번째가 오르가슴 일치이고 두 번째가 경제력으로 봅니다. 속궁합 좋고 돈 있으면 무엇이 문제 될까요. 성격은 그다음입니다. 부부 합이 좋으면 한눈팔지 않습니다. 정은 하나이지 둘이 아니지요. 아니면 그냥 스쳐가는 일이 됩니다. 상담을 하다 보면 돈 많은 남자 사주 주면서 언제 나를 도와줄 건지 문의하는 내담자가 있습니다. 배우자 있는 경우는 한마디로 거절합니다. 그 업이 배우자와 자식에게 고스란히 가게 된다고 설명합니다.

명리가 여러분이 마음 공부하는 맑은 마음 가져야지, 혹세무민하게 되면 내 가족이 엄청난 업의 굴레에 갇히게 됩니다. 또한 장기적인 고객관리에도 고객은 줄어듭니다. 불륜이라는 것이 한 번이 두 번 되고 싫증나면 버리고 또 다른 여자 만나는 것이 돈의 위력이고 바람둥이 남성의 권력입니다. 권력이 돈의 위력에 취하면 어떻게 되는지 보셨지요. 부부사랑은 배우자 외 다른 사람과 사랑할 수 없는 겁니다. 정은 하나일 수밖에 없지요. 그리고 부부 사이 이기려는 것이 곧 지는 것입니다, 나폴레옹의 알프스산맥 넘는 용맹함도 조세핀의 부드러운 원형질 안에 소리 없이 죽어(?) 버립니다. 그것이 음양과 부부 조화입니다. 부드러움이 강한 것을 이기는 것이지요. 57년생 우리 세대는 대부분 자식을 2명 두었습니다. 아니면 국가에서 각종 제약을 가하고 하여 정관수술이 많았습니다. 내가 쌀쌀한 늦가을에 예비군 훈련장에서 고등학교 동기놈의 술 한잔 하자는 것도 뿌리치고 예비군 훈련면제에 혹해 정관수술을 받았습니다. 집사람이 엄청 좋아하더군요. 피임 안 해도 되고 이 사람이 나 이외에 다른 여자 생각 안 하는구나 하는 안도감이었겠지요. 그리고 세월은 흘러 30년 결혼생활입니다. 부부의 장년기와 노년기가 오는 나이입니다. 거리에 내놔도 주워갈 사람이 없는 나이입니다. 과거 좋아했던 유지인이나 장미희가 나오면 감출 수 없는 세월의 흔적에 때로 우울해지기도 하고 주변의 죽음 보며 지나온 그리고 여생에 대해 성찰의 시간을 갖습니다. 윤회를 믿는 나는 하나하나 이승에서 할 일을 찾아봅니다. 노후에 일 없으면 노화속도가 빠르지요.

나 개인적으로는 졸혼은 의미 없는 자기변명으로 보입니다. 60~70대에 무슨 자유를 얻는 것이고 배우자 있어도 얼마든지 자유로 울수 있습니다. 자기 합리화로 보입니다. 그리고 여러분이 명리가가 되면 기초관상 정도는 공부를 하셔야 되는데 부부궁합이 좋은 분들은 호르몬 영향으로 우선 피부가 서로 좋고 여성은 자궁질환 발생도 아주 적습니다. 부부사랑은 생명 에너지 교환작용이기에 그렇습니다. 따라서 독신의 경우는 마이너스 에너지가 과잉상태가 되어 해소가 필요한 것입니다. 그 말은 균형의 언밸런스를 바로잡아주어야 한다는 의미지요. 음양 조화이지요. 전생악연이 부부 되니 현생을 통해 풀어야 합니다. 서울의 경우 황혼이혼이 신혼이혼을 앞질렀습니다. 앞으로는 각자 살며 지켜보는 것도 백년해로라 할지 모르지요. 그 궁합의 역할이 노후의 부부생활 영위하는 척도가 되겠지요.

궁합은 변하지요. 첫눈에 반하여 결혼하는 경우는 기(氣)의 교감으로 콩깍지가 눈을 가려 상대의 모든 것이 좋게 보일 때이고 처갓집 해우소도 그림처럼 아름답지요. 길지 않은 열정의 시간이 사라지면 신비함도 없어집니다. 이때 자식이 태어나고 인연을 이어갑니다. 인은 씨앗과 원인이며 연은 결과입니다. 불교의 인드라망 의미도 되겠지요. 촘촘히 연결되는 거미줄과 같아서 터치 하나로 전체가 연결되지요. 나비효과 즉, 카오스 이론과도 연결되지요. 동남아 나비 날갯짓이 우리나라에 도착하면 폭풍으로 변한다는 이론입니다. 불교에서 가는 사람 잡지 말라는 말도 인연법입니다.

배우자에게 잘하면 잘할수록 나에게는 반드시 돌아옵니다. 선인선과, 악인악과이지요. 자기 허물은 먼지이고 배우자 허물은 바위로 보이면 불화의 시작이 되고 원망과 미움이 쌓이고 쌓이면 무관심이 오고 그 뒤에 가정이 무너지는 순서가 옵니다. 따라서 한 가정의 구성원이 되면 집시처럼 소유나 의무가 없는 자유나 자유분방함은 아예 없는 것입니다. 졸혼한다고 해서 자유스러울까요. 차라리 별거가 더 좋아 보입니다.

여권이 신장되고 유교문화 퇴색하면서 억압되었던 어머니들의 반항이 황혼이혼으로 졸혼으로 나타나지 않았을까요. 낡은 남존여비 사상과 신사고 문화가 충돌하여 생긴 변화이고 며느리가 상전인 집안도 많아지니 갈등이 옵니다. 그러나 그 모든 과정들이 이승 하직할 때는 무슨 의미가 있을까요 부부 인연은 쉽게 정리된 부분이 아닙니다. 윤회를 믿으면 평화로워집니다. 우리의 인생이 이승에서 끝나지 않고 다시 환생한다면 이승 내 생활이 무질서할 수 있을까요. 사주학을 전생 성적표라고도 합니다. 그러므로 현생이 내생이 됩니다. 그것은 윤회로 연결되고 통로는 '업'이 방향결정을 합니다. 부부도 메아리와 같습니다. 그리고 부부간 이해와 용서는 나 자신을 위한 것임을 알아야 합니다. 메아리는 마치 천지에 나를 지켜주는 넋과 같습니다. 좋은 말 하면 그대로 돌아옵니다. 나의 고향 남강 맞은편 지수면 쪽에 큰바위 산이 있어 고함치면 메아리 되어 돌아오는 그 소리 누가 큰가 불알친구들과 내기하던 시절이 생각납니다. 우리 부부도 메아리와 무엇이 다를까요. 중요합니다.

결혼이란 부모형제보다 밀접하다가 어느 순간 남이 되기도 합니다. 그래서 상처는 금물이고 항상 메아리를 생각하고 무심코 던진 말이 긴 시간 치유받아야 하는 고통이 된다는 것을 잊으면 안 됩니다. 여성은 평생 세 사람의 연인을 만나게 됩니다. 아버지와 남편 그리고 아들입니다. 아버지와 아들은 피로써 연결된 숙명의 연인이지만 남편은 돌아서면 남남이 됩니다. 인연이 다하면 이별이지요. 그러나 자식 있는 부부가 남남이 될까요. 그래서 이혼이 쉽지는 않은 겁니다.

또한 노후에 많은 재물도 힘이 드는 부분입니다. 여러분은 무슨 달나라 이야기냐 할지 모르나 노년기에 돈은 무거운 짐이 되고 자식끼리 원수로 만들기도 합니다. 아름다운 이별의 LG와 GS가 있었지만 드문 경우이지요. 풍족한 삶은 최고이지만 돈 많으면 주변에 많은 벌레들이 모이지요. 이번 라임 사태나 옵티머스 사태 보세요. 철저히 파헤쳐서 드라큘라들 처절하게 응징해야 합니다. 국민 피 빨아서 배 채운 자들은 내 생에 지옥에 반드시 갑니다. 탐욕에 눈멀어 많이 가지려 하면 그나마 가지고 있는 것 모두 잃어버리지요. 내가 볼 때 내년이 그럴 것 같네요. 펀드 관련 드라큘라들 말이지요. 다시 현실로 돌아오면 기본적인 경제력이 없으면 정말 불안하겠지요. 노후를 즐긴다기보다는 생존 걱정해야 하고 손자들 용돈도, 병원 의료비도 해결해야 합니다.

얼마 전에 아래부위에 통증이 와서 탈장수술을 한 적이 있습니다. 가벼운 수술이지만 전신마취를 하니 죽는다는 것이 이런 거구나 생각했습니다. 인생은 결국 혼자입니다. 가족도 본인만큼 아프지 않는 것입니다. 그리고 졸혼도 경제력 갖춘 경우이지, 아닌 경우는 부부인연과 궁합은 이미 루비콘강을 건넌 것입니다. 법적인 부부일 뿐 사회적 평판이자 위치 때문에 지껄이는 넋두리입니다. 이 나이에는 촛불 같은 은은함으로 서로 보듬어줄 나이입니다. 그리고 이 나이에 의처증 환자가 많은 것 보고 놀랐습니다. 죽어야 낫는 정신병이고 과거 바람둥이일수록 더 심합니다. 가벼운 의처

중은 관심과 애정표현의 한 방법이지만 지나치면 병이 됩니다.

50대가 되면 남자는 여성호르몬 증가로 눈물이 많아지고 약해져 가지만 여성은 남성호르몬 증가로 강해집니다. 이때부터 여성이 가정을 주도해 나갑니다. 이것을 간과하고 남성 중심 강조하니 황혼이혼이 증가하지요. 중요합니다. 마음은 볼 수도 만질 수도 없기 때문에 가벼운 스킨십이 노부부들의 연륜에서 나오는 그윽한 애정표현으로 참으로 아름답지요.

긴 세월 상담고객 중 기억나는 내담자가 한 분 있습니다. 하와이에서 오래 사시다가 귀국하여 노후를 준비하는 분이 딸과 함께 상담하러 오셨는데 두 번 놀란 적이 있습니다. 첫 번째는 70대 연세인데 "어떻게 하면 그이의 사랑을 받을 수 있을까요?"라고 말하면서 소녀 같은 홍조 가득한 얼굴을 보았을 때입니다. 노후에 만난 할아버지와 그레이로맨스를 꿈꾸고 있었습니다. 우리의 노래 중 "내 나이가 어때서"는 나는 세월에 무상함과 위안의 언어로 해석했는데 그것이 나의 오류였습니다. 사람은 임종 때까지도 관념으로는 섹스를 생각합니다. 음양이란 무서운 것입니다. 그래서 나이 들어서도 부부 인연은 필요한 것입니다. 음양은 내가 살아있다는 증표인 것입니다. 두 번째는 딸 앞에 거리낌 없이 대화하고 상담료는 각각 계산하는 서양식 사고방식에 놀랐습니다.

또 다른 커플은 50대 후반 여성과 30대 중반 남성 궁합 상담인데 여성은 신해일주에 음기가 강한 생물학적으로 촉촉하고 남자 기다리는 사주였습니다. 둘은 행복해했고 나의 고정관념을 버리게 했습니다. 어머니와 자식 나이 차이지요. 프랑스 총리도 초등학교 때 은사와 결혼하여 행복해하지 않습니까. 나이도 국경도 왕위도 버리는 것이 남녀 사랑이고 음양의 조화입니다. 그러나 살다 보면 남성이 강하면 성공하고 여성이 강하면 남성은 고독한 경우가 많은데 노년기에는 잘 조율해야 합니다. 남하고 원수되는 것도 어려운데 부부간이 그에 못지않은 경우가 많지요. 장년이 지나 노년이 오면 이런 멘트로 화합하면 어떨까요.

"당신 만나 행복했어요. 이젠 애들도 다 컸으니 자유롭게 살아봅시다. 그동안 고마웠어요. 끝까지 곁에 있을게요."

11. 관상의 입문

　나는 관상의 전문가는 아닙니다. 다만 명리 연구하는 분들이 내 담자가 왔을 시 명조 작성하는 1, 2분 동안에 파악하는 기초관상 을 지난 상담을 토대로 하여 경험에 의한 것이니 참고하여 응용하 시면 도움이 되지 않을까 생각합니다. 이 정도 숙지하시면 대단한 경지에 이른다고 오만한 말씀 드립니다.

　명리상담에 앞서 짧은 시간에 단 한 번에 그 사람을 관상으로 스케치하는 것은 쉬운 일은 아니지만 사주명조와 관상을 크로스 체크하면 적중률이 꽤 높아집니다. 걸음걸이 얼굴표정 첫마디와 자세에서 화(火)기운 강한 사람과 수(水)기운 강한 사람 알 수 있지 요. 끊임없이 말하는 사람의 말을 듣다 보면 고민을 내담자가 다 말합니다. 대부분 화(火)기운과 상관이 발달된 경우가 많지요. 전 세계에 똑같은 얼굴은 없습니다. 쌍둥이도 눈빛과 마음은 다르지 요. 즉, 얼굴 전체에 그 사람의 삶이 담겨있는 것입니다. 관상은 사주와 밀접한 관계이고 떼려야 뗄 수 없는 관계이자 시너지효과 가 대단한 연결고리입니다. 같이 공부했을 때 분명한 연결이 보일 겁니다. 그리고 한 곳, 한 부분 집어서 보는 방법은 아마추어입니다. 조화와 균형을 보는 안목이 필요한 것입니다.

또한 인간 사회는 얼굴이 지배한다고 사르트르가 말했듯이 밸런스가 맞아야 합니다. 사주도 음양과 오행이 균형 맞으면 좋은 사주가 되지요. 원래 관상은 아침에 기상하여 화장 안 했을 때 얼굴 찰색을 보고 해야 하는데 현실적으로는 어렵습니다. 찰색은 건강과 운을 나타내는데 화장한 얼굴로는 분석이 어려운 것입니다. 먼저 이마는 넓고 반듯해야 하겠지요. 좁으면 초년 운이 문제가 되겠지요. 그리고 귀 잘생긴 거지는 있어도 코 잘생긴 거지는 없다는 말이 있지만 귀 아래 귓밥 좋은 사람이 말년 고생하는 사람 또한 없습니다. 또한 귀가 윤기 흐르고 맑을 때는 호르몬 분비가 원활하니까 성감도 좋은 것입니다. 여성은 자궁과 연결되지요. 또한 귀 큰 조폭은 없습니다. 바꾸어 말하면 작은 귀는 잔인할 수 있지요. 부처님 귀 상상해 보세요.

코는 반듯하고 두툼해야 합니다. 내담자 중 코가 움푹 꺼진 사람 치고 우환 없는 사람 보지 못했습니다. 비용이 들더라도 수술해야 합니다. 특히 들창코 경우에는 재산과 운이 다 빠져 나갑니다. 특히 재백궁 즉, 양쪽 콧망울이 얼굴 전체 크기에 비해 큰 사람은 부자가 됩니다.

다음에 눈은 그 사람의 건강상태와 마음을 나타내는데 맑고 깨끗해야 합니다. 내가 제일 중시하는 부분인데 성형도 할 수 없고 가장 빨리 판단할 수 있지요. 남성은 빛나는 눈이, 여성은 새카만 눈동자가 부귀영화를 누립니다. 얼굴 중 나 개인적으로는 눈을 관상의 50%로 봅니다. 마음의 창이라고도 합니다. 따라서 마음 훔쳐보기 1순위이지요. 사기꾼은 정면으로 보지 못하지요. 눈에 붉은 선이나 점은 문제됩니다. 얼굴의 점도 티끌이니 제거하는 것이 좋습니다. 여성의 경우 눈물 맺힌 듯 촉촉하면 음란한 경우가 많지만 눈 밑에 와잠이 도톰하면 호르몬 분비가 원활하여 배우자에게 사랑받는 촉촉한 몸이 됩니다.

입은 아랫입술이 2/3 정도가 되면 상당히 좋은 형태가 되고 여성의 경우 도톰하고 가로선 즉, 주름이 많은 경우 여성의 아래 꽃(?)은 최고 악기(?)가 되어 한 번 인연 맺은 남자는 쉽게 이별하지 못합니다. 그리고 성형도 어렵고 자손도 좋고 부부사랑도 적극적입니다. 남자는 입이 커야 하고 여성의 경우 작으면 남자 사랑 많이 받는데 과거에는 외출 잦으면 경계한다 하였지만 현대 의미는 섹시하다는 의미가 강합니다. 여성의 섹시함은 볼이 함몰되고 입술은 도톰하며 눈 밑의 와잠이 부풀어 있고 귓불이 방울처럼 도톰하면 사랑도 적극적이며 끊임없이 물이 흐르는 옥토가 됩니다.

우리가 궁합을 볼 때 사주의 오행과 조후만 분석할 것이 아니라 관상까지 참고하면 대단한 명리 사상가가 되는 것입니다. 귀의 위치가 눈 기준으로 위에 있으면 여성의 아래꽃(?)은 아래가 되어 강한 성감 지닌 여성이 됩니다. 특히 귓불은 자궁과 연결됩니다. 그래서 귓불 애무가 전희코스 중에는 중요합니다. 나중에 애기를 키우는 유방도 처음에는 사랑도구였다가 신령스러운 아기의 생명수 역할로 변하지요. 너무 커도 작아도 안 되지요. 또 적중률이 높은 부위는 인중선인데 남녀 공히 선이 깊고 분명하여 가로선이 없어야 합니다. 여성은 산도가 됩니다. 즉, 아기가 탄생하는 성스런 길이 됩니다. 그래서 선명하고 깊고 가로선이 없어야 자궁도 건강합니다.

현대 사회는 압구정동 가면 같은 얼굴이 많다는 우스갯소리가 있을 만큼 성형복제가 많습니다. 그러나 눈 안과 입술선이나 귀의 성형은 어렵지요. 그리고 눈과 눈 사이도 성형 안 되지요. 그 사이가 좁으면 사물을 보는 시야가 좁은 근시안적인 사람이 됩니다. 아닌 경우 주체 의식이 지나치게 강하고 매사 자기 자신에게 맞추는 자기 본위적 성품이 됩니다. 사주학으로 보면 비견과 겁재 그리고 정인 편인이 강한데 식신과 상관이 없는 경우입니다. 또한 구속과 통제 싫고 상대 배려 없는 자기중심이 되어 고독합니다. 부부뿐만 아니라 사회생활에도 문제가 많이 생기지요. 받을 줄만 알고 줄 줄 모르니까 당연한 결과입니다.

여성의 경우 눈이 맑고 초롱초롱한 여인은 배우자 덕이 있고 남성의 M자 이마가진 내담자를 상담해 보면 대부분 부모덕이 약하나 비겁신강으로 고학으로 자수성가한 강인한 신념의 소유자가 많습니다. 그리고 남성의 힘도 강합니다. 내가 눈을 가장 중시하는 것은 눈 색깔과 눈의 크기, 눈의 선명도가 상당히 중요하기 때문인데 검은 눈동자가 클수록 선하고 감정이 풍부하고 작을수록 이성적이고 정신력이 강합니다. 때로는 냉정하고 냉혹한 경우 눈이 작고 가늘 때가 많습니다. 지나치게 흰자위가 많으면 살기이고 좋지 않아 범죄자가 많지요. 최면상담의 경우 빙의환자나 정신이

상자에게 많이 보입니다. 그리고 특히 주시해야 할 것은 흰자위가 붉거나 누런색은 가족이나 본인의 건강을 점검해야 합니다. 내가 감정한 경우에는 누런색은 간질환이 많았고 붉은색은 심혈관질환자가 많았지요. 특히 흰자위가 붉은 기운이 뭉친 것은 아주 흉한 상태이니 휴식을 취하라는 신호입니다.

그리고 대부분 장수인을 보면 사주구성이 신강신약도 아닌 중간에 속하고 정인과 식신이 발달하고 조후와 음양오행이 균형 있는 사주입니다. 한 개 오행이 아주 강하거나 한 개 오행이 없는 무자이거나 약하면 손상 입기 마련입니다. 무자 즉, 없는 오행은 때로 콤플렉스가 되기도 합니다.

나는 김형석 교수님을 떠올립니다. 얼마 전 작고한 백선엽 장군과 연갑으로 알고 있고 윤동주 시인과 중학 동기로 알고 있습니다. 얼마나 신관이 맑고 깨끗하십니까. 그분이 누구이신가요. 나의 고등학교 시절 국어교과서에 에세이 실린 분 아닙니까. 나는 《조선일보》 오랜 독자인데 김형석 선생님의 수필을 보고 깜짝 놀랐습니다. 그리고 내 모습과 비교하여 밀려오는 부끄러움은 컸습니다. 마치 이 세상에 내 것 하나도 없으니 비우면 행복하다고 가르치시는 것 같아요. 그래서 40세 이후의 관상은 그 사람의 지나온 흔적을 나타내지요. 최근 윤 총장과 만남도 보기 좋았지요. 사람은 끼리끼리 만나지요. 그리고 맑은 모습은 독실한 크리스천으로 기도를 많이 한 것으로 보입니다. 지나간 시절에 욕망에 찌들어 방황한 내 모습의 오염된 눈과는 극명하게 대비되는 눈입니다.

앞서 말한 것처럼 상담에서 눈을 가장 중시합니다. 눈은 정신이 머무는 집이 되고 오장육부 기능을 표시하며 감정 상태를 드러내어 가릴 수가 없기 때문입니다. 그리고 돌출된 뇌라고도 합니다. 사기꾼은 똑바로 상대방을 보지 못합니다. 약간 아래를 응시합니다. 비밀이 많기 때문입니다. 그리고 귀가 디비지면 남의 말 잘 듣지 않습니다. TV에 나오는 남의 말 안 듣고 지껄이는 한심한 패널들 잘 보시고 비교해 보세요.

그다음은 관상으로 보는 궁합을 논하고자 하는데 음양이론을 적용합니다. 내가 눈이 크면 배우자는 작아야 하고 내 입이 작으면 배우자는 커야 하겠지요. 내 얼굴 윤곽이 삼각형이면 배우자는 둥근 얼굴이 좋습니다. 관상은 대칭관계가 좋은 것입니다. 궁합은 보완입니다. 그래서 월지의 조후관계가 중요합니다. 물론 일지가 배우자 궁이고 그 십신과 오행 지장간 분석은 두말할 필요가 없지요. 그리고 성형에 관해 많은 질문이 계시는데 개인적으로는 효과 있다고 봅니다. 그 이유는 자신감이 생기면 운도 긍정적으로 변하지 않겠습니까. 부적도 그 자체는 효과없으나 심리적 효과 가져오는 것도 같은 이유입니다. 다만 불교서점에서 한 장에 몇천 원 하는 것 구입해 혹세무민하면 절대로 안 됩니다. 본인이 경면주사로 직접 작서하고 몸과 마음을 깨끗이 정화하여 마음 모아 전달하세요. 그 진심이 내담자에게 전달될 때 분명히 효과 있습니다. 지성이면 감천이지요. 관상을 정리하자면 얼굴 보고 마음 읽는 것이지요. 음, 마음 훔쳐보는 것….

12. 인풋과 아웃풋

탯줄을 자르는 그 순간 우주의 기운이 신생아에게 들어갑니다. 그것이 사주학의 정보 즉, 연·월·일·시 번호표가 되는 정보기록입니다. 시간만 빼면 주민등록번호 기록이지요. 평생 따라다닐 나의 그림자입니다. 여기서 한 사람의 사주정보기록이 탄생합니다. 내가 기공을 수련할 때 중화양생익지공의 윤순구 원장의 교육과정에 중국 고대로부터 전해져 내려오는 입태 과정 즉, 부정과 모정 다시 말하여 정자와 난자가 만날 때 몸과 마음이 깨끗해야 한다는 의미의 교육과정이 있었습니다. 앞서 설명한 대로 왕실에서 왕자와 공주 역시 입태일 즉, 합궁일을 명리가가 잡아주었다고 전해집니다. 신비스럽지요. 우리가 태어날 때 출발점 말입니다. 사주학 십이운성에 '태'에 해당합니다. 여성들이 태교는 중시하면서 입태 과정을 소홀한 면이 있는데 그렇지 않습니다. 소홀히 하면 안되는 리허설입니다. 정신과 육체의 정화기간입니다. 대부분 이 시기는 "그대 없인 못 살아" 단계이니 소홀할 수 있지만 대단히 중요합니다. 따라서 젊은 예비 신랑신부에게 신신당부합니다.

여성의 배란기에 타이밍 맞추어 술과 담배를 자제하고 생각을 맑게 정화시키고 기도가 심신안정에 도움을 주니 권장합니다. 그리고 1주일 금욕과정 거친 후 경건한 마음으로 사랑해야 하는 것입니다. 날씨가 천둥치거나 벼락 치거나 바람이 심한 날은 피해야 하고 옆 방에 어른이 있거나 불안한 환경 역시 피해야 함은 물론입니다. 또한 음식 조절에도 유념해야 하는데 술과 고기는 보름 정도 피하는 것이 좋습니다. 그 이유는 피를 탁하게 하기 때문입니다. 담배는 여성의 경우 문제됩니다. 난자가 훈제되고 태아에 치명적임은 아실 것입니다. 멋과 섹시함의 상징이 아닙니다. 그리고 인풋 시 불안하고 초조한 감정은 DNA로 연결됩니다. 명문가 집안에 태어난 저능아나 장애아 경우 입태 시 문제가 있지 않았을까 조심스레 진단해 봅니다.

종자씨앗을 남자가 주면 여성은 보자기로 고이 품어 새 생명을 잉태하는데 주변 환경이 맑아야 하고 마음 정화는 임신에 좋은 영향을 줄 수밖에 없습니다. 남자의 자ㅇ는 씨앗, 종자 의미이고 여자의 보ㅇ는 보자기 즉, 자궁 의미입니다. 많은 기(氣)의 종류에서 어머니 자궁 속에서 받는 기운이 가장 빼어난 기이고 가장 순수한 것입니다. 만물의 근원이 기(氣)인데 그중에서도 최고인 것입니다. 정자와 난자의 결합은 인연 의미가 되고 그때부터 우리는 인드라망이라 부릅니다. 불교에서는 그 시간을 생명 시작으로 봅니다. 씨줄과 날줄로 촘촘히 연결되어 있는 거미줄을 보세요. 정자와 난자의 결합 순간부터 생명이 시작되는 것입니다. 종적·행적으로 연결되어 벗어날 수 없는 것이 인연입니다. 부모가 이혼한다고 부모가 달라지지 않고 우리는 자신의 의지와 상관없이 부모의 의지로 태어나는 것입니다.

그리고 명리가 여러분이 신생아 제왕절개 시 수술시간을 잡는 것에 대한 두 가지 견해가 있는데, 하나는 인간 탄생에 관여하여 인간의 욕망을 위한 아주 비관적인 시각, 그리고 다른 하나는 어차피 제왕절개할 것이면 우주 기운이 들어오는 시간을 선택하는 것이 좋다는 시각입니다. 내 생각은 후자입니다. 탯줄을 자를 때 우주 기운이 들어오는 개념입니다. 그리고 많은 택일을 해 보았는데 그것은 시간 선택 문제입니다. 밤이나 새벽은 진료시간 문제로 선택하기 어렵습니다. 시간은 노후 의미이자 자식대(代)를 의미하는 중요한 시간이고 수명이 늘어난 지금은 더 중요한데 아쉬운 부분입니다.

인간의 탄생 과정은 참으로 신비스럽지요. 여성에게서 평생 배출되는 난자는 400개 정도이고 남성의 경우 폭발 시 배출되는 정자는 2, 3억 마리인데 그중 가장 강한 녀석이 도킹에 성공한다고 하니 그때부터 이승 하직까지 경쟁에 시달리는 것이죠. 내가 최면 치유할 때 트라우마가 낙태인 경우가 많았습니다. 평생 지속되는 아픔이지요. 궁합보러 오는 자식대의 젊은이들에게 꼭 부탁합니다. 임신하면 낳으라고 말입니다. 사랑했으니 임신했고 사랑의 결정체를 살인할 수 없지 않습니까. 미혼 출산이 흉 되는 사회도 아닙니다. 생각해 보세요. 부정과 모정이 결합해 있는 영혼이 갈기 갈기 찢겨질 때 태아의 영혼은 무엇을 느낄까요. 침묵의 절규이자

이 시대 최대의 폭력 아닌가요. 그리고 살인입니다.

내가 최면치유 시 절규하는 여성을 많이 보았고 빙의가 되어 부부관계 시 통증 느끼는 경우가 있어 거부하는 경우도 보았습니다. 우리나라는 미국보다 인구 대비로 6배나 많은 낙태횟수라 하니 성교육 강화와 계몽이 절실합니다. 낙태를 살인이라 하는 이유는 부정과 모정이 결합하는 그 순간부터 영혼이 결합했다고 불교에서는 말합니다. 테레사 수녀는 어머니가 자식을 죽이는 행위를 용납한다면 무슨 짓인들 못하겠느냐고 호소했습니다. 요즈음은 사후피임도 처방된다는데 남자인 나는 이해가 안 됩니다. 내 개인 생각으로는 미투사건에는 요조숙녀가 되어 꿀 먹은 삼룡이 누나인 여가부의 많은 인력과 예산을 투입함이 어떨까요.

모계사회에서 여성단체가 정작 필요한 여성인권문제는 눈치만 보고 벙어리 단체가 되어가는 것 같습니다. 낙태는 살인입니다. 그 업은 두고두고 오래갑니다. 그리고 나를 파괴자입니다. 절대로 하시면 안 됩니다. 인풋은 정·난자 결합이고 아웃풋은 출산입니다. 경건하고 성스러운 일입니다. 낙태는 평생 트라우마가 됩니다. 그리고 윤회를 믿는 사람에게는 지울 수 없는 '업'이 되지요. 마음 정화와 살인입니다. 인풋에서의 세심한 준비를 얘기하였지요. 그리고 아웃풋은 출산입니다. 이 시간이 여러분의 사주가 되지요. 십이운성에서 '생'이 됩니다. 그리고 인생의 출발선입니다. 이때부터 희로애락과 생로병사의 시간표가 시작되지요. 나의 혼적이자 생명이 탄생하는 이 과정은 당연히 몸과 마음을 정화해야 합니다. 고스란히 연결됩니다. 분명합니다. 뿌린 대로 거두지요. 뿌린 대로….

13. 유체이탈

원래 살아있는 자의 정신이 죽으면 귀신이지요. 유체이탈은 몸과 의식이 분리되는 것이지요. 권력에 취하면 생빙의되어 이런 현상이 옵니다. 즉, '해리현상'이 오지요. 분리 의미입니다. 연결이 일시적으로 풀린다는 의미이지요.

나의 최면 스승 세 분은 자타가 인정하는 최고봉이자 TV에 자주 등장하는 분들입니다. NLP와 EFT는 설기문 교수에게, 최면지도사는 김영국 교수에게, 그리고 전생상담사는 임재형 박사에게 배웠습니다. 설기문 교수는 교육학과 교수로 재직 중이던 교환교수 시절에 최면과 사랑(?)에 빠져 궤도수정한 것으로 알고 있습니다. 레드썬 김영국 교수는 나와 갑장인데 다부진 체구에 강렬한 눈빛으로 상대 기(氣)를 제압하는 것을 기공을 수련한 나는 느꼈습니다.

최면은 이완과 집중을 통해 마음을 바꾸는 과학이라고 설명합니다. 잠재의식에 자리한 트라우마를 최초 사건이나 원인을 찾고 그 장면들을 지우개 기법으로 지우고 촬영기법으로도 지워나가는 것입니다. 마지막 최면 과정의 NLP는 신경언어프로그램인데 부정적 정서를 긍정적 정서로 바꾸어 앵커링시키는 기법입니다. 우리가 화병을 치료할 때 정신병원에서는 불가능하다고 감히 말합니다. 개인마다 트라우마와 상처가 다르기에 일률적 치료는 안 되는 것입니다. 옛날 우리 어머니들의 눈물겨운 그리고 한 맺힌 사연들을 의학적으로 치료가 가능할까요. 어려운 것이지요. 해답은 마음 치유이고 관점 바꾸기입니다. 그리고 내려놓기 마음입니다. 마음 치유가 중요합니다. 불교 핵심이론 중에는 '일체유심조'라는 단어가 있습니다. 모든 것은 마음이 짓는다는 뜻이지요. 최면에서는 관점 바꾸기를 통하여 변화를 주고 부정적 정서를 긍정적 정서로 바꾸어 정착하게 앵커링시킵니다. 그리고 트라우마를 지워나가는 작업을 합니다. 김영국 교수가 서초동 강의실에서 자기가 선택한 단어 '사과'를 써놓고 수강생들에게 맞추어 보라고 이완과 집중 강의 도중 말했습니다. 내가 기공수련에서 배운 대로 입정에 들어가 하늘의 구름에 앉아보니 처음에 붉은 태양이 보이더니 빨간 사과로 변하여 내가 맞힌 일이 있습니다.

유체이탈이란 몸과 의식 분리 의미이지요. 요즘 철없는 국회의원 나으리들이 이런 발언 많이 하시지요. 내가 보기엔 '좀비'로 보입니다. 영혼 없는 시체 말입니다. 또한 나의 경험을 여러분 시각에서는 무슨 황당한 말장난이냐고 의아해하실 분이 계시겠지만 나는 초능력자가 아닙니다. 단지 고도의 집중을 통한 기공수련의 입정 과정을 접목했을 뿐입니다. 몸과 의식을 따로 두는 것이지요. 실제로 성철스님 경우도 몇 km 밖에 있는 사람이 나를 만나러 오면 들이지 말라고 말한 경우 사실이라 하지 않는가요. 천안통이니, 천리안이니 논하지 않더라고 충분히 몸을 이완하여 고요한 상태로 입정하여 집중하면 보이는 것입니다. 때때로 전생 보는 숙명통도 가능합니다. 오랜 수행자들은 성욕 없는 누진통까지 갑니다. 새는 것이 끝난 경지이지요. 즉, 성욕이 없는 거지요. 수행에 방해되니까 말이지요.

이 일을 계기로 레드썬 부산지사 운영 논의도 있었고 대화를 통하여 나와 갑장임을 알게 되었습니다. 지금도 김영국 교수의 강렬한 눈빛을 기억합니다. 시라소니의 집중된 눈매 말입니다. 대학에서 광고 마케팅 강의하던 분이 어떻게 국내 최고 반열의 최면가가 되었는지 궁금합니다. 내가 알기로는 조부 때부터 내려온 것입니다. 그래서 DNA는 감출 수도, 가릴 수도 없는 것입니다. 할아버지가 사기꾼이면 손자도 사기꾼 되는 것입니다. 지금 친일청산이 어떻고 토착왜구가 저떻고 하는 양반들 선조 한 번 조명해 볼 필요가 있습니다. 우리의 몽고점이 5,000년 역사에도 낙인처럼 전해져 오지 않나요.

세 번째 스승인 임재형 박사는 전생 최면의 최고봉입니다. 수강생은 스님이 반 정도 되었습니다. 숙명통 연구 과정입니다. 전생에 일어난 일과 현실의 고통이 연결되는 경우가 많고 현실 고통의 원인이 전생에 해답이 있는 경우가 많습니다. 특히 전생에 어떻게 죽느냐는 현생과 많이 연결되지요. 나의 경우는 빙의 환자 치유에 많은 도움이 되었습니다. 연령 퇴행을 하여 전생까지 가는데 33~40

분 소요되고 최초 사건을 찾아 피해와 상처 입힌 가해자를 불태워서 가루로 만들어 짓밟는 행위를 유도할 때에는 내담자가 발로 짓밟는 행위를 합니다. 그리고는 지우개 기법과 촬영 기법으로 지웁니다. 때로는 접신 안 되어 고통받는 무속인들의 연결회로를 연결하기도 하는데 너무 힘들어 이젠 하지 않습니다.

　사주학 논하는 책에 이 글을 소개하는 이유는 내담자에게 마음 하나 바꾸면 엄청난 변화가 온다는 것을 강조하는 것입니다. 오늘내일 죽을 중환자도 전쟁이 나서 극단적 상황으로 바뀌어 1년을 더 살았다는 의학보고도 있습니다. 어려운 내담자가 왔을 때 나보다 더 아래를 보시라고 하면 위안이 되지 않을까요. 또한 불행이 극에 이르면 행복은 찾아오고 있다고 의념화시키지요. 더 이상 내려갈 곳 없지요. 그리고 욕망은 한없는 고통을 낳으니 집착을 버리시라고 강조하고 자기 암시나 자기 최면을 겁니다. 욕망과 행복은 반드시 반비례하는 관계입니다. 따라서 비우는 자기 최면을 하지요. 내려놓는 것이지요.

　내가 볼 때 요즘 이 사회에 유체이탈 화법이 상당히 많아 보입니다. 권력을 얻으면 양심은 사라질까요. 힘을 갖게 되면 수치심을 잃어버리는 걸까요. 권력에 취해 헤매다 끝내 자멸합니다. 법조인 출신 P의원은 윤 총장 청문회 때는 칭찬일색이다가 이번 국감에는 1년도 안 되서 엄청 변하여 호통치십니다. 지도자는 일관성이 있어야 하고 깨끗해야 합니다. 곰팡이는 햇빛을 쪼이면 없어지고 감추면 감출수록 번성합니다. 늘 자기 성찰하여 밝게 단련시켜야 하지요. 그래서 지도자들은 맑고 깨끗해야지요. 그래서 항상 일신우일신 해야지요. 윗물이니까요. 그러나 아닌 분들이 상당히 많아 보이네요.

인생이 무엇인가요. 덧없는 백년인생이요, 찰나의 부귀영화일 뿐이지요. 버리고 비우면 자유가 옵니다. 그러면 몸 따로 마음 따로 유체이탈은 없습니다. 독불장군으로 살아온 사람일수록 실패감지 순간 많이 흔들리지요. 실패를 모르는 화려한 승자였기 때문입니다. 예를 들면 사주학으로 보면 일간이 갑(甲)인 경우 리더가 많은데 경신(庚申)대운에 좌절 겪은 경우가 많습니다. 하늘로 솟은 갑(甲)은 한 번 넘어지면 재기 어렵지요. 경제동물인 일본을 을목(乙木)에 비유하는데 잘라도 그 자리에 싹이 나오는 넝쿨나무이자 때로는 큰 갑목(甲木)도 칭칭 감아 고사시킵니다. 환경 적응력 뛰어나고 기대서라도 먹고 살지요.

유체이탈은 혼과 백 즉, 정신과 육체가 분리되는 현상입니다. 일치가 아닌 엇박자이고 음양의 내부 불협화음이지요. 산업부 공무원이 말한 '신내림'도 그런 종류가 됩니다. 원래 '신내림'은 '업'의 굴레이고 후손에게 대물림되지요. 세습되는 것이지요. 산자부 공무원 경우는 '생빙의' 의미입니다. 산 자가 권력에 항복하는 것이지요. 또한 빙의환자에게도 많이 보이지요. 한 국가의 중심에 있는 양반이 자기감정 제어 못하여 "살인자"라 호칭하는 것도 넋 나간 표현입니다. 일종의 유체이탈이지요. 속된 말로 정신 나간 표현이지요. 평소에는 점잖고 선비이지요. 그러나 내부수양이 덜 되어 표출하는 자신의 진면목입니다. 음양조화 안 되니 브레이크가 없고 그러니 균형이 무너지지요. 지킬 앤 하이드가 있듯이 사람 내부에는 선과 악이 공존하지요. 하지만 지도자는 그러면 안 되지요.

앞서 논한 "탐재괴인"을 음미해 보십시오. '권력'이라는 쾌락에 눈멀어 함정인 줄 모르고 독배 들지요. 이 모두가 음과 양의 균형이 깨어지면 발생하지요. 그리고 한 가지 오행이 강한데 그것을 제어할 오행이 없어도 문제되지요. 브레이크 없는 오물차이지요.

14. 군겁쟁재격

앞서 아름다운 궁합과 이별과정에서 LG그룹을 소개하였지만 그런 아름다운 경우는 찾기가 힘이 들지요. 비단 재벌만 유산문제로 다투겠습니까. 형제간도 의절한 경우가 많고 남매간도 피비린내 나는 전쟁을 하는 국내 유수의 그룹도 있지요. 따라서 재산을 생전에 분명하게 정리 안 하면 자식끼리 원수가 되기도 하고 남들은 성공했다고 하나 본인 삶은 망가진 경우가 많습니다. 명리 상담할 때 재산문제의 승소할 건지 패소할 건지에 관한 문의가 상당히 많습니다. 법조인도 아닌 명리가에게 갑갑함을 토로합니다. 그러면 세운과 식신운, 정인운 흐름을 보고 진단해 줍니다.

사찰에서 수련을 할 때 노스님에게서 들은 이야기인데 독실한 불자인 모 그룹 회장 댁 앞에 스님들이 서 있으면 회장이 직접 내려서 보시를 하고 떠난다고 했습니다. 그 회장이 젊은 시절 우연히 미군 사령관 부인 차가 고장으로 길거리에서 멈춘 것을 고쳐주고 대가를 전혀 받지 않는다 하니 연락처 알려달라고 부탁해서 알려주고 헤어졌습니다. 이것이 진정한 식신입니다. 세상은 공짜가 없는 것입니다. 재벌이나 큰돈 번 사람들은 재성 못지않게 중요한 것이 식신입니다. 며칠 뒤에 남편인 사령관의 연락으로 만나니 당신이 원하는 게 무엇이냐 물어서 폐차되는 미군 트럭을 달라고 하니 미군으로서는 어려운 부탁이 아니라 들어주었습니다. 그것을 시작으로 운수업에 진출하여 육상 해상 항공산업까지 운송의 모든 것을 보여주었습니다. 베풀어서 재물이 들어온 사주학으로는 식신생재격이 됩니다. 생전에 인상도 후덕했던 것으로 기억합니다.

그 회장이 죽은 후 형제간 경영권 분쟁과 분리문제로 꽤 오랫동안 시끄러웠습니다. 이번에는 손녀와 며느리의 폭력적이고 전형적인 갑질 행태 보고 깜짝 놀랐습니다. 이러니 이러한 형태의 재벌들이 일반 서민의 분노를 가져옵니다. 그러나 대부분 재벌들은 정도를 가고 있고 정치나 관료들에게 딱 한마디 묻고 싶은 게 있습니다. 그대들의 정치수준이나 청렴도는 세계 몇 위냐고 말입니다.

지금 LH의 굿판 보시지요. 이제 썩어서 벌레 기어 나오지요. 배운 지도자의 모습 볼까요. 우리나라가 세계 1등 하는 것은 기업의 끝없는 도전이었습니다. 세계 원전 1위도 환경운동가가 주장할 사항을 국가 경영자가 관여하는 속 좁은 일로 위기에 봉착해 있고 귀족노조는 시대 따라 변하지 않고 정치와 쿵짝쿵짝 입니다. 우리나라에 재벌이 없는 가정을 세워보세요. 물론 부도덕한 재벌은 엄한 규제를 해야 하지만 노조도 정신 차려야 하는데 이미 기득권입니다. 그리고 가진 자의 후안무치한 행위는 비행기도 자가용이 되어 술 한잔 하시고 회항도 지시하시는 돈과 권력에 취해 안하무인이 되고 도덕은 마비되어 갑니다. 또 다른 가진 자의 횡포입니다. 거기에 남매간 경영권 분쟁으로 사주학 군겁쟁재격의 모델을 훌륭히 연출합니다. 남매간에 후계자 분쟁이 지속됩니다. 가정교육 문제로 보입니다. 밥상머리 교육이라고도 합니다. 형제간 남매간 재산다툼을 사주학에서 군겁쟁재격이라 합니다.

우리는 여기서 인간의 끝없는 탐욕을 봅니다. 먹이를 앞에 놓고 다투는 정글의 맹수와 무엇이 다를까요. 어느 곳이나 돈이 신이고 신앙입니다. 돈 앞에 부모형제 못 믿고 싸워야 하는 삶에 무슨 행복을 논할 수 있을까요. 많이 가질수록 집착하여 돈의 노예로 살아갑니다. 또 다른 그룹도 끈질기게 분쟁 중이고 지구력이 놀라울 정도입니다. 지겹지도 않나요. 껍도 단물 빠지면 버리는데 끝이 보이지 않네요. 추태를 부리다 부끄러운 줄 모르고 나이 든 아버지를 법정까지 모시는 불효도 보입니다. 문학을 사랑하여 회사명도 소설『젊은 베르테르의 슬픔』의 주인공에서 따왔다는 감수성 강한 창업주도 죽기 전 재판장에 등장하여 치매모습 보이니 보기 흉했습니다. 그의 세 번째 부인 S씨는 우리 고교시절 우상이었지요. 보조개 들어간 예쁜 얼굴로 광고하던 그 모습이 지금도 생각납니다. 벌써 그 양반도 60대가 되었네요.

또한 군겁쟁재격의 빼어난 모델은 기업이 아닌 부모 유산 문제로 법정송사가 일어난 모 국회의원도 참으로 한심합니다. 100억대 자산가가 몇 억이 양보되지 않아 형제간 법적 다툼을 합니다. 자기 힘으로 번 돈 없고 부모 잘 만났으면 사회에 모범이 되어야 하는데 첫걸음부터 삐그덕거립니다. 자꾸 드러내고 싶고 자기 존재 알리고 싶으니 K의원과 앞서거니 뒤서거니 난리지르박 춥니다. 배운 자의 궤도이탈인 '탐재괴인' 전형이지요. 그리고 둘 다 친일청산과 파묘법까지 들로 나옵니다. 자기 그릇에 맞게 행동해야지, 욕심 부리면 넘치지요. 수신제가하고 치국평천하해야 하니 형제간 정리하고 부동산 천재기법은 반성하세요. 정의당에서는 호부견자라는 비아냥을 하고 자기 부친이 만든 정당에서 퇴출되는 비운을 맛보네요. 거목인 부친을 지지한 분들 가슴이 먹먹하겠지요. 대통령은 입당식에서 상징적이고 소중한 분이라 칭했는데 호남 표가 필요한 시기였지요. 파묘법 운운하니 박통 묘까지 갈 기세입니다.

김형석 선생님은 이상하게도 우리나라 대통령을 비롯한 특수층 자제들이 성공한 예가 적다고 말합니다. 주변의 제대로 된 스승은 없고 줄 서고 아부하는 자들의 영향 아닐까요. 왕자처럼 공주처럼 살다가 권불기간 지나면 차가워지는 세태에 적응이 어려운 것입니다. 세상이 아무리 변해도 부모자식간이나 형제 핏줄을 바꿀 수는 없지요. 형제간 재산다툼은 인생에 대해 삶에 대해 숙제를 던진 듯합니다. 아침이슬과 같이 찰나에 지나갑니다. 멀리 찾아갈 필요 없이 형제 중 힘들면 작은 도움도 큰 힘이 됩니다. 그리고 빈손으로 갑니다. 빈손으로…. 이재용도 빈손으로, 대통령도…, 소시민인 나도…, 죽음은 평등합니다. 그리고 이 세상에 내 것은 없지요. 이 몸도 잠시 빌려 쓰는 것이지요. 비우고 또 비우면 낙원이 보이지요.

15. 피기 전 꺾인 꽃

기공을 같이 배운 도반의 소개로 만나 상담을 해 보니 성폭력 트라우마를 가진 여성이었습니다. 고등교육도 받았고 직장생활도 안정적인 워킹맘이었습니다. 배우자도 전문직업군이라 외형적으로 전혀 문제가 없는 여성이었습니다 사건은 중3 하교시간에 일어 났습니다. 시골 중학교의 짧은 거리는 대부분 도보로 통학하던 시절이었지요. 학교가 있는 읍에서 집까지 가는 길 중간에서 일어난 사건입니다. 보리가 막 피던 계절에 남학생 3명에게 끌려가 무참하게 짓밟혀 10년이 지난 세월에도 지워지지 않는 상처로 남아 트라우마가 심하여 남편이 오해할 만큼 문제가 많았지요. 남자를 받아들일 나이도 아닌 미성년의 꽃이 꺾이니 대인기피증도 생겨 동창회도 가지 않았고, 고등학교도 부모님을 졸라서 도시로 진학하였습니다. 장밋빛 신혼생활도 고통이었고 그때의 트라우마로 애액이 나오지 않으니 고통이야 말할 수 없었지요. 남자를 기다리는, 생물학적으로 음기운 강한 사주와 관상으로도 섹시함을 지닌 여성이었지요.

먼저 몸을 이완시킨 후 연령 퇴행을 하여 중학교 3학년 그 시절로 갑니다. 그리고 그 현장으로 가서 내 몸을 10배로 확장시켜 거인으로 만듭니다. 그다음 3명을 무릎 꿇린 뒤 발로 차고 몽둥이질을 합니다. 얌전한 여성이 온갖 쌍소리 하며 손과 발을 휘둘렀지요. 이때 충분한 시간을 주어야 합니다. 입에 거품이 나고 조금 지나서 질문하니 "죽었어요"라고 대답하길래 이제는 3명을 불에 태워서 가루로 만들라고 하여 날려 보냈습니다. 강력한 태풍으로 날려 버리라는 의념을 더하니 조용해졌습니다. 그다음은 최면기법 중 사진기법으로 그 사건 지우기 작업을 하였습니다. 지우기 작업을 3회 시도 후 자기 최면 걸게 하여 마치고 내담자와 대화해 보니 명치가 개운하다고 하여 정신과 치료를 권하였고 몇 개월 흐른 후 밝은 모습으로 나타났습니다.

이럴 때는 눈을 아주 세밀히 봅니다. 최면 전과 후의 눈 변화를 봅니다. 그리고 관점 바꾸기를 합니다. 상처 없는 영혼이 어디 있을까요. 인풋 시 정자의 치열한 경쟁에서 첫 호흡 탄생부터 흙으로 돌아갈 때까지 죽음의 과정과 명리학의 축토(丑土)의 '태'에서 술토(戌土)의 '묘'까지 십이운성의 연기법 따라, 보는 관점 따라 정글도 되고 평화로운 삶도 있겠지만 대부분 지나온 흔적은 소설 몇 권은 되는 것입니다. 따라서 인생에 순응하면 편안하게 가고 거역하면 끌려가는 힘든 삶이 되는 것입니다.

트라우마 치유 경우는 후 최면이 아주 중요하기에 과거는 바꿀 수 없지만 미래는 만들 수 있다고 멘탈 리허설 시키지요. 지나온 삶이 역동적인 경우는 사주학으로 보면 역마충(冲)이 강한 경우에 많습니다. 최면은 마음의 과학입니다. 잠재의식 깊숙이 자리한 부정적 정서를 긍정적 정서로 앵커링하고 밝은 쪽으로 관점을 바꾸는 것입니다. 어릴 때 물에 빠진 트라우마로 물이 무서워 성장해도 수영장에 못 가고 잘못 뛰어내려 다친 경우에 고소공포증이 와서 비행기 타는 것이 무서울 수 있지요.

정치판에서 가끔 보는 분노조절장애도 본인의 방어기제가 지나치게 강하여 이성을 상실한 경우입니다. 대부분 성장기 때 형성되었지요. 여러분이 지금 계신 곳에서 1만m 위 구름 있는 곳으로 올라가서 당신을 보십시오. 개미만 한 인간들이 치열하게 살아가는 모습이 보이죠. 그 속에 나를 보십시오. 소꿉장난하고 있지요. 국감장 가보세요. 호랑이 총장과 게임도 안 되는 아마추어 보세요. 본인은 모르지요. 그러나 그릇과 인격은 그대로 드러나지요. 시청자는 다 알고 있습니다.

마음과 관점을 바꿔서 부정적 정서 비우고 긍정적 정서로 가득 채우세요. 그것이 평화이고 꽃피우고 열매 맺습니다. 모든 것이 마음입니다. 위만 쳐다보면 항상 불행합니다. 옆을 보면 피곤합니다. 경쟁해야 하니까요. 아래 보세요. 중환자실에서 이승 하직 예약한 분들, 노숙자…. 그리고 부정적 정서를 긍정적 정서로 바꾸세요. 방하착…, 심(心) 하나에 모든 것…. 어차피 인생이란 한 손에는 행복, 다른 한 손에는 불행 들고 떠나는 먼 여행길…. 남녀의 사랑도 시기가 있고 우리 삶도 마찬가지이지요. 타이밍….

16. 풍수와 음양이론

사람이 이승을 떠나면 흙으로 돌아갑니다. 사주학 십이운성 개념으로 보면 출토(丑土)에서 술토(戌土)로 가는 것이지요. 윤회로 해석하면 돌고 또 도는 것이 됩니다. 우리 조상들은 음택풍수(망자의 집)를 지극히 생각하였고, 죽어서도 모신다는 유교의 골격을 이루기도 합니다. 따라서 조선시대 송사의 많은 부분이 묘지에 관한 분쟁이었습니다. 내가 어릴 때만 해도 4대까지 성묘를 하고 4대 봉제사 지냈습니다. 높은 곳에 모신 산소 안 갈려고 꾀병 부리다가 혼난 기억이 생생합니다.

헐벗은 산이 지금은 길을 내야 할 정도로 울창한 숲이 된 것은 박정희 대통령 역할입니다. 초등학교 때 식목일에 심은 나무가 지금도 대부분이니 많은 공과가 있지만 지도자의 혜안이 얼마나 중요한지 느낍니다. 태양광이다 뭐다 잘려나가는 산이 후대에 어떤 평가를 받을까요.

풍수란 장풍득수의 약어로 바람을 가두고 물을 얻는다는 의미입니다. 물은 재물 의미가 됩니다. 집이나 조상 모신 자리는 아늑해야지 바람이 몰아치는 곳은 좋을 리가 없겠지요. 그래서 핵심은 배산임수 즉, 뒤는 주산이고 앞은 물이 흐르는 형태가 되지요. 우리나라는 최창조 지리학 교수가 등장하여 풍수 체계화를 통하여 시각이 맑아진 경향이 있고 지금은 양택풍수가 강조되는 것은 아주 바람직하다고 생각합니다.

특히 수맥은 과학입니다. 가볍게 지나칠 사항이 아닙니다. 인체의 핏줄이지요. 옛날 온돌 구조는 수맥방지 역할을 하였고 여성질환 발생이 적었지요. 적외선 방출효과였지요. 어머니들이 다리 벌리고 불 지필 때도 적외선 받았지요. 그리고 수맥은 귀신처럼 음기운입니다. 나의 풍수입문은 부산대 사회교육원에서 장영훈 교수에게서 배웠습니다. 왕릉풍수 연구의 권위자로 알고 있습니다. 경주 양동마을의 이언적과 손중돈의 태실도 보고 기운 느껴보기도 하였습니다. 이언적은 당대의 학자 남명 조식과 저승 가서도 교우하자 하여 좌향을 마주보게 맞추었다는 것이 잔잔한 감동을 줍니다. 즉, 지리산 자락과 경주 양동마을을 사후 안테나로 연결 시도할 정도로 인연이 깊었지요. 음택풍수는 망자와 후손의 사이클이 얼마나 맞느냐에 따라 발복 정도가 각기 다르다는 것이 이론이고 물리학의 원소 개념으로 연결됩니다. 파동·파장이론이지요.

현대는 화장을 많이 하는데 무해무득이지요. 나의 개인 생각으로는 부모를 양지바른 자리에 잘 모시면 망자보다 산 자의 기쁨이 더 크지 않을까요. 그런 효자가 사회에 성공 못 할 리가 없는 것이지요. 정치적으로 세월호 철저히 이용하여 3년이 지나도 리본 달고 다니시는 분들은 부모님 3년은 기본인 효자겠지요. 불효자는 단 한 사람도 없겠지요. 피지도 못한 꽃들이 떨어진 그 애처로운 망자의 추모를 정치적으로 너무 이용하지요. 야당도 천안함의 종북세력들의 행위에는 리본 달고 좀 해 보세요. 망자의 어머니가 대통령에게 누구 짓인가요, 했을 때 통쾌하기도 하고 서글프기도 했습니다. 지정학으로 남쪽은 따뜻하니까 '양'이고 추운 북쪽은 '음'이라 보면 공존해야 하는데 대립밖에 없고 정치권은 싸우고 힘으로 밀어붙이는 행위를 합니다. 음양 부조화이지요.

이번 공무원 피살사건도 맨 처음 국방부 발표는 연기처럼 사라지고 추방부에서 북방부로 갑자기 바뀝니다. 국가 일이 오늘내일 바뀌는 혼란기이지요. 결과가 정해져 있지요. 배우자가 나 몰래 불륜 저지르면 여러분은 용서할까요. 부부간 부조화이지요. 속이면 안 되지요. 그것이 음과 양이고 여당과 야당이지요. 북은 수(水)기운이고 남은 화(火)기운입니다. 균형이 맞을 때 통일이 되겠지요. 조화이지요.

정치 이야기는 정리하고 풍수에 관한 이야기해 보겠습니다. 천도재를 지내는 것도 망자의 혼을 위하기보다는 산 자의 기쁨이 크지 않을까 생각합니다. 마음의 평화를 얻지요. 좋은 데 가셨고 후손도 잘될 것이라는 믿음이지요. 기공을 수련할 때 경주의 왕가 후손 묘 부근에 땅기운 느끼는 현장학습을 갔습니다. 커다란 묘에 땅기운 느껴보려고 올라가서 양손을 땅으로 향하게 한 뒤 5분 정도 눈감고 서 있으니 눈 안이 붉은 태양처럼 빨갛게 변하였습니다. 그러면 땅기운이 상당히 좋다고 배워서 그렇게 했는데 정말 붉게 변하였습니다. 또한 내가 최면치유 시에도 L자 로드와 패철을 꼭 가지고 가는 이유도 수맥은 과학이기 때문에 그렇습니다. 정신질환 원인 중 수맥도 연관되어 있지요. 수맥은 아무리 강조해도 지나침이 없습니다. 그 묘에 5분 정도 지나서 고함소리에 놀라 보니 어르신들이 빨리 내려오라고 해서 혼난 적이 있습니다.

과학이 극도로 발달한 현대에서도 흉가가 있고 교통사고 다발지점도 있습니다. 모난 땅이나 삼각형 대지 위에 지은 집에 정신질환자가 많고 날카로운 바위산은 비보풍수로 가려야 합니다. '규봉'이라 하지요. 우면산 사태의 수해를 여러분은 기억하실 겁니다. 집지으면 안 되는 곳에 지으면 안 되는 교훈입니다. 옛날 냇물이 흐르는 수로를 바꿔서 집을 지었을 때 홍수가 나면 옛날 물길 따라 덮치고 집은 매몰될 수밖에 없습니다. 집이 도로보다 낮아서도 안 되고 집 뒤로 큰 도로 있으면 기(氣)가 빠져 혼란스러운 파장이 오는 것입니다. 음택풍수 자리로는 짐승이 잠자는 곳을 최고로 봅니다. 그곳은 수맥도 흐르지 않고 바람도 피해가는 명당입니다. 쓰나미 사태를 보세요. 미물들은 미리 대피하였고 쥐도 침몰할 배에서는 내린다고 합니다. 그리고 과거 사변 통하여 사람이 많은 죽은 곳은 피해야 함은 당연하지요. 부산의 모 지역은 임진왜란시 사람이 많이 죽은 지역이 있습니다. 거기는 유난히 무속인이 많이 있지요. 미신을 떠나 기가 약한 분들은 견디기 어려운 음기가 상당히 강한 지역입니다. 그런 곳은 '지박령'이라 하여 원한 맺힌 영혼이 있다고 말합니다. 미신이라 하기엔 가볍게 지나칠 문제가 아닙니다. 현대에도 소를 키울 수 없는 마을이 있습니다. 그 마을 가면 소가 죽으니까요. 또한 이유 없이 개가 자주 짖는 장소를 피해야 합니다. 귀신 보는 유일한 동물이지요. 뱀도 개 짖는 소리 싫어합니다. 명리학에서는 원진살 관계입니다. 우리가 대통령 출마하는 대부분 후보자들도 부모 묘를 이장하지 않았습니까. 대선에 나오는 분들이 왜 그랬을까요. 독자 여러분들이 다각도에서 조명하시기 바랍니다.

내가 집사람과 연애할 때 박통 조부 묘에 간 적 있습니다. 금오산을 주산으로 하고 앞은 낙동강이 흘러가는 전형적인 배산임수 자리였는데 혈이 내려와 맺힌 평평한 밭이었습니다. 겨울에도 그 주변 보리는 파릇파릇하였습니다. 소나무는 육사생도처럼 줄지어 심어져 있었습니다. 그리고 비석 하나가 소박하게 서 있지요. 원래 산소 주변 호화롭게 하는 것 아닙니다. 그것은 망자에게도 좋지 않은데 마치 묘를 권력 과시하는 듯한 치장은 고인을 욕되게 함을 아셔야 합니다.

나의 부모님 산소를 가묘할 때 어머님 꿈에 자꾸 방에 물이 들어와 잠을 못 자게 해서 아버님한테 우측으로 옮겨 달라는 꿈을 꾸어서 파보니 수맥이 있어 옮긴 적이 있습니다. 수맥은 과학이지, 미신이 아닙니다. 18.5도의 온도를 유지하려고 몸부림칩니다. 그러니 땅 위의 기운을 빼앗아갑니다. 겨울에는 이끼가 자라고 여름에는 풀이 죽습니다. 소나무가 비스듬하게 기울어진 곳도 있습니다. 지금은 묘에 석곽을 하여 그렇지 않지만 옛날에는 묘 이장하려고 파보면 유해는 몇 미터 아래로 이동하는 경우도 많았습니다. 내담자가 이유 없이 아프면 수맥 전문가와 상의하는 것이 명리가의 의무라 생각합니다. 꿈에 망자가 춥다고 하면 산소에 수맥 점검할 것을 권합니다. 그리고 발복을 기대하는 음택풍수는 윤리적으로 문제됩니다. 부모에 의지하여 뭔가를 얻고자 하기 때문입니다. 따라서 천도재와 명당은 산 자를 위한 것이지 망자를 위한 것이 아닙니다.

또한 비보풍수의 예를 들어보면 물이 빠져나가는 곳을 파구라고 하는데 나무 심어 가립니다. 재물이 빠져나가는 의미입니다. 또한 뾰족한 바위는 가려야 합니다. 나무를 심어 가려도 되고 주택은 커튼으로 가리면 됩니다. 우리가 쓰레기 무단투기하는 곳을 지나다 보면 살벌한 말들이 춤을 춥니다. 비보풍수 관점에서 생각해 보십시오. 그곳에 화단을 조성해 보세요. 그러면 쓰레기 안 버립니다. 주변도 평화가 오게 됩니다. 범죄 많은 장소는 가로등을 밝게 교체하면 범죄 줄어듭니다. 양택풍수는 음양오행의 공간적 해석입니다. 우리가 집을 살 때 그 집의 내력 즉, 역사를 충분히 알아보아야 합니다. 특히 고압선 근처는 암 발생률이 아주 높기 때문에 피해야 합니다. 또한 화초나 동물이 잘 자라는지, 살았던 사람 우환이 없었는지 봐야 합니다. 여건이 되면 그 집에서 하룻밤 자는 것도 좋습니다. 좋은 집은 자고 일어나면 피곤이 풀립니다.

수맥은 아주아주 중요합니다. 나는 많은 경험으로 전문가 수준은 됩니다. 한번은 고객 중 보석가게를 크게 하는 여장부가 있는데 머리가 많이 아프다고 호소하여 집과 가게, 두 군데 수맥 진단을 하니 가게에 항상 앉는 자리 밑에 강력한 수맥이 있었습니다. 그래서 자리이동하고 1주일 뒤에 아주 맑아진 경우가 있습니다. 산모는 기형아 낳을 수도 있고 수험생은 수맥파장이 집중을 방해하니 피해야 함은 물론입니다. 그리고 흉몽을 자주 꿀 때 수맥 체크해야 합니다. 또한 수맥은 위아래가 없지요. 백두산 정상에서 터지면 생수가 됩니다. 아파트 1층에 수맥 흐르면 그 라인 10층도 마찬가지입니다. 난이나 화초가 잘 자라지 않고 애완견도 이유 없이 짖습니다. 나의 경험으로는 극신약사주나 편관기운이 강한데 유통시킬 인성이 없는 경우에 수맥 위에서 오래 생활하면 신경쇠약이나 공황장애로 때론 빙의까지 연결된 경우를 보았습니다. 우울증도 발생합니다.

양택풍수의 경우, 현관을 아주 깨끗하게 관리해야 합니다. 재물과 좋은 기운이 들어오는 입구입니다. 밖의 문도 청결해야 합니다. 그리고 화장실과 더불어 밝은 조명을 사용해야 합니다. 화장실은 음기운이 강한 곳이고 특히 물은 재물이기에 미사용 시 뚜껑을 닫아야 합니다. 양택풍수의 3요소는 문·주·조 즉, 현관과 안방 그리고 부엌인데 아파트는 문제없으나 일반주택은 전문가의 도움을 필요로 합니다. 모난 곳은 화초로 가려주고 아이들 공부방 창문이 너무 커도 산만해집니다. 커튼으로 가리는 것도 한 방법이 됩니다.

그리고 명리가 여러분이 할 수 있는데, 방마다 거주하는 사람의 용신 따라 색깔 정하는 것도 좋은 방법이지요. 화(火)기운이 강하면 파도풍경 그림을 거는 것도 방법입니다. 수기제화! 물기운으로 화를 제압한다는 의미입니다. 균형이지요. 음과 양의 조화이지요. 남과 북이라고 말씀드렸지요. 앞서 쓰나미 오기 전 미물은 대피한다는 말씀을 드렸는데 사람을 자기 부하로 아는 영 기운 강한 고양이도 보이지 않는 곳에서 죽음을 마감하고 늑대도 자기 태어난 방향으로 생을 마감하고 큰 덩치에 비해 놀라운 예지능력을 지닌 코끼리도 찾을 수 없는 밀림으로 들어가 생을 마감한다고 합니다. 개미조차 수맥 위에 집짓지 않고 가축 사육도 문제가 됩니다. 컴퓨터나 기계 고장도 수맥이 원인이 된다면 여러분은 믿으실까요. 비석에 금이 가고 도회지 건물이나 아파트에 금이 가는 경우도 수맥이 원인입니다. 나의 개인적인 견해인데, 양택풍수의 핵심 중 하나는 수맥이 아닌가 하는 생각이 많은 경험에서 오는 결론입니다.

그리고 깊게 생각해봅시다. 이것도 나의 개인적 견해인데 청와대 자리의 이력은 상당히 문제가 됩니다. 무자비한 그 사람들이 혈자리 막는 쇠못 박지 않았나 하고 말입니다. 혹시 관련 공무원이 이 책 보시면 한번 점검해 보세요. 미신이라 하기엔 지나칠 일이 아닙니다. 그 자리가 조선 총독부와 연결되는 자리인데 일본 총독 9대 총독까지 불행한 말년을 보냈습니다. 그것은 인과응보이자 당연한 부메랑이고 당연한 귀결이지만 우리나라 역대 대통령은 거의가 좋지 않은 말년이었지요. 문민 대통령 두 분도 자식문제로 고통 심했지요.

역대 우리 대통령의 궤적 볼까요. 혁명으로 물러나고, 내부 적에 피살당하고, 네 사람 감옥 가고, 한 사람 스스로 생을 마감하고, 자식 감옥 보내고, 온전한 대통령 한 사람도 없고 현재 대통령도 진보학자가 쓴 책에는 이 정부가 '내로남불' 아닌 것이 하나도 없다 하지 않습니까. 제왕적 대통령이 원인이라 하기에는 무언가 부족한 듯합니다. 국민의 선택을 받은 훌륭한 분들이 청와대만 들어가면 내가 볼 때는 '빙의' 기운이 보이네요. 친일청산이니, 토착왜구이니 하는 조선시대 언어 쓰지 말고 그놈들의 고약한 흔적 없나 점검하세요.

사람들은 풍수라고 하면 미신을 떠올리는 성향이 강한데 그것은 망자가 묻히는 음택풍수이고 양택풍수는 수맥과 함께 자연현상을 강조한 과학입니다. 세계적인 기업도 풍수 중시합니다. 그리고 후손이 잘되면 명당이요, 불행해지면 흉지가 되는 것이 음택풍수이나 양택풍수는 수맥과 함께 과학입니다. 올해 장마와 태풍으로 화개장터까지 물에 잠겼다는 사실이 많은 걸 시사합니다. 화개장터 가보신 분이 상당히 많겠지만 섬진강과는 상당히 차이나는 높은 지역이고 순천만과 아주 가까이 있어 배수걱정 없지 않을까 생각됩니다. 물론 아마추어 시각이겠지요. 지금은 시끄러운 4대강 보가 설치되었으면 어떤 작용을 하였을까요. 주민 말로는 40년 만에 일어난 일이라 하고 목격자의 말로는 영화의 쓰나미처럼 밀려 왔다고 합니다. 어린 시절 나의 고향 남강의 제방이 만들어지기 전에는 홍수 나면 사랑채까지 물이 들어오고 어린 나는 신나게 물고기 잡고 돼지밥통 타고 놀던 기억이 있습니다. 그 뒤 경지 정리를 아버님이 주관하셨는데 쫄쫄 따라다닌 기억이 납니다.

개인적으로는 그린벨트 해제 반대합니다. 박통 때 조림한 숲이 있어 이 정도지, 생각하면 아찔합니다. 적폐청산 과정 중 기세등등하게 논하던 보 철거도 돌아보니까 이젠 조용합니다. 태양광 사업으로 잘려나간 산 곳곳도 세밀히 점검해야지요. 매사에 빛과 그림자가 존재하듯이 박통의 산림녹화사업은 잊으면 안 되겠지요. 국토부에 풍수전문 부서가 꼭 필요합니다. 미신이 아니고 과학이기 때문입니다. 4대강 사업 제외된 섬진강이 홍수로 피해를 본 것이 우연일까요. 그 당시 환경단체 반발이 극심했다 합니다. 그러나 현재 환경부장관의 구속은 무얼 말할까요. "우리가 남이 가" 카바레에서 불륜을 저지른 것이지요. 그런 단체들이 태양광 사업으로 산이 잘려나가고 문화재 지역까지 태양광 사업해도 조용합니다. 끼리끼리 블루스로 몸을 비벼대니 니 좋고 나 좋은 것입니다. 1년에 250만 그루가 베어져 나가도 얼씨구나 지화자입니다. 곪으면 터지지요.

과거 운동권 대부인 H씨는 태양광 관리 안 하고 뇌물 관리하시다가 인간 개조학교 진학하시고 그전에 환경단체 사무총장하시던 C씨도 학교 졸업하셨나 궁금합니다. 염불보다 잿밥에 관심 많으니 추락하지요. 풍수는 과학입니다. 풍수가 국가경영이나 개인의 삶에 미치는 영향을 조명해 보았습니다. 풍수는 미신이 아니고 과학입니다. 특히 양택풍수가 그렇습니다. 그리고 수맥도 그렇습니다.

또한 환경부장관 구속이 무얼 의미할까요. 요즘 환경단체들은 부처입니다. 덕분에 조용합니다. 부처는 사찰에서 중생제도 하셔 야지, 미끼에 만족하는 벙어리가 되면 이 나라는 오염되어 가지 요. 관상 부분과 풍수는 내 소개한 글만 숙지하시면 기본은 넘어 선다고 확신합니다.

17. 보수와 진보의 궁합

　여당과 야당은 낮과 밤을 의미하는 음양 관계입니다. 현재 우리 나라의 경우는 진보와 보수로 나눌 수 있겠지요. 그리고 혁신과 실용으로 나누어 봅니다. 물론 나의 짧은 시각입니다. 원래 음과 양은 대립하나 공존하지, 어느 한쪽만 존재할 수 없지요. 어느 한쪽이 없으면 죽음이자 파멸입니다. 이 세상에 여자가 없는 경우를 보세요. 이 세상 자체가 존재할 수 없겠지요. 여자가 있음으로 해서 자식이 태어나고 배우자에게는 때로 브레이크 기능을 주어 무한질주 못하게끔 조절하는 것입니다.

　지금 국민들이 우려하는 건 브레이크 없는 과속차입니다. 협력하라는 협치는 없고 내 눈에는 협박하는 정치로 보입니다. 소통은 아예 없습니다. 흐름이 막히니 갈 곳 없는 물이 고여서 썩지요. 그리고 치킨게임입니다. 닭고기가 그렇게 드시고 싶은가요. 하림 회사에 연락해 드릴까요. 그렇게 국정을 처리하니 부동산 정책의 전무후무한 23타수 무안타의 기네스북에 오를 전적 기록의 영광까지 얻게 되네요. 그리고 국민 상대로 통계쇼 보여 주십니다. 또한 우리나라 여야는 어느 한쪽이 죽어야 끝나는 게임입니다.

동물 중 인간만이 부끄러움 아는 유일한 존재인데 부끄러움도 없고 사과는 아예 없는 것이 이 정부가 가는 로드맵 같아서 서글 픕니다. 더듬고만진당이 되어도 눈만 껌뻑합니다. 페미니즘이 웃어도 그냥 지나가지요. 세 살 먹은 아이도 알 수 있는 것이 권력에 취하면 환갑나이에도 실천 어려운 일이 됩니다. 또한 여당의 내로 남불은 기본이고 오히려 도둑이 포졸 잡으러 다니고 피의자 신분에 검찰총장 흉보는 이상한 나라입니다. 그리고 큰소리치고 국민을 극단적인 대립으로 몰고 가 편 가르기 합니다. 원래 모자람은 소리 나지만 가득차면 조용하지요. 촐랑대는 양반들은 부족할수록 자신을 드러내기에 몰두하지요. 그리고 말 많은 자 내부는 비어있지요. 선거도 콘트리트 지지층과 호남 표만 있으면 된다는 생각이겠지요.

그렇지 않고서는 내 머리로는 풀 수 없는 고단수 미적분입니다. 추풍낙엽 장관의 매너 보십시오. 국감에 보면 측은할 정도이고 K 의원의 자승자박이 웃기시네요. 호위무사도 장군과 병사가 있겠지요. 그리고 술자리에서 피해야 할 대화는 정치와 종교 지역감정을 말하고 싶네요. 먼저 정치를 보면 TV에 정치토론하는 패널들 보면 대부분 훌륭한데 몇몇은 수용은 거의 없고 죽기 살기로 자기 이론만 내세웁니다. 역지사지는 없고 내기준이고 자기 본위적입니다. 특히 상대 배려 없는 말 끊기 선수들 보면 무식하기 짝이 없지요. 두 번째는 종교입니다. 우생학적으로 씨 없는 수박은 없고 의학적으로 죽었다 다시 살아나는 것은 있을 수 없다 한다면 특정종교

교인은 당신을 측은하고 불쌍하게 바라볼 것이고 종교의 믿음은 제사 문제로 고부간 부부간 갈등와도 믿음을 지켜 나가지요. 내가 군대 신병교육대 조교할 때 집총 거부하는 특정종교 신자를 많이 보았는데 정말 지독하고 끈질기게 거부하였습니다. 그것은 국가의 입장이고 상대는 소신과 이념에 충실한 것입니다.

지금 여당과 야당도 진흙탕에서 레슬링하고 계십니다. 보수와 진보 중 어느 쪽이 우월하다고 말할 식견은 없습니다. 그러나 보수와 진보는 역사 발전의 수레바퀴이지요. 하나로는 움직이지 못하지요. 경쟁과 갈등관계이지, 치킨게임이나 일방통행은 결코 아닙니다. 보수는 보존을 지향하고 진보는 평등을 지향하는데 어느 한쪽으로 나아갈 수 없습니다. 때론 연인처럼 부부처럼 충돌하기도 하고 화합하기도 해야지 무조건 무찌르자 공산당입니다. 하기사 진보 쪽은 공산당이 아군인지 적군인지 구분 안 되는 현실 아닌가요. 색깔 구분이 우매한 나는 도저히 안 되네요.

우리 공무원 피살이 그대들의 가족이라 생각해 보세요. 그리고 큰 도둑도 배워야 되지요. 비리 보세요. 배우고 힘 있어야 왕도둑 되지요. 민초는 빵 훔쳐도 장발장 되어 범죄인이 되지만 반드시 법의 응징을 뒤에 받을 양반은 4,000만 원 뇌물 받고도 풀려나는 손오공 기술도 있네요. 원래 보수는 부패로 망한다는데 헷갈리지요. 그리고 교수님처럼 어제 한 말, 오늘 한 말이 달라져도 안 되지요. 부산 사람들은 카멜레온이 없는데 아프리카에서 화물선 타고 온 것 같습니다. 카멜레온은 듣는 기능은 아주 문제이나 보는 눈은 기막히다네요. 그러니 남이 뭐라 하든 마이동풍이고 SNS에 줄기차게 글 올리지요. 듣지 못하니까요. 재미있네요.

특히 부모가 누구냐에 따라 삶이 결정되는 건 불공정한데 요즘 젊은이들을 분노케 하는 아빠엄마 찬스는 무엇일까요. 그리고 계속 변명하고 피해가는 모습은 소시민인 내가 볼 때 측은합니다. 지금도 늦지 않아요. 석고대죄 하고 깨끗하게 인정하세요. 세상은 잃는 것이 있어야 들어오는 것도 있다고 충고하고 싶네요. 이런 판에 민주화투쟁자녀 대학시험 특혜 또 슬쩍 내놓았습니다. 그러다가 벼룩도 체면이 있는지 철회하네요. 장기표나 김영환에게 큰절하고 배우세요. 사자 굴에 토끼 그림자 없듯이 부모 보면 자식 알고 자식 보면 부모 보이지요. 탐욕의 소금물 자꾸 마시면 나중에는 약이 없지요. 나누어야 합니다. 엄마찬스에 아빠찬스, 거기에 민주화 자녀특혜까지 등장해 모두 다 드세요. 그것이 진보이지요. 그대 자식만 자식이지요. 전북대 진보 교수 말이 전혀 틀리지 않군요. 내로남불 아닌 것이 이 정권에는 없다 했습니다. 그리고 들어야 지혜가 생기는데 문제이지요. 상대 후벼팔 줄만 알고 듣지 않는 고함만 지르는 3류 정치, 이번에 많이 보셨지요. 삼권분립 이해 못하시고 사랑타령 하시는 어쩌다 3주택 소유의 자칭노블레스 오블리주의 K의원, 남들은 노블레스로 아무도 안 보니 책무인 오블리주 걱정 마십시오. 이번 국감 통해 누가 당당하고 정도를 가는지 국민들은 압니다. 원래 소리 지르는 자들이 이미 승부에서 항복한 것입니다. 발언 시 나를 못 다스리는 자는 수신제가 못하는데 치국평천하는 꿈에 본 내 고향입니다. 입조심해야 합니다. 품위 품 자도 입 구 자 세 개이고 '암'도 입 구 세 개 위에 메산이 있습니다. 산처럼 많이 먹으면 반드시 불행합니다. 무엇이 두려워 특감 반대하고 공수처 서두를까요.

진보·보수 차이와 남북의 이념 차이는 어떨까요. 가장 가슴 아픈 장면은 남북 이산가족 상봉이었습니다. 물과 기름처럼 화합은 안 되고 시멘트, 철근, 모래가 굳어져 버린 해체할 수 없는 이념 대결이었습니다. 남쪽의 형은 하나님 뜻이라 하고 북의 동생은 수령님 은혜라고 세뇌된 언어구사를 보고 피보다 이념이 더 강하다는 걸 느꼈습니다. 지금 우리나라 진보·보수도 차이가 없어 보입니다. 그리고 이번에는 북한이 우리 정부의 미국 방문에 삽살개라고 합니다. 삶은 소대가리에서 삽살개입니다. 애완견, 삽살개… 우리 대통령에게 할 말인가요. 예의 없고 무례하지요. 대통령도 국민 상대 '모욕죄'로 고소하는 것 보이시기 전 북에 강력한 경고 보내야 하겠지요. 한없이 관대한 이유를 민초는 모르겠네요. 바다처럼 맑은 물, 오물 모두 받아들여서 정화시킬 큰 지도자는 없을까요. 지금 정부는 화합은 없고 편 가르기 하여 거기에 포퓰리즘 더하면 문제없다고 생각하는 것 같습니다.

전 서방이 대통령 할 때 땡전뉴스가 있었는데 지금은 땡코뉴스 즉, 코로나가 메인뉴스입니다. 세월호는 충분히 우려 드셨고 토착왜구도 이제 용도 폐기되니 검찰개혁에 소리 높이네요. 이젠 윤 총장 홈집 내는 걸로 가시네요. 역지사지와 공정과 정의는 언제

올까요. 나의 생각으로는 느낌으로는 2022년이 될 것 같습니다. '징후'가 보이네요. 2022년이라… 우리 법조계에 일제 강점기 판사로 사형선고 뒤 양심가책에 못 이겨 엿장수로 방랑 출가해 스님이 된 효봉스님 같은 신선한 법조인이 얼마나 될까요. 핵심인력은 모두 피의자이시고 거기에 우리나라 법무장관 자리는 어니언 같네요. "너의 진실 알아내고 난 그만 울어버렸네." 거기에 대법원장까지 거짓말 대열에 합세하시네요. 들통나자 사과하고 침묵하여 묵언수행합니다. 부처인지 꿀 드신 벙어리신지 헷갈리네요. 이 분이 우리나라 대법원장이지요. 가인이 하늘에서 뭐라 말할까요. 내 생각에는 적절한 언어가 없을 것 같네요.

그 자리가 무엇일까요. 그리고 도덕도 싼다지도 없게 만드는 신비한 자리일까요. 참 고약한 권력의 이면입니다. 눈과 귀를 멀게 하는 자리군요. 그러니 들을 수 없고, 보이지도 않는 건가요.

18. 지역감정 위선자들!

지역감정이 아닌 국가 간 감정이라면 우리가 일본을 미워하는 동물적 증오심은 우리에게는 본능이 되겠지요. 이번에 WTO사무총장 선거에 대통령도 많은 신경을 쓰지만 일본이 반대한다는 소식을 들었을 때 극일은 생각 못하고 오로지 반일로 달리는 이 정부의 모자람을 보았습니다. 극일하고 모자라는 정치토양에 세계 TOP을 20개나 만든 세계 초일류 삼성과는 비교도 안 되는 초라함으로 보입니다. 그런데 회장은 구속되어 있고 갑갑하지요. 당연히 죄 지으면 벌 받아야지요. 그런데 뭉개고 또 뭉개는 것도 많은데도 이러는 건 형평성에 문제없나요. 우리 경제는 반도체가 그나마 지탱하고 있지 않나요. 우리나라에 삼성을 빼놓고 기업을 논할 수 있습니까. 이제는 극일이 중요하지 반일로 나가 편 가르기나 하는 것 다 버리세요. 토착왜구란 못난 구석기 시대 발언 이제 버리세요. 신바람 나게 경제를 살려야 합니다.

우호적 무역상대국인 일본을 이용하여 경제발전에 활용할 줄은 모르고 오로지 선동만 하니 일본은 적대국이고 이름 있는 작가조차 일본에서 수학하면 친일분자가 된다네요. 그 좌파 양반 소설책 불태워버렸습니다. 그 잘난 작가 발언은 대통령 따님도 친일분자이고 일본과 반도체 전쟁에서 통쾌한 KO승 날린 삼성도 친일입니다. 국가 관리하는 양반들 의식이 변해야 합니다. 우리가 먼저 어른스러움 못 보이니 그놈들이 왜국 노릇 하는 거지요. 경제동물인 일본이 호락호락하지도 않을뿐더러 갑목(甲木)인 우리나라를 을목(乙木)인 일본이 위협할 수도 있지요. 이번에 일본이 우리를 지원하지 않는 것은 외교실책이라고 생각합니다.

우리나라 재벌은 세계 일류가 많지만 정치 보면 전 서방 때와 무엇이 다른가에 분노가 생깁니다. 그래도 부끄러운 줄 모릅니다. 나의 경우는 진주에서 태어나 부산에서 학창시절을 보내고 사회 생활 역시 부산에서 하였기에 전형적인 경상도 머시매입니다. 군대생활을 전주에서 3년 보낸 적이 있지요. 내가 초등학교 시절만 해도 난 DJ가 정말 빨갱이 간첩으로 알았습니다. 공화당의 선전이었겠지요. 인권은 아예 없는 독재였지요. 경상도는 산이 높고 계곡은 깊어서 풍수상 독일과 같아서 투박하고 거친 성향이며 무뚝뚝합니다. 전라도는 너른 평야지대라 풍류와 음식문화가 아주 발달했지요. 맵고 짠 경상도 음식과 젓갈문화 발달로 일품인 전라도 음식은 차이가 많지요. 전라도는 프랑스에 비유할 수 있고 아기자기합니다. 따라서 소리문화와 예술이 발달했습니다. 여기서 경상도 남자와 전라도 여자의 결합은 아주 좋아 보입니다. 무뚝뚝하고 투박한 남자와 섬세하고 음식문화의 여자와 결합은 보완관계인 궁합에서 상당히 좋은 효과를 가져오지 않을까요.

군대 배치를 전주로 받았을 때 기분이 좋지 않았지요. 그때만 해도 DJ가 핍박받던 시절이라 지역감정이 극에 달했고 전라도에 대한 유언비어가 내 의식 속에 고약하게 자리하고 있었기 때문입니다. 전라도 사람이라 하여 이마에 뿔난 것 아니고 경상도 사람이라 하여 엉덩이에 뿔난 것 아닙니다. 누가 이렇게 만들었을까요. 신라와 백제라는 역사적 대결도 있었지만 정치인들의 책임이 대부분 차지하지 않나 생각됩니다. 현 정권도 검찰인사 통해 은연중 편 가르기 하고 지역감정을 심화시킵니다.

최초 지역감정 이용은 박통입니다. 김대중과 대결이 힘드니까 이용한 것이죠. 참 고약하고 지저분합니다. 이런 행위는 박통 때 시작하여 전 서방 때 극심했지요. 5·18항쟁도 DJ 핍박과 호남 무시에 대한 참아왔던 분노가 폭발한 것입니다. DJ와 노무현 대통령 거쳐 호남의 한도 중화되고 완화된 듯이 보이지만 이 정부 들어 영·호남이 더욱 분리되는 것 같습니다. 물과 기름 같네요. 마치 섬처럼 호남이 분리되는 느낌입니다. 남과 북도 서러운데 이제는 동과 서군요. 누가 교묘히 외곽 때릴까요. 지겨운 테마입니다. 이제는 여당 대선후보끼리 "백제" 발언으로 편 가르기 하네요. 얼씨구 지화자이지요. 큰 정치인이 나타나 대승적 화합해야 하는데 영·호남 양쪽 다 상처 주는 편 가르기만 합니다. 득표 계산과 선동은 사과 한번 없고 부끄러움 없지요.

정치 쪽은 부동산문제도 정무수석은 바그네 탓이라 하니 웃음도 나오지 않습니다. 그 지역구 주민들 참으로 훌륭하십니다. 서울에서 드물게 낙선시켰으니까요. 정무수석은 이번에 야당 대표 몸수색이나 현명하게 처리하시면 되지, 왜 잘하는 국토부 영역까지 넘보시나요. 본인 할 일이나 하십시오. 하기야 롬멜 장군 관상에 전투적이지 화합형은 아닌 것 같습니다.

다시 지나간 시절에 대한 이야기를 이어 보겠습니다. YS와 DJ가 대통령 선거 대결할 때 나는 플라스틱 원료인 '레진' 부산·경남 총판을 하고 있었습니다. 부장은 YS 지지자였고 여의도 광장은 넓어서 대통령 연설을 많이 하였는데 그때마다 본사로 전화하여 얼마나 많은 청중이 모였는지 확인 또 확인하였습니다. 그러다가 대리점 월말 마감 후 회식 자리에서 대판 싸움이 벌어졌습니다. 원인은 지역감정 충돌이었습니다. 두 사람 다 명문대 출신에 대기업 중간 관리자 위치면 세상 쓴맛 단맛 알고 내공까지 생겨 참을 단계인데 조폭싸움처럼 치열하고 한 치의 양보도 없었습니다. 부장은 선비라 부를 만큼 조용한 사람이고, 과장 역시 젠틀맨이었는데 그 당시에 이해하기 어려운 혼란이 와서 힘들었습니다.

이번 선거에서도 동서는 분명하지 않습니까. 영남이나 호남이나 정신 차려야 합니다. 철저히 이용해 먹는 정치인은 응징해야 합니다. 순수한 국민을 우롱하고 선거에 이용하는 자는 버려야 합니다. 화합을 반대하는 정치인을 선호하면 안 됩니다. 그래야 영·호남이 가까워집니다. 플래카드만 걸면 당선되는 양반들이 무슨 일을 할까요. 오로지 편 가르기만 하면 당선이지요. 그러니 지역구민에게 혼신의 힘 다할까요. 그러니 야당 대표가 5·18 묘역 가서 무릎 꿇어도 쇼한다 합니다. 민주화 운동이 진보 것인 양 착각합니다. 화합을 도모하는 지도자가 나타나야 합니다. 이번 여당 대표가 박통 묘에 가서 남긴 방명록 글은 참으로 보기 좋았지요. 이런 정치인이 많이 나와야 합니다. 쉽지 않겠지요. 지역감정 교묘히 이용하는 정치인들이 있는 한 요원하지요. 그래서 영·호남 주민들의 각성이 필요하지요.

대통령의 지역별 지지도 보실까요. 딱 한 지역이 다르지요. 지금 검찰요직 분들 오래가지 않습니다. 사탕이지요. 이번 검찰 인사도 일정 지역 출신을 배치했는데 호남인들은 뿌듯해할지 모르나 오래가지 못하고 반대쪽 지역 사람들에게는 잔잔한 분노가 일어나는 것입니다. 그것을 고도의 계산으로 머리 굴리시겠죠. 호남 표 결집으로 말입니다. 고묘히 외곽 때리는 잔머리 굴리시다가는 망합니다. 권력은 언제 변할지 모릅니다. 바그네 운명이 저렇게 흘러갈 줄 누가 알았을까요. 토사구팽의 계절이 오면 추풍낙엽이지요. 추풍낙엽이라…!

좀 큰 정치 해 보세요. 서민 교수는 조국 흑서를 베스트셀러로 만든 건 문 대통령이고 청와대는 남 탓 연구소이며 문빠는 정신이 상자 집단이라 했습니다. 그리고 고고하신 교수님은 법 전공이시면 도인이실 건데 무식한 내가 봐도 아닙니다. 재판에 출두할 때도 죽창 든 정의의 기사 같아요. 젊은이들한테 깊은 상처 준 아빠찬스, 엄마찬스는 후배장관님과 전혀 부끄러움 없는 것 같아요. 대선 전에라도 알았으니 다행입니다. 정말 다행이지요. 통일부장관이란 양반도 한미동맹을 냉전동맹이라 칭하며 주체사상 80년대 시각 그대로입니다. 오죽하면 미국의 반박 성명 나올까요. 제발 한반도가 둘로 쪼개져 있는데 다시 동서로 나누지 마세요. 한 지붕 두 가족 만들어 영호남 국민들을 득표수로 선거에 이용하는 것 버리세요. 극일보다 반일은 아무 득 없습니다. 그리고 토착왜구 강조하여 국민 감정 자극하는 선거술책 제발 하지 마세요. 우주여행 가는 시대에 아직도 꿈꾸고 있지요.

3류 정치집단이 몇십 년 동안 못한 일을 삼성은 20개나 일본을 이겼습니다. 재벌 규제도 풀 것은 푸세요. 4차 산업시대에 옛 노래 부르시네요. 기업에 날개 달 생각은 전혀 없지요. 최재형은 "노조 중심"이 나라 바로잡아야 한다고 말하네요. 그리고 지역감정도 기막히게 활용합니다. 떡 많이 주는 듯 보이지요. 내 생각에 토사구팽이 요즘 자꾸 떠오르네요. 그리고 달도 보름 지나면 기울어가지요. 대통령과 총리는 힘을 합하여 영·호남 화합에 지혜 모아 보세요. 호남 분들에게 부탁드릴게요. 이제 정치가 잘못하고 있는 편 가르기 벗어나야 합니다. 그러면 더욱 고립됩니다. 지지율 보십시오. 그 지역은 딴 나라인 양 고립되어 있습니다. 결국 손해이고 이미지만 나빠집니다. 그리고 그 양반들이 향후 어떤 대접 동료들에게 받을까요. 깊은 생각 부탁합니다.

고마해라! 마니 무따아이가! 아따! 성님 알았땅깨요!

19. 대가리와 조디만 있고 심장은 없다

사주학으로 보면 관성과 인성은 약하고 상관과 편재 그리고 비견이 강한 사주겠지요. 편재는 잔머리, 이재능력이 뛰어납니다. 사주 구성 따라 다르지만 관성과 인성 없이 편재만 발달한 경우는 자기 기준으로 세상을 보고 역지사지는 꿈에 본 내 고향처럼 가물가물 하지요. 남성은 특히 여자 문제 많지요. 그런데 더듬고 만진당은 두 시장 성추문에 사과는커녕 애플 한 조각도 없지요. 국민혈세 선거에 불출마 번복하여 요식행위인 전 당원 투표로 가립니다. 23% 당원투표네요. 또한 800억 선거비용 드네요. 대통령이 당 대표 시절 만든 당헌은 쓰레기 소각장으로 가야 합니다. 5년 전 "재보선 원인 제공 땐 공천 말라" 해놓고 이번 일은 내로남불의 모델이지요.

그러니 이번 선거 비참하지요. 사필귀정이지요. 만취한 권력의 운전자들이 꿈속의 라라랜드에 빠진 결과이지요. 평검사 말 한마디에 커밍아웃 논하는 두 장관님 배포가 밴댕이 속 같습니다. 그러니 360여 명 검사가 반발하지요. 과거에 국정농단 수사검사는 추풍낙엽 장관 보고 바그네 정부 때 순실이 인사농단 느낌이라네요. 소신과 공정은 없고 지휘자의 지휘봉에 맞추어 현란한 탱고를 추어댑니다. 자충골도 많이 넣네요. 과거 우리 축구 운전미숙처럼 말이죠. 근데 시대가 달라 손흥민 선수가 유럽 중심에서 활약합니다. 시대가 바뀌었지요.

불교의 경우, 대가리 깎으면 중이 되고 머리 깎으면 스님이라면 부처 팔아 장사하는 자가 중입니다. 중은 스님을 낮춰 부르는 언어인데 요즈음은 중이 너무 많아 보입니다. 나도 절 생활을 3년 해 보았는데 속세보다 힘든 경우가 많습니다. 넉넉한 종단 소속이면 모를까, 작은 사찰은 정말 어렵지요. 따라서 절도 생존문제에 접하게 되고 혹세무민하게 되고 사회문제도 일으킵니다. 타 종교인들 다를 바 있겠는가요. 정치도 닮았지요. 종교도 본분을 잊으면 타락하는 것입니다. 지금 부처와 예수 팔아 장사하는 사이비 종교와 사기꾼 교주들이 얼마나 많은가요. 그 양반들이 따뜻한 가슴 있을까요.

정치와 비교해 볼까요. 무엇이 개혁일까요. 소신과 공정을 가지고 말해야 할 때는 벙어리 삼룡이 형님 오룡이가 됩니다. 권력의 힘 자체가 지휘봉이고 도덕이며 정의이지요. 교수님은 실패를 모르고 승자로 살아온 지금도 그 틀에서 헤어나지 못합니다. 나르시시즘과 유체이탈에 빠진 것이지요. 몽유병이지요. 소신은 낙동강 강바람에 실려 실종되어 버렸습니다. 부끄러움도 없고 피의자 신분에 SNS에 줄기차게 글 올리시네요. 정의를 가르치고 평생 그 길 가는 양반들이 페인트 모션에 능합니다. 손흥민이한테 실력 한 수

가르쳐 주세요. 사주학에서는 연주가 나의 근본이자 뿌리가 됩니다. 연주와 일주로 크로스 체크하면 나의 가문이 됩니다. 월주는 나의 성장환경이고 부모자리입니다. 따라서 조부의 근본은 DNA로 나한테 고스란히 넘어옵니다. 씨도둑은 할 수 없지요. 종자가 좋으면 당연히 거목으로 성장할 가능성이 높지요. 거기에 월주환경까지 좋으면 더할 나위 없지요. 5,000년이 지난 지금도 우리에겐 몽고점이 있지 않습니까. DNA는 무서운 흔적입니다.

정치도 마찬가지입니다. 이 세상에 비밀은 없고 부도덕한 정치란 교도소 담장과 가장 가까운 것입니다. 그것도 힘이 강할수록 그렇습니다. 반드시 새겨듣고 지나간 역사 보세요. 부메랑 되어 반드시 돌아옵니다. 업인 것입니다. 다음 생에 가져갈 유일한 것이지요. 어제 윤 총장 똘마니(그 양반의 비유 언어) 검사들이 커밍아웃에 360여 명이 동참하였다 합니다. 검·판사 경력 1분도 없는 양반이 검찰개혁 노래 부르지요. 거기에 법조인이 '피의자' 의미도 모르는 것 같아요. 그러나 돌아오는 흔적은 무섭지요. 과거 흔적 보세요. MB가 오늘 17년 형 선고받았네요. 사주학으로 보면 대운 20년이 함지 즉, 구덩이에 빠진 것이죠. 바그네와 함께 말입니다. 지나간 흔적으로 이런 결과가 왔지요. 이 정부도 반면교사가 될 수 있지요. 화무2년홍이 되지 않으려면 정신 차려야 하는데 서울시장 선거에 담 넘는 기술이 탁월합니다. 이번 시장 선거는 서울·부산 시민들의 선택에 따라 국민도 공범이 됩니다. 같은 이슬도 독사가 먹으면 독이 되고 젖소가 먹으면 우유가 됩니다.

인간 세상도 마찬가지입니다. 꾹교수의 경우 공부기술로 고위직 진출하면 넌 최고야 하는 우월감에 취해 절벽 아래로 떨어집니다. 오직 나 기준만 있고 역지사지 없는 경우이지요. 또한 공정은 낯선 단어이지요. 부산 자갈치 시장에서 장어와 소주 한잔하고 싶습니다. 관상학에서 보면 선한 눈이고 선한 사람으로 판단됩니다. 이제는 한번 맛본 권력에 취해 굳어버려서 해체하기 어렵게 보입니다. 남 비방 전에 자신을 먼저 봐야 하고 남 비난하면 고스란히 자신에게 되돌아오는 걸 모르는 것 같습니다. 사과는 내 잘못 인정인데 한 번도 들은 적이 없네요. 내가 최고의 선이고 나 위엔 아무도 없는 오만의 극치이지요. "너 자신을 알라"라는 단어 전해 주고 싶어요. 국민의 삶이 힘들다면 힘없는 민초 때문이 아니라 잘난 인간들 때문입니다.

이번 금융사건에 1,000억이 오리무중으로 흔적이 없다고 합니다. 바람인가요. 흔적 없이 사라지게 말입니다. 그것이 힘 있는 자들의 도움 없이 가능할까요. 국민들은 가재나 개구리가 아니지요. 위안부 할머니 동원해 앵벌이로 자녀 유학비 대준 그 사람이나 똑같이 불쌍한 사람들입니다. 도둑질한 돈으로 교육비 조달하면 어떤 성장할까요. 성장 후는 어떨까요. 그리고 부모가 누구냐에 따라 삶이 결정되는 것은 심각한 불공정이지요. 그래도 공정과 정의 노래 하더니 이제는 조용합니다. 이젠 뭘로 선전할까요. 세월호→ 적폐청산→토착왜구→검찰개혁…. 잘못된 업은 계속 연결됩니다. 나의 그림자입니다. 상의하달과 하의상달은 없고 리모컨만 있는 것 같습니다.

줄서기 선수들은 벌써 레임덕 이후를 준비하시네요. 가벼운 초선 의원 K는 벌써 경기지사 편지에 앞장서서 발의합니다. 삼성보험에 든 것이 아닐까요. 틀림없이 합류하네요. 진영 바뀌어도 '꾹' 교수 흉은 안보겠지요. 그리고 제조업 침체가 뚜렷하다 해도 "물들어 올 때 노 저어라" 하고 노래 부르고 최저임금 급속인상에도 긍정적 효과가 90%라고 줄서서 합창을 합니다. 그러니 소득주도 성장은 실패로 귀결되지요. 소상공인이 죽어가도 대단하네요. 거기에 더하여 집값 급등 시 전 정부 탓하고 감시기구 만들어 형사처벌 운운합니다.

국민이 감시해야지, 23타수 무안타이면 감독과 선수 다 바꿔야지, 주객이 전도된 것입니다. 나그네쥐인 레밍이라는 설치류는 우두머리를 맹목적으로 따라 움직인다 하는데 지금 우리나라는 어떤가요. 이승만 대통령 시절에는 이기붕이라는 우두머리 따라다니던 레밍들은 혁명 때 모두 도살당하였지요. 그러나 김두한은 정도를 가니 문제없었지요. 유지광은 박통이 살려주었는데 모든 책임을 자기한테 돌리고 이정재를 보호했기 때문이라 합니다. 의리이지요. 전 서방 때 장세동이 생각납니다. 멋진 사내이지요. 이런 정치인 있을까요.

소통되지 않는 구중궁궐은 반드시 무너지는 모래알이지요. 이렇게 소통이 안 되니 장관 인사도 시끄럽기 짝이 없지요. 옳고 그름보다 이편저편 편 가르는 문화이지요. 윤 총장도 최 감사원장도 청문회 때 온갖 미사여구 동원하더니 애완견인 줄 알았는데 맹견이 되니 눈엣가시이고, 변해도 어느 정도지 심장까지 바뀌면 사람 행동 아니지요. 그리고 청문회 때 가볍게 행동하는 호위무사들 많이 보는데 반드시 자기 자신에게로 돌아오는 부메랑이자 업이 된다는 걸 기억해야 합니다.

요즈음은 한계를 알아차렸는지 조용합니다. 그러나 원내 대변인이란 양반이 추풍낙엽장관 아들을 안중근 의사와 비교하는 무식한 추태를 부리십니다. 원내 대표와 방위 6개월 근무하신 분입니다. 정권 유지 위해 안 의사까지 파십니다. 손홍 안 씨 양반들이 그냥 지나치지 않지요. 그에 못지않게 훌륭한 분은 위안부 할머니 앵벌이 이용도 모자라 유령직원 내세워 7년간 보조금 3억 타낸 윤을 검찰은 대한민국을 기망했다고 말합니다. 심장이 있을까요. 그리고 윤지오도 정권 약점 알기에 나 잡아봐라 하면서 캐나다에서 애교 부리네요. 사기극이 밝혀진 뒤에도 정권 갖고 노는데 사과는커녕 감자도 없네요. 펀드사기 창업주께서는 샌프란시스코에서 유유히 살아 계시고 대통령 동남아 방문도 수행한 귀빈이지요. 왜 외국일까요. 이제는 하품이 나옵니다. 누구와 가깝다는 것 다 압니다. 이 양반 요즘 조용합니다. 연기자처럼 선그라스 끼고 왕 노릇 한 때가 어제 같은데 세월 빠르지요. 그만큼 하산시기도 빠릅니다.

만약 부패가 있다면 세월 흐르면 썩기 때문에 냄새가 진동하여 가릴 수가 없습니다. 이 글은 보수적인 나의 생각입니다. 정치인들은 허구한 날 고성과 삿대질인데 민초 생각이 다 옳은 것은 아닙니다. 부탁이 있다면 이제 친일이니 토착왜구 발언 좀 그만두세요. 너절하지 않습니까. 한일관계가 감정으로 해결할 때는 지났습니다. 이번 WTO사무총장 선거도 일본 반대로 어렵지요. 비수 들이댄 일본 때문입니다. 맨날 반일이 어쩌구 하는 원시적인 편 가르기 써먹지 말고 재벌 지원하세요. 재벌의 부도덕은 정치인 잘못도 많을 것입니다. 그러나 이 어려운 시기에 해외로 나가는 우리 기업 잡을 생각은 하지 않고 규제강화로 기업 숨쉬기 어렵게 합니다. 지도층 엘리트들이 자기 일을 성실하게 해야 되는데 로봇이 되어서는 국가 손실이지요. 조지훈이나 김관진이 그립습니다!

100년을 살 것 같지요. 짧은 인생에서 소신 지켜 보세요. 국민 위에 군림하는 그 오만함은 내부 수양이 덜 된 것이지요. 정신 차리고 보세요. 술 취해 택시기사 폭행하는 양반이 검찰총장 징계하는 이상하고 요상한 나라에 살고 있습니다. 모자라는 백성이 할 추태를 한 나라의 고급관료가 할 일은 아니지요. 시원하게 물러나세요. 부끄럽지 않으신가요. 하기사 그걸 아시는 분이 그런 일 만들지도 않지요. 그리고 윤 총장 징계심의 날 5부 요인과 코로나 정국협의(?) 하신다고 청와대 모이시네요. 재미있네요. 그리고 교수 부인 선고도 내일이라네요. 그러나 정의는 시퍼렇게 살아있지요. 사필귀정이네요. 단 한 번도 사과 없었다네요. 4년에 5억이라…. 그리고 격렬한 항의… 그리고 지지자들 행위도 가관입니다.

인과응보입니다. 정확하지요. 한 치 오차 없지요. 무법천지네

요. 무법장관에 무법천지라…. 그리고 무법지지자라…. 삼위일체
네요. 이 글을 쓰는 나만이 옳은 것 아니지요. 공정과 정의의 환
상적인 궁합을 빌면서 그냥 민초 생각 흥얼거려 보았습니다.

20. 부메랑과 길로틴 길로

부메랑은 아프리카 토인들이 만든 기구로 던지면 던진 자에게 돌아오는 기구이고, 길로틴은 단두대를 만든 사람으로 그 자신이 그 단두대에 처형당했던 사람입니다. 콩 심은 데 옥수수 나지 않고 뿌린 대로 거두고 나의 그림자와 흔적은 사후에도 남는 '업'이 되는 것입니다. 선인선과이자 악인악과입니다. 자기가 행한 일이 그 모든 일이 정확히 돌아옵니다. 전생이 곧 현생이고 현생이 내생이 되는 것입니다.

우리가 부활이나 윤회를 믿는다면 삶을 바르고 깨끗하게 살겠지요. 정말로 사후에 부활하고 윤회의 수레바퀴가 있다면 우리 삶은 평화롭지 않을 수가 없겠지요. 행복지수가 가장 높다는 부탄은 네팔 옆 히말라야 산맥에 위치한 최빈국이나 독실한 불교국가입니다. 비우고 버리니까 행복한 것이지요. 과거 법정스님의 '무소유'나 이번에 선종한 추기경도 이 말 많이 했지요. 현대인은 자꾸 채우려 하니까 노예로 살아가는 겁니다. 시냇가에 물고기 잡는 것도 법으로 금지한 살생을 금하는 나라이지요. 우리가 뜨거운 물을 쉽게 버리지 않는 사찰문화가 생각납니다. 뜨거운 물에 생명이 죽을까 봐 말입니다. 물질이 행복을 가져오는 절대적인 것은 아닌 것이지요.

현대는 돈이 귀신도 호령하는 제2의 심장이 되고 또 라임, 옵티머스에 이 정부가 취하는 행위를 보면 속이 보입니다. 공중으로 1,000억이 사라지는 마술을 힘없는 인간들이 할 수 있을까요. 일반 민초들은 100만 원에도 형무소 왔다갔다 합니다. 술 접대가 어떠니 저떠니 하면서 금융사기사건에서 시선 돌리지만 우리 국민이 거기 속을 사람은 없지요. 내가 부메랑을 업으로 보는 이유는 자기가 남긴 그림자로 보기 때문입니다. 아버지가 선업 짓고 살면 자식에게로 반드시 가게 되어 있지요. 자식이 말썽부리면 자기 자신을 보면 됩니다. 내 얼굴입니다. 그리고 나의 모습이지요. DNA로 유전되는 선업의 흔적은 자식에게로 가게 됩니다. 단두대 만든 길로틴이란 자도 결국 단두대에서 처형되었지요. 자기가 만든 단두대에서 생을 마감한 것입니다. 빈손으로 왔다가 빈손으로 가는 것이 인생인데 몇백 년 살 것처럼 치열하게 살아가는 것이 우리의 모습입니다. 인과응보는 그림자인 것입니다. 일본이 우리를 짓밟은 만행이 자손대대로 내려가지 않습니까. 아픔을 당한 사람은 쉽게 잊지 않습니다. 일본에 대한 우리의 증오는 본능인 것과 같지요.

그것을 교묘히 이용하여 얼빠진 정치인은 토착왜구 운운하며 언론플레이 하고 있지요 《아사히》보도가 사실이면 토착왜구는 청와대라고 사이다 폭탄 진 교수가 일갈했지요. 편 가르기 하여 자기편 결집하려는 선동집단은 이제 지겹습니다. 남 도운 만큼, 해친 만큼 결국 나에게 돌아옵니다. 그것이 칼이 돼서 나를 향할지, 금이 될지 그것은 업이 결정하는 것이지요. 지금 흘러가는 시국은 상대 배려 없고 자기들 상처만 생각하는 지독한 이기주의자들이 너무 많고 특히 정치인과 고위직 지낸 자들이 타인 잘못 앞서 내가 불구자인지 먼저 볼 줄 모릅니다. 정치에 대해 논할 만큼 깊이는 없지만 내 느낌으로 추풍낙엽 장관이 악을 쓰는 것은 자기가 모든 것 책임지는 느낌입니다. 그래서 내 개인적으로는 측은합니다. 의도된 행동이라는 것이지요. 베푸는 것은 없습니다. 그러니 이번 커밍아웃에 넋이 나가지요. 명리학으로 보면 식신이 없지요. 권력을 잃으면 썰물처럼 주변이 빠져나가지요. 옆에 사람이 있을 리 만무하지요. 애완견은 새 주인 찾아 떠나가고 황량한 들판에 추풍낙엽만 나뒹굴지요. 변비 걸려 군림만 할 뿐 베풂이 없으니 심각하지요. 과거에는 경찰로 있는 동기 녀석이 식당 가면 소주값 안 내기에 내가 지갑 뺏어서 밥값 내게 한 적 있습니다. 그것도 권력이라고 폼 잡고 했지요. 그러니 권력에 취하면 '비몽사몽' 현상이 오지요.

분명한 것은 사회지도층 인사들이 과거에 한 말이 부메랑 되어 고스란히 돌아옵니다. 오늘 한 말, 내일 한 말이 틀리는 교수님 보고 흉을 봐도 마이웨이입니다. 안과 밖이 다른 이중구조이지요. 그러니 사과는커녕 홍시도 없고 부끄러움도 모르고 줄기차게 글 올리다가 이번에 검사들의 뒤통수 맞았지요. 소신과 원칙이 없으니 오늘 한 말이 내일 바뀌지요. 본래 내 모습이 나의 이해관계에 따라 카멜레온으로 바뀌지요. 그러나 지조와 소신 없으니 몇 년 전과 지금은 180도 다르지요. 그때그때 말 바꾸시네요. 그러니 지조가 아니지요. 현재는 과거의 거울 아닌가요. 변함없어야 하는데 거울에는 흔적이 남지 않으니 답답합니다. 오늘내일 하는 말 다른 분이 무슨 소신일까요. 그러고도 부끄러움 모르고 SNS에 글을 올리시네요. 모든 것은 내가 기준이고 정의인 자기 본위적이고 내로남불이며 사과는 달나라에 보내고 없습니다. 사이다 진 교수에게 두들겨 맞아도 마이웨이입니다. 권력에 취해 아직도 깨어나지 못한 것 같습니다. 아니면 자아도취에 빠진 나르시시스트이지요.

또 하나 우리 국민을 멘붕에 빠지게 한 귀한 분이 있지요. 1,000만 명 시민 살림 책임지던 양반이 조디는 평생 페미니스트니 인권변호사이고 인간 탈을 쓴 애니멀이었지요. 단지 표 얻기 위한 연극을 철저히 한 것이지요. 시민을 농락하고 짓밟은 것입니다. 참으로 다행입니다. 교수와 P시장이 대권후보 안 된 것은 천운입니다. 만약에 대권 후보라면…. 끔찍하지요.

현재 여당 행태 보면 교장 선생님 지시 따라 움직이는 초등학교 어린이들 같습니다. 초선 의원들이 소신 있게 한마디 하더니 이틀도 못 가네요. 배지 떼내고 장사하세요. 가면 벗고요. 나도 전교 회장 해봤는데 일어서와 앉아는 할 줄 압니다. 또한 흙수저 일병은 17분 늦어 감옥 가고 엄빠찬스 아들은 황제휴가 보내지요. 정의로운 나라 외치면서 하는 일은 실망뿐인 친문들이죠. 아니지요. 극단적인 편 가르기로 국민 가슴에 상처 주는 일도 하지요.

대통령 물러나면 어떻게 변할까요. P시장 자진 때도 2차 가해하여 피해자 두 번 상처주고 피살 공무원 사망에도 2차 가해한 집단인 문빠는 정신이상 집단이라고 서민 교수는 말합니다. 제정신이 아니지요. 그리고 "당이 결심하면 우리는 한다" 구호를 안철수는 북한에서 온 슬로건이냐고 꼬집었지요. 하기사 운동권 중에는 무슨 색깔인지 모르는 발언투성이죠. 북한에서 사전 통보 없이 댐 물을 무단방류하여 우리 국민이 막대한 피해가 발생해도 "유감"이라고 합창합니다. 아니면 "엄중주의"입니다. 그것도 아니면 "보안상 기밀상"입니다. 대변인이 왜 필요할까요. 앵무새 녹음테이프 틀면 됩니다. 그리고 말문 막히면 전 정부 탓입니다. 대원군 거쳐 이성계까지 올라갈 기세입니다. 국정농단 전 정부와 공정과 정의를 부르짖는 이 깨끗하신 정부가 무슨 비교를 하십니까. 그래도 요즈음은 공정과 정의 말 듣지 못해 섭섭합니다. "내 탓이오"는 흘러간 노래입니다. 그러니 아무도 경험하지 못한 나라를 만드시지요.

그런 판이니 더불어 바람이 불기도 전에 드러눕는 풀처럼 줄서기 선수들의 처신이 눈물겹네요. 공권력 최후의 양심인 법조계도 격투기 선수는 승진하십니다. 이것이 개혁대상이지, 줄서기 훈련이 개혁 아니지요. 경제는 문 정부 들어서 빚이 이명박·바그네 정부 합한 것보다 60조 늘었다고 합니다. 부메랑이지요. 포퓰리즘 복지로 재정 파탄난 남미 나라와 형제 되고 싶은가요. 국민들이 맛 들기 시작하면 멈출 수 없는 독약입니다. 아주 재미있는 일 하나 소개하겠습니다. 다수당의 위원장이란 양반이 부동산법을 "일어서"로 통과한 뒤 한 멘트가 오늘은 역사적인 날입니다. "'집'의 노예에서 해방되는 날입니다." 내 귀를 의심했지요. 그런 자가 야당이 원했던 자리 위원장입니다. 그 뒤 부동산은 폭등하고 야당 시장 후보에게는 "쓰레기"라고 말하는 수준 이하 인격 발언하더니 이번에 원내 대표가 되네요. 무슨 협치가 될까요. 인격이 그대로 드러나지요. 그리고 집권당이 선거 때 되면 써먹는 복지혜택 줄이면 국민은 격렬저항합니다. 선거전략인 국민지원금은 부메랑 되기 시작한 포퓰리즘입니다. 납세자의 돈으로 통신비 생색냅니다. 공짜는 한번 맛보면 버리기 어렵지요. 반복되면 "테스" 형 조국처럼 됩니다.

그리고 이제 친일파라는 단어 쓰지 마세요. 일본 《아사히》 보도에 의하면 청와대에서 일본 기업이 징용 배상하면 이후 한국 정부가 보전해 주는 안을 비서실장이 제안했다 합니다. 이것이 사실이면 토착왜구는 청와대에 있었다고 진 교수는 말합니다. 한때 정신대 할머니를 청와대 세 번 초청하여 쇼를 하더니 '윤' 사건에는 꿀 먹은 벙어리가 됩니다. 이장에서 중진으로 성장한 K의원은 한때 위안부 할머니도 친일파라 하는 정신이상자 발언을 하더니 여론 뭇매 맞고 조용하시네요. 도저히 이해 안 되는 흉악범 경우 정신병자가 많은데 할머니들에게 상처 주는 이들도 흉악범 못지않습니다. 위안부 할머니를 친일파니 토착왜구니 하는 사람들은 정신병자들입니다. 할 말이 그렇게도 없을까요. 들음으로써 지혜가 생기니 귀는 두 개요, 입은 하나임을 기억하세요.

광복회장이라는 양반이 광복절에 한 발언도 가관입니다. 광복절이 무슨 날인가요. 축복의 날이고 해방된 날로 통합니다. 분열로 또 편 가르기 합니다. 앞으로 애국가 부르면 친일파가 되고 일본 유학생도 친일파이고 대통령 딸도 친일파입니다. 극일할 생각 없고 반일로 감정 자극하는 선동만 해대니 소인배가 되어 이번 무역기구 사무총장 선거에도 이웃 중국, 일본 지지 못 받는 외톨이가 됩니다. 일본을 이용하여 이익 얻을 생각 못하니 밴댕이 속 같은 외교이지요.

박통부터 지금까지 집권당 양지만을 따라다닌 줄서기 귀재인 해바라기이자 철새이고 카멜레온 회장님 말씀이 변신의 귀재답고 이 정부와 찰떡궁합입니다. 한국 사회의 갈등 구조는 보수와 진보가 아니라 민족과 반민족이라는 귀한 말도 하시고 이편저편 국민을 편 가르기 하네요. 박통부터 지금까지 여당만 쫄쫄 따라다닌 양반이 일제 치하에 있었으면 독립군이 되었을까요. 박통 때는 생계 때문이었고 일제 시대이면 영혼도 팔 사람으로 보입니다. 유신부터 지금까지 놀라운 변신은 천재급이네요. 다음 정권이 누가 될지는 이 사람만 따라다니면 됩니다. 지은 업은 오차가 없지요. 그에 더해 박통 가문보다 김정은 가문이 낫다고 헛소리합니다. 수백만 동족 죽인 그 가문이 나으면 아오지 탄광으로 가세요. 그러니 멱살 잡히고 김구 선생 장손에게 수모당하지요. 혈압이 상승하니 목이 탑니다.

청문회 때 총장과 감사원장한테 최고 미사여구 동원한 국회의원들이 지금은 주인을 무는 꼴이라고 합니다. 혹자는 개가 주인을 물었다는 것은 주인이 도둑일 때 문다고 말합니다. 그리고 누가 주인인지 모르는 바보들입니다. 주인은 국민인데 헛발질 해댑니다. 국민봉사보다 권력에 취하니 헛소리까지 하시네요. 최고 잘한 인사가 두 사람이라는 항간의 말의 의미는 무엇일까요. 권력이 영원한 것인 양 착각하고 호기를 부립니다. 떠오르고 지는 해 보세요. 12시간도 안 되어 한쪽에는 뜨고 한쪽에는 집니다. 만약 1년 후 정권이 바뀐다면….

전국으로 번진 전세대란으로 전세 구하기가 19년 만에 최악이랍니다. 경제 부총리도 웃돈주고 세입자 내보내는 코미디쇼 합니다. 임대차법 시행 3개월에 서울 전셋값 2년 치가 올랐답니다. 고용지표도 통계상 70%는 허수라고 합니다. 고용지표는 주를 이루는 60대 경우이지요. 좀 정직하시면 안 될까요. 그리고 부동산 감시기구 설치한다는데 깡통들이 무얼 감시하는 걸까요. 소리만 요란할 뿐이지요. 또한 일본으로 인해 피눈물 흘린 위안부 할머니들을 이용한 '윤' 사건에는 벙어리가 되는 행동 하면서 무슨 친일청산인가요. 그리고 광복회가 할 일은 국민 화합과 광복정신 계승이지, 분열과 선동하는 전체주의가 아니지요. 그리고 또 다른 심장이 없는 경우는 감사원장 청문회 때에는 신뢰받는 정부를 실현해 나갈 적임자이자 미담제조기라고 극찬하던 여성 B의원은 현재는 감사원장 저격수이네요. 어느 정도껏 해야지, 180도 바뀐 이중인격 두 얼굴에 금배지가 부끄럽지 않나요. 옷을 벗을지언정 부당한 지시나

압력을 이겨내겠다는 공직자가 많아야 국민이 믿는다는 참 귀한 말씀을 세 치 혀로 추켜세우더니 이젠 180도로 방향 전환합니다.

귀가 두 개인 이유는 잘 들으라는 의미고 입이 하나인 것은 두 말 안 해야 한다는 것은 아실 겁니다. 그렇게 자신이 없을까요. 촛불로 태어난 정권이 지난번 광화문 시위에 놀라 재인산성을 쌓고 바이러스 활용을 기가 막히게 합니다. 그것 참…. 온갖 감시망 쳐 놓고 이젠 공수처 야당 비토권마저 없애려고 합니다. 그리고 일자리 정부라 자처한 이 정부에서 이스타항공이 일자리 창출 대통령상을 받았지요. 최근 600명 직원 해고하고 밀린 임금만 250억이랍니다. "불사조"니 "피닉스"니 헛소리하더니 이번에 구속되네요. 다음 정권 지켜보세요. 누구는 이스타항공 태국 총판에 채용되었다지요.

거기에 추풍낙엽 장관님은 검찰로 부족해 군대까지 망가뜨릴 기세네요. 아들의 약한 무릎 지키기 위해 60만 군대의 기강을 허물고 있지요. 귀대시간 늦으면 영창 가는 것은 예비역은 다 압니다. 항의하면 붕어가 제 주제에 용을 넘보느냐고 호통칠 기세입니다. 두고두고 장관과 아들에게 짐이 될 것입니다. 한국의 장관급이면 조국과 민족을 위해 처와 자식을 베어버리고 전쟁터 나간 계백 장군의 그 정신 100분의 1이라도 흉내 내면 좋겠네요. 권력이란 한 번 밀려나면 끝없이 추락하는 것을 노무현 정부 때 보았으니 블루스 춥니다. 가련해 보입니다.

이때까지 잘못된 것 사과하는 것 본 적 있나요. 그것을 패배로 받아들이는 소인배이지요. 노무현 대통령은 시원하게 사과했지요. 4월 총선 비례당 창당도 국민의힘 보고 정치파괴 행위라 비난하다가 우리 당은 정당방위입니다. 도쿄올림픽에 내로남불 종목 있다면 우승은 문제 전혀 안 됩니다. 이젠 국제적 고유명사가 되는 영광까지 안으시네요. 이 정부가 남긴 귀한 유산입니다.

내 생각 우리 편만 옳다는 생각 버려야 정의가 있고 아니면 우리나라의 미래는 없지요. 다른 견해를 수용해야 합니다. 금 의원 탈당 정말 잘했습니다. 그래도 박 의원이나 조 의원 같은 멋쟁이도 있고 내가 좋아했지만 은퇴가 아쉬운 표 의원도 있지요 다행히 TV에서 사건반장 보니까 좋습니다. 맑고 깨끗한 영혼이 아수라장에 환멸을 느꼈을 것입니다. 이합집산과 합종연횡의 정글단에서 탈출을 축하드립니다. 표 의원! 역시 판단이 빠릅니다. 천리안이군요.

고학력자 범죄자 늘어나고 그에 따른 사회적 부작용도 커지는 것은 정신적 성장은 두 번째이고 공부의 기술에 치중한 결과입니다. 그래서 지위에 비해 도덕과 인격이 따라가지 못하는 겁니다. 그러니 많이 배운 자가 돈과 권력에 함몰되어 이성을 잃고 휘청거리지요. 반드시 내게 돌아오는 '부메랑'과 나쁜 일은 '길로틴'의 처벌받음을 기억하고 이 나라 지도자급들은 잘하세요. 그리고 오염된 흔적 남기면 반드시 내게 옵니다. 그리고 처벌받지요. 분명히 내가 한 일 오차 없이 돌아옵니다. 바그네의 아픔도 박통의 '업'이 아닌가 생각합니다. 하얀 눈 위를 처음 걸어가는 기분으로 흔적이 깨끗해야 하겠지요. 더구나 리더란 사람들 말이지요. 내가 걸어온 발자국을 뒤돌아보세요. 그게 아니다 하면 표 의원처럼 훌훌 벗어 던지세요. 제발 버리고… 하심(下心)하세요….

21. 인생… 어디로 가는 것일까!

　우리는 부정의 수억 마리 정자 중 가장 강하고 선택받은 자와 모정의 난자가 결합하여 이 세상에 태어났습니다. 즉, 자신의 의지와 상관없이 부모의 의지로 태어난 것입니다. 시작부터 치열한 경쟁을 겪고 세상의 모진 환경에 시달려 살다가 어디로 가는지도 모른 채 세상을 떠나지요. 그리고 리허설이 없기에 인생이란 평생 속고 사는 꿈이고 깨고 난 후는 꿈에 불과하지요. 깨기 전까지는 지독한 현실입니다. 한 손에는 행복, 다른 한 손에는 불행 들고 떠나는 먼 여행길입니다. 아래와 옆을 안 보고 나보다 더 나은 위만 바라보니 공허하지요. 그러니 돈, 인기 가진 연예인의 자살도 많이 보지요. 비방, 시기 감내할 정신적 내공이 없기 때문이지요.

　가보지 않고 알 수 없는 것이 인생입니다. 오로지 빨리빨리와 돈, 그러니 속도와 물질의 두 가지 노예로 살아갑니다. 따라서 망하면 육친도 떠나고 부귀해지면 모르는 벌레도 모이지요. 또한 지금은 1회용 시대입니다. 이용가치 없으면 모두 버리지요. 그래서 출가하여 수행도 합니다. 나 개인적으로는 윤회를 믿기에 행복하다고 생각합니다. 내생이 있다고 믿지요. 기독교의 부활이나 구원도 같은 맥락 아닐까요. 때로는 스스로 자살로 생을 마감하기도 합니다. 우리나라는 하루 43명이 자살로 생을 마감한다고 합니다. 그러나 우리가 훼손하면 안 되는 이유는 나의 의지로 태어난 것이 아니고 부모의 의지로 태어난 것이기에 그렇습니다. 부모형제 배반하고 남은 자 슬프게 하는 것이며 윤회 측면에서도 '업'을 추가하는 것이지요.

어차피 인간은 혼자일 수밖에 없지요. 성철스님은 죽음을 옷 갈아입는 과정이라 하였고 무슨 옷이 될지는 생전의 업이 지은 대로 무늬가 결정된다고 보았습니다. 개인적으로는 윤회를 믿는다고 말할 수 있습니다. 나의 그림자이고 내가 지나온 흔적이기 때문이지요. 그래서 사주는 전생 성적표가 되어 전생=현생=내생이 되는 것이고 윤회의 수레바퀴가 됩니다. 비유하면 연어가 자기가 태어난 곳으로 회귀하여 일생을 마감하는 것이 전생 찾아 가는 것과 비슷하지요.

이 책을 보시는 모든 분들께 권하고 싶습니다. 윤회를 믿고 마음을 내려놓는 하심(下心)을 한 달이라도 해 보세요. 나의 경우에는 3년 절 생활로 윤회와 버리는 연습하니까 그 뒤 생활이 아주 편해집니다. 가정적으로 못난 가장이나 내 생활이 맑아지는 건 당연하지요. 내가 저승 가서 다시 태어나고 현재 업 따라 내생이 결정된다고 하면 진지하고 경건한 삶이 되는 것은 당연하지요. 인연법에 따라 인드라망이 형성되고 지금은 동토가 눈으로 덮여 있는데 봄이 오면 녹아서 선명히 드러납니다. 지금이 현생이고 봄이 내생이 됩니다. 악업은 반드시 되돌아옵니다. 또한 호주의 나비 날갯짓이 우리나라에 오면 폭풍으로 변한다는 것이 나비효과이지요. 인연법은 인연과 운명이 종적·횡적으로 그리고 씨줄날줄로 얽혀져 있다는 것입니다. 한마디로 오차가 없는 것입니다.

운명은 순리에 순응하면 업혀 가고 거역하면 질질 끌려가 노후가 편할 리가 없습니다. 들에 핀 야생화나 붕어와 가재나 다람쥐의 환경이나 우리 인생의 환경이나 순리를 거역하면 그에 따른 응징이 반드시 있는 것입니다. 박통의 비참한 말로나 바그네의 함지에 빠진 현재를 여러분은 조명해 보시기 바랍니다. 자신은 특별한 줄 알지만 1주일 굶겨보세요. 짐승이 됩니다. 요즈음 생계형 장발장 많지요.

빵보다 강한 것 있나요. 나의 군 제대 말년에 삼청교육대 훈련을 많이 보았습니다. 강한 척 아무리 위장해도 인간은 똑같지요. 훈련이 아니라 고문이었지요. 세 가지를 맑게 한다고 군사정부 하에서 진행된 탄압이었습니다. 가진 자와 아닌 자, 배운 자와 아닌 자 다 똑같았습니다. 군 시절 조교로 1만 5,000명 가량을 배출하였는데 인간은 거기서 거기입니다. 다시 말해 살기 위한 행동이지요. 김구 선생님도 감옥살이 하실 때 오죽하면 부인을 팔아서도 먹을 것 먹고 싶었다고 말씀하였을까요. 내가 어릴 때만 해도 끼니 거르는 사람들이 많았고 시골 부자 소리 듣던 우리 집도 완전한 쌀밥은 아버지 외에는 없었지요. 그나마 내가 막내이니 밥 위는 누나와 같은데 속은 쌀밥이었고 김도 나는 두 장 주는데 누나는 한 장 주어 많이 다투었지요. 지금 기름칠한 김을 보면 옛날 생각 많이 납니다.

우리가 불교에서 말하는 오는 사람 막지 말고 가는 사람 잡지 말라는 뜻은 주어진 인연 그대로 순리대로 살아가라는 의미 아닌 가요. 즉, 인연은 억지로 되는 것이 아닌 것이지요. 초·중·고교 시절은 친구가 제일이지요. 죽을 때까지 변치 말자고 우정을 노래하지만 전직 두 대통령의 60년 우정도 하루아침에 깨어지고 부부도 이혼이 38%랍니다. 60대에 남아있는 주변은 불알친구들과 몇 명의 지인만 있을 뿐입니다. 친구도 환경이 비슷한 친구만 남지요 또한 이성에 눈뜨는 시절은 여자에게 그리고 세월이 흘러 한 여자와 가정 꾸리게 되면 부인 눈치 보느라 친구나 형제 도우기 어렵지요. 그것이 정상입니다. 미혼 때 친구에게 부탁하면 "계좌번호 불러라", 30대에는 "마누라와 의논해 보고", 그 이후 늙어가면 "도저히 안 되겠네. 미안하네"라고 말합니다. 그리고 부모 사후에는 형제간 재산 분쟁으로 의절도 많이 하지요. 그리고 과거가 화려한 사람일수록 우울증에 많이 시달리죠. 굽신거리던 사람들이 썰물처럼 빠져나가지요. 홀로 남은 것 같지요.

이 정권도 내년에 대선후보 내고 나면 그런 현상 분명히 오지요. 냉정하게 떠나갑니다. 화려한 꽃도 시간 지나면 떨어지지요. 그것이 인생과 자연의 섭리이지요. 또한 늘 혼자이지요. 태어날 때도 갈 때도 말입니다. 아버님 장례식 때 1,000명 넘게 문상 왔는데 그것은 매형과 백형이 힘이 있을 때 이야기고 현직 떠나니까 썰렁했습니다. 정권이 바뀌면 어떨까요. 그러니까 화무십일홍입니다.

권력 떠나 우리 인생에 60대 이야기 해 볼까요. 낙담 마시고 마음 비우면 됩니다. 술도 익어야 향기 나고 된장도 숙성해야 되듯이 인생도 늙어야 제 맛이 나는 것이니 나이 들어간다고 초라하다 생각 마세요. 인생이란 것이 맑은 날도 있고, 비오고 천둥치는 날 다음 날이 아주 청정하지 않은가요. 나는 늘 김형석 교수님을 생각합니다. 100세에 강의와 신문 기고하시는 그분 따라가고 싶습니다. 나의 멘토 분이지요. 법정스님과 함께요.

상담을 해 보면 20년간 대운이 흉운으로 흘러 쓰리고에 피박 맞은 내담자를 만날 때가 있지요. 진정으로 다가가야 합니다. 그것이 명리가의 의무이자 책임입니다. 나의 경우에는 건강을 최우선으로 권하고 대체로 없는 오행이나 강한 기운이 극하는 오행이 건강 취약 부분이니 보완에 신경 쓰게 합니다. 그리고 종교 가질 것을 권합니다. 종교는 용신 따라 정하면 됩니다. 그다음은 관점 바꾸기 즉, 마음 바꾸기를 설명합니다.

현대 의학은 양자의학입니다. 마음 즉, 심성의학이기도 하지요. 최면도 마음 바꾸기이고 불교 핵심도 '일체유심조' 즉, 마음 '심(心)' 하나입니다. 팔만대장경을 한 글자로 줄이면 '심(心)'입니다. 부정적 정서를 긍정적 정서로 바꾸는 것입니다. 현재 재물이 부족하다 느끼면 내 아래 더 고통받는 사람 생존을 걱정하는 사람, 한겨울의 노숙자 등과 비교하여 대비시킵니다. 부자일수록 더 많은 돈을 원하는 건 돈이 가진 위력을 너무 잘 알기 때문입니다. 그래서 악착

같이 매달리는 것입니다.

그것을 남을 위해 조금이라도 쓸 때 행복해진다면 남을 위해 봉사하고 본인이 더 행복해집니다. 돼지도 배부르면 자기 음식 먹어도 화내지 않고 사자도 배부르면 사냥하지 않지만 인간의 탐욕은 끝이 없지요. 그래서 행복의 원리는 간단하지요. 자기의 욕망을 줄이면 됩니다. 비우면 채우는 것보다 더 행복합니다. 그리고 가족에게 힘들다는 말 절대 금물입니다. 나도, 가족도 힘들게 합니다. 내가 힘이 들면 마음의 관점 그리고 각도만 살짝 바꾸면 해답이 있습니다.

최면도 마음 바꾸기입니다. 그리고 상담 시 극단적으로 힘든 내담자와 상담할 때는 동트기 전 새벽이 가장 어두우니 조금만 기다리라고 말하고 극복한 내 모습을 자꾸 연상시키게 합니다. 최면의 멘탈 리허설입니다. 세상에서 가장 힘든 것이 나 자신을 다스리는 것이지요. 또한 결과가 험한 줄 알면서도 놓지 못하는 것이 집착입니다. 해답은 비우는 것이지요. 그것이 썩은 동아줄인 걸 알 때는 늦지요.

지금 이 정권에도 내 관점으로는 많이 보입니다. 판사 출신으로 "살려주세요"라는 단어 구사하는 오만함…. 그 양반도 무슨 왕인가요. 내가 볼 때에는 측은합니다. 밀리니까 총장 보고 고함치는 자기 자신의 모자람을 드러냅니다. 그래도 장관이 되시네요. 드러나지 않는 유능함이 있는 것 같아요. 여가부장관의 미투 피해자 두 번 욕보이는 성인지 발언이나 여권신장에 호랑이 소리 내야 할 주무장관은 무조건 치부 가립니다. 그래도 부끄러운 줄 모릅니다. 그것이 권력에 집착한 결과이지요. 부끄러움 모르면 사람이 아니지요. 인간만이 부끄러움 아는 동물이니까요. 현대인에게는 집착이 대부분 재물이 아닌가요. 부족하다 느끼면 재벌도 가난하고 여유를 느끼면 소시민도 부자인 것입니다. 권력과 탐욕에 눈멀어 꿀 빨고 계시지만 그것이 독약이고 그 안에 면도날이 숨겨져 있음을 모르지요. 짧은 쾌락후 긴 고통이 오지요. 그래서 지위가 낮아도 헛소리하는 고위직보다 훨씬 행복할 수 있습니다. 남대문 시장에 짐 나르는 아저씨들도 어엿한 가장이고 열심히 사는 부모를 보고 건강하게 성장하는 자녀들이 엄마찬스, 아빠찬스로 정당화하는 미꾸라지나 통수저로 태어나 "호부견자" 말 듣는 이보다 훨씬 훌륭한 것입니다. 벼는 익을수록 고개 숙이지요.

대가리와 조디는 좋아도 심장은 없는 가벼운 나으리들이 너무 많습니다. 그러니 요란하지요. 그리고 호위무사는 무조건 고함지르는 것이 아닙니다. 순리에 맞게 발언하고 차분하게 설명해야지요. 의원 정도 되는 양반들이 앞뒤 모르면 안 되지요. 일반 서민도 어렵고 힘들어도 그런 행동 안 합니다. 나의 경우는 정말 힘든 내담자가 왔을 때 건강을 최우선으로 상담합니다. 사주학에서 오행별 건강이 틀린 적은 많지 않았습니다. 한의학의 기초이니까요. 물론 치료는 의사 몫이지요. 사주학 공부한 한의사들은 집맥 없이 처방합니다. 그 양반들은 경제적 여유가 있으니까 명리학 공부하는 사람도 많고 이 분야에 대사상가가 나올 확률도 높습니다.

머리 좋고 경제 뒷받침되니까 말입니다.

스트레스는 누구나 내야 하는 세금과 같습니다. 그러니 수용하면 됩니다. 어려운 인간관계나 가족갈등은 어떻게 할까요. 그냥 쉬어야 합니다. 흙탕물의 흙을 가라앉히려면 어떻게 해야 할까요. 가라앉히려고 애쓸수록 더 혼탁해지지 않겠습니까. 비우는 거지요. 내려놓는 것이지요. 그것이 안 되면 일국에 권부 핵심의 대통령 보좌하는 양반과 같겠지요. "버럭" 하는 모습 볼 때 "수신"도 안 되는 양반이 모 장관과 더불어 치국평천하 타령을 하고 집회 참가자들은 "살인자"라 하지요. 우리 공무원 살육에는 입도 뻥긋 못하고 말이죠. 다시 흙탕물을 보세요 우리 마음도 그와 같지요. 그 생각 미운 마음의 생각을 쉬는 것입니다. 내 경우는 유체이탈 화법 쓰는 모지리들은 최면기법 동원하여 얼굴을 로봇으로 바꾸지요.

또한 단순한 생각으로 분석하지 않지요. 생활도, 인테리어도 모두 단순해야 합니다. 힘든 시기 오면 지상 1만 m 위에 올라가서 그대의 집과 환경을 보세요. 소꿉장난이지요. 그리고 내 옆에 행복이 있어도 그 행복 모르고 찾고 또 찾아 헤매지요. 그리고 행복은 찰나이고 집착과 고통은 아주 길지요. 한순간도 번뇌 탈출 못하고 허우적거리지요. 그래서 생활을 단순화하고 소유와 집착에서 벗어나면 자유로워집니다. 쉬운 일은 아니지요. 나는 3년 걸려 수행하니 50% 정도 된 것 같습니다. 그 당시 나의 화두는 하심(下心)이었지요. 그리고 "본래무일물"이었습니다. 집착은 할수록 고통이고 욕망이 커질수록 커지는 것도 고통이지요. 원래 인생이란 빈손에서 빈손으로 가지 않습니까. 그래서 수의엔 주머니가 없지요.

통계에서 최장수는 성직자입니다. 그것은 내려놓는 하심(下心)에서 온다고 봅니다. 그리고 최단명은 방송인과 언론인이라고 합니다. 원인은 스트레스라고 합니다. 극도의 긴장감 아닐까요. 남성의 경우 발기 불능 원인이 되기도 합니다. 특히 유아기 스트레스가 중요합니다. 성년이 되어서도 영향 미치는데 유아기 스트레스가 트라우마가 되는 경우가 상당히 많습니다. 내가 최면치유 과정에서 연령 퇴행하면 어릴 때 최초 사건이 많아 그 사건을 불태우고 부정적 정서를 긍정적 정서로 앵커링시켜 벗어나게 하는데 고소공포증이나 수영장 즉, 물에 들어가지 못하는 경우가 대표적입니다. 언덕에서 떨어진 경우나 얕은 물에 빠진 기억 때문입니다. 유아 앞에서 짜증내면 안 됩니다. 자신에게는 패배이고 유아기 때는 공포가 됩니다. 자녀교육에 대단히 중요합니다. 평생 그 사람을 지배합니다.

어느새 60대가 되었습니다. 귀가 순해진다는 이순입니다. 세상 이치를 이해할 나이인 겁니다. 알아주는 이도 없고 내 가진 능력 없으면 개미도 오지 않지요. 반대로 내가 힘 있으면 가면 쓴 호위무사들이 즐비하지요. 지나온 기간 동안 상처 준 모든 사람과 용서할 시간입니다. 용서는 타인보다 나를 위한 것입니다. 이 나이가 되면 집착 버리고 즐길 일을 찾아가야 합니다. 욕심은 화를 부르게 되어있지요. 이 나이에 개조학교 갔다온 친구에게 부탁하였습니다. 허욕 버리고 현실에 만족하며 살아가라고 말입니다. 과욕, 허욕 부리니 법 응징받지요.

많이 보고 계시지요. 비우면 됩니다. 한 살 된 아이는 배부르면 웃지요. 욕심 없습니다. 부처 마음입니다. 그리고 맑고 깨끗하게 살아야지, '업' 지으면 안 됩니다. 윤회 믿는 자는 특히 몸가짐 바로 해야지요. 영원하고 죽지 않는 내 그림자입니다. 노무현 대통령 유서에는 "너무 많은 사람에게 신세를 졌다. 나로 말미암아 여러 사람 받을 고통이 너무 크다. 삶과 죽음이 모두 자연의 한 조각 아니겠는가"라고 쓰여 있다고 합니다. 마지막 저승 갈 때도 상처받는 사람들을 기억한 것입니다. 결국 혼자 왔다가 홀로 가는 것입니다. 인연이란 아무리 믿고 의지해도 인연 다하면 헤어지는 것입니다. 부모와 자식도 마찬가지이지요.

장애아 부모의 바람이 무엇일까요. 그것은 자식보다 하루 더 사는 것이지요. 이 세상 아버지가 마시는 술은 절반이 눈물이라는 말도 있지요. 그래도 인연은 끊어짐이 예고 없이 오지요. 나의 가친이 마지막 투병생활 하실 때 8남매가 돌아가면서 하루씩 간호하였는데 아버님이 계속 "아침이슬"을 말씀하셨지요. 인생은 찰나처럼 빛의 속도로 지나가고 사라진다는 의미 아니었을까요. 부모는 자식에게 천 가지 만 가지 다 주고, 받는 것은 오직 하나 자식이 태어난 그 기쁨이라고 생각합니다. 자식이 철들면 이미 부모는 늙어가고 부모는 기다려주지 않지요. 동물 중 어미 곁 떠나지 않는 유일한 조류가 까마귀인데 끝까지 떠나지 않는 효자라고 합니다. 조류도 그러한데 인간 사회의 패륜은 끝이 없지요.

현대 사회는 스트레스 생산하는 거대한 공장과 같아 보입니다. 내가 맑지 않아 그렇게 보일까요. 그냥 오늘이 내 생애 최고의 날이라 생각하고 느끼고 살아가면 되지요. 나이 들어간다고 서러워 말고 꽃이 지면 새 생명 씨앗 준비하고 그것은 제 몫 다하고 지는 것이고 단풍의 고운 색깔은 여름 내내 나무에 자외선 공급하고 장렬히 전사했구나 생각하고 봄이 오면 그 자리에 새로 싹이 나는 희망을 가지면 좋습니다. 추풍이 아무리 강해도 낙엽 지는 겨울이 지나면 씩씩하게 싹이 나옵니다. 봄이 좋은 건 아름다운 꽃과 온화한 기온이 있기 때문이고 가을이 좋은 것은 결실과 수확이 있고 아름다운 그림을 그리는 단풍도 한몫하겠지요.

꽃처럼 지나간 청춘은 화려하고 노년은 단풍처럼 은은한 삶이 있지 않나요. 춘하추동을 생로병사와 비교해 보면 재미있지요. 끊임없이 돌아가는 윤회의 수레바퀴입니다. 우리가 죽을 때 그 모습이 그 사람의 발자취이자 흔적이듯이 낙엽도 진한 것은 희생으로 나무에게 아낌없이 주었기에 아름다운 것입니다. 노년은 깔끔한 정리와 윤회 믿는 사람은 내생 준비하는 것이지요. 연어가 회귀하는 과정이 전생과 비슷합니다. 부화 당시 물맛과 냄새를 기억하고 온갖 역경 극복하여 후손 만든 뒤 그 자리에서 생을 마감하는 것이 전생과 비슷하지 않나요.

부모의 경우에 달팽이도 새끼 위해 자기 살 다 뜯어 먹히는 고통도 감수하고 껍데기만 남긴 채 죽어갑니다. 가시고기도 수컷이 마지막에 새끼에게 자기 몸 다주고 갑니다. 우리의 부모님도 똑같은 거지요. 인간이나 짐승이나 새끼에게 희생은 다를 바 없습니다. 또한 인생이란 돌아보면 후회투성이이고 모든 것은 꿈이고 고통이며 행복은 머물지 않고 스쳐 지나가는 바람과 같은 존재이지요.

이재용과 나의 차이는 무엇일까요. 그 양반도 스님에게 "어떻게 사는 것이 행복입니까"라고 물었다는데 나는 감히 '심(心)' 안정이라고 답하고 싶네요. 울산의 모 사찰에 병원 입원 중이던 이건희의 평안기원재를 지낸 적 있는데 입고 있던 옷을 수행하던 내가 태운 적이 있었지요. 상당히 풍요로웠다고 기억합니다. 이재용도 먹고 자고 배설할 것입니다. 그 양반이 호화만찬하는 것이나 내가 땀 흘린 뒤 시원한 막걸리 한 잔 차이가 무엇일까요. 내가 훨씬 풍요롭지 않겠습니까.

지금 힘 가진 양반들이 잊으면 안 되는 것 중 하나, 예를 들면 권력의 비하인드 스토리 들어보면 5공 초기에 몰래 이천 도자기 공장에 은거한 이후락도 떠날 때 알고 편안한 노후 보내지 않았을까요. 떠날 때 모르고 권력에 집착하면 비참한 결과가 오지요. 그런데 취하면 모르지요. 중국 책사 장량도 본인 암살 낌새채고 은거하여 말년 편안히 항산에서 보냈지요. 교도소 이웃한 정치인이나 경제인이 새겨 보아야 하지요. 권력 주변은 온갖 벌레들이 모이지요. 지금 정부도 사기 피의자 세 사람 말 듣고 정치로드맵 따라 총장을 식물로 만드려 용을 쓰지만 불가능하다는 것을, 그럴수록 강해짐을 모르는 것 같습니다. 그리고 총장 징계하면 그 후

폭풍은 어디로 갈까요. 나 같은 민초가 보아도 어리석어 보입니다. 꼿꼿한 대쪽선비 윤증 선조의 피가 DNA가 어디로 갈까요. 밥상머리 교육이 중요합니다. 행동 보면 가정교육 알지요. 나는 젊은이들 궁합 시 장모 보고 결혼하라고 합니다. 거의 닮아갑니다. 요리는 물론이고, 인격까지 말입니다.

남자와 여자 차이는 무엇일까요. 과거 대배우 김지미는 7살 어린 남자와도 살아보았고 그 똑똑한 의사와도 살아보았지만 다 거기서 거기라고 했습니다. 별난 남자 없다고 했습니다. 우리 인생은 별것 있습니까? 작가 버나드 쇼의 묘비명에는 "우물쭈물하다가 내 이럴줄 알았다"고 기록되어 있다고 합니다. 그렇지요. 돌아보면 아쉬움투성이지요. 욕망을 채우면 또 다른 욕망 부르는 것이 인생입니다. 잠깐 평온할 뿐입니다. 우리는 연습을 해야 합니다. 욕망 비울 때 고요하고 평화롭지요. 내가 절 생활 3년 할 때 내려놓고 비우기를 의념으로 하니까 상당히 진전을 이루었습니다. 쉬울 리가 없지요. 성욕의 경우도 젊을 때는 해소 못해 괴로운 것이고 나이 들면 욕망 없이 무력해지니 괴로운 겁니다. 그래서 사추기(60대)가 사춘기보다 무섭지요. 소위 허전함입니다.

인생이란 병이 들면 이 몸이 고통덩어리임을 알게 되지요. 인생의 성공이 정상에 서는 것이 아니라 하산을 잘해야 된다고 YS가 말했는데 때맞춰 내려올 시기를 잘 해야 된다는 것입니다. 가다 보면 가진 것이 무겁지요 그러면 내려놓아야 합니다. 지금 이 말을 들어야 할 양반들이 많지요. 한 나라의 공정과 정의의 책임자로는 부족하고 계속 병살타 치는 모습이 불안합니다. 노무현 탄핵 사건 때 삼보일배 후유증으로 걸음걸이도 망가진 모습 보면 가련 합니다. 불자인 걸로 아는데 '방하착'과 '하심(下心)', 두 가지만 실행 하면 만사 해결됩니다. 그렇게 두들겨 맞고 내려오면 무슨 부귀영 화가 기다릴까요. 그래도 이번 대선에 나와서 꿩 잡는 매가 어떠 니 참새발언 합니다. 상처만 늘어날 뿐이지요. 아들도 평생 편하 지 않을 겁니다.

또 다른 유형은 권력에 취해 비틀거리니 "○○새끼들 국토부차관 들어오라 해" 하고 카카오도 들어오라 하네요. 취하니 버릇 나오 지요. 습관이지요. 물이 가득 차면 조용한데 그렇지 않으니 출렁 거리지요. 그리고 정의와 공정은 달나라에 가고 감사원 요청으로 한수원 감찰해도 윤 총장을 정치검찰이라 하고 애완견 모두 으르 렁거리네요. 짖어봐야 꿈쩍 대꾸 안 하니 더 약오르지요. 사기꾼 이 "검찰개혁" 논하고 추풍낙엽도 사기 피의자 연애편지 한 장에 가슴 설레어 병살타만 연발입니다. 그러나 진실은 결코 가릴 수가 없는 것입니다. 좀 중후한 국정운영하세요.

우리가 산행을 할 때 무거운 배낭은 고행이 되지요. 집착을 내 려놓아야 합니다. 고약한 그 집착이 무엇일까요. 그 끝은 결국 고 통과 '업'으로 돌아옵니다. 법정스님도 만행 중 집에 기르는 난화 분에 물 주는 걸 잊고 나왔다가 그것도 집착인 걸 깨닫고 처분했 다 합니다. 그리고 마음을 훔쳐보는 것 중 가장 중요한 것은 '눈'입 니다. 상대 분석에 첫 번째입니다. 속일 수가 없지요. 그래서 마음의 창이라 합니다. 동물도 애정이 깃든 눈과 살기 어린 눈을 구분합니다. 오래전에 초등학교 동기 녀석들과 하룻밤 여행을 갖는데 외진 숙소에 도착하자 개들이 난리였지요. 그런데 어느 순간 쥐 죽은 듯 조용해 의아해하자 동기 녀석 중 하나가 개 도살을 많이 했던 것입니다. 뱀도 땅꾼 앞에서는 맥도 못 추지요. 기(氣)는 눈에 그대로 나타납니다. 내면이 정화되면 나의 눈은 맑아집니다. 속일 수 없지요. 모든 것은 마음이 짓는다고 하지 않나요. "일체유심조"이지요. 내가 기공 수련할 때 중화양생익지공의 윤순구 원장의 눈은 지극히 맑고 선한데 최면가인 레드썬 김영국 교수의 눈은 정말 강렬한 레드썬이었습니다. 기(氣)로서 상대를 제압하는 눈이었지요. 조용헌은 오사마 빈 라덴 눈이 맑고 고요하고 기도를 많이 한 눈이라 했지요. 미국 입장에서는 흉악한 테러리스트지만 종교인으로서는 신념인 것입니다.

세월이 흘러 이제 60대가 되었네요. 공자는 이순의 나이가 되면 다른 사람 말을 온전히 깨닫는다 했는데 혼란스럽네요. 그러나 마음을 바꾸기로 합니다. 장년은 죽음을 준비해 가는 과정 아닌가요. 정말 내가 하고 싶은 일을 했더라면 내 인생은 무엇이 되었을까요. 그러나 그것도 지나간 과거이지요. 인생은 빛의 속도라 하지요. 불교에서는 모든 것은 "본래무일무" 즉, 아무것도 없다고 말합니다. 지금 뉴스 장식하는 이 시대 지도층 중에는 거침없이 독불장군으로 살아온 사람일수록 실패 감지 순간 많이 흔들리고 강한 방어기제로 궤변을 늘어놓지요. 때로는 자살로 생을 마감합니다. 마음이 혼탁하니 충격에 견딜 수 없지요. 실패를 모르는 화려한 승자였기에 실패를 인정하기 어렵지요. 그리고 어제 오늘 다른 말로 합리화시킵니다. 또한 강한 집착으로 나만 알고 나 자신만을 위해 살아왔기 때문에 옆과 뒤를 돌아볼 여유가 없지요. 오로지 공격 앞이지요. 그러니 허망할 수밖에요.

우리가 사주분석에 대운 10년 보세요. 거의가 10년 갑니다. 바그네도 MB도 그리고 그 대열 뒤에 줄서고 있는 양반들 말입니다. 언젠가는 결론이 나고 또 언젠가는 이승 하직할 날도 다가오지요. 사람들은 자신이 죽는다는 진리를 잊고 삽니다. 그리고 바쁠수록 죽음을 생각할 겨를도 없고 우울증이 올 리도 없습니다. 특히 젊을 때는 자기와 무관한 일로 인식합니다. 우리가 심장처럼 여기는 재물도 잠시 사용하다가 빈손으로 갑니다. 인간은 실제로 죽음이 다가왔을 때 비로소 죽음을 생각합니다. 누구도 죽음을 피할 수 없습니다. 명품 옷과 화려한 음식으로 나를 감쌌지만 어김없이 죽음은 다가오고 이때 인간은 누구나 평등한 것입니다. 행복과 즐거움은 잠시 스쳐 지나가는 바람이지요. 머물지 않지요. 그리고 내 것은 하나도 없지요. 그래서 비우면 편안한데 어렵지요.

죽음이란 성공한 사람들은 당혹스러운 일이고, 죽지 못해 산다면 거기에 거기지요. 아끼는 물건 하나 잃어버려도 괴로운데 나의 소유물 전체를 잃어버리고 사랑하는 모든 사람과 이별하는 것입니다. 달라이 라마는 죽음은 육신의 옷을 벗는 일이라 하였는데 그것은 혼(영혼)과 백(육체) 분리 의미이고, 성철스님은 옷을 바꾸어 입는 것이라고 하였지요. 내가 지은 업 따라 옷 색깔이 다르겠지요.

내가 죽음과 관련된 경험을 한 것은 가친 장례식 때 일어난 일입니다. 선영인 진주 고향집에서 일어난 일인데 중간에 구정이 있어 15일장을 유림장으로 치렀습니다. 진주향교 전교를 지내셨기에 주관은 성균관에서 하였습니다. 어머니께서 마을 회관에 심부름 시키셨는데 사랑채 대문 밖으로 한 발자국도 나갈 수가 없었습니다. 무섭거나 두렵지는 않는데 10분간 멍하니 서 있었습니다. 어머님이 오셔서 아버님 옆에 조금 앉아 있으라 하셔서 한 20분 뒤에 가벼워져서 일어난 적이 있습니다. 천도재를 절에서 지낼 때에도 같은 현상이 일어났습니다. 8남매 중 가장 속 썩인 불효자인 막내 두고 떠나시기 어렵지 않았나 생각됩니다. 내가 얼마나 불효했고 상처 드렸는지 후회할 때는 이미 늦고 나도 장년의 나이가 되어버렸지요.

우리의 삶은 가진 것이 풍족해도 남과 비교하니까 불행해지는 것입니다. 따라서 내담자가 구덩이에 빠져 허우적거리는 대운에 찾아오면 이런 말 전하면 어떨까요. 우리는 위만 쳐다보지, 아래와 옆은 바라보지 않으니 문제가 생긴다고 말이지요. 아래를 보면 노숙자와 생존을 걱정하는 사람, 교도소에서 장기형 받는 사람 등 나보다 어려운 사람 대단히 많을 겁니다. 최면의 NLP과정은 '관점 바꾸기' 과정이 핵심인데 그것은 부정적 정서를 긍정적 정서로 앵커링시키는 것입니다. 상처 회복이 어려운 문제의 결론은 마음 바꾸기이지요. 쉽지 않지요. 때로는 수회 하기도 합니다. 한계가 오기도 하는 과정도 있지요.

장년이 지나면 저물어가는 인생이 서글프지요. 거기에 병까지 들면 괴롭지 않을 수가 없지요. 그리고 인간을 병들게 하는 것은 가난보다 욕망입니다. 나의 경우는 윤회를 믿습니다. 윤회사상은 죽지만 새롭게 태어나는 것이고 죽음은 새로운 시작이지요. 그러면 우리 마음도 호수처럼 잔잔해집니다. 그냥 물 흘러가는 대로 순리대로 가면 평화가 옵니다. 개똥 밭에 굴러도 저승보다 이승이 낫다고 합니다. 허무한 이야기인데 미국 교포인 저명인사가 어느 날 무일푼이 되었습니다. 이유를 알아보니까 잘 나갈 때 자식에게 모은 재산을 다 주어버린 것입니다. 씁쓸한 이야기입니다. 부모는 자식을 배반하지 않으나 자식은 다를 수도 있고 문제는 밥상머리 교육 아닐까요. 그리고 부모 책임도 있지요. 자식은 내 얼굴이니까 말입니다.

우리 사주학에서는 시주가 가장 중요하지요. 즉, 노년이 가장 중요합니다. 그래서 사주학에서는 노년 대운이 중요합니다. 그리고 나이 들면 내려놓고 비워야 합니다. 나를 비우면 행복하고 내 것은 하나도 없지요. 그래서 나를 내려놓는 것입니다. 그리고 죽음은 끝이 아닌 시작입니다. 현생은 내생의 집을 짓는다 생각하세요. 그리고 확신하고 윤회를 믿어보세요. 나한테 해로운 것은 하나도 없습니다. 기독교에서도 인정하다가 로마시대 황제와 모친이 통치에 걸림돌이 된다 하여 없앴습니다. 부활이나 윤회가 무슨 차이가 있을까 나는 생각 드네요. 죽음이 두려운 건 마음 수행을 소홀히 한 결과입니다. 어렵게 머리 깎고 산으로 가야 수행되는 것 아닙니다. 생활이 곧 수행입니다. 남에게 상처 주는 것도 살생이라는 의념을 가지면 한없이 고요해집니다. 특히 정치인들 품위 있는 주디 놀리세요. 언어폭력도 살생입니다. 또한 재가불자도 욕심에서 벗어나고 떠남은 출가입니다. 우리의 삶이란 행복은 찰나이고 고통은 길게길게 갑니다. 한순간도 욕심에서 벗어나지 못하고 번뇌 속에 허우적거리고 배우고 지위 높은 고위직이나 정치인들의 탐욕으로 망가지는 것 많이 보시지요. 따라서 노년에는 생활을 단순화하여 정리하고 소유와 집착 벗어나면 평화가 옵니다.

죽음은 하나를 반복합니다. 태어남과 죽음이 하나라는 것입니다. 윤회이지요. 그리고 행복은 가까이 있으니 멀리 방황하지 말고 배우자한테 따뜻한 말을 해 보세요. 꽃과도 대화해 보고 말이지요. 50대는 문제 생기면 화가 나지만 60대는 서럽지요. 누가 알아주나요. 서러워 말고 용서하세요. 용서는 타인보다 자기 자신을 위한 것입니다. 또한 배우자도 인연 다하면 헤어집니다. 아무리 믿고 의지해도 어쩔 수가 없지요. 그래서 태어나고 죽는 수레바퀴인 윤회를 권하는 것입니다. 환생은 잠자고 아침에 일어나는 것과 같은 것이니 현생에 나쁜 업 짓지 않아야 합니다. 다음 생에 가져가는 유일한 것이 '업'이니까 그렇지요.

미국의 유명한 정신의학자인 브라이언 와이스가 그의 저서 『나는 환생을 믿지 않았다』에서 임사체험자를 10년 가까이 관찰한 결과 임사체험자는 윤회를 자연스럽게 믿는다고 연구 발표를 한 적이 있습니다. 그는 기독교 신자로 처음에는 갈등을 겪었지만 확신한다고 말합니다. 즉, 삶과 죽음이 떨어져 있는 것처럼 보이나 실제로는 하나로 연결되어 있다는 것이지요. 지은 업 따라 몸 바꿔가면서 윤회를 하니 죽음의 노예가 될 이유가 없는 것입니다. 윤회는 유대교에서는 인정했고 기독교는 콘스탄티누스 로마 황제가 최후의 심판을 믿어야 제국 안정이 되니 윤회 말하는 자를 처형하여 없애버렸지요.

살아있는 모든 것은 때가 되면 생을 마감합니다. 누구도 어길 수 없는 질서입니다. 나의 생명의 뿌리가 꺾이는 부모님 임종도 지켜보지 못한 철없는 불효자로 많은 자책과 괴로움에 시달렸지만 생각 바꾸어 내생에 만나 못다 한 효도 생각하니 마음 편합니다. 윤회가 없다면 지금 삶이 끝이라 생각하겠지요. 그래서 현재의 집착과 애착에 시달리고 욕망의 노예가 되어 끌려다니지요. 가진 자와 누리는 자는 그 힘을 알기에 더합니다. 세상의 모든 것은 시간이 지나면 낡고 부서지고 흩어지는 건 모르지요. 그것이 인생입니다. 결국 빈손이지요.

구수한 가수 최희준이 생각납니다. 인생은 나그네길, 어디서 왔다가 어디로 가는지….

22. 미투

미투는 음양과 궁합의 엇박자이자 궤도이탈입니다. 연인 간, 부부간의 사랑행위는 아름다운 것이지요. 그러나 궤도를 이탈하면 응징을 받지요. 우리가 의리를 논할 때에도 부도덕 위에 기초한 조폭사회 의리는 의리가 아닌 것입니다. 지금 정치권에 춤추는 해바라기 꽃도 의리가 아니고 바람처럼 사라지는 연기일 뿐입니다.

한때 박통이 YS의 불륜을 조사하여 보고한 부하에게 "배꼽 아래 인격이 어디 있어"라고 한 말이 떠돌았지요. 그래서 그 당시 대선후보의 스캔들은 인격과 상관없는 걸까요? 본인도 영부인 사별 후 많은 여자와 관계가 있었다고 전해집니다. 권력이라는 마약에 취하면 예나 지금이나 이성이 마비되는 것 같습니다 따라서 사람을 변화시켜서 전혀 다른 사람이 됩니다. 앞서 언급한 지킬 앤 하이드로 변모해 가는 것입니다. 고약한 습관이 되어 의식하지 못하는 것이지요. 미투사건 때 스님에서 환속한 노시인의 추태에 멘붕이 왔고 용서하기 어려웠지요. 한때 노벨상 후보로 거론되던 맑고 청정한 이미지는 가면이었던 것입니다. 또한 사람이 어디까지 추락할 수 있나에 대한 해답도 됩니다. 그 외에도 힘 있고 권력 이용하거나 갑 입장에서 가하는 미투 행태는 헤아릴 수 없겠지요. 힘 가진 자의 부하 성추행 사건도 계속되고 있고 모두가 지위 이용한 동물적 행위입니다.

내가 30대 초반에 부산·경남 레진(플라스틱 원료) 총판할 때 일입니다. 주거래처가 사출공장인데, 1층은 사출기 놓이고 2층은 사무실이라 2층에 영업차 들르니 사장과 경리가 레슬링(?)을 하고 있었지요. 그래서 거래를 끊어버리니 찾아왔습니다. 레진 스펙이 우리 총판을 거치지 않으면 안 되니 이유가 뭔지 알고 싶다 하였지요. 소주 한잔하면서 자초지종 얘기하니 그 사장이 도리어 괴롭다고 하소연하지 않겠습니까. 경리가 꽃뱀처럼 돈을 요구해 힘들다고 합니다. 시작은 사장의 겁탈이었지만 나중에는 그 업을 고스란히 받는 것이지요. 과거에는 비일비재한 일이고 그냥 지나치기도 했지만 현재는 추락하는 운명요소이지요. 지은 업은 분명히 부메랑되어 돌아오고 절대로 그냥 지나가지 않습니다. 그림자이자 자신의 파괴자임을 알 수 있습니다. 그림자는 주인과 똑같은 자국을 남기지요. 한 치 오차 없지요.

A지사는 내가 좋아했던 사람이지요. 사건이 터졌을 때 반대파의 음해가 아닐까 의심을 하였지요. 깨끗하고 단아한 이미지에 호감이 많이 있었지요. 그러나 사람은 신이 아니고 누구나 한번쯤은 악마가 될 수 있지요. 권력이 있으니 처음은 힘들지만 반복되니까 계속 진행하고 죄의식과 이성은 바람에 실려 나갑니다. 무감각해지지요. 되돌아보면 늦은 것입니다. 미투사건 경우는 상대가

최면에 걸려 고양이 앞에 쥐 신세가 되지 않았을까요. 위광효과지요. 히틀러가 많이 사용하였지요. 반복되니까 이성은 마비되고 본능만 존재합니다.

미투사건에 여검사 2인도 참 코미디언 같습니다. 한 사람은 P시장 자진에도 피해자 아픔 고려 없이 애교 부리며 대구서 서울로 영전하시고, 미투의 정의의 사도인 양 행세하던 또 한 사람은 공황장애 와서 묵언수행 중이십니다. 서울로 영전한 그 양반은 사주학을 재판에 도입하신 분이네요. 이제 시민단체 고발로 재판받네요. 사필귀정이지요. 벌떼 같은 여성인권 단체는 어디로 가셨을까요, 포장만 여성인권 단체이고 줄서기 바쁜 리모컨 단체이지요. 여가부장관은 성인지 학습이 어떠니 저떠니 하고 시장 사건에는 조사 중이라 말합니다. 여가부 복지부와 합하세요. 그 방대한 인력 가지고 여성의 인권에 꿀 먹은 삼룡이 누나 노릇 하려면 그만두세요. 한 나라의 한 부서 장관이란 자가 유체이탈 화법이나 쓰고 자격미달입니다.

P시장 사건도 상상이 전혀 안 됩니다. 망자에 대해서 사후이야기는 금해야 하지만 남은 자들의 행위에 분노가 밀려옵니다. 인권변호사이고 페미니스트라고 자처하고 상까지 받은 양반이 그랬다는 건 인간이 어디까지 추락할 수 있는지 여실히 보여주고 있지요. 추락할 때는 날개 없이 그냥 빛의 속도이군요. 지나온 길은 연기자가 하는 완벽한 연극이었지요. 연기상은 따놓은 완벽한 연기였지요. 배반감에 혈압은 상승합니다. 기가 막힌 일이지요. 그런

데도 페미니스트 노래 부르고 이용수 할머니 세 번이나 초대한 청와대는 묵언수행합니다. 요즘 묵언수행이 너무 많아 나중에 다 도인이 되실 겁니다.

밤이 오면 악의 불꽃은 선명하게 빛나다가 어둠이 가면 흔적 없이 사라지는 것처럼 1년 지나 새로운 세상을 간절히 기원해봅니다. 우롱당한 서울 시민은 불행하지요. 더 놀라운 것은 사과 한마디 없는 집권 여당의 얼굴입니다. 그러니 더듬고만진당이네요. 사과는 굴복이자 패배이지요. 앞서 논한 여검사의 쇼 때문에 검찰개혁 꼭 필요합니다. 그런 공직자가 여성 인권을 대변할 수 있을까요? 따라서 로봇화하는 것이 검찰개혁이 아니고 이 나라 최고의 엘리트 집단인 검찰이 충견이 되어야 하지요. 애교 부리는 로봇은 줄서서 승진하고 격투기 검사도 승진하는 판입니다. 검사가 소신이 없다면 죽음입니다. 바람 부는 대로 물결치는 대로 움직이면 그것은 산송장이고 헛소리하게 됩니다. 나와서 사업하세요. 정치한다면 그쪽도 문제되지요. A지사, P시장, O시장 부산시 의원 사건은 집권당에게는 상당히 부담 주었지요. 그런데 중요한 것은 진정한 사과 없는 얼굴 두꺼움에 기절할 정도입니다. 가치기준과 도덕의 한계선은 어디일까요. 그리고 당원 수도 모자라게 투표한 것을 86%라 하고 구렁이 담 넘어가십니다. 내로남불의 극치입니다. 불과 5년 전 대통령에게 호통치던 그 모습은 이렇게 손바닥 뒤집지요. 그리고 미투사건이 꼭 남녀관계에만 국한되겠는가요. 위안부 사건의 주도자의 비리는 정말 지저분하기 짝이 없는데 오랫동

안 시간 끌지요. 이번에는 한미연합훈련 반대모임에 탈당한 윤 의원이 등장하네요. 골고루 하시네요. 부패종합세트네요. 금융사건, 울산시장사건은 깨끗하면, 깔끔하게 정리하면 됩니다. 원전감사문제로 여당 대표까지 호들갑 떨지요. 감사원이 의뢰한 것도 윤 총장 쪽으로 밀고 갑니다. 왜 주저할까요. 깨끗하면 자신 있게 청소하면 됩니다. 덮으면 우환이 되고 이 세상에 비밀은 없습니다. 지금 손흥민이 피할 정도의 페인팅 모션을 쓴다면 정권까지 위태로울 수 있지요. 전직 대통령과 전 서방 비교해 보세요. 반드시 진실은 드러납니다.

여당은 양이고 야당은 음이지요. 남자는 양이고 여자는 음이죠. 음양은 조화이지요. 그리고 이기고 지고 하는 것은 없지요. 그러나 공존이 안 되고 조화가 안 되니 미투사건 같은 일그러진 모습이 나타나지요. 음양 부조화이지요. 지금 정국도 마찬가지이지요. 낮과 밤이 반복되어야 하는데 밤이 지속되니 식물이 자랄 수가 없지요. 그 많은 여성단체들은 어디로 가셨나요. 국가보조금은 넙죽 자시고 벌떼 같은 그 모습은 보이지 않네요. 꿀통 하나씩 주니 그 독에 취해 벙어리가 되어 갑니다. 그러니 사회단체로 포장되어 위안부 앵벌이 짓 하고도 드러나기 전에는 큰소리치지요. 여가부장관은 부동산 갭투자로 자기가 놓은 전세금도 모르시는 속세 떠난 행동을 하시고 두 시장 사건에 아직 재판 중이라 답변 못하겠다고 빠져나갑니다. O시장은 이미 자백하지 않았나요. 장관도 아카시아 꿀에 취해 묵언수행 중이지요.

조지훈은 지조 없는 공직자는 창녀보다 못하다고 일갈했지요. 야당 시장이 미투사건에 연루되어 보세요. 벌집 쑤신 듯 난리지르박 출 것입니다. 세월호를 몇 년 우려먹은 곰탕 제조의 귀재들 아닌가요. 맑은 영혼 영면하게, 오염된 양반들 정치 이용 이제 그만 두세요. 부끄럽지도 않나요. 청순한 영혼이 위에서 웃고 있네요. 그리고 리본 단 의원님들 살아있는 민생에 신경 쓰세요. 여성 장관이 여성인권 보호가 중대한 임무인데 벙어리가 되어 무슨 여성인권 보호가 있습니까.

그래도 여당 내에서 조 의원과 박 의원, 이번에 떠난 금 의원이 그래도 자기 컬러 분명해 위안입니다. 제대로 된 사람 목소리 들리지요. 국민의 혈세를 먹고 사는 공직자가 어떤 처신을 해야 하는지 어떤 도덕관으로 국민 곁에 다가가야 하는지 미투사건으로 분명해지지요. 노무현 대통령을 보세요. 부동산 잡지 못해 몇 번이고 죄송하다고 사과하지 않습니까. 기껏해야 바그네 정부 탓입니다. 더 잘할 생각 없고 내로남불이 머릿속에 각인되어 있지요. 3년이 지나도 말이지요. 그리고 뭐가 막히면 국면 전환으로 토착왜구니 친일청산이니 너절한 언어 동반하여 심리선동을 하십니다. 조수진 의원의 명쾌한 말이 있지요. 죽창발언 교수님의 일제 만년필, 일제차 애호가인 똘마니 창시자 의원 그리고 일제 비호는 여당 의원이 더 많고 야당은 윤봉길 의사 손녀밖에 없다고 일갈합니다. 미투가 남녀 일그러진 곳에만 있는 것이 아닙니다. 소신은 없고 지휘자의 칼춤 따라가는 것도 미투입니다.

드디어 부산 O시장이 영장실질 심사를 받네요, 또 다른 혐의가 있다고 합니다, "가방 사줄까" 하며 성추행 시도하였답니다. 그러니까 구속영장 시 드러나지 않았던 다른 시청 직원에 대한 추가혐의가 드러났다네요. 이정도 되면 환자입니다. 감옥에 있는 성추행범과 뭐가 다를까요. 술 취하지도 않은 근무시간에 애니멀이 된 O시장 피해자는 "약 없이는 한 시간도 자기 힘들어졌다"고 말하면서 시장 집무실에서의 역겨운 행위에 몸서리칩니다. 그런데 영장 기각됩니다. 우리 부산 사람들 가만히 있을 분들 아니죠.

서울 P시장 피해자는 어떨까요. 그런 피해자에게 2차 가해 가하는 자들 중 작가와 여검사의 정신상태는 어떤지 궁금하네요. 이혼이 흉은 아니나 세 번 이혼에 필이 통하는 남자와 인연 맺어 산다는 그 작가도 민초는 쉽게 이해가 안 되네요. 더불어 작가라는 분이 이번 P시장 미투사건 헛소리 발언 보니 '꾹'교수사건 때나 지금이나 피해자 입장은 전혀 없는 음양 부조화 인격이네요. 그대 딸과 비교하세요. 꿈꾸는 몽유병환자이지요. 그러니 헛소리하지요.

O시장에게 미인계로 접근했으면 우리 부산 시정이 난장판되었을 것입니다. 그 악취는 남포동 지나 다대포까지 가겠지요. 진정으로 사죄하고 벌받는 것이 대인의 도리인데 좁쌀 같은 소인배 노릇합니다. 그 정도 그릇으로 우리 부산을 다스려왔다? 화병 날 지경이고 펜잘 없이 잠 못 이루는 밤이네요. 윗물이 흐리면 아랫물 흐리지요. 사람이 부끄러움 모르면 짐승과 다를 것이 단 하나도 없지요. 짐승도 먹고 자고 쌉니다. 길거리에서도 동물은 레슬링(?)합

니다. 부산 초읍 가면 동물원 있지요. 짐승 관찰 많이 해 보세요.

이번 재판에는 '치매'가 어떠니 저떠니 너절한 행동하네요. 소인 배 모습 이제 그만해요. 총장, 장관, 시장 거친 양반이 아닌 행동 그만하세요. 추한 노인 모습 이젠 버리세요. 미투사건은 이번 보궐선거에서 음양이 드러나겠지요. 분명히 드러났지요. 이번 선거에 말이지요. 다음 대선의 '징후' 안 되게 하려면 정신 바짝 차려야겠지요. 야당도 마찬가지이지요. 미투 당사자 옹호하는 양반들께 한 말씀 드릴게요!

고마해라! 욕 마니 무따 아이가!

23. DNA는 가공할 수 없고, 지울 수도 없다

DNA는 흔적입니다. 그림자입니다. 부모 없이 이 세상에 태어난 동물은 없지요. 음양의 하모니지요. 식물도 마찬가지이지요. 콩 심은 데 옥수수가 열리는 경우는 없지요. 그래서 씨도둑은 할 수가 없는 겁니다. 그리고 생존환경이 열악해도 열매를 잘 맺는 경우와 반대의 경우도 있지만 현대 사회의 흙수저는 상당히 어려운 과정을 겪지요. 하는 일 없이 부모 잘 만나 100억 대 자산의 통수저도 있습니다. 그리고 아빠찬스 이용해 대학도 수월하게 진학한 딸도 있습니다. 부모가 가짜 인생을 가르치네요. 위조기술 말이지요. 여생이 힘들 것입니다.

내가 좋아했던 고건 전 총리의 경우 부친이 철학자이고 공직에 나갈 때 신신당부했던 말이 "줄서지 말라"는 조언이었습니다. 지금 현 정국에 어울리는 말이지요. 그러니 적이 없고 후덕한 관상이지요. 긴 세월 지켜보자구요. 해바라기들의 종착지가 어디인가 말이지요. 자기 조절 안 되는 음양 부조화의 끝은 비극이 오지요. 최연소 도지사에서 국무총리까지 올라갔으니 더 이상 무얼 바라겠습니까? 대통령 후보에 안 나가는 것이 천만다행이지요. 그 말없는 양반이 그런 자리에 어울릴 수 없지요. 줄서지 않으니 적 없고 얼굴 관상에서 보이는 후덕함으로 은퇴를 했습니다. 부모의 교육, 특히 밥상머리 교육이 제대로 된 예가 되겠지요. 그냥 천천히 흘러가는 큰 강물로 비유할 수 있겠지요.

5공 때 국정원장 지낸 이종찬도 육사 출신이지만 색깔이 군인 아닌 문관 이미지가 강했던 것은 모든 토지와 재산 팔아 신흥무관학교 세워 독립운동했던 선조들의 깨끗한 피가 DNA로 흐르기 때문이 아닐까요. 김두한이라는 주먹황제가 탈선하지 않은 것도 김좌진의 피가 흐르기 때문일 겁니다. 시인 조지훈의 지조도 선조 때부터 내려온 지조의 DNA가 흐르기 때문입니다. 작가 이문열 집안도 학자와 교수가 유난히 많지요. 신사임당 못지않다고 전해지는 선조 장 씨 부인의 교육과 당시 당파싸움 때문에 밀려나 벼슬을 할 수 없었던 재령 이 씨들의 그 고난의 행군을 극복하는 사례로 보입니다. 왕에게 협조하지 않아 재령 이 씨들은 철저히 과거에 제외되었지요. 그리고 작가 개인적으로는 서울사대 국어교육과 중퇴인데 아버지가 월북당하여 교사임용 안 되어 그렇지 않나 생각됩니다. 어디까지나 나의 추측입니다.

우리는 부모를 바꿀 수 없는 숙명을 안고 살아갑니다. 5,000년 세월 흘러도 몽고점이 있다는 것이 신비하지 않나요. 그리고 붕어빵이라 불릴 정도로 닮은 자식은 현미경으로 봐야 되는 부정과 모정 즉, 정자와 난자의 만남으로 우리가 태어나는 과정은 신비하고 신비하지요. 최근 우리 국민의 관심 중심에 있는 윤석열 총장의 선조인 윤증 선비도 왕실부름에 쉽게 응하지 않던 대쪽 소신으로 알려져 있고 벼슬도 고사한 것으로 압니다. 그러니 이종찬 아들과 윤 총장이 죽마고우가 되는 것이 뭘 의미하는가요. 같은 색깔끼리 만나게 되는 겁니다. 아니 땐 굴뚝에 연기 나지 않는 것입니다. 사람에 충성하지 않는다는 그의 확고부동한 소신도 그런 DNA가 흐르기 때문이라고 생각합니다. 할아버지가 사기꾼이면 손자도 사기꾼 될 확률이 높은 것은 DNA는 업이자 흔적이기 때문이지요. 사주학으로는 연주가 나의 뿌리가 되고 근본이 되지요. 어떤 그림에도 꿈쩍 않고 상대가 지칠 정도로 소신 강하게 나아가는 윤 총장 행보는 신념이 없으면 불가능하지요 그의 살아있는 권력의 주인은 국민이라는 한마디 말로 충분합니다. 그런 DNA와 부모 모두 교육자로 교수인 가풍과 고시에 많이 낙방해서 늦게 공직에 진출하여 쌓은 내공이 그를 이렇게 단련시키지 않았을까요.

부친은 절대 남에게 밥값 내게 하지 말라고 가르친 교육은 상당히 의미 있어 보입니다. 특활비 대부분 식대로 나간 걸 보았습니다. '야합'의 출발점은 작은 것부터 시작이지요. 조용헌은 윤 총장을 황소에 이재명을 시라소니에 비유했는데 참 적절한 관상풀이라 생각됩니다. 윤 총장이 충암고 3학년 때 모의재판에서 전 서방을 사형으로 구형하여 외가인 강릉으로 피신하여 걸레스님과 인연을 맺어 오랜 시간을 교류했다 합니다. 감수성 예민할 그때의 정서가 사람에게 충성하지 않는다는 명언을 남기었습니다. 집안

자체도 독실한 불자 집안이고 부인 집안도 그렇다고 전해집니다.

또 다른 불자로서 대립하고 있는 법무장관은 세탁소집 딸로 성장한 수재지요. 부모가 정신적으로 강인한 성격으로 생각됩니다. 열심히 일하고 딸에게 많은 기대하고 키웠을 것입니다. 그 당시 세탁소는 아침 일찍 문 열고 늦게 닫아서 고된 업종이었습니다. 그 모습 보면서 딸은 강한 내공을 키워서 바위처럼 단단해지는 것이지요. 딸이 고시까지 패스했으니 부모로서도 어떤 눌려 있던 것이 해소되지 않았을까요. 추풍장관에게는 성장과정에서 단련된 엄청난 내공이 있고 자신을 보호할 방어기제 역시 강하여 수용하기 어려운 것 같습니다. 국민이 볼 때는 오만함과 독선으로 뵐지 모르나 나는 다른 견해를 가지고 있습니다. 그것은 성장환경에서 축적된 방어기제와 보호본능이 응축된 결과가 아닐까 생각됩니다. 때로는 남의 말 가로채고 민초인 내가 봐도 이건 아닌데 하여도 큰 틀에서 한번 보면 강한 모성애와 잠재의식 속에 분노조절 장애가 있지 않나 보입니다. 내가 한때 참 좋아한 정치인인데 아쉽습니다.

앞서 이재명을 사라소니라 하는 것은 10대 때 목공소일 할 때부터 단련되고 단련된 그 시련 속에서 생존을 위한 처절한 투쟁의 결과가 얼굴과 눈에 나타나는 것입니다. 집중력과 강인한 정신으로 고시패스하고 시장에서 도지사로 대권까지 넘보지 않나요. 그의 분명한 어조는 때로 장어처럼 잘 빠져나간다는 양반과 구별됩니다. 이재명의 선조는 유배당한 집의 후손이 아닐까 생각됩니다.

나의 추측입니다. 머리 좋아 고시패스했지만 성장과정의 그 시련을 통해 없는 자의 설움을 누구보다 알고 때로 포퓰리즘 강한 발언으로 구설에 오르기도 합니다. 다른 경쟁자 이낙연은 농부의 아들이라고 합니다. 그 당시 서울에 유학할 정도이면 넉넉한 시골 가정이고 온화한 성품과 발언으로 볼 때 무난한 DNA를 물려받지 않았나 추측됩니다. 모나지도 않고 부드러운 대화를 볼 때 평온한 가정의 DNA로 보입니다. 부모가 후덕한 집안이지 않나 관상에서 느낍니다.

얼마 전 K여의원이 국회 연설하는 것 보고 혼란이 온 적이 있습니다. 어쩌다 집이 세 채이고 국회의원이란 양반이 삼권분립도 모르시고 부동산문제는 세금만 내면 된다고 하시네요. 노블레스 오블리주 실천하신다네요. 집 세 채에 국회의원이면 귀족인가요. 귀족은 대대로 선업 쌓고 내려온 DNA 없이는 아무나 할 수 없지요. 경주 최 부자 집처럼 백 리 안에 굶는 사람 없도록 하라든지 인촌 집안내력 공부 좀 하시길 바라요. 국회의원 중에 귀족 같은 분도 물론 있을 겁니다. 그런 사람은 자신을 드러내지 않지요. 폼 잡고 과시하고 하는 건 시정잡배나 할 일이지, 의원 신분으로는 곤란하지요. 집 세 채 중 한 채 팔아 기부하세요 그것이 귀족의 책무입니다. 입으로는 통일도 됩니다.

그리고 검사경력 없이 군 법무관 출신의 그 당 대표가 검찰 이해하기엔 조금 부족하지 않을까요. 이쪽저쪽 재판에 피의자 신분이면 좀 조용히 하시지요. 부끄럽지 않을까요. 공직기강을 그런

식으로 잡지는 않았겠지요. 법에 무지한 내 생각입니다. 그리고 민초인 내 생각이 옳은 것만이 아닙니다. 앞서 부메랑과 길로틴에서 언급하였듯이 길로틴을 발명한 그 사람이 그 단두대에 처형되었듯이 공수처의 부메랑이 누굴 향할지 그것은 역사만이 알 것이지요. 분명한 것은 정의가 승리한다는 것이지요. 그리고 개가 짖어도 기차는 달린다 했는데 그 '개'가 누구일까 궁금하네요. 이미 드러나고 있네요.

또 기막힌 일은 다수당의 무한질주는 부동산법을 일어서 앉아로 처리한 뒤 위원장이란 양반이 말한 멘트가 앞서 설명드렸듯이 가볍기가 짝이 없었습니다. "이제 집의 노예에서 해방되는 역사적인 날"이랍니다. 그 역사적인 날 이후에 부동산 폭등하고 전셋집은 구할 수도 없으니 참 기막히게 적중하였지요. 국민을 대표한다는 것은 모든 것이 모범이 되고 깔끔해야지, 가볍게 촐랑대라고 국민의 피땀 어린 1년에 7억 넘는 돈과 보좌관을 주는 것이 아닙니다. 서민 ○○가구 1년 생활비입니다. 정신 차리세요. 또한 여당의 촐랑이 K의원은 정의당에 갑질하라고 국회의원 준 것 아닙니다. 너절한 훈장 떼내세요. 국민 위한다는 배지 하나도 무겁지요. 누군지 아시겠지요. 겸손하고 말 줄이면 됩니다. 선거구민이 다 보시지요. 너무 가벼우면 소리 나지요. 국민은 그대보다 훨씬 강하지요. 국회가 무도장 아니니 춤추지 마세요. 따따부따에서는 "모지리"라 평하네요. 모지리…?

24. 코로나 정국

나의 초등학교 시절에 코로나 택시가 있었습니다. 비포장도로에서 결혼식이 있던지 특별한 날에 코로나 택시가 우리 마을에 오면 뒤따라가면서 신기해하던 코흘리개 시절이 스쳐 지나갑니다. 도회지에서 성공하면 택시 대절해 오고 폼 잡던 사람들과 흐뭇해하는 부모님들의 표정이 떠오르네요. 심지어 택시기사도 위대해 보였고 그때에는 장래희망에 운전기사를 미래희망으로 정한 순수한 시절이었습니다.

지금 온 나라가 혼란이지요. 나도 컴퓨터 배우려고 두어 달 다니다가 강좌가 폐쇄된 지 6개월이나 되었네요. 안 그래도 이웃과 소통 없는데 더 심화되어가는 듯합니다. 정치권은 철저히 이용합니다. TV뉴스 헤드라인은 코로나입니다. 내가 있는 이곳에 고기 숙성 잘하여 손님이 줄을 서던 식당이 하루에 네댓 테이블밖에 매출 발생 안 되어 의기소침해 있고 옷가게도 직원 다 내보내고 주인 혼자 운영합니다. PC방은 아사 직전이고 자영업자들은 의욕을 상실해 있습니다.

그런데 정치는 이해하기가 미적분처럼 어렵네요. 이번 총선도 교묘히 활용하여 재미 보았지요. 이 바이러스 정국을 그냥 넘길 수 없는 어느 도지사는 공평하게 재난지원비 지급을 말하는데 나는 생각이 다르네요. 봉급받는 분과 자영업은 분명히 차등지급해야 하지 않을까요. 그러나 선거는 한표가 소중하니까 그대로 진행됩니다. 우리사회는 생존을 걱정해야 하는 어려운 분도 있고 하루하루 걱정해야 하는 분도 많이 있지요. 적어도 샐러리맨은 생존 문제는 없겠지요. 그러자면 서로가 상생해야 합니다. 이번 수해때 구례군민들 상생 보니 눈물이 나더라고요. 동창회에서 기부하고 특히 모자간 자원봉사하여 땀 흘린 뒤 중학생 아들에게 고생했다고 용돈 주어도 안 받으니까 끝까지 따라가서 2만 원 쥐어주는 할머니 보면서 사람이 해야 할 일이 무엇인가 하고 나를 뒤돌아본 시간이었습니다. 봉사한 자, 받은 자 그리고 보는 시청자가 모두 행복한 장면이지요.

반대로 정치 쪽 보면 혈압 오르지요. 진정으로 다가가는 모습은 찾기 힘들고 보여주기식 수해현장과 청와대 안주인 수해현장 방문 시 애완견들의 애교 보세요. 참 애처롭네요 수해현장 봉사는 아름다운 일이나 댓글보고 내 얼굴이 간지럽네요. 그리고 속보이게 민노총 확진자는 일반인의 확진자에 포함시키는 명백한 허위극 만드십니다. 그리고 엄정한 법 집행 강조하십니다. 참 좋은 말이지요. 보수집회는 "살인자"이고 민노총 집회는 주물럭거리다가 지나가고 이번에 당진 집회는 신고도 않고 소리 지르지요, 그리고 엄정한 법 집행은 토착왜구니 하는 발언하지 말고 일제 치하에서 피눈물 흘린 위안부 할머니 앵벌이시킨 못된 자 엄정하게 처단하세요. 입으로는 죽창가니 친일청산 홍얼대는 양반들 법 공정하게 진행하세요. 요즘은 부끄러운지 공정과 정의의 말씀은 없고 적폐청산은 담배연기에 허공으로 날리고 안 들리네요.

그런데 걱정이 되네요. 사정기관 모두 점령했는데 비리감시가 가능할까요. 친일청산 그렇게 노래 부르더니 그 친일청산 잔재인 위안부 할머니들 문제는 묵언수행 중이십니다. 여가부도 벙어리부대고 성인지 학습인지, 뭔지 넋 나간 소리합니다. 하기야 성폭행 피해 여성에게 한마디 사과 못해 여성 인권은 안중에도 없고 참 고약하지요. 입으로는 페미니스트인 시장의 자살도 참 이해 힘든 인생이지요. 표 결집하려고 이용수 할머니 청와대 초청을 몇 번 하더니 '윤'사건에는 거기도 묵언수행입니다. 이때 침묵은 무엇일까요. '폼'이 안 나니까요.

방역은 완전 정치화되어서 뉴스 도배합니다. 심리극이지요. 임시공휴일에 쿠폰 발행하고 난리블루스 추더니 거기에 대한 잘못 언급은 없지요. 3단계 격상은 방역 실패로 비출 수 있으니 걱정이지요. 이때까지 자화자찬이 물거품되니 그렇지요. 코로나 바람에 편승하여 이 정부 들어 핵심인사 고발사건이 130건이었는데 120건은 기소 여부도 안정해져 있는 요새랍니다. 온갖 찬사 늘어놓던 윤 총장과 최 감사원장이 바른말하고 칼을 자기들에게 겨누니 벌떼들 행진이 이어집니다. 깨끗하면 뭐가 두려울까요. 이중으로 방어막 쳐도 피해갈 수 없지요. 그리고 공수처장이 윤 총장 같은 양반이 온다면 어떨까요. 그리고 1년 반 뒤 정권이 바뀐다면, 가릴 수는 있으나 고약한 냄새는 피할 수 없지요. 악취는 피할 수 없지요. 우리가 숨 쉬는 한…. 1년 반 후는 알 수가 없지요.

코로나도 바이러스이고 썩은 환부도 바이러스라면 지금 썩은 환부 도려내야 합니다. 머지않아 곪아터집니다. 그리고 묻어버릴 수 없지요. 전 서방도 몇십 년 동안 고통받고 있어요. 대쪽 유인태가 한 말도 마이동풍입니다. 대나무는 전부 담양으로 이식하고 바람이 불면 전부 누워 머리는 잡초판이지요. 영화 〈공공의 적〉에 나오는 강철중 검사 같은 검사들이 대선 후 출현한다는 정보(?)가 있지요. 다음 정권에 오물청소 반드시 한다고 하네요. 밤에는 어둡기에 악의 빛이 보이지 않지만 낮의 밝음이 오면 선명히 드러납니다.

H검사장! 얼마나 좋은 계절인가요. 충분히 휴식하고 재충전하시고 나중에 크게 국가가 필요해서 휴식드리니 근육강화하고 칼을 열처리하여 1년 뒤 큰일 할 때 쓰세요. 재충전하고 심기일전할 귀한 시간이고 큰 그릇이 되려면 이런 과정 꼭 필요합니다.

드디어 채널A 기자 무죄가 나오네요. 줄줄이 사탕의 징후가 시작되네요. 또한 코로나 재난을 미끼 삼아 토끼 사냥 식 몰이하는 이런 정치는 빨간색 선동정치의 표본입니다. 사과한 적 한 번도 없는 것이 그걸 증명하지요. 코로나 사태를 그들만의 세상 완성하는 호기로 생각할까 봐 소름끼치네요. 야당도 정권 인수되도록 리허설 충분히 해야 합니다. 거리투쟁보다 윤 의원, 조 의원처럼 좌

익이니 빨갱이니 하는 소리 하지 말고 국민 마음 울리고 품위 있게 해야 하고 좀 독하게 투쟁해야 합니다. 약자를 위한다는 이 정부가 약자를 못 살게 하는 이런 부분 집중적으로 파고들어 장르로 밀어붙이면 어떨까 생각해 봅니다. 마침 8시에 추리닝 입고 출근한다는 윤 의원 참 대단하네요. 유권자는 그릇을 알아봅니다. 유권자 속일 수 없지요. 가볍기가 짝이 없는 국회의원들 다음 선거에 현명한 유권자 여러분이 낙선시키세요.

내가 보기에는 최저임금 인상으로 저소득층 일자리가 급격히 줄어들고 이것을 통계방식 바꾸고 세금과 정부지원금으로 메꾸어 나가니 더 가난하게 하위층 만들고 있습니다. 그러니 국가 살림살이가 앞 두 정부 합친 것보다 빚이 늘어납니다. 또한 선동하고 힘자랑 말라는 대통령 훈시는 민노총에 먼저 하시는 것이 순서에 맞지 않을까요. 일반 국민과 코로나 위험도 차이가 상당하다는 보건복지부 발표는 저질 코미디이지요. 그 양반들은 우리국민 아니고 외계에서 오셨나요, 귀족노조인 민노총도 이제 변해야 합니다. 언제까지 두만강 뱃사공 노래 부르고 있을까요. 이제 중산층입니다. 아직도 폭력행사하고 선동하는 집단아 닌가요. 귀족노조이면 귀족노조답게 처신해야 하지 않을까요. 상생할 건 하고 책임을 물을 것은 묻고 말이죠. 회사가 망하면 노동자는 어디로 갈까요. 공돌이, 공순이 시절이 아닙니다. 그에 따른 책임을 없고 권리만 찾는다는 것은 불공평합니다. 노와 사는 음양관계이니까 이기고 지는 것은 없는 것입니다. 부부관계에 이기고 지는 것 있나요. 경영인 전횡은 구석기 시대 이야기인 데다 민노총과 악어와 악어새가 누구인지 모르는 국민 있나요. 그러니까 우군인 정부 책임은 숨긴 채 코로나 정치에만 숨 가쁘지요.

모든 뉴스는 땡코로나로 심리자극합니다. 이번에 최고의원 은퇴하는 부산 출신 K의원은 잘못한 걸 사과 못하는 아쉬움 있다고 내부 쓴소리합니다. 이 정권이 사과하는 것 보았습니까. 집권당은 광주 방문하여 무릎 꿇은 비대위원장 보고 쇼 한다고 하고 격려차 질병본부 방문도 바쁜데 훈계한다고 지껄입니다. 가을장관의 넋두리처럼 격조(?) 있게 언어 구사하세요. 소설도 제대로 쓰지 않으면 중학생 수준으로 보입니다. 자기들 잘못은 전혀 없는 내로남불입니다. 그러니 도지사, 두 시장, 시의원까지 그 짓거리 하고도 사과 한마디 없는 더듬고만진당 얼굴입니다. 역사에는 가정이 없고 오직 승자만 조명받는다고 말한 작가 이병주 말이 떠오르네요.

현 정국은 제어역할하는 브레이크는 이미 파열되어 여당 역할하지 못합니다. 브레이크 없는 오물차가 아우토반 질주하지요. 집회 보름 지난 지금도 야당과 집회 탓을 코로나 주범으로 반복하고 있습니다. 앵무새 같습니다. 위기 때 그 사람실력을 보듯이 코로나로 인한 국가적 재난은 방역 성공해야 경제도 살아나고 안정되듯이 제발 방역에 올인하시지, 편 가르기 여유가 있는가요. 의료계 파업도 가진 자와 정부의 싸움입니다. 가진 자가 더 지독하고 염치 없습니다. 서민들은 생존에 허덕이는데 밥그릇 쟁탈전은 참 치사합니다. 의료파업 시간을 늦추던지 코로나의 비상시국에 꼭 해야 할까요. 안철수는 누가 뒤에서 총 쏘았는가 하고, 정부에서는 엄정하게 대처한다 하니 한쪽이 죽어야 끝날 것 같아 정신없습니다.

가을이 오니 온 세상에 해바라기가 만발합니다. 고교 때 소피아 로렌이 연기한 영화 〈해바라기〉의 지고지순한 일편단심이 생각납니다. 따라서 우리나라 공안의 최후보루가 지휘자 손짓대로 움직이는 로봇은 절대 안 될 것입니다. 최고 엘리트 그룹들이 그렇게 된다면 이 나라는 무너지고 파멸이 올 것이지요. 애교 부리는 양반들의 최후는 답이 이미 나와 있지요. 절대로 오래가지 못합니다. 분명합니다. 분명한 리더는 그대 같은 사람 쓰지 않습니다. 그대 같으면 조석으로 변하는 사람 쓰시겠어요.

경제도 자화자찬 연속입니다. 정부의 경제성과 발표 보름 뒤 반대로 한국은행은 -2.2% 성장이라 하니 자화자찬의 의미는 무엇일까요. 부동산도 국민은행과 감정원의 전셋값 상승률이 4배 차이 나니 현실인식 괴리인식 현상이 벌어집니다. 안정을 발표할 때는 감정원 통계이고 대출규제는 은행시세 적용하는 것입니다. 이런 현실인식이니 비서실장의 "버럭"이 나오지요. 권력의 중심에 선 이 양반이 국민의 질의에 자기감정 조절 못하는 추태를 부리니 한심하지요, 때로는 측은합니다. "수신"도 안 된 상태에 치국의 평천하를 논할 수 있을까요. 국민을 무시하는 오만함이 그대로 드러납니다.

말로는 협치이고 공정과 정의의 행동이고 실제는 독주하는 아우토반 도로입니다. 속도 조절하는 충견은 보이지 않습니다. 국가 비상상태에 국민 마음보다 편 가르기 하여 자기편 결집하는 무서운 세상에 와 있습니다. 진정으로 국민과 소통하고 코로나 정국을 극복해 나가야 합니다. 코로나 방역 앞세워 모든 걸 묻어버리고 있지 않나 의문입니다.

역대 어느 정권도 이런 재미 본 적 없습니다. 정권 유지 위해 병역비리에 고귀한 안 의사까지 팔아먹는 이 분은 방위 6개월 근무하신 분이고 낄 때 안 낄 때 가리지 않으시는 O의원과 O의원은 징집면제 받은 고귀한 분들입니다. 그러니 엄마찬스 논할 때 김치찌개 타령하고 국회에서 질의하지 않아 국회의장 주의를 받지요. 그런 쇼 하라고 국민혈세 주는 것 아니지요. 이러니 코로나로 죽어가는 민초 삶 알 리가 있나요. 폐업이 속출하고 번화가에 권리금 없이 내놔도 들어올 사람 없는 아사 직전은 아시는가요. 청년의 날 BTS 초청하여 쇼 개최하고 행사 비서관은 자기 공인 양 트위스트 춥니다. 자영업자나 산업현장 가면 호응이라도 있을 것인데 바쁘기 짝이 없는 BTS 초청은 국력 낭비 아닌가요.

코로나 정국에 민심 알면서 공정을 37회 반복하십니다. 무식한 내가 봐도 아닌데 그 연설문은 누가 쓰는지 이해가 어렵네요. 그리고 P시장이 오히려 성추행 당했다고 2차 가해 가하는 그 양반 직업이 뭔가요? 자기 딸이 당해도 그리하겠지요. 당연히 서울로 영전하시지요. 음! 유체이탈 화법도 인사고과에 반영되는군요. 또한 나의 시각으로는 노무현 대통령때부터 검찰에 대한 트라우마가 있지 않나 생각합니다. 그러나 검사의 막강한 권력은 개혁해야 할 대상이라고 생각합니다. 반드시 개혁해야지요. 그러나 개인의 트라우마가 국가경영에 개입이 되면 위험하기 짝이 없지요.

더불어 답답한 것은 산유국도 원전 짓는 중인데 우리는 원전 폐기로 가는 것도 같은 맥락에서 조명해 봅니다. 원전의 무엇이 문제인지 확실한 설명을 해야지 내가 무식한 건가요. 취임사에서 기회는 평등하고 과정은 공정하며 결과는 정의로울 것이라고 했지요. 그러나 고위직의 공정은 없지요. 두 장관이 반면교사이신데 교수 부모 특혜 받아 진학하고 엄마 찬스로 일반 사병 꿈도 못 꾸는 휴가 다녀오고 하는 이 정권의 위선을 목격합니다. 시험에 불합격한 자의 가족고통 생각해야지요. 그래야 정의와 공정이 있지요. 그리고 취업에 떨어진 사람들의 눈물 알까요. 더하여 국방부도 추방부로 바뀌어 애교 부립니다. 또한 위안부 앵벌이시킨 그 여자도 기소된 혐의만 6개인데 무슨 염치로 국민혈세를 먹고 살까요. 석고대죄 하고 빨리 벌 받으세요. 국회에서 국민 혈세로 무슨 일 하시나요. 얼굴 두꺼운 건 성형외과 연구대상이지요. 일 없는 것도 고통일 건데 말이지요. 이번에는 부동산 투기로 이름 날리시네요. 여러 가지 갖추신 걸 몰랐지요.

사회로 돌아와서 코로나 조명해 볼까요. 코로나 사태가 장기화되면서 대기업도 중소기업도 생사기로에 놓인 상황이고 올해만 2,000개 기업이 해외로 나갔다 합니다. 소상공인들은 눈물 젖은 빵 먹고 생존을 걱정하는데 정치인들의 모습은 나 같은 민초도 가르쳐주고 싶을 정도로 갑갑합니다. 특히 아쉬운 부분은 코로나

시대는 전문가, 야당 무시한 포퓰리스트가 많으면 모두 참혹한 실패라고 글로벌 리더들은 말합니다. 각국 지도자들은 코로나 이길 최고의 리더십은 포용이라고 하는데 우리는 어떤가요. 화합과 포용이라고요. 낯선 언어이군요. 코너 몰리면 "버럭" 화부터 내고 질의 끊고 자기 말하는 적반하장과 국민 무시하는 경박한 태도 보세요.

반정부 집회는 살인자 집회라 틀어막고 재인산성 쌓고 민노총 집회에는 "재고요청 드립니다" 하는 두 얼굴 양반이 등장합니다. 얼마나 소통이 불통인가는 그 두 사람 태도 보면 압니다. 가을장관은 걸음걸이도 무사 같습니다. 보수집회는 재인산성이고 같은 색깔은 2배 많아도 봉쇄조치 없지요. 칭기즈 칸은 유서에서 내 후손 중 성벽 쌓는 자는 망한다고 했다지요. 내년 대선 '징후' 아니겠지요. 민노총 집회는 보호대상이고 평화시위입니다. 제지 없지요. 화이자 코로나 백신 맞고 오셨다네요. 다시 말해 개천절 시위는 보균자이고 민노총은 무균자이지요. 편 가르기 하여 민노총은 버릴 수가 없지요. 불륜궁합의 끝은 반드시 파멸로 연결되지요. 그런 강성노조와 규제 때문에 우리 기업들이 떠나면 피해가 누구에게 갈까요. 부메랑이지요. 또한 정말 코로나 걱정하면 대통령 눈에는 광화문 집회만 왜 보일까요. 80년대 장발단속과 불심검문이 생각나네요. 대선후보 시절 퇴진요구하면 광화문 광장 가겠다고 해놓고 지금 보면 화장실 갈 때와 올 때가 전혀 다른 말이지요. 하기사 공약 지킨 것은 단 하나도 없으니 할 말 없지요. 광화문 집회는 반사회적 범죄라 합니다. 바른길을 가지 않는 공권력은 독재와 무엇이 다를까요.

홍대 앞과 어린이공원은 발 디딜 틈이 없을 정도로 붐비고 있지요. 무엇이 두려운가요. 지난번 조국반대 집회 트라우마로 보입니다. 촛불정권이 이제 '촛불'이 두려운 것이지요. 쇼핑거리도 만원입니다. 그러나 광화문은 전면 봉쇄하였습니다. 세종대왕과 이순신 장군이 뭐라고 말씀하실까요. 지금까지는 방역 위해 수용했지만 더 참기 어렵지요 정부의 이중 잣대 때문이지요. 이석기 석방 시위 수천 대는 허용하고 보수의 드라이브 스루는 금지하고 재인산성 쌓고 경찰에게는 참 잘했어요 하고 엉덩이 두드리지요.

광장에서 태어난 정권 광장이 두려우신가요. 촛불 집회로 잡은 권력이니 광장이 무서운 건 당연하지요. 하야 집회 열리면 광장에 나가 끝장토론으로 설득하겠다는 약속은 거짓말임을 스스로 증명합니다.

편 가르기에 재미 붙인 정권은 없던 갈등까지 만들어 싸움 붙이네요. 빨간색 선동이지요. 보수세력을 확산 주범으로 몰아갑니다. 편 가르기를 재집권의 유용한 수단으로 여기는 것 같습니다. 이러니 노철학자가 이 정권은 끝났다 하지요. 편 가르기로 말입니다. 재인산성과 불심검문을 했던 겁쟁이들이 민노총 집회에는 코로나 확산 우려가 줄어들었다고 말합니다. 최근 1주 동안 세 자리 숫자에도 말입니다. 허허, 참…. 바이러스는 극복대상이지 이용대상이 아니지요. 그러나 선동과 편 가르기 이용대상이지요.

25. 카르마와 DNA

카르마는 '업'이지요. 그리고 DNA는 유전자가 됩니다. 업은 전생에서 현생 그리고 내생까지 연결됩니다. 그리고 선인선과 악인악과가 되지요. 좋은 일로 선행을 베풀면 당연히 평화가 오겠지요. DNA는 바로 자식에게 전달되어 흔적을 남기지요. 바람의 아들이라 불렸던 야구선수 이종범의 아들이 천재적인 야구선수가 되고 농구 대통령 허재의 두 아들도 국가대표 선수입니다. 그래서 씨도둑은 할 수 없지요. 콩 심으면 콩이 나지 토마토가 열리지 않습니다.

사주학에서는 연주가 나의 뿌리가 되지요. 나의 근본이자 조부모 자리가 됩니다. 또한 불교사상 중 하나인 윤회사상도 현생만이 아니라 과거 현재 미래의 삼세에 걸쳐 인드라망으로 연결되는 것입니다. 씨줄 날줄로 빈틈없이 연결되지요. 그러므로 나의 의지가 아닌 부모의 의지로 부정과 모정이 만나 잉태를 하고 세상에 와 가장 빼어난 기운가진 자궁에서 출산하는 그 순간부터 나의 정보 기록이 됩니다. 우리는 그 시간 탯줄이 잘라지는 시간을 사주팔자라 하는 것입니다. 유튜브의 "다이어트 사주학" 강의에서 상세히 설명하고 있지만 그중에서 월지는 격국과 십신 그리고 조후상 대단히 중요합니다. 일간은 나의 환경이기도 합니다. 금수저도 되고 흙수저도 되고 때로는 주변 도움 없이 자수성가도 하지요. 유튜브 강의에서도 설명이 되지만 특히 일지의 지장간은 상당히 중요합니다. 나의 속마음이 됩니다.

우리의 인생은 꽃피우기가 상당히 힘들지요. 거기서 열매까지 맺기는 더 어려운 과정이지만 가보지 않고 알 수 없는 것이 인생이지요. 또한 꽃이 지는 것도 한순간입니다. 그러나 수정을 하여 씨앗 잉태하고 떨어지지요. 그만큼 짧은 세월이지요. 금수저로 태어나도 고통이 많은 것입니다. 생존 문제만 걱정 안 할 뿐 가진 자의 다툼과 송사 보세요. 돈의 위력을 알기에 더 지독합니다. 지나친 욕심과 집착이지요. 재벌가의 물러서지 않는 형제·남매간 혈투나 100억 대 자산가가 몇 억 유산분배문제로 형제간 다투는 분쟁은 지저분하지요.

노인이 되면 가장 힘든 것이 외로움이고, 혼자 사는 분들이 죽음보다 두려운 것이 외로움이라고 합니다. 특히 업을 많이 짓고 깨달은 사람들의 회한은 상당히 고통스럽다고 합니다. 지금 뛰어난 예비 모델 많이 보고 계시지요. 나의 모친이 생전에 닭목을 비틀어 죽인 것을 계속 후회하시던 일이 생각납니다. 마을에 손님이 오면 거의 우리 집에서 대접했기에 그랬지요. 우리 옆집에는 붕어, 잉어 잡는 아저씨가 있었는데 손님이 오면 잉어와 백숙 외에는 대접할 것이 없던 시절이었습니다. 어머니가 간디스토마로 십여 년 고생하신 것도 그 영향으로 보입니다. 디스토마 수명이 10년인 것을 뒤에 알았지요.

강조하지만 생전에 지은 업과 부모에게서 받은 DNA는 아무리 거부해도 끈질기게 따라오는 그림자입니다. 내가 오른쪽 셋째 발가락이 둘째 발가락 아래로 들어갔는데 아들 녀석의 왼발이 똑같아서 DNA는 참 대단하구나 하고 놀란 적이 있습니다. 그리고 자식이 불효하면 자기 자신을 뒤돌아봐야 합니다. 우리가 힘들 때 "전생에 내가 무슨 죄를 지어서"라고 넋두리하지요. 그것이 '업'입니다.

조용헌의 노블레스 오블리주 보면 뭉클한 이야기가 많습니다. 앞에 논한 지위 있다고 돈 좀 있다고 귀족이 되는 것 아닙니다. 경주 최 부자 집의 내력은 우리를 숙연하게 합니다. 흉년에는 토지 구입 못하게 하는 것은 서민 배려 아닐까요. 지금 영남대학 전신에도 많은 돈 기부하였고 높은 벼슬 하지 말라고 했는데 종손은 판사로 알고 있습니다. 거들먹거리고 내가 귀족이요 하지만 사람들은 그 반대로 흉보는 건 모릅니다. 부끄러움 모릅니다. 그러니 깡통소리가 요란하지요. 그리고 베풀면 베푸는 자가 더 행복합니다. 현대 사회에서도 가진 자의 선행이 상당히 많습니다. 사람들은 재벌이라면 색안경 끼는 경우가 많지만 부도덕한 일부 이야기이고 지금처럼 맑은 사회에서는 감시망 벗어나기는 어렵지요. 삼성의 거액 기부금이나 LG의 의인상 제정 등은 흐뭇한 이야기입니다. 부자가 되기 위해 피나게 노력한 과정을 잊는 겁니다. 부자라고 당연히 기부하는 것 아닙니다. 투기나 부정축재 외에는 다 건전하게 돈 모은 것입니다. 무조건 가진 자 흉보는 것은 소인배입니다.

오히려 고위공직자나 국회의원 지위 이용해 이번 LH에 투기장 사한 공직자들은 고개 들고 다닐 수 있을까요. 그 '업'은 분명히 벌을 받지요. 그리고 재물은 오늘 전 국민 균등하게 배분해도 내일이면 달라집니다. 그것이 자본주의이지요. 잘 살든 못 살든 삶의 고비고비 넘기고 세월 따라 죽음을 맞게 되는 것이 인생 아닌가요. 온갖 보약에, 건강식품에, 명품 옷에, 이 육신 하나 유지하려고 얼마나 노력했을까요. 그러나 썩어가는 것입니다. 혼(정신)은 남고 백(육신)은 썩어가는 것입니다. 합하여 혼백이라 합니다. 이때 무엇이 남을까요. 내가 후손에게 남겨준 DNA이고 카르마는 윤회로 연결되어 갑니다.

내가 절 수행할 그때 이병철 회장과 병상의 이건희(죽기 전) 재를 지낸 적이 있습니다. 그때 죽음은 누구에게나 참 평등하다고 절실히 느꼈습니다. 재단에 올려진 과일과 음식은 풍족했지만 망자가 알 리 있나요. 이병철 회장도 어느 날 잔칫집에서 배불리 먹고 낮잠 자는 거지 보고 참 행복해 보인다고 말한 적이 있고 이재용도 명진스님에게 행복에 대한 화두 던진 걸로 알고 있습니다. 얼마나 힘들면 2세에게 경영권 물려주지 않는다 하겠습니까. 그야말로 덧없는 100년 인생에 찰나의 부귀영화입니다. 찰나란 1초도 아니지요. 그야말로 눈 깜짝할 사이입니다. 그야말로 아침이슬입니다. 나의 고향 진주 마진마을 가면 모교를 둘러보는데 여학생 고무줄

자르던 시절이 엊그제인데 60대입니다.

그래서 윤회를 믿으시길 권합니다. 나의 삶이 밝고 건강해질 수밖에 없고 나의 자식에게도 좋은 파장이 전달됩니다. 파동과 파장은 가족에게 전해지지요. 기독교의 부활도 마찬가지지요. 태어나고 죽는 수레바퀴를 믿는 사람이 나쁜 업 쌓아가는 자살골 넣을 리 만무하지요. 불교에서는 카르마를 '업'이라 합니다. 원인과 결과의 법이지요. 뿌린 대로 거둔다는 의미입니다. 그것은 나로 종료되는 것이 아니라 자손까지 이어지는 영적인 빚과 빚이지요. 좋은 빚만 있는 게 아니라 갚아야 할 빚도 있는 것이지요. 바꾸어 말하면 나를 알려면 부모를 보면 되고 부모를 알려면 나를 보면 되는 것입니다. 카르마는 유전됩니다. DNA와 동반하지요.

독자 여러분이 중요하게 보셔야 될 일이 있습니다. 최면과정에서 제가 많이 보아온 것인데 유년시절의 체험은 그 사람의 인생행로에 깊은 영향을 미치지요. 짜증내는 모습이나 부부싸움은 특히 피해야 한다고 심리학에서도 강조합니다. 내 경험으로는 최면치유 시 유년시절과 사춘기 때 트라우마가 많습니다. 연령 퇴행을 해 보면 말입니다. 어린 시절 트라우마는 성장하여 어른이 된 후 질병이나 중독으로 나타나고 거기에는 부모불화·학대도 원인이 됩니다. 중요한 부분입니다. 내가 치유한 경험 중에는 어릴 때 얕은 물에 빠져 고통을 경험한 아이가 수영장이나 해수욕장을 두려워하는 경우가 있었습니다. 고소공포증도 어릴 때 언덕에서 떨어져 다친 경우가 비행기 탑승을 두려워하는 경우이지요. 유년시절의 체험이 그 사람의 인생행로에 상당히 깊은 영향을 미치기 때문에 그때 부모의 인성교육의 중요성은 아무리 강조해도 지나침이 없지요.

그다음 사춘기와 청년기는 사주학의 월주로 특히 월지를 중시합니다. 하얀 눈 위를 걸어간다고 생각해 보세요 발자국은 분명히 남겠지요, 그리고 종자가 좋으면 후손도 좋겠지요. 그것이 DNA이지요. 거기에 맑은 정신까지 물려줄 수 있다면…. 우리는 자신의 의지와 상관없이 부모의 의지로 태어나 격하고 사나운 세상의 흐름에 휩쓸려 살다가 어디로 가는지도 모른 채 이 세상을 떠나갑니다.

뒤돌아본 지금까지 흔적이 어떤가요? 그것이 내생입니다!

26. 인연

　고등학교 국어교과서에 실린 피천득 선생의 「인연」이 생각납니다. 김형석 선생의 에세이와 함께 감동을 했기에 오랜 시간이 지나도 기억하는 것 같습니다. 그 당시에는 작가를 꿈꾸기도 하고 꽃편지 대필(?)해 주고 오뎅도 많이 얻어먹었지요.

　사람과 사람 사이는 인연으로 이루어지고 인연이 다하면 이별이 있지요. 만나면 반드시 헤어집니다. 회자정리라 하던가요. 불가에서 말하는 가는 사람 잡지 말며 오는 사람 막지 말라는 것도 인연을 설명하는 것입니다. 인연은 억지로 가둘 수 없다는 것이지요. 부부의 인연은 해로나 이혼으로 정리되고 귀결되지만 자식은 피로써 이루어진 인연이라 쉽게 정리할 수가 없습니다. 그래서 천륜이라 하는 것이지요.

　첫 번째 소개하는 인연은 내가 초등학교 때 임신하여 교단에서 가르치시던 이정시 선생님입니다. 백형과 동기로 알고 있는데, 그 당시 사범학교에 진학했으면 꽤 우수한 인재였을 것이고 부모도 교육에 투자할 만한 혜안이 있었을 것입니다. 재령 이 씨 일가로 항렬로는 아지매가 되지요. 우리 마을은 거의 다 일가집니다. 지금도 임신한 몸으로 강의하던 모습이 스쳐갑니다. 한 학년이 50명 정도 되는 시골 학교이기에 선생님도 많지 않았지요.

세월은 흘러 내가 가정을 가진 30대 중반 가장이 되었습니다. 큰아들이 3학년이었던가요. 어느 날 통지문이 와서 보니 "뿌리알기" 숙제로 기억하는데 성씨 본관을 적어 오라는 것이었습니다. 그리고 다음 날 담임 선생님 전화가 와서 깜짝 놀랐습니다. 내 아들 담임 선생님이 이정시 선생님이었던 것입니다. 뒤에 나의 가친 오시면 연락하라고 몇 번이고 부탁을 하여 오셨을 때 연락드렸더니 집으로 오셔서 "오빠, 고마워요"라고 몇 번씩 말을 하여 사연을 알아보니까 가친께서 면 의원 하실 때 학비를 정부에서 지원하는 제도에 도와주신 일이 있었다고 말씀하셨습니다. 그것을 30년 가까이 지난 세월에도 기억하셨던 따뜻한 마음도 놀라웠지요. 도움을 준 사람은 잊어도 받는 사람은 아닌 것입니다. '업'과 '선인선과', '악인악과' 의미를 생각하게 하지요. 돌고 도는 인연의 불가사의를 느꼈습니다. 부산의 그 많은 인구 중 이런 경우를 인연이라고 생각합니다.

두 번째는 군대 생활 중에 일어난 일입니다. 중·고교 다닐 때 만나서 풋풋한 첫사랑 나누던 그 소녀가 나와 헤어지고 난 뒤 만난 남자와 내가 군대에서 만난 것입니다. 군대 3년 내내 조교 생활 중 6개월은 취사장에서 근무했지요. 취사장 내무반장으로 가던 하사와 친해서 같이 파견 가면 고기와 술도 많이 먹고 유격도 면제된다 하여 근무하게 되었는데 국 배식 담당이었지요. 그때 그 친구가 훈련병으로 들어왔던 것입니다. 그 친구는 사색이 되어 이제 죽었구나 생각했겠지요. 그 친구 훈련병 소대 내무반장과 내가 동기라 부탁하여 저녁에 취사장 냉장토굴에서 술 많이 먹었지요. 그리고 동기한테 부탁하여 편의 봐준 적이 있었습니다. 그때 거북선 한 보루 사준 기억이 납니다. 그리고 그 친구는 떠났는데 6개월 후 유격장에서 또 만납니다. 자대배치를 남원으로 받아 전북 군인들이 같이 받는 유격장에서 만난 겁니다. 제대 이후에는 자갈치시장에서 소주 한잔하던 기억이 납니다.

또 다른 인연도 군대와 관련된 이야기입니다. 창원 39사단에 신병교육 입대일 날 친구들과 작별하고 20여 명이 인솔조교 따라 사단으로 갈 때 중간에 얼차려 교육받던 중 조교가 예비 훈련병에게 어느 대학인지 묻는 것입니다. 그때 서울대 원자력공학과라고 말한 하○주 친구를 기억했는데 전·후반기 마치고 하사관 학교에 조교교육 받으러 같이 갔습니다. 그 친구 외갓집과 우리 외갓집이 친척 간이라고 알게 되어 우정을 나누고 그때 드라이진 몇병 그 친구에게 얻어먹었지요. 그 친구가 하사관 학교에 지인이 있었던 것 같습니다.

세월은 흘러 어느 날 TV에 그 친구 얼굴이 나왔습니다. 재직하던 중 정권이 바뀌면서 한수원 원장직에서 어느 날 잘린 겁니다. 그리고 비례대표 13번으로 나와서 저 친구 국회의원 하겠구나 했는데 공병호 공천파동으로 재조정되어 국회의원 되지 못하였지요. 그 친구한테 이 말 전하고 싶네요.

"하○주야! 너처럼 맑은 사람이 운도 참 잘 타고 났다. 한수원 잘리지 않았으면 감옥 갈지 누가 아나! 지금 원전 조작 네가 있었으면 원장은 핵심자리 아닌가!"

그리고 국회의원 안 하고 차라리 학계로 가서 노후 보내라고 말하고 싶군요. 내 느낌에는 대선에 정권 바뀌면 큰일하지 않을까 생각 드네요. 한 20년 여생을 궁합 맞지 않은 진흙밭에 굴러다닐 필요가 없지요. 지금 표창원의 어깨가 얼마나 가볍겠어요. 버리니 자유와 평화가 옵니다. 한수원 원장 지냈으니 이번 감사 벗어날 수가 없지요. 덕을 많이 쌓은 겁니다.

마지막으로는 노무현 대통령입니다. 부산 강서구의 국회의원으로 출마해 낙선한 지 얼마 되지 않았던 시기로 기억합니다. 야당 후보로 나와 30%대 득표율로 꽤 높은 지지를 받았지요. 호랑이 잡으러 호랑이 굴로 들어간 시라소니의 기상이 보이는 일이었지요. 지역감정 극심할 때 성적으로는 놀라웠습니다. 나는 그때 ㈜아트테크라는 광고회사를 운영하고 있었고 PSB 방송의 〈경제가 보인다〉에 출연하는 호사를 누리던 시절이었습니다. 인테리어와 간판공장 그리고 프랜차이즈 '머꼬머꼬'라는 상호의 식당 체인을 운영하고 있을 때 일입니다. 연산동 로터리 부근에 개업식 날 최종 점검하러 갔지요. 점주는 재야 노동운동 하던 사람이었고 민노총이 아닌가 짐작합니다.

저녁 때 노무현 대통령이 개업 축하하러 왔습니다. 바로 옆에 착석하여 술잔을 기울이게 되었는데 나의 기억은 가부가 분명하고

색깔도 선명한 느낌을 받았습니다. 또한 약자에 대한 강한 보호본
능을 갖고 있었고, 그 당시 사상공단의 열악한 노동조건이 화두였
던 걸 기억합니다. 시골의 촌부 아들로 태어나 고졸학력에 고시
합격한 그 과정에 길러진 내공이 만만치 않음을 느꼈습니다. 나도
시골 출신이라 많은 부분 공감이 되었지요. 5공 청문회 때 전 서
방 호통칠 때 맹렬함 보면 선택과 집중의 동물 시라소니 눈빛 아
닌가요. 언뜻 이재명 지사가 스쳐가네요. 그 양반 관상도 내가 보
기에는 시라소니로 보입니다.

그런 분명한 성격 때문에 노회찬과 같이 스스로 생을 마감하지
않았나 생각합니다. 최근 부동산문제로 나라가 시끄러울 때 과거
모습을 보았습니다. 솔직하게 사과하고 몇 번씩이나 "죄송합니다,
송구스럽습니다"를 반복하였습니다. 진심으로 국민에게 다가가고
있었지요. 현 정부와 비교하면 아쉬움이 남지요. 잘못하면 사과하
고 용서 구해야 하는데 23타수 무안타의 부동사 실책도 전 정권
탓이고 내 탓은 없지요.

노 대통령과의 대화는 주로 노동문제에 관한 것이었지요. 앞서
시라소니 관상이라 하였는데 시라소니는 독립독행을 하고 기습공
격으로 상대를 제압합니다. 노 대통령도 그렇게 대통령 되지 않았
습니까. 김대업이라는 사기꾼 역할도 있었지만….

노회찬이나 노 대통령은 아쉽네요. 그보다 더 심한 양반들이
내로남불이고 고개 들고 다니는데 말입니다. 망자의 단도직입 성
격 때문에 일찍 생을 마감하지 않았을까요. 깨끗함 추구할수록

명예손상을 수치로 여기고 자기 자신을 용서하지 못하지요. 술자리가 끝날 즈음 내가 건방진 멘트를 하였지요.

"형님! 다시 기회 올 거요. 힘내세요!"

그러나 볼 수 없네요! 보톡스 맞은 그 얼굴을….

27. 포퓰리즘

사람은 공짜에 맛 들기 시작하면 쉽게 망가집니다. 한번 망가지고 그 맛보면 사람을 변화시키기는 정말 어렵지요. 공짜라면 양잿물도 마신다는 우리 옛 속담이 있지요. 남미 보세요 광대한 영토에 쏟아지는 석유에 망할 이유 없는 나라가 망하는 줄 알면서도 국민은 버릇되어 지원 기다립니다. 마약이지요.

이 정부 들어 부채가 이명박과 바그네 재임보다 60조가 많다고 합니다. 그리고 머리만 굴리는 이념형 사람들이 지도부에 많으면 나라는 망가지지요. 경제 전문가는 드물고 선동선수들이 많으면 결과가 좋을 리 없지요. 정치에 깊은 식견은 없으나 나의 생각은 김 안 빠지는 압력솥처럼 꼭 무슨 일이 터질 것 같은 카운트다운에 들어간 느낌입니다. 빚내서 하는 통신비 지원을 대통령은 작은 정성이라 말하는데 결국 우리가 부담해야 할 세금이지요. 인기영합 아닐까요. 박통 시절 고무신과 막걸리도 같은 거지요.

재보궐선거 다가오니 김해국제공항과 세종시 국회 이전이 나오네요. 선동 귀재들이 놓칠 수 없지요. 앞으로 대선 때는 하이라이트가 등장하겠지요. 인간은 거기서 거기이지요. 차이 없습니다.

빵이 법보다 무섭고 두려운 것입니다. 사흘 굶겨 보세요. 똑같지요, 생존 문제에는 가장 민감하지요. 성장기에 혹독한 경험을 한 도지사는 포퓰리즘으로 엇박자를 내어 당과 불협화음 냅니다. 앞으로 대선 다가오면 무슨 대하드라마가 있을지 기대가 큽니다. 공약 하나 제대로 못 지킨 이 정부가 염치라도 있으면 사과하겠지요. 이때까지 경험하지 못한 나라를 경험하게 하는 하나는 참 잘 지켰군요.

자, 이제 실리콘 밸리로 여행가서 무슨 일 있는가 살펴봅시다. 초스피드 정보화 시대에 6개월 뒤 계획이 무엇이냐고 물으면 그렇게 먼 미래의 일은 알 수 없다고 말하고 앞만 보고 무섭게 달려가지요. 하루하루가 바뀌는 시대입니다. 뒤늦게 배우는 SNS도 선생님이 지금 배우는 것 6개월 뒤 바뀔 수도 있답니다. 경쟁국가에서는 포퓰리즘 식의 한국규제 속으로 좋아서 졸도 직전이지요. 구석기 시대 유물 잡고 바보 웃음 짓고 있지요. 소신은 달나라로 보낸 초선 의원 양반들은 친일이니 토착왜구 빼고 반도체 산업 논하며 세월호 훈장 가슴에 떼어내고 살아있는 국민 살리는 데 힘쓰면 어떨까요. 정치는 다수당의 독주로 협치는 달나라에 가서 계수나무에 묻었지요. 그리고 곧 이성계도 등장할 현재와 과거가 싸우느라 미래는 오기 전에 죽어가고 있습니다. 말문 막히면 전 정권 탓이지요. 4차 산업 혁명 시대에 재인산성 쌓고 있으니 그 불협궁합 어디로 갈까요.

그리고 재벌 없는 우리나라 미래가 있을까요. 불공정은 수술하

되 신바람 나게 하는 정책은 없지요. 규제만 산성처럼 쌓으니 올해 벌써 2,000개 업체가 해외로 탈출했지요. 그리고 노조도 변해야 합니다. 민노총 조합원의 많은 구성원은 중산층이고 귀족노조입니다. 그에 따른 책임은 없고 머리띠 매고 투쟁일변도입니다. 책임은 없고 아무리 어려워도 권리 찾네요. 머리띠 하지 마세요, 옛날 빨갱이 선전 선동 보는 것 같습니다. 귀족노조에 어울리지 않지요. 도포 입으시고 갓 쓰세요.

주변 국가 한번 볼까요, 일본은 우리 통일을 제일 반대하겠지요. 중국은 한반도 이용하여 이리저리 돌려대는 사드사태 보셨지요. 그리고 미국은 너무 멀리 떨어져 있습니다. 이런 상황에 이 정부 지출이 이명박 바그네 정권 합한 것보다 10월 현재 60조 넘었다네요. 모두 선심용인 것 말할 것도 없지요. 공직자의 정치중립은 온데간데없고 최후의 공권력인 검사까지 맹견 아닌 애완견 되어 P시장 자살 사건에도 애교 부리는 모자란 행동 보여도 가을바람 장관은 아무 조치 없고 소신 검사들은 추풍에 떨어지는 낙엽처럼 멀리 보냅니다. 정신 차리세요 '업' 지으면 한 치 오차 없이 반드시 받습니다. 정확합니다.

포퓰리즘은 가랑비에 옷 젖듯이 '시나브로' 형태로 물들어갑니다. 모르는 사이에 조금씩 조금씩 공짜의 마약에 물들어갑니다. 바람도 방향을 바꾸고 해는 지기 마련입니다. 화무2년홍이지요. 아니, 1년 반 지나면 질 수도 있는 것이지요. 가짜를 진실로 덮으면 바이러스처럼 죽지 않지요. 지금 계류되어 있는 사건들 100년 지나도 없어지지 않지요. 썩어도 냄새는 없앨 수 없지요. 중국처럼 인터넷 차단하면 여론통제는 가능하나 코로나와 민심은 막을 수가 없지요. 도지사의 몇십 번 재난지원해도 우리 경제는 문제없다 하는 포퓰리즘 발언은 꽤 가벼워 보입니다. 습관 되면 눈에 보이는 것만 진실로 보는 것이 이 대권후보자 생각일까요. 대국인 아르헨티나는 포퓰리즘으로 무너지고 석유부국인 베네수엘라도 마찬가지이지요. '테스' 형 본적지 그리스도 마찬가지이지요. 하층민은 정치여론에는 무관심하고 생존이 문제인 만큼 포퓰리즘에 아주 민감한데 재물에 마음이 흔들릴 수밖에 없습니다.

그리고 중요한 것은 미래 위해 후세 위해 아껴야 할 세금은 자기 돈인 양 생색내는 인기영합 모습은 유치합니다. 당 대표는 문빠는 당의 에너지라 하고 찍히면 신상 털리고 문자폭탄 폭언 보내는 '살생' 버릇이 끝없이 이어집니다. 공무원 피살까지 조롱하는 그 폐쇄성은 당신들이 사람인지 분간이 가질 않네요. 대통령은 "양념"이라고 옹호하시는데 하늘 보고 누워서 가래침 분사하면 어디로 갈까요. 당신의 형제일 수도 있습니다. 문빠도 대깨문도 좋지요. 대통령을 따르고 사랑하는 것이 무엇이 문제가 될까요. 그러나 그런 쌍욕 구사하면 그대들이 모시는 주인 이미지만 나빠집니다. 그리고 내년 선거 도와주는 병살타 이지요. 생떼탕 주방장처럼 말입니다. 그리고 그 양반들은 여당 위원장의 의사 진행까지 공격하는 조금의 이견도 용납 않는군요. 원활한 의사 진행 위해 딱 한마디 했더니 문자폭탄 때문에 온종일 피곤하다고 위원장은 말합니다.

희한한 것은 아무리 잘못해도 책임지는 사람 없는 책임실종 정부이지요. 예를 들면 두 펀드사기 행적은 금감원의 나태와 도덕실종 없이는 성립될 수 없지요. 또한 현실 무시한 소득주도 성장으로 고용참사가 오고 저소득층 소득이 감소해도 세금일자리로 가리고 있습니다. 책임 실종은 거대 여당의 오만과 독주 탓이 크지요. 그리고 당헌까지 뒤집고 출마감행하지요. 선거만 이길 수 있다면 무엇이든 할 기세입니다. 이번 선거에 비참하게 몰락했지요. 징후이지요. 내년 대선도 마찬가지이지요. 반성 안 하면 결과가 뻔하지요.

한번 생각해봅시다. 지금 달콤한 꿀에 빠지면 우리 자식 대에 어떤 위기가 올지 말입니다. 포퓰리즘이라는 것은 공짜에 맛들이면 머지않아 망해도 그 습관 버리지 못합니다. 특히 선거철에 뿌리는 그 독약 조심해야 합니다. 이번 선거도 포퓰리즘과 생떼탕 네거티브 였지요. 공짜라면 양잿물 자시고 불구자 됩니다. 이러면 국가위기 오는데 이성은 의식하면서 공짜에 이끌려버립니다. 바람난 유부녀가 "이러면 안 되는데" 하면서 꿀 발린 독을 마시는 겁니다. 그 뒤는 정해진 시간표이지요. 파멸이지요. 천천히 뒤돌아보십시오. 그리고 궤도수정 하세요. 슬로우 앤 퀵…. 정신없는 춤판에서 슬로우 슬로우로….

트럼프 말로 보시지요. 광신도들이 썰물같이 빠지니 오물밖에 남지 않지요. 그 양반들이 양념이고 에너지원이었을까요. 극단은 극단적인 상황을 부르기 마련이지요. 여당과 야당의 음양 부조화는 궁합이 깨어지지요. 사주학으로 보면 가을 추수가 끝난 황량한 들판 술상(戌上)이지요. 그리고 언 땅 축토(丑土) 지나 봄이 오지요. 그래서 돌고 도는 것이지요.

나 죽는 것 모르고 인기영합으로 재정관리하면 어떤 결과가 오는지 많은 나라가 보여주고 있지요. 바짝 정신 차려야 합니다. 떠날 수도, 버릴 수도 없는 나의 조국이니까요.

28. 황소와 가을바람

법원이 "대통령이 한 정직 처분 효력을 정지한다" 하여 윤 총장이 복귀합니다. 대통령 결정을 법원이 뒤집네요. 개운합니다. 보수적인 나의 시각입니다. 견해는 다 다를 수 있지요. 그리고 이 상황에도 변호사들로부터 만점 받은 판사를 이러쿵저러쿵 시비 거는 사람들 딱해 보입니다. 법을 부정하지요. 끝없는 내로남불입니다. 언제 철들까요. 180석이면 만사형통인 줄 알았지요. 그런데 한 번도 사과 없는 티타늄얼굴 정과 조의 부부 판결 보고 멘붕이 왔겠지요. K의원은 숨이 막힌다 했는데 혹시 기절하지 않았을까요. 변호사 출신이 숨 막히면 이 나라 법 구조가 모순투성이지요. 고무줄법을 원하나요.

동료들도 등 돌리네요. 사필귀정입니다. 한때 '꾹'교수 대변자 역할 하더니만, 이제 대선후보 수행자군요. 뛰어난 색깔 바꾸기이지요. 번개입니다. 진보 입장에서는 억장이 무너지겠지요. 민초인 내 생각이지만 이건 정말 아니었지요.

황소총장은 법치상식 지키기 위해 최선 다하겠다고 소감을 밝힙니다. 우수법관 평가에서 만점 받은 판사에 어울리는 황소총장이지요. 판결 내린 양반은 판사 1,578명 중 만점은 2인이고 그중한 사람이라네요. 그러니 이 나라는 살아있지요. 그러니 줄서기선수들과 극명하게 비교되지요. 뿌듯합니다. 판결 전 5부 요인 초청하여 은근히 사인 보내도 우리 국민 결코 만만하지 않습니다. 그런 저울추 판사를 시비 거는 양반들은 한참 모자라는 사람들로 보입니다. 정의는 분명히 살아있고 복귀하여 원전, 울산시장, 라임, 속 시원히 밝혀주길 기대합니다.

추풍장관 앞세워 황소총장 몰아내려다 뿔에 받혀 레임덕 위기온 것 같네요. 백수의 제왕 사자도 그 뿔에 무너집니다. 그러나 3전 3패의 추풍장관은 이번엔 징계처분까지 뒤집네요. 유행가 가사에 "길이 아니면 가지 말 것을"이라는 표현 있지요. 내가 항상강조하는 '업'이자 흔적이지요. 야당도 바그네의 '업'으로 꽤 고생했지요. 그러니 죄지으면 결코 자유로울 수 없지요. 바그네도 지은'업' 호되게 받고 있지요. 여당 내부는 경악스럽다 합니다. 민초인내가 볼 때는 그대들 발언이 경악스럽네요. 그리고 국론분열 운운하시네요. 어떻게 대통령 결정 뒤집고 혼란에 나라를 빠뜨릴 수있냐고 하지만 대통령이 조선시대 왕이 아니지요. 법은 누구에게나 평등합니다. 바그네나 이명박도 지금 영어의 몸이지요. 추와윤 갈등으로 1년 내내 편한 날이 없었지요. 극단적인 편 가르기로상처 많이 받은 국민이 얼마나 많을까요. 야당은 검찰개혁의 탈을쓴 검찰개악이라 하네요.

내가 볼 때는 윤 총장 찍어내는 것이 검찰개혁이면 이미 개혁은 루비콘강 건넜다고 생각됩니다. 추풍장관이 검찰개혁을 어떻게 했을까요. 몇 번 인사학살과 윤 총장 직무정지 반복이 검찰개혁인가요. 개인적으로는 한 검사장이 복 받았다고 생각합니다. 충전의 시간이고 성찰의 시간이지요. 지나온 길 반추하면서 더 큰일 하라는 준비시간 준 걸 추풍장관에게 고맙다 하세요. 매사에 빛과 그림자는 같이 동행하지요. 줄 잘 섰던 분들의 말로가 어떤지 잘 보십시오. 선인선과이고 악인악과이지요.

법조계에서는 법원이 정치적 판단이 아닌 법과 양심에 따라 판단했다고 합니다. 명예를 소신과 철학으로 삼는 엘리트들이 이 나라를 구하네요. 황소총장은 두 번째 회생하네요. 민심이지요. 원전과 울산선거 개입 속도 낼 거라 합니다.

친문이 정경심 재판 판사 신상 털어 "손봐야"라고 말합니다. 참으로 어리석은 행위이고 대통령에게 좋은 게 하나도 없습니다. 주군 잘 모셔야 합니다. 자꾸 이미지 나빠집니다. 그리하여 얻는 게 뭐가 있을까요. 이제 검사이어 판사까지 손봐야 한다네요. 그런 선동을 백성은 측은하게 바라보지요. 그릇이 그 정도인 양반들이 대통령 지지자라…. 주군 욕보이는 행동 그만하세요. 법원에서는 정경심에게 반성 한마디 없고 잘못 인정한 사실이 단 한 번도 없다 합니다. 모두 허위와 위조로 판명 난 7개 스펙에 단 한 번도 잘못 시인한 적이 없다 합니다. 그리고 진실을 이야기한 사람들에게는 정신적 고통 주었다 합니다.

냉철히 돌아보세요. 총장의 복귀판결은 누구에 대한 법의 심판일까요. 아무리 시간이 흐르고 가린다 해도. 정의는 결코 가릴 수가 없지요. 용케 가린다 해도 악취까지 가릴 방법은 없지요. 깨끗하면 심판 받으면 되지요. 대통령도 처음으로 인사권자로서 혼란 끼쳐 죄송하다고 사과합니다. 극렬 지지층의 박수만 의식하는 국정은 안 되겠지요. 이런 코로나 위기에 추풍장관은 500명 넘게 감염된 구치소 코로나 사태에 아직 사퇴 안 했으면 방문하여 힘 보태세요. 말로는 코로나 방역 외치고 직무유기하는 한심한 형태이지요. 마음은 콩밭에 가있으니 언밸런스 스텝이지요. 이제 윤 총장 돌아왔으니 직무유기 마시고 할 일 하세요.

그리고 검찰개혁 노래 불러 왔는데 친정권 검사는 음주운전 전력 드러나 경고 받아도 승진에 요직까지 차지하네요. 빽도 능력이지만 줄 서는 건 더 큰 능력이지요. 다른 분야가 아니고 국가기강 바로잡는 엘리트집단 인사는 엄격해야지요. 과연 검찰개혁이 어디에 필요한지 궁금합니다. 그리고 친문은 총장 복귀 판결을 "사법쿠데타"라 난리네요. 일개 재판부가 대통령 흔든다고 법을 제정하는 국회의원이 넜두리하네요. 그리고 "다시 촛불 들자"고 선동합니다.

촛불 들어 보시지요. 민심의 폭풍에 바람 아닌 태풍 속의 등불될 것입니다. 민심은 떠나가고 있지요. 냉철하게 중도층 분석하시지요. 황소총장은 휴일에도 출근합니다. 세 치 혀로는 아무것도 할 수 없지요. 보수인 내가 바그네 탄핵 때 받은 절망감처럼 진보쪽의 분노가 크겠지만 선을 넘으면 안 되지요. 또한 민심을 통해 정권을 조명하지요.

지금 검찰개혁은 이름만 개혁이지, 조직화된 힘으로 밀어붙이기만 합니다. 사과의 진정성이 없고 국면전환용은 며칠 지나면 담배 연기처럼 사라질 것으로 보입니다. 아우토반 속도위반을 법원이 제동을 겁니다. 이것이 음과 양 조화이고 이제 국민은 검찰 독립성과 법치 누가 훼손했는지 알게 되었지요. 그리고 법원의 이번 총장 결정에서 눌려있던 절망이 희망으로 바뀌어 개운합니다. 연말이 새로운 희망으로 따뜻합니다. 총장은, 그리고 대통령은 월성 원전 조작과 선거공작부터 국민 앞에 밝혀야 합니다. 드루킹사건의 김경수가 구속되었지요. 잘생기고 선한 관상이라 연민도 생기지만 이것이 법이지요. 떠중이와 추풍장관 역할이 크네요.

국민 분노 가라앉힐 방법은 간단합니다. 불법 덮기 위해 일을 하면 그것이 제2의 불법이지요. 있는 그대로 보여주면 됩니다. 여당 강경파는 윤 총장 탄핵준비 한다고 합니다. ○인지 된장인지 구분 안 되는 양반들이 자충수 둡니다. 민심을 모르고 삐그덕거리지요. 역풍이 폭풍이 되는 건 모르고 춤추고 있습니다. 탄핵해 보시지요. 그러다 헌재의 기각으로 이어지면 그 후유증 어떡하실 건가요. 여론역풍 맞아 무너질 수도 있습니다.

노무현 정권 때 이장 출신으로 이미지가 좋았는데 위안부 사태 때나 지금 탄핵운운 하는 것 보니 그 양반 아니면 나의 판단이 문제 있는 것 같습니다. 윤 총장은 휴일도 출근하여 "수사 잘하라"고 격려합니다. 대통령도 법원결정 존중한다 했는데 여권에서는 탄핵해야 한다고 소리 내네요. 이장 출신 그 양반은 동양대 총장에게 촉새양반과 함께 "조국 부부에게 유리한 진술해 달라"라고 부탁하고 협조자 C위원도 허위 인턴증명서 발급으로 검찰이 징역 1년 구형한 상태이지요. 그러면 자중하고 또 자중해야지요. 그러나 드러내기만 할 뿐 화합은 없네요. 권력에 취한 거지요.

진주 남강물이 삼랑진에서 낙동강과 만나 하나가 되지요. 남해에는 강이 없지만 지역구 양산 뒤에는 강이 흐르지요. 자연에서 배우세요. 그리고 양산민심이 다음선거에 그대를 어떻게 받아줄까요. 성찰하기 바랍니다. 두 강이 만나 화합하여 구포 지나 바다로 갑니다. 그래야 큰물이 되지요. 양산 유산공단 물도, 치서산 계곡물도 모두 하나가 됩니다. 시도 때도 없이 나서지 마세요. 가볍습니다. 체구에 비해서 말이지요. 황소총장이 지지율 1위에 올랐는데 이장아저씨는 탄핵 이야기 하네요.

또한 검찰총장을 비위혐의자라 하는 사람은 인턴위조로 1년을 구형받았으면 성찰하심이 어떤지요. 두 양반 다 내 얼굴 일그러진 것 못 보고 아직도 권력에 취해있네요. 그러니 유체이탈 화법 쓰고 무엇이 잘못인지 모르지요. 몽유병에서 빨리 깨어나세요. 나의 고향도 그쪽이고, 출신도 도지사 지낸 분이니 조언 드립니다. 폭탄 사이다 진 교수는 황소총장은 민주당이 만든 치명적 오류라 말하는데 위에 분들이 많이 도와(?)주고 계시는군요. 올해는 뚜벅뚜벅 가는 소의 해이지요.

구치소 확진이 1,000명 넘고 추풍장관은 거듭 사과합니다. 석고대죄 해야지요. "초기 대응 미흡이 송구"하다네요. 야당에서는 세월호 선장과 뭐가 다르냐고 합니다. 국민에 대한 살인 직무유기라 합니다. 영치금 없는 가난한 양반들은 남이 버린 마스크 쓴다네요. 윤 총장과 싸우느라 국민 생명 보호는 먼 나라 얘기지요. 한 국가의 법무 책임자가 이정도이면 나라가 어떻게 흘러갈까요. 세계 10위권의 경제대국이 마스크 지원 못하였네요. 코로나 홍보비 1% 아껴도 쓰고 남았겠지요. 윤 총장과 힘겨루기 하니 민생이 보일 리가 있나요. 이제 여권에서 판사 탄핵 추진하신답니다. 한 번도 가결된 적이 없다네요. 하기사 지금까지 단 한 번 가결된 총장 직무정지도 추풍장관은 몇 번 하였지요.

더불어 C의원은 허위인턴 확인서로 유죄 받고 자기 상식은 상식이 아니었다고 말합니다. 변호사의 상식은 어디서 올까요. 그러나 남들은 다 알고 있는데 전문가 그 말씀 이해가 힘드네요. 그 서류 연·고대를 위한 것이라는 정의 문자가 결정타라고 합니다. 법정 들어갈 때와 나올 때 싹 바뀐 표정이 김경수 재판과 같아 보이네요. 최면에서 깨어난 것이지요. 또한 정국 흐름이 신내림에 영매사의 역할이 안 되니 이제 힘이 다한 거지요.

C의원의 법률상식이 상식이 아니면 일반 백성의 상식은 무엇일까요. 명쾌한 언론인 한겨레 신문기자 40명도 권력비판과 검증에 무뎌지고 있다고 성명서 내네요. 참으로 신선합니다. 한때 그 신문 출신 대변인의 유체이탈 화법에 실망했지만 아니네요. 법조계에서는 이런 양반이 공직기간 비서 맡았다니 블랙코미디라 합니다. 이런 와중에 야당도 정책대안은 없고 지네들끼리 싸우는 거

보니 리더십도 없고 막말리스크에 비틀거립니다. 내부 총질이나 하는 추태부리네요. 그러니 선거는 전패이지요.

이번에는 적폐수사로 승승장구하다 조국 수사로 좌천을 1년에 세 번 당한 한동훈 검사장이 인터뷰했군요. 그는 물어오라는 것 물면 되는 사냥개 원했으면 저를 쓰지 말았어야 했다고 말하고 눈 한번 감고 조국 수사 덮었다면 윤 총장과 꽃길 갔을 것이라고 합니다. 그냥 할 일 했다는 것이지요. 줄서는 분들 정신 차리세요. 민심 떠나기 전에 말이지요. 전직, 현직 정부 수사해 보니 차이점은 이 정부에서는 "사실이어도 뭐가 문제"라고 주장하는 내로남불과 오만함이 보인다 합니다. 그런 대쪽이니 문 정부 들어 적폐수사로 승승장구하다가 칼끝이 조국 수사 겨누자 세 번 좌천당하는 영광(?) 누리지요. 그리고 검찰개혁은 반대로 가고 있다고 말합니다. 이번 채널A 기자 판결로 해바라기들 꺾일 것 같네요. 징후이지요. 그리고 월성 원전 조기 폐쇄도 국가정책이라 해도 헌법 법률 지켜야 한다고 말합니다. 지극히 당연해도 이 정부에는 낯선 얼굴이네요. 그리고 월급 주는 건 국민이지, 이 정부가 아니랍니다. 멋지네요. 그리고 촉새에 대해서는 거짓선동에 1년 넘게 현혹당한 국민이 피해자인데 어물쩍 넘어갈 수 없다 합니다.

그리고 참으로 의미심장한 말 합니다. 진짜 검찰개혁은 살아있는 권력비리를 엄정 수사할 수 있는 시스템 만드는 것이라 하네요. 정답이지요. 여당과 추풍의 검찰개혁은 줄서기의 행동이었지요. 그리고 공정한 "룰"을 강조합니다. 권력자의 비리 나와도 처벌

하지 않으면 부패는 좀비처럼 퍼져 나갈 것이라네요. 음미할 부분입니다. 그리고 이번 환경부장관 구속은 청와대비서관 혼자서는 못한다고 청와대 윗선 밝혀내야 한다고 말하네요.

다음 정권 때 흑과 백 구분이 이루어질 것 같아요. 이게 나라가 바로 선 경우지요. 과거 환경 단체는 불같이 투쟁하다 요즘 조용하지요. 그 이유 뭘까요. 입을 닫게 하는 묘책(?)이 있지요. 해답은 환경부장관 구속이지요. 입 막을 꿀단지 이미 제공하셨지요. 구석구석 해바라기 심어 불륜 카바레 개업하셨답니다. 삐약삐약….

29. 카멜레온의 행보

수많은 색깔 바꾸며 주위 환경 따라 천재적인 색깔 바꾸어 왔습니다. 어제 한 말, 오늘 한 말 틀리지요. 카멜레온은 귀는 난청인데 눈은 아주 기능이 뛰어나다네요. 내 생각에도 비유가 기막히네요. 그러니 마이동풍이지요. 지조와 소신이 있었다면 일관성 있지 않았을까요. 부부가 공모하여 공정사회 믿음 버렸습니다. 정은 징역 4년에 법정구속에 벌금 5억 원을 부과받았군요. 사필귀정이지요. 이날 재판부는 피고인은 단 한 번도 잘못을 인정하지 않고 진실을 말하는 사람에게 정신적 고통을 가했고 공정한 경쟁에 대한 우리 사회의 믿음을 저버렸다고 합니다.

작년 8월 조 전 장관 일가 수사가 시작되자 검찰개혁에 대한 탱고추고 추풍장관까지 인사학살로 쿵짝쿵짝 하더니 이번 판결이 꾹교수의 검찰의 개혁저항이라는 주장은 소도 웃는 지경에 이르렀지요. 법원은 꾹교수의 혐의 15개 중 11개를 유죄판결 하였지요. 조국수호 외쳤던 소리는 메아리 없는 소리가 되었나요. 많은 국민들이 법을 아는 무늬만 법조인 흉내 내는 양반들의 정의와 공정이 없는 행동에 가슴이 막히고 숨을 쉴 수 없으시다 하십니다.

서울시장 나오는 후보 양반이 감정이 섞인 판결이라 분노 느낀다 합니다. 지지자 결집 앞에는 소신이고 정의고 없지요. 이번 부동산 투기의혹에 오르는 영광까지 안아도 꿈쩍 않지요. 그러니 시장후보 낙마하지요. 법을 우롱하고 판사 모욕합니다. 그리고 "카카오 들어오라고 해"라고 말했던 그 양반은 이 나라의 많은 부모 대신해 꾹교수에게 십자가 지운 것이라 하고 잔인하다 합니다. 맞지요. 위조해 진학하고 그 때문에 진학 못한 흙수저의 피눈물을 알기나 할까요. 그것이 십자가일까요. 지키지도 못한 이 정부 슬로건인 공정과 정의는 없고 엄빠찬스 활용하여 고약한 짓 하는 양반들이 이 나라 지도부에 있다는 것이 우리나라 비극이지요. 공부기술 발달하여 고위직에 있지만 양심과 정의는 인격 속에 없는 거지요. 그러니 로봇이지요. 심장은 없는 것입니다.

초선 두 K의원과 C의원은 검사경력 1분도 없는 양반들이 검찰 개혁 하신다고요. 소도 웃어요. 요즘 들어 병살타 없이 자중하나 싶었는데 국민은 이미 유죄 선고한 지 오래되었지요. 그리고 그대들만 진실 외칠 곳이 없지, 정의가 시퍼렇게 살아있으니 걱정 마시라요. 그리고 반드시 승리하게 되어 있어요. 의원감투 쓰면 내용도 변하시길 바랍니다. 지역구민들은 당신들보다 더 영리합니다. 보고 웃고 있지요.

그리고 교수님은 부창부수일까요. 누구처럼 반성 없이 SNS에 줄기차게 글 올립니다. 꿈꾸는 백마강의 옛 노래만 올리네요. 어제 한 말, 오늘 언어 다른 것을 부끄러워 할 줄도 모릅니다. 자기 모습에 취한 지독한 나르시시스트지요. 이미 음과 양은 균형 잃었지요. 꿈을 아직 꾸고 계시면 그 꿈 깨고 나면 지독한 현실이 오지요. 인생도 꿈에서 깨면 혼란이 옵니다. 지금까지 얼마나 많은 국민들이 그대들로 인하여 마음 고통받아 오고 젊은이들한테 많은 상처 주었는지 모르는 것 같아요.

이번 시장선거에 20대가 등 돌린 핵심사유가 공정하지 않은 정부 때문이라 하지요. 여기에 자식 스펙에 목숨건 부모 운운하는데 흙수저 부모 마음 헤아려 봤을까요. 정정당당한가요. 음, 위조를 해도 많은 부모 대신해 십자가 지는 거군요. 그리고 11가지 위법이라고 판결한 그 명판사의 저울추가 정확한 거지 정의를 바로 세운 법정을 깔아뭉개는 그대들이 가련합니다. 재판부는 부모찬스 위조 표창장 안냈으면 의전원 탈락했을 것이라 합니다.

1순위 밀려 탈락한 학생의 한이 두고두고 가슴 치겠지요. 하기사 그런 양심 가지고 이런 행위 했을까요. 남에게 고통 준 그 '업'은 절대로 그냥 가지 않습니다. 반드시 부메랑 되고 메아리 되어 컴백합니다. 부산대 재학생 신분 유지할까요. 교육부는 부산대 재량이라고 발표하고 부산대 총학생회는 입학 취소하라고 성명 발표합니다. 지방 명문대 명예가 걸려있지요. 시험이 위조인데 말이지요. 의사국가 고시에 합격해도 부산대가 입학 취소하면 무효 가능성이 크다고 합니다.

그리고 윤 총장을 공수처 1호라 가볍게 말하던 C의원에게 징역 1년을 구형합니다. 좀 조용히 있으세요. 그게 득이 됩니다. 권력

힘 믿고 촐랑대면 반드시 끝이 좋지 않습니다. 국민한테 물어보세요. 윤 총장과 C의원 누가 믿음이 가냐고 앙케트 내보세요. 테스형의 "너 자신을 알라"가 생각납니다. 하나하나 진실이 드러나겠지요. 지금 권력 힘 믿고 댄스 추는 소인배들 1년 조금 지나면 끝나갑니다. 권력 힘이 없으면 애완견 설자리는 없고 무덤뿐이지요. 그리고 버림받지요. 수많은 국민이 반대해도 대통령은 장관 임명 강행하고 C위원은 허위 인턴증명서 발급으로 1년 구형 받아도 고함치고 윤 총장 출마방지법 발의합니다. 이런 C의원을 의인인 양 떠받드는 사람들이 이 나라 지도층에 있다면…. 한심하지요. 서글프지요.

또 한 분의 훌륭한 차관은 남들은 위조 다하는데 형(윤 총장)은 왜 수사하냐고 따지지요. 인턴위조 말이지요. 그러니 택시운전사 폭행하고 녹화 조작하지 않았을까요. 이 분이 법 질서 담당 차관님이십니다. 배우고 고위 공직자가 강아지판에서 먼지 날리지요. 참으로 싼다가지 없지요. 내 잘못은 먼지이고 남의 잘못은 바위이지요. 전북대 강 교수는 이 정권의 싸가지 없음은 예의범절만 문제가 아니라 오만으로 이어지니 문제라 합니다. 싼다가지는 진주 방언이고, 싸가지는 전라도 방언으로 두 가지 다 체면, 염치를 의미합니다. 그 부류가 586 정치인이라 하네요. 지금 이 나라 권부 중심 운동권입니다. 그리고 추풍낙엽장관도 윤 총장 공격 열심히 하더니 구치소 확진 500명 넘어도 묵언수행이네요. 마지막까지 노력하세요.

전임 장관은 꿈에서 제발 깨어나기 바랍니다. 나르시시즘에 빠져 정신 못 차리네요. 여당은 사면 통해 중도화로 전환하려 검토하는데 "대깨문" 양반들은 닥치고 적폐청산입니다. 화합보다는 편 가르기가 우선이지요. 결속이 어떤 결과로 나타날까요. 역사적으로 강성 정부가 무너지지 않은 적 없지요. 민주당의 에너지라던 문빠 아저씨들이 이젠 족쇄가 되었네요. 선거에서 이기려면 중도층 확보가 중요할 것인데 가로막고 있어서 마음이 떠나지요. 선동 정치 할수록 떠나갑니다. 대깨문 양반들은 경제 쪽은 원전 에너지를 세계가 "원전 르네상스" 선언하는데 우리나라만 역주행하는 것부터 바로잡으세요. 그리고 강성 친문의 영향력 활용하지 마세요. "떠나갑니다." 무차별 인신공격 등으로 이미 마음이 떠났지요. 극단적 편 가르기는 이번 당 대표선거 보았지요. 문폭에 같은 당원도 등 돌리지요. 그리고 두 대통령 사면도 "반성해야 사면"이라고 말하지요. '편 가르기'가 주특기인데 쉬울 리가 없지요. 화합은 북극으로 갔지요. 시중 잡범에나 하는 질 낮은 발언이지요. 음(전 서방도 반성했으니 사면했구나)!

역사는 돌고 돕니다. 음과 양도 마찬가지이지요. 보름달도 초승달로 변하지요. 또한 그렇게 노래 부르고 가슴에 리본 달고 우려드시던 세월호 사건과 구치소의 코로나 방치 차이가 무엇일까요. 추풍장관은 마스크 지급할 예산이 없다느니, 구치소는 감염병에 취약하다느니 변명만 합니다. 인명 구할 골드타임 놓친 건 세월호나 공무원 피살이나 구치소사건이나 똑같지요. 살인미수이고 직무유기이지요. 마음이 콩밭에서 서성거리지요. 국민은 없지요. 또한 2연속 무법 법무장관으로 보이네요. 정의부인가요? 전자거울 역할 될까요.

지금 세 번째 P장관 후보자도 재산신고 누락하고 고시생 멱살 잡고 폭언하고 P시장 성추행 사건에도 "맑은 분"이라고 감쌌지요. 그래도 장관 되겠지요. 장관이 그렇게 좋을까요. 그런 과정 뒤에 명예가 올까요. 날개도 없이 추락하지요. 국민의 머슴이 아니라 군림한다는 것 이미 많이 보아 왔지요. 비례대표 1억이 어떠니 저떠니 거래하였다는 말 나오네요. 사실이면 골고루 갖추시었네요.

꾹장관 딸이 의사고시에 합격했다고 주변에 고맙다 합니다. 의사들은 의사면허증과 가운을 찢어버리고 싶을 정도로 분노한다고 말합니다. 법원이 의전원 제출한 경력증명서가 4개다 허위이고 이 증명서가 없었다면 의전원 합격이 어려웠을 것이라 판결해도 자숙할 줄 모릅니다. 반성 기미 하나 없는 누구와 부창부수입니다. 흙수저 분 노모르니 기가 막히고 혈도 막힙니다. 기와 혈은 음양이지요. 장전동 금정산 부산대라는 것이 부끄럽네요.

꾹의 지지자들은 페북에 축하 글 올리시네요. 그대들은 억울하게 떨어진 흙수저 1인은 생각해 보았는가요. 하기사 우리 공무원 살인에도 P시장 추악함에도 피해자에게 2차 가해하는 판이니 부끄러움이 존재할 리 없지요. 이것이 이 정부가 말하는 공정이고 정의이지요.

교수님은 "고마워요" 글 앞에 웃고 있네요. 자식에게 위조와 가짜를 가르치네요. 훌륭한 교육의 DNA입니다. 나의 생각으로는 부정입학한 무자격자가 의사 행세하면서 생명을 다룬다는 것 자체가 정신 나간 것이지요. 서민 교수도 "사신(死神)이 온다"는 글에서 병원 가면 의사 이름과 출신대 확인하라네요. 우리 부산 시민들 어떡하나요. 의사 일을 한다고 합시다. 또 다른 '테스' 형이 분노하지 않을까요. 나훈아 형한테 물어봐야겠어요. 그 양반도 영도니까 부산 사람이지요. 그래서 '테스 형'의 너 자신을 알라보다는 '히포크라테스 선서' 알고 싶네요. 원래 소설 『테스』는 한 여자의 일생 그린 소설인데 위선자 소크라와 히포크라 형들이 요즘 많이 다니네요. 그 나라도 표퓰리즘으로 망가졌지요.

드디어 시민단체는 부산대 총장 고발하여 왜 꾹따님 입학 취소하지, 안 하냐고 고발합니다. 지방 최고 국립대 명예 찾고 부산시민 명예 찾아야지요. 민변 출신인 총장은 대법원 판결이 나와야 한다고 하네요.

하나하나 드러나지요. 눈 덮인 광야 아름답지요. 봄 되면 녹지요. 그러면 숨어있던 오물이 악취와 함께 민낯 드러내지요. 내년 봄에 오물 대청소가 시작될 것 같네요. '징후'가 보이네요. 그리고 지긋지긋하게 우려먹는 세월호조사도 떠중이 고의침몰설도 "근거 없다"고 일축합니다. 특히 이재수 전 기무사령관을 죽음으로 몰고 갔던 불법사찰도 무혐의로 종결되지요. 억울한 죽음이지요. 그 죄는 누가 받아야 할까요. 피맺힌 원한은 반드시 되돌이 옵니다. 더불어 리본 달고 이 정권 내내 우려먹던 것 그리고 해체 않는 세월호조사단에 들어가는 경비 꼭 밝혀야 합니다. 그러니 기를 쓰고 기간 연장합니다. 그리고 여당 국회의원 나으리 중에 가슴에 달고 나오는 그 훈장(?)은 무엇인가요. 대부분 법사의원이시던데 뭔가요. 꼭 북한 군인들의 훈장 같은데 징그럽네요. 좀 버리세요. 고귀한 직위에 어울리지 않습니다. 국회의원 배지 하나도 엄청 무겁지 않나요. 편 가르기에 쓰지 말고 그 힘을 다음 피해자에게 쓰시지요.

미투의 P시장 피해자 가족이 절규하지요. 제발 2차 가해 멈추어 달라고요. 6개월 간 상황이 점점 극단으로 달려간다 하네요. 부모와 동생이 직접 입장문 밝히지요. 자식 앞에 내색 못하는 부모 마음 알까요. N의원은 포장된 하회탈 벗고 사퇴하세요. 여성운동 가짜 탈 벗으세요. 끊임없이 지속되는 피해사실 부정 및 은폐로 피해자는 삶을 겨우 이어가는데 여성운동 탈 쓴 연기 그만하시고 시원하게 석고대죄 하세요. 싼다가지가 한 뼘도 없네요. 이번에 줄리 벽화 사건에도 어김없이 벙어리 여성단체 지요. "우리가 남이가" 나이트클럽에서 불륜의 춤추네요. 그런 행위 하니 이번 서울시장 참모에서도 세 여성의원 모두 물러나지요. 그릇 안 되는 분 들은 벅차지요.

9개월 뭉개던 검찰도 C의원 허위사실 유포혐의 조사하네요. 공수처 1호가 황소총장이라고 넋두리할 때 그때 파워가 영원할 줄 알았지요. 찰나의 부귀영화일 뿐이지요. 그리고 대통령의 "정인이 해법" 논란에 최재형 감사원장의 과거 발언 재조명되네요. 과거 입양할 2011년 인터뷰에서 입양을 진열대 있는 아이들은 물건 고르

듯이 고르는 것이 아니라고 한 발언과 말이지요. 그러면 대통령은 해명에 급급하지 말고 실언이라 사과하면 깨끗하지요. 무엇이 어려울까요.

오늘 '꾹'딸 국립의료원 지원이 나오네요. 국가기관 말고 갈 데가 있을까요. 연기가 많이 나네요. 그리고 내가 볼 때 최 감사원장은 정치 안 하면 좋을 것 같아요. 맑고 깨끗한 분이 갈 곳이 아닌 것 같네요. 물이 너무 맑으면 고기도 못 살지요. 그냥 민초 생각이지요. 물처럼 흐르는 양반 같네요. 그러나 이 양반이 우리나라 지도자가 될지 하늘만 알겠지요.

그냥 그대로 그렇게 순리대로 흘러가면 되지요. 막히면 돌아가면 되지요. 그대로 그렇게… 그리고 물은 아래로 흐르지요. 역류는 없지요. 순리이지요.

30. 블루하우스와 정부

1년 전 자신 있다고 장담하더니 드디어 대통령은 부동산문제 사과하네요. 너무 빠르네요. 그리고 자영업자의 절규와는 반대로 코레일은 낙하산 사장 재임 중 파업해도 월급 70%는 받는다네요. 철도 카바레에 불륜 냄새 요란하지요.

귀족이면 책임은 있어야지요. 상생은 없지요. 의무 느낌, 책임감도 없나요. 아사 직전의 자영업자의 눈물 안보이고 그대들만 살아가나요. 최소한의 싼다가지도 없네요. 국민 세금으로 말이지요. 정치권 출신 사장은 노조와 무리한 합의 남발하니 공기업은 몸살 나지요. 고스란히 국민 세금이지요. 이 코로나 정국에 임금 올리고 정년연장으로 두 달째 파업하네요. 소상공인들은 극도의 혼란인데 염치도 없이 국민 세금 허비하네요. 남의 배려 없지요. 참 두꺼운 얼굴입니다. 그러면서 같이 가자고요? 우리 고향 진주 남강 붕어가 웃네요. "우리가 남이가" 불륜 카바레 운영에 국민혈세가 마구 들어갑니다. 좌파들의 노동자 천국이지요. 김학의 법무차관 문제도 이제 드러나기 시작하지요. 레임덕 오면 벌레들이 하나둘 나올 겁니다. 절대 가릴 수 없지요.

그리고 6시 퇴근 후 저녁이 있는 삶은 알바가 있는 삶이 되었지요. 공장은 텅 비고 90%는 물류창고로 팔려 나간답니다. 우리나라 최대 강점인 IT업체들은 규제 피해 해외로 나가네요. 공동화 시작이지요. 쿠팡 보세요. 코로나로 기업 체력이 소진되어 있는 상태에서 제조업 경쟁력만 떨어뜨리지요. 그러니 삶의 질 양극화는 빨리 옵니다.

"그대 없이 못 살아" 북한은 핵잠수함 추진하고 전술핵 협박하는데 대통령은 "비대면 대화하자"고 말하네요. 계속 남북 공동 번영만 반복합니다. 국민을 모욕죄로 고소하는 좀스러운 행위 하시지 말고 따끔한 경고 해 보세요. 그러는 사이 우리 좌파 정권과 트럼프의 동거는 깨어졌지요. 일그러진 궁합과 틀린 음양오행의 빗나간 운행이었지요. 그러면 반드시 균형이 깨어지지요. 트럼프 광신도들의 말로 보세요. 우리 대깨문은 어떤 길을 걸을지 기대가 아주 큽니다. 북한의 핵잠수함, 전술핵 예고에도 우리나라 심장부는 침묵하고 묵언수행 중인 것 같습니다. 말 많은 정의부는 장관 후보자까지 어니언처럼 까도 끝이 안보이네요. 어니언스 듀엣은 우리 고교시절 좋은 앙상블이었지요.

정부는 4년 동안 헛발질하고 부동산 망쳐놓고 "송구" 한마디로 끝내네요. 여러분은 동부구치소의 대규모 확진과 세월호 사태 차이점은 무엇이라고 생각하세요. 국민 생명 방치한 직무유기이지요. 세월호는 곰탕 끓여 맹물 나와도 우려 드시고 이런 엄중한 상황에 추풍장관은 사의발표도 없이 떠났다고 합니다. 국민에 대한 기본 예의조차 없지요. 마지막에 그 사람 인격 보이지요. 김 차관 출국금지 조치는 박장관이 불법 알고도 승인했다네요. 대통령 지시 5일 뒤 조작서류로 김 전 차관 출국금지 했답니다. 나라가 이 모양으로 혼란스러우니 이젠 외국인 근로자도 들어오지 않는답니다. 또한 정신 있는 사람이 기업경영할까요. 잘못하면 형사처벌인데 말이지요.

기업과 같이 가야 할 민노총 여러분은 기업 떠나면 당신들 자리 있나요. 그리고 민노총에 "민주"가 존재합니까. 현대차도 새로운 사무노조 생기지요. 변하지 않으면 안 되지요. 무법부는 김전차관 출국금지에 현 정권 출세검사들 줄줄이 개입했지요. 출세비결요? 줄 잘 서는 거지요. 바보처럼 왜 물어요. 정의의 저울은 북극으로 보내고 로봇이 되면 되지요. 그것이 검찰개혁이지요. 살아있는 권력비리 엄정수사는 달빛 소나타이지요. 그러니 진보원로가 등 돌리지요.

특히 "문빠"의 폭력성과 배타성 지적합니다. 미국 보세요. 트럼프 주의가 미국 민주주의를 우롱하지요. 극성 지지자 때문에 망가집니다. 이번에 분명히 보여주지요. 문빠와 대깨문 보세요. 대통령 물러나도 그대들 그럴까요. 오래가지 않지요. 나도 과거 바그네 지지자였지만 그 사람만 처량할 뿐이지요. 교주가 아닌 허상일 뿐이지요. 모든 건 변하지요. 불교사상인 "제행무상"일 뿐이지요.

이제 감사원에서 탈원전 정책추친 과정도 감사 착수합니다. 경제성 조작 의혹과 별개랍니다. 전문가들은 절차위법 결론 때에는 탈

원전 정당성이 뿌리째 흔들릴 것이라 합니다. 그리고 전 법무차관 불법 출국금지 수사 뭉갠 수사를 회수해 재배당을 황소총장이 합니다. 가장 잘했다는 두 사람 인사가 어떤 꽃으로 피어나 열매 맺을지 궁금하지요. 그러나 분명하지요. 정의가 이긴다는 평범한 진리 말이지요. 그러나 이 정부에 유권무죄시절이 있었지요. 그러나 뇌물 자시고 무죄로 풀려난 Y부시장 사건 그냥 지나갈까요. 택도 없지요. 시간이 흐른다고 흙속에 묻히지 않지요. 나의 군 시절 '빳다'도 먼저 맞으면 한없이 편했지요. 두고두고 불안할 것이지요.

권력이 영원한 것인 양 춤추던 노란색 훈장 가슴 단 두 K의원은 요즘 조용하지요. 이제 국민들도 알지요. 공수처에 열정적인 자일수록 구린내 진동하지요. 방어기제이지요. 깨끗하면 무엇이 두려울까요. 정권 바뀌고 세월 흐르면 모래성처럼 무너지지요. 정의의 길 가지 않는 그릇도 안 되는 양반들의 지르박 춤에 그릇은 반드시 깨어지지요. 그리고 전 법무차관의 증거조작 과실무 검사보세요. 일본은 증거조작 검사를 구속했다고 합니다. 토착왜구 노래 부르지 마시고 배우세요. 뿐만 아니라 법무부 직원들이 김학의 출입국 681회나 무단조회했다네요. 법무부가 아니라 무법부네요. 누가 주연인지 드러나겠지요.

무법부장관 지낸 카멜레온 교수님은 5년째 알박기로 명문대 로스쿨 학생들만 피해 보네요. 한 나라 기본질서 유지해야 할 법무부가 갈수록 혼미해지네요. 하기야 그 수장이 거짓말쟁이인데 오죽 할까요. 이제는 관사 재테크로 부동산 영역까지 실력 보이시네요. 법복도 과거와 다른 색깔로 보여요. 이런 분이 입으면 조깅복이지요. 거기다 며느리 수임파티까지 관사에서 하시네요. 국민혈세가 자기 돈이지요. 대법원 법복도 그렇네요. 권위보다는 나와 다를 것 없어 보입니다.

거기다 코로나로 실적 낸 기업들에게 번 돈 내놓으라 합니다. 이익공유제 추진한다네요. 코로나라는 바이러스 방망이로 이익 본 이 정권 국회의원 세비나 내놓으시지요. 공수처법, 상임위원장, 장관청문회 입맛대로 폭주한 그대들 세비나 토해내세요. 염치도, 날치도 없네요. 미국 보세요. 트럼프 광신도들의 자폭 엔딩 보세요. 강하면 부러지고 과속은 탈선하지요. 우리 "문빠" 미래가 아니길 바랍니다.

대통령은 신년 기자회견을 개최합니다. 추풍과 윤 총장의 갈등은 민주주의가 건강하다는 뜻이라고 미적분처럼 이해하기 어려운 말씀하시고 더 어려운 언어해석은 북은 핵을 36번 언급했는데 북은 비핵화의지 분명하다고 합니다. 그리고 피기도 전에 세상 떠난 "정인"이 해법에 입양취소 시 아이 바꾸기 필요하다는 인권변호사다운 해법을 내놓습니다. 아이가 마음 안 들면 반품하냐고 거센 역풍에 휘말리네요. 입양 아동은 시장에서 파는 인형이지요. 새삼 두 아들 입양한 최재형 감사원장이 돋보이지요. 가슴에 자리한 진실은 가릴 수가 없지요.

이제 국민 생업 걷어차는 탈원전으로 가볼까요. 아랍에 처음 수출할 때만 해도 자부심 대단했지요. 거금은 "적폐"가 되어 버렸지요. 특히 부산과 창원의 원전 부품업체들은 줄줄이 도산하지요. 국내에서는 위험해서 안한다면서 해외수출은 지원한다네요. 엇박자…. 대통령은 해외에 나가 원전 세일하면서 40년간 한 건의 원전사고도 없었다고 원전 세일즈합니다. 상대국이 바보인가요. 그리고 왜 한국은 그러냐고 하면 뭐라 답할까요. 이율배반의 모델이지요. 50년에 걸쳐 세계 최고가 되었는데 5년 재직 대통령이 다 허물고 있네요. 환경운동가가 할 일을 대통령이 하시네요. 그 짧은 시간에요. 죄 없는 기업과 대학의 원자력공학 계열은 지원자가 없다네요. 한전에서 짓는 공대 설립보다 원전 살리세요. 대학 신입생 없어 대학폐교 늘어나는데 한심한 포퓰리즘 하고 있네요. 물러나도 혼란 올 것입니다. 원자력에 이 땅의 많은 사람이 얼마나 힘들었을까요. 선진국 프랑스는 오히려 투자 늘리지요. 짧은 내 생각으로는 도저히 이해가 되지 않는군요.

뿐만 아니라 어용방송 내세워 원전 언론플레이하다가 한수원 노조와 주민들에게 호되게 당하지요. 포항 무슨 방송국인가요. 내가 전혀 안 보는 채널이군요. 국민여론조사에서 원전이 필요하다는 여론이 65%이고 반대는 15%로 나오고 매년 필요함이 증가한답니다. 또한 법조계는 김학의 "불법출금" 공익제보자는 외압 때문에 수사 못해 부끄럽다고 합니다. 올라가면 이○○이네요. 여러 가지로 유능하네요. 모든 일에 관련된 유능한 양반이네요. 법이 없는 무법시대 문을 연 훌륭한 분입니다. 거기 버금가는 훌륭한 양반은 유○○이지요. 작가라고 포장하고 소설을 쓰시네요. 픽

선을 논픽션으로 바꾸는 소설기법이 훌륭하지요. 그러나 선동수법이 유치하지요. 아니면 말고 식으로 언론과 국민 희롱하다가 1년 만에 계좌사찰 사실 아니라고 사과합니다. 촉새인지 딱따구리인지 쪼아대다가 "계몽군주" 모시고 이리저리 촐랑대더니 이제 정신 차렸을까요. 아니면 이 정부의 끝을 예상한 걸까요. '인연'에서 소개한 김해에 영면하고 계시는 그 형님이나 잘 모시세요.

관상공부한 분들은 그분 관상 알지요. 그러니 그분과 어울릴 수 없지요. 진도가 더 나가면 명예훼손이니 뭐니 댄스 추겠지요. 우리 고향 진주 마진마을 저수지 가면 붕어가 밖에 입만 내놓고 웃고 있지요. 그 아래에는 가재와 개구리가 구경합니다. 이제 사실상 자백하고 선처 호소합니다. 권력만 믿고 굿하다가 이제 정신 들지요. 싼다가지 없는 양반이 권력에 취해 붕어 입 함부로 놀렸지요. 한동훈은 필요한 조치 검토한다고 합니다. 당연히 해야지요. 명백한 허위사실로 처벌 받아야지요.

내가 볼 때 대가리 좋으나 심장의 따뜻함은 없는 껍데기 위선자들은 본래 모습으로 가시고 포장 마세요. 구도자 세계도 해외 명문대 학력으로 포장된 스님 생활한 땡중의 수행 아닌 책 장사나 하는 양반 경우에도 대가리 깎으면 중이 되고 머리 깎으면 스님이 된다고 앞서 설명하였지요. 밀리언셀러라 합니다. 배운 자의 위선이고 사주학 '탐재괴인' 모델이지요. 그것이 혹세무민이지요. 그 땡중도 번 돈 보시하고 같은 명문대 출신으로 진정한 구도자길 가는 외국인 스님 따라가세요. 나도 불자입니다. 이 양반도 조용히 물러나세요. 겉포장하는 것이 구도자 아닙니다. 그대 말대로 멈추는 것이 뭔지 보세요. 아니면 환속하세요. 수신도 안 된 양반들이 지도자 행세하니 한심하기 짝이 없지요. 특히 마음 공부로 포장한 위선자들은 더하지요.

또 다른 제보자는 서슬 퍼런 권력일 때 서류 조작한 권력도 "무법시대" 되는 게 두려워 용기 냈다는 공익제보자 있듯이 참회하고 이 나라 지도자급들은 벌 받고 부끄러움 없는 나머지 시간 보내세요. 교수이고 변호사 출신 윗선들이 왜 이런 짓 했을까 궁금했다는 공익 제보자 말이 있지요. 겉만 그럴듯한 지킬 앤 하이드이지요. 그리고 역지사지는 꿈에도 생각 못하지요. 어찌하든 자신 드러내려고 헛발질합니다. 그도 정치권에서 "싸가지 없는 발언"의 대명사였지요. 백바지 입고 국회 등원하고 동양대 총장에게는 이장 출신 국회의원과 회유성 전화까지 하고 사과한마디 없었지요. 올해 사과가격이 작년 2배랍니다. 경북 대구는 사과 생산 중심이지요. 그리고 보수와 유학 중심지이지요. 그래서 사과가 늦었나요. 여론이 불리해지고 책임져야 하는 상황이 오면 머리 숙이네요.

그러다 시간이 지나면 자기 자리로 돌아가지요. 남 줄 리 없지요. 누구와 꼭 닮은 카멜레온이네요. 그대보다 사회규범 지키고 열심히 살아가는 사람이 훨씬 상류사회입니다. 동문평가에서 출신대 랭킹 1위와 2위인 카멜레온 교수와 위선 카바레 개업하시지요. 개업식 날은 조폭나이트개업 풍자한 그 여검사도 초청하세요. 윤 총장은 나이트클럽 사장 아닌가요. 그 여검사 고발당했다지요. 늦었지요. 이 지경이니 부총리는 나라 빚 걱정하고 여당은 포퓰리즘 맞설 뜻 없는 "선거" 바람 따라 퍼주기로 흘러갑니다. 이런 판에 택시기사 폭행 후 합의금 주면서 "영상 지워주세요"라고 말하는 차관이나 담당 수사관은 폭행영상 보고도 "눈감고 못 본 걸로 할게요" 하시고 부실수사 서장은 영전하십니다. 앞으로 비대해진 경찰은 누가 통제할까요. 폭행영상은 못 본 걸로 하고 경찰은 ○○ 차관 앞에서는 한없이 작아지지요. 부끄럽지도 않을까, 그냥 내려오시지. 그럴 마음 전혀 없으니 버티시지요.

영전한 서장님은 내사종결을 처리하시고 경찰청 고위간부는 "영상 없다"고 부인하시지요. 그러나 깨끗이 복원되었지요. 이 세상 비밀 없지요. 아니면 고약한 냄새 남기지요. 그런 공직자가 윗물에 있으니 아랫물이 깨끗(?)하겠지요. 이번 정의당 대표의 성추행에 사과하고 깨끗이 물러가는 모습 보고 배우시지요. 정말 미투만진당은 스승으로 모셔야지요. 지저분한 짓거리 하고도 피해자나 가해하는 뻔뻔한 무리들 말이지요. 그러니 네거티브로 '줄리' 등장시켜 추악한 연기 선보입니다. 이미 생떼탕으로 망한 집에 두 번째 망할 카드 선보이네요. 그런 분들이니 망하지요. 징후지요. 도대체 "사과"는 없고 어니언만 풍작입니다.

P시장 성추행 피해자에게 친문단체는 "살인죄 고발"하신다네요. 적폐청산 연대라네요. 당신들이 적폐대상 같네요. 1년 지나면 연기처럼 사라지겠지요. 신기루이지요. 꿈 깨고 나면 악몽이지요. 그리고 "빚내서 돈 풀기"로 막가는 경쟁을 대선 주자들 시작하네

요. 전부 국민이 짊어질 나라빚이지요. 이런 포퓰리즘 상품은 경제책임자인 부총리는 의논상대도 아니지요.

입만 열면 친일청산 외치던 죽창가 정권의 주일대사는 "천황폐하" 조아리며 전 정부 탓합니다. 아침에 토착왜구가 저녁에 천황폐하로 바뀌네요. 전 정부보다 잘하는 건 없지요. 자신이 없지요. 이런 판이니 광복회장이라는 변신의 귀재까지 추풍장관에게 무슨 상 주신답니다. 살아나려고 눈물겹네요. 말 많은 은 시장에게는 신채호상 주고요. 안○○은 우리 시대 독립군으로 선정되네요. 각종 상을 만들어 베푸시네요. 광우병 시위주도 좌파 유튜버에는 정의실현상 주고 시상 반대하는 단체에게는 조폭 두목처럼 1,000명 쳐들어간다고 광복회 간부가 협박합니다. 선열들이 지하에서 가슴 치시네요. 이 나라의 광복 가져온 귀한 선열후손에게 많은 일해도 모자란 판에 정치만 해대는 것 같은 행위 메스껍지요. 최재형상 접는다더니 하루 만에 바뀌니 기념사협회에서는 우리 갖고 노느냐 항변합니다. 하루도 길지요. 카멜레온은 1초 만에 바꾸지요. 어떤 변신할지 보세요.

그리고 여당이 통과한 전단금지법을 태영호는 김여정법이라 했는데 미 의회가 벼르자 정부는 거물 로비스트 선임하여 월 3만 달러 주신다네요. 1년이면 4억 가깝지요. 멀리 보면 북한 위한 돈이네요. 그런데 미 의회에서는 대북전단법을 겨누고 나오네요. 인권변호사 대통령 나라에 전단금지는 인권법 위반이라고 항의합니다. 그리고 힘자랑하시던 검판사 1일 경력도 없으신 C는 채널A사건을 검언유착 몰다 거꾸로 기소당하시네요. 허위사실 유포로요. 본질은 권언유착인데 총장 징계로 연결하고 한동훈은 아니 땐 굴뚝에도 연기가 나지요. 그리고 무혐의 보고서를 이○○에게 올려도 결재 뭉개지요. 뭉갠 것이 발표 지나자 발효되어 이제 가스 발생하지요. 가스 발생하면 터지지요. 이번에 채널A 기자 무죄로 판결나지요. 내가보기에는 줄줄이 사탕의 시작으로 보이네요. 판검사 경력 없이 군 법무관 출신이라도 법 모를 리 없지요. 재판 중에도 바쁘다고 시간 없다고 법 우롱한 그 오만함 어디서 왔을까요. "신내림"일까요. TV에 패널로 나왔을 때 참으로 좋았는데 변하는 색깔도 참 놀랍네요. 그것은 권력에 취했던 비서관 시절의 이야기이고 아! 옛날이여! 이지요.

법무차관 문제도 이제 매듭 좀 지어야지요. 당사자는 깨끗이 정리하세요. 정치, 언론 플레이 좀 그만하시고요. 한 나라의 차관이면 그릇이 소주 한 모금 잔 되면 안 되겠지요. 앞에서는 검찰개혁이고 뒤로는 실제로는 후퇴하면 안 되지요. 쓴소리도 있고 칭찬도 있는 것이 음과 양이고 그걸 포용하는 것이 궁합이지요. 이러니 앞에서는 반일 죽창가 외치고 뒤에는 "광복회" 팔아 자기 정치하고 역대 정부 여당만 따라간 줄서기 선수 나오지요.

이런 판에 대통령은 중국 공산당 칭송하시고 중국 어선은 자기네 땅이라하고 중국 해군은 무단침입하고 우리 서해 압박하지요. 이제 백두산도 자기들 영토이고 김치도 우리나라 것이 아니랍니다. 사드 사태 보고도 기준 못 잡고 내가 볼 때는 전혀 외교 '정도'

가고 있다고 보이지 않네요. 내가 옳다고 주장하는 것이 아니고 평범한 민초 생각입니다. 우리의 예쁜 꽃게들 주소지 헷갈리지요.

이번 정의당 대표미투사건 때 집권대변인이란 양반이 "경악"이라는 표현 쓰시네요. 전형적인 내로남불이지요. 자기 추함은 없지요. "싼다가지" 없지요. 그래도 정의당은 깨끗이 즉각 사과하였지요. 훨씬 위이지요. 배우세요. 서로 흉보고 있네요. 흉볼 자격 없는 같은 색깔끼리 창피함도 모르지요. 한때 서로 좋을 때는 앞도 안 보이는 카바레에서 만나 공수처법의 쿵짝쿵짝 삐약삐약 황홀한 시간 보낼 때는 몰랐지요. 불 켜고 나면 여러 흔적(?)이 나타나지요. 광란의 밤이 지나고 밝은 날이 오면요. 그 흔적에는 오물이 많지요. 음양조화가 아니지요. 그 짓거리 하고 배우자 맞이한다? 배우자는 국민이지요. 도덕이 실종되어 있지요. "공정 정의" 완벽하게 지켜나가니 일개 사병도 20일 휴가 다녀오시고 엄빠찬스로 진학해도 무엇이 잘못되었는지 모르고 SNS에 글 올리시지요. 그리고 인턴 위조에 협력해도 검찰개혁 말하시네요. 대단한 얼굴입니다. 위조범은 범죄 아닌가요.

이처럼 엄청난 불륜은 어긋난 사랑이지요. 어긋난 음양이지요. 그러니 동물궁합이지요. 이성과 가슴은 없고 본능만 존재하지요. 그러니 국민은 허탈하지요. 부도덕에 기초하니 마지막은 파멸이지요. 강아지판이지요. 강아지는 길거리에서 레슬링을 하지요. 그리고도 눈 껌뻑 안 합니다. 그 짧은 오르가슴이 그대들에게 독약입니다. 추풍장관도 이제 낙엽이 되었군요. 거리에 나뒹굴겠네요.

조용할까요. 지금부터 혼동이 오겠지요. 모성애도 걱정이지요. 현직에 있을 때나 아닐 때 민심은 싸늘하게 변하지요. 대깨문의 흥겨운 반주에 탱고춤 추다가 이젠 음악이 멈추고 고즈넉하지요. 아들 문제도 이제 시작 아닐까요.

C의원은 허위사실 유포혐의로 불구속 기소되네요. 1심에서 당선무효형 받고 줄줄이 재판 기다리네요. 과거 막강하던 청와대 비서관 시절 그 권력에 취해 있네요. 패널로 언론에 나왔을 때 참 좋은 이미지였는데 권력의 독배는 참으로 무서운 것 같네요. 추풍낙엽 장관은 의혹 기정사실화하며 총장 직무정지와 징계조치 잇달아 열지요. 차고 넘치는 증거는 나오지 않고 격투기 선수가 등장하고 영전까지 하시는 대단한 검찰개혁을 하시네요.

또한 이 나라 사법부 수장이 거짓말 논란에 휩싸이네요. 법관독립을 지켜야 할 대법원장이 여당과 발 맞춰 탄핵을 얘기했다는 자체가 부끄러운 일이고 사법부 독립을 지켜야 할 대법원장이 상황 따라 거짓말까지 하고 있고 탄핵되어야 한다고 야당은 주장합니다. 판사들은 탄핵발언 사실이라면 대법원장 자격 없다고 합니다. 거짓말 참말 가려내는 게 우리 사법부 일인데 대법원장이 거짓말 논란이 있다면 사법부 수장 자격 없다고 하고 바깥바람 막아야 할 수장이 정치적 이유로 법관퇴직을 말했다면 위헌적 행위라 합니다. 대법원장은 거짓말하고 판사는 여당에 탄핵당하고 사법부 치욕의 날이네요. 신문 1면에 난 대법원장 눈의 삼백안 보면 섬칫하네요. 사과한다고 될 일 아니지요. 만천하에 드러난 사법부 수장은 거짓말에도 물러나지 않네요. 부산 출신 카멜레온 많아 부끄럽네요. 오죽하면 그 명문고 동문들이 사퇴성명 낼까요. 여생 부끄러움 어떻게 견딜까요.

여당은 탄핵해 놓고 역풍 걱정하네요. 안철수는 후배 목을 뇌물로 바친 것이라 하네요. 지금 코로나로 힘든데 그렇게 여당이 할 일 없을까요. 그리고 왜 녹음했을까요. 과거 안철수는 문 대통령 만나면 녹음해야 된다고 했지요. 무슨 뜻일까요. 탄핵당한 판사가 왜 녹음했을까요. 오리발인지, 닭발인지 아는 거지요. 그러니 침묵하다 거짓말 탄로 나자 사과하고 거취 묻자 침묵하네요. 대법원장이란 꿀 발린 독약 그만 빨고 내려오세요. 그렇게 권력이 좋은가요. 자기 자신을 버릴 정도니까 말이지요. 금정산에 가서 낙동강 흘러가는 것 보세요. 그 의자는 오공본드 접착한 자리이지요.

그 와중에 검찰은 시원하게 백운규 장관 영장 청구합니다. 밝히면 되지요. 그런데 왜 이리 늦을까요. 청와대 향한 원전수사 분수령이 백장관 구속여부라 합니다. 그러나 기각되네요. '월성 가동' 땐 적자라고 거짓문서도 쓰게 했는데 이번 기각으로 정리될까요. 환경부장관 보세요. 앞으로 갈수록 드러나겠지요. 결코 덮이지 않습니다. 원전 2년 더 가동 내다보던 청와대와 산업부도 즉시가동 중단으로 바뀌네요. 일사분란하게 조작하고 지시하고 압박합니다. 그리고 대통령 아들도 곽 의원과 또 설전 벌이네요. 오만하군요. 이 어려운 시기에 다른 사람이 상금 타가게 양보해야지 코로나사태의 서민보다 어려울까요. 조꾹 따님도 장학금 받으시고요. 내가 볼 때는 싼다가지 없네요. 앞서 설명한 노블레스 오블리주의 정신은 아예 없네요. 그 정신이 가문의 귀한 교육이지요. 아니면 껍질만 그럴듯하지 속은 텅 빈 허상이지요. 돈은 먼저 본 놈이 임자지요. 내 힘과 함께요. 남 생각, 상대 배려는 아예 가슴에 없지요. 세금 알바 사라지니 최악 고용쇼크 왔답니다. 3조 투입한 노인 일자리 끝나니 1월 취업이 98만 줄었답니다.

노블레스 오블리주는 앞에도 설명했듯이 이종찬 집안이지요. 전 재산 팔아 군사학교 세워 독립운동한 가문 말입니다. 윤 총장과 그 아들이 죽마고우라지요. 색깔이 같은 사람이 만나는 거지요. 우연이 아니지요. 이런 어려운 가운데 상금이니 장학금이니 부르는 각종 제도의 가진 자의 책무에 대해 한 번 더 생각해야 하지 않을까요. 그리고 청문회 무의미하니 없애시지요. 이번 청문회도 절도니, 밀수니 참 너절한 언어로 도배되네요. 지나가는 사람 지명해도 이보다 낫겠지요. 이번에 도자기 공부 많이 했지요. 야당 패싱이 29번째이면 있으나 마나한데 국력 낭비할 필요가 없지 않나요.

여당 서울시장 후보는, P시장 부인 손 편지에 울컥하며 감동했다는 그 양반은 P시장의 꿈을 발전시키는 데 최선 다하겠다고 합니다. 아부도 격이 있지요. 운동권이 그걸 알까요? 오직 편 가르기 선동이지요. 야당과 정의당은 잔인한 2차 가해라 하네요. 후보를 내지 말아야 할 당에서 당헌까지 고쳐가며 기어이 후보 낸 것도 모자라 이젠 서울시를 수치스럽게 만든 P시장과 끝까지 가서 발전시키겠다고? 뭘 발전시키실까요? 미투는 아닐 것이지요. 피해자 고통은 없고 후보선정에 어느 집단 표 구걸하시네요. 하기야 환경부장관 구속에도 청와대는 이 정부 블랙리스트 없다고 하니 민낯을 알지요. 그러면 살생부일까요.

이제는 선거 다가오자 위로금까지 꺼내십니다. 신년회견 때는 4차 지원 이르다 해놓고 이젠 코로나 벗어나면 전 국민 지급 한다고 합니다. 그 돈 누구 돈일까요. 결국 국민이 부담하지요. 그대들 돈이 아니지요. 선거용 돈맛 많이 보겠지요. 국민혈세로 어린아이 다루듯 희롱하지요.

거기에 대법원장도 사과문에 거짓 7가지나 발표하십니다. 판사들도 유체이탈 화법은 정치인이나 하는 줄 알았다하고 김뼁수니 김뻔수니 하고 놀리네요. 그리고 판사들은 대법원장이 입만 열면 거짓말이라 합니다. 하기사 장관은 재판 중이고 총장후보는 수사 받고 있고 차관은 기사폭행 피의자이고 중앙지검장은 기소 앞두고 있고 참 가관이네요. 음 그러니 법조계는 거짓말이 통하는 데군요. 그것도 대법원장님이 말이지요.

북한과의 관계는 서해상에서 북한군에 살해당해 시신 불태워진 공무원 아들이 미국 대통령에게 부친 죽음 진실 밝혀달라고 호소하는 편지 쓰네요. 가해자 있어도 누구 하나 사과나 책임지는 자가 없다고 합니다. 대통령은 직접 챙기겠다고 약속하고 기다려 달라 했지만 그것이 끝이랍니다. 이른바 인권변호사 출신 대통령 보유국 모습입니다. 그리고 이젠 북한의 안방이 된 귀순자들의 행동은 호국에 한심하기 짝이 없지요. 침투하시고 산책을 하십니다. 여행을 다니시네요. 유유자적 김삿갓이네요. 그리고 경계는 없지요. 이런 경계? 민간인으로 세우면 됩니다. 정신 나간 국방이지요. 군대 근무하신 분 기억하시지요. 작전실패-용서, 경계실패-?, 정신 차리세요. 어느 정부가 이렇게 만들었을까요. 평화도 철저히 준비한 국방 아래 이루어지지요. 내가 볼 때는 상당히 불안합니다.

국방은 '만약'의 1%에도 대비해야 합니다. 1%에도…, 북한 핵 한 발 떨어지면…. 그것이 국방입니다.

31. 코로나춤판

국가 관리시설에서 최악의 감염사태가 와서 동부구치소 재소자 30% 감염되어 정부 무능, 직무유기 드러내네요. 추풍장관은 자기 책임 언급 없고 사면대상자 발표에 나타납니다. 폼 잡는 일에 얼굴 내밀고 구치소 최악사태에는 "나는 몰라요"인가요. 최악의 방역 실패이고 변명 여지 없이 정부의 무능함 보여줍니다. 정부가 지금껏 자랑해온 K방역과 모순되는 일입니다. 코로나 확산 이후 최대 규모 감염입니다. 대통령은 백신 충분히 확보하였고 2월에 접종 시작이라 하며 방역에서 기적 같은 선방하고 있다고 이해 어려운 언어 나열하시네요. 발표하면 확진자 증가하니 안철수는 "대통령 저주"라고 흉보네요. 정은경은 계속 조율 중이라 말하고 불확실성이 상당수 있다 합니다. "버럭" 실장과 총리도 다른 말 합니다. 통일이 없고 4사람 다 다른 소리 내니까 헷갈리지요.

또한 대통령은 야당 동의 없이 26번째 장관 임명합니다. 이럴 거면 코로나 집합금지 차원에서 그냥 건너가는 청문회가 어떨까요. 노무현 대통령은 세 번을 야당 동의 없이 임명했습니다. 어떤 비교가 가능한지 개인이 판단하세요. 더불어 부동산 포함한 민생문제와 추윤갈등에 국민은 지쳐있지요. 올해 흔들었던 말잔치도 "소설을 쓰시네", "아파트가 빵이라면", "신내림 받았어요" 참 재미있습니다.

그리고 코로나로 가볼까요. 윤 총장 제거 노력 100분의 1만 했어도 구치소 비극 있었을까요. 구치소 수감자의 "살려주세요" 쪽지 보세요. 현재 법무장관의 오만한 어휘가 아니라 정말 생명 살려달라는 재소자 절규이지요. 재소자는 인권이 없나요. 또 다른 인권 문제 보면 대통령도 인권변호사였지요. 그런데 북한의 인권에는 참 관대하시지요. 미국에서 반대 소리 내고 청문회 한다 해도 김여정에는 관대함을 보이시는 것, 민초는 이해가 어렵네요. 새해 공군기 타고 국방점검은 좋은데 러시아와 중국이 우리 영해 침범해도 묵언이고 우리공무원 피살문제에 역시 묵언입니다.

코로나 홍보에 1,000분 1만 투입했어도 구치소 마스크 충분히 제공했겠지요. 실질방역에 얼마나 무게 두고 있을까요. 지나친 홍보와 선전은 신뢰 상실로 이어지지요. 추풍장관도 윤 총장과 대결만 신경 쓰지. 자기 책임인 교정시설 관리는 안중에도 없었지요. "예산상 어려웠다?" 1,000억 넘는 홍보비중 얼마면 될까요. 수감자는 우리 국민 아닌가요. 1% 해도 되었겠지요. 누구보다 "인권" 중시한다는 정부가 한 말입니다. 북한에는 우리가 확보 못한 백신 보내겠다는 위대한 장관도 있고 뭔가 나사가 빠져 있습니다. 자기 가족보다 북한동포 우선인 훌륭한 휴머니스트이지요. 그런 분인 줄 정말 몰랐습니다. 곧 "그대 없인 못 살아"가 "그대 때문에 못 살아"로 음양 파괴가 옵니다. 꼭 연애하는 것 같아요. 총칼 앞에 사랑이라 참 재미있네요. 지금 통일부가 어떤 일하고 있는가 참 궁금합니다.

또 한 양반은 감사원장 보고 집 지키라 했더니 주인행세 한다고 지르박 추네요. 누가 주인일까요. 청와대가 주인인가, 국민이 주인인가 말이지요. 오만한 착각이고 민초인 나는 도저히 이해가 안 갑니다. 국민이 주인인데 이런 일그러진 생각으로 비서실장 했다니 코가 막힙니다. 권력에 취하면 국민이 머슴으로 보이는 것 같지요. 이런 시각으로 보니 잠시 맡긴 권력에 취해 오락가락하지요. 그리고 거기에 젖어 유체이탈 화법 쓰지요. 진실은 절대 가릴 수가 없지요. P시장 사건도 법원은 성추행이 틀림없는 사실이라고 발표합니다.

그리고 미국의 트럼프 보세요. 탄핵소추안 통과되어도 도와줄 참모 하나 없지요. 고립무원의 트럼프를 편들어준 참모는 단 한 명도 없다 합니다. 이유가 무엇일까요. 소신과 원칙이 있는 상하 관계가 아니라 모래알의 줄서기 권력이니 떠나가지요. 지금 우리나라 해바라기 분들 잘 보세요. 진정 사랑한 남녀 사랑이 아니라 껍데기 보고 혹한 인스턴트 사랑과 같지요. 불륜처럼 가짜 궁합이지요. 이미 바그네 말로 때 공부하지 않았을까요. 한여름밤의 꿈을 깨야 합니다.

원전도 이젠 방송국 언론 플레이 선동 들어가네요. 그러나 한수원 노조위원장이 정쟁 삼지 말라고 일침 놓지요. 그리고 날씨에 따라 발전량이 들쭉날쭉한 태양광과 풍력으로는 전력수요 감당이 어렵다 합니다. 정부가 자신 있으면 공론화하자고 제안해야지요. 이런 정권이니 현 정권이 감사원 감사에 위기 느낀 것 같아요. 억지 부리는 느낌이네요. 자신 있으면 공론화하면 되지요. 깨끗하면 감사원 할애비가 와도 무엇이 문제일까요.

이처럼 운동권의 이 정부가 나라 안에서는 제왕이고 밖에 나가면 왕따와 웃음거리가 됩니다. 우물 안 개구리이지요. 실력보다는 선동이 우선하니 당연하지요. 그러니 구석기 시대로 돌아가 규제법이나 만들지요. 우리나라를 고립화시키지요. 한미관계도 한일관계도 마찬가지이지요. 이 정부의 4년 국정은 내강외약이지요. 세계 최강 미국이 북한 핵이 최대위협이라고 해도 백신 보내자, 쌀 보내자로 짝사랑 구애 보냅니다. SLBM 빼고는 모두 남한 타격용이라 합니다. 역사에 가정은 없지만 만약 북핵이 남한을 겨냥하면 결과 어떨까요. 안보에 만 가지 경우 가정해야지요. 끔찍하지요.

그것보다 중요한 것이 선거운동이지요. 규제법만 홍수처럼 쏟아내더니 이제 선거철 다가오니 규제혁신 외칩니다. 부끄럽지도 않으실까요. 이제 중도층 끌어안으려고 지르박 춤추네요. 진보조차 등 돌리고 있는걸 아직도 모르시네요. 택도 없지요. 재해법 통과로 기업과 경제 단체 마음 물 건너갔지요. 불륜 맺어놓고 용서하라네요. 누가 기업경영 하겠어요. 그대 같으면 하겠어요? 그렇게 규제하니 K팝스쿨도 한국에서는 규제 때문에 못 열고 SM은 미국에 법인 설립 추진하네요. 운동권이 무슨 경제 알겠어요. 선동의 포퓰리스트일 뿐이지요. 현 정권도 기세등등하게 출발하였지만 허둥지둥하며 5년을 돌고 돌지요. 그리고 임기가 끝나갈 때 철문이 내려오는 혼란경제 쥐덫구조이지요. 전직 대통령이 미래가 되면 안 되겠지요. 그런데 빚은 엄청나게 증가하였네요. 앞 두 정부 합친 것보다 훨씬 많다네요. 청와대에는 "오늘 발자국 뒷날 이정표 되리라"는 백범 선생의 글씨가 걸려있다고 합니다. 뜻 알까요.

엘리트 공무원은 우리 국민의 중요한 자산이지요. 그런데 밤중에 007처럼 위조나 하고 범죄의 하수인 만들면 안 되지요. "집 지키라 했더니 주인 행세" 한다고 한 썬그라스 양반, 그 비뚤어진 사고가 바로 이 정권 얘기 아닌가요. 착각 마세요. 주인은 국민이지요. 그런 오만함으로 이 정권 권부에 있었나요. 행정을 맡긴 것에 불과하지요. 그대들은 국민 집에 5년 전세 사는 것 아닌가요. 그런 오만한 생각하니 "버럭" 비서실장도 나오고 "내 명을 거역하고" 장관도 나오고 "살려주세요" 해 보라는 양반도 나오고 격투기 선수도 등장하지요. 기억하세요. 국민 60%가 현 대통령을 찍지 않았어요. 국가 중요한 일 앞에는 징후가 있지요. 내년 대선 다가오기 전에 세밀히 보세요. 그리고 '징후'가 뭔지 연구하세요. 내가 볼 때는 총선 압승이 독약 아닐까요. 보수적인 나의 견해입니다. 나만 옳다는 것 아니지요. 표현의 자유를 누리는 것이지요. 하나하나 줄기 따라가니 문제점이 고구마처럼 나오지요.

대나무는 4년동안 뿌리내리고 5년째 죽순을 밖으로 내지요. 그만큼 뿌리와 기초가 튼튼할 때 자신을 드러낸다는 거지요. 그런 과정 없이 질주하니 빠르게 정의와 진실이 이제 드러납니다. 김학의 불법출금도 이○○이 막았다고 하고 그 당시 서기관 나으리도 수사하면 검찰이 다친다고 협박했다네요. 위에 누가 있었을까요. 또한 실업자로 그냥 쉬는 사람이 이 정부 3년 새 70만 명이나 늘고 대통령이 공급확대 강조에도 집값은 뛰어오르고 난리지르박 추어도 정신 못 차리지요. 내려놓을 줄 모르지요. 하심(下心)은 아예 없지요. 그러니 정권 수사 막힐 때마다 방탄검사 이○○이 있었지요. 울산선거, 채널A 사건, 옵티머스…. 내부 반발 초래한 정권수사 뭉개지요. 수타면 뽑기 전 밀가루 뭉개지요. 그러니 윤 총장처가 사건이나 나경원 자녀 의혹은 무리수 두다 실패로 가지요. 코드수사의 당연한 결과이지요. 부끄러워 어떻게 살아갈까요. 정권 바뀌면 그의 미래가 어떨까요? 대단합니다.

추풍장관도 "정치는 모든 걸 던지는 사람이 이기는 게임"임을 새기세요. 지금 야당 서울시장도 마찬가지이지요. 정책대결은 없고 선동이 주특기이니 네거티브만 난무하고 생떼탕 개업하여 병살타 요리 전문인 떠중이 주방장까지 영입하니 도저히 시민들이 드실 수가 없지요. 거기에 더하여 코로나로 국민 위로해야 할 양반들이 국민은 안중에 없고 어중이떠중이는 세월호 고의침몰설 주장하더니 영화 제작까지 하며 돈 버셨다는군요. 코털에 마이다스 능력이 숨어 있나요. 대단한 능력이네요. 순수한 우리 영혼들이 그냥 둘까요. 반드시 메아리가 되어 돌아옵니다. '업' 짓고 무사할 리가 없지요.

코로나보다 더 무서운 것이 먹고사는 것인데 자영업자들이 죽느냐 사느냐 하는데 시민 돈으로 1회 출연료 200만 원 받으시는 그 양반은 싸가지 싼다가지 전혀 없지요. 주디만 살아있지요. 그리고 코로나 문제로 총리가 기재부를 개혁저항 세력이라고 난리치지요. 대선이 아무리 급해도 해서는 안 될 말이 있지요. 원전 수사 때 파일삭제 부서 찾아가 하던 쇼 역시 그랬던가요. 경기지사에게는 "단세포적인 논쟁 중단하자" 하시고 기재부에게는 화내네요.

자, 이제 선거 앞두고 코로나 돈풀기 3법이 등장합니다. 지난 선거에 재미 많이 보았지요. 지난 4월 총선과 붕어빵이라네요. 이런 기회 놓칠 분들 아니지요. 뒤에 나라가 어찌되든 알 바 없지요. 올해 내년 각각 100조씩 적자국채 발행하여 매년 재정악화길로 갑니다. 전문가들은 국가부채 급증하여 우리가 감당하기 어렵다 해도 소용없지요. 철저히 방역을 정권에 이용합니다.

뿐만 아니라 공익신고자 보호 내세웠던 이 정부가 최근에는 우리 편 신고하면 나쁜 인간 취급합니다. 법이 아니라 힘으로 하시겠다네요. 과거에는 공익신고자는 의인이었지요. 그러니 대구에서 그 험지에서 당선된 민주당 기초의원이 당을 떠나네요. 민주당이 집권한뒤 가족 간에도 정치성향 안 맞으면 싸우는 대깨문 세상이 되어가기에 그렇다네요. 극단적인 편 가르기로 결집하는 집단이라 합니다. 그리고 상대방 말 경청은 아예 없다고 하소연합니다. 그러니 "대가리 깨져도"라는 고상한(?) 언어 쓰지요.

또 공정은 실종되었다는 것도 강조하네요. 월성 원자력 폐쇄주도는 청와대 에너지 TF가 주도했다고 합니다. 사회수석이 팀장이고 산업부 원전과장에 긴급지시 했다고 하고 검찰은 지시전한 전 행정관 조사했다고 합니다. 정부에서는 깨끗하게 밝히면 됩니다. 그렇게 자신 없으신가요. 그러면 촛불은 왜 들었나요. 롬멜 정무수석은 원전문제의 명운을 야당보고 걸라하는 횡설수설 발언합니다. 윗선 지시 없이 산업부가 할 일, 안 할 일 있지 않나요. 사회수석의 "탈원전"기획 주도 의혹 있는데 청와대와 여당은 산업부 공무원이 독자적으로 아이디어 차원에서 만든 문건이라 합니다.

그런데 민초가 가장 아쉬운 부분은 50년 피나게 노력하여 얻은 세계 최고 수준의 우리 원전이 이 정부 5년에 침몰하는 과정이 무엇 때문인가입니다. 이 부분은 감정문제가 아니고 민초 나 생각으로는 도저히 풀 수 없는, 이해할 수 없는 부분입니다. 환경운동가들이 할일을 정권에서 선을 넘어 하는 것으로 나는 보이네요. 내가 모자라는 사람인 것 같아요. 정부도 설명이 없지요.

이런 상황에 중국공산당 축하말을 하여 미국과 불협화음 소리내고 여당은 야당이 공약하는 부산의 한일 해저터널은 친일이라고 탱고춤을 추네요. 그러면 노 대통령도 DJ도 친일이지요. 그 두 사람부터 친일인지 아닌지, 그 부분부터 밝혀야지요. 어떻게 일본 이용할 극일은 없고 반일·친일 선동 요란하지요.

대법원장 거짓말도 혼란스럽네요. 거짓말 가리는 법조계 수장의 거짓말에 전 변협회장 법대교수 2,000명이 "거짓말 김○○ 사퇴하라" 발언에도 마이동풍과 마이웨이이지요. 며느리의 공관파티나 손자 놀이기구에 국민혈세 쓰는 뻔뻔함도 보이네요. 여생 부끄러 버라! 야당은 대법원장까지 대통령에 머리 조아린다 하고 여당은 지금이 조선왕조시대냐 합니다.

변협은 사법부 독립은커녕 권력 앞에 스스로 누워버렸다 합니다. 내 고향 남강 들판에 바람 불면 누워버리는 갈대 같네요. 그 옆에 대나무도 있지요. 흔들리지만 누워버리지는 않지요. 드물게 꺾이기는 하지요. 대나무는 심은 뒤 5년 후 죽순 나와 숲 이룬다 하는데 5년 동안 뿌리 단단히 뻗는 작업하고 그 기간 동안 죽순 드러내지 않지요. 그러나 풀은 한해살이입니다. 대나무와 갈대를 비유해 보면 지도자 중 국민 속인 사람을 대법부 수장이라 할 수 있는지 궁금합니다.

빌 게이츠가 《조선일보》와 인터뷰에서 이 정부가 추구하는 탄소제로 하려면 원전이 필요하다 합니다. 원전만큼 효율적이고 친환경적인 전력 생산방법 없다고 말합니다. 지금이라도 궤도수정 안 될까요. 물론 어리석은 민초 생각입니다. 탄소 줄이지 않으면 당연히 기후재앙 오지요. 그리고 우리나라는 지형 불리해 태양광, 풍력발전 어렵답니다. 원전은 밤이고 낮이고 계절에 구애받지 않고 생산하지요. 그리고 더 이상 원전보다 안전하고 적은 비용으로 전기생산은 없다 합니다. 다음 정부에 100% 원전이 과거로 회귀하고 많은 양반들이 고초 겪을 것입니다. 반드시 그렇게 됩니다.

그리고 중앙지검장은 전격소환 통보에도 불응한답니다. 대단한 끗발이지요. 직언하러 들어간 신 수석은 사퇴하고 뭔가 냄새나네요. 이 정부 첫 검찰 출신 민정수석이자 노무현 정부 때 비서관 지냈답니다. 대통령과 소주잔 기울이는 몇 안 되는 참모랍니다. 여기에 울산시장 선거개입 의혹 청와대 상황실장도 사의 표하는군요. 레임덕 현상 혹시 아닌가요. 이런저런 방탄 역할 한 양반들이 줄줄이 승진하시네요. 부끄럽지 않을까요. 동료들에게 말이지요. 내 생각으로는 부끄러워 그 자리 있기가 미안할 것 같은데 참 얼굴 두껍네요.

기사 폭행한 법무차관은 높은 열나서 국회 못 가신답니다. 얼굴에 열이 많이 나시겠지요. 싸가지와 싼다가지 있는 분이네요. 또한 성추행 부산선거에 가덕도 공항 적극 지원한다고 대통령과 장관, 여당 대표가 총출동합니다. 여당 내에서도 하천법도 이렇게 졸속처리 안 한다 말합니다. 눈과 귀가 멀어서 들리지도, 보이지도 않지요. 이승만 정권, 박통 정권 말기 보시지요. 참고하세요. 노골적인 선거 개입으로 탄핵사유에 해당한다고 하는데 마이동풍이지요. 지위 높다고 대단하고 특별한 사람 아니지요. 권력에 취하면 앞이 더 안 보이지요. 그러니 유체이탈 화법 등장하지요. 막장 선거운동이지요.

공무원들 정치적 중립이 법으로 규정되어 있어도 검사는 애교 부리지요. 이런 강아지판이니 승진하지요. 대단한 애교이지요. 그러나 그 끝은 어떨까요? 그리고 5년 전 결정한 김해 신공항 안은 아직 폐기되지도 않았고 가덕도 특별법 통과되지 않았는데 표 달라고 쇼하네요. 염불도 안하고 잿밥 드실려고 하네요. 그러니 체하여 선거 폭삭 망하지요. 도지사 시장 장관 총출동하여 말이지요. 부끄러움은 없지요.

이번 선거는 민주당 성추행으로 생긴 선거이고 비용만 800억 들어간다 합니다. 냉철하게 돌아보세요. 내 생각 틀릴 수 있지요. 그러나 여야가 '정도 가는 것'이 음양배합이지요. 죽기 살기로 내가 옳다 없지요. 반드시 선거결과로 증명되지요. 반드시… 오차 없지요.

32. 에나! 싼다가지 없네요

진짜 염치없다는 진주방언의 뜻입니다. 책임 회피한 P시장 명예만 소중하지요. 피해자는 죽어가도요. 2차 가해 막아달라고 피해자 측에서 두 번 요청하여도 여성부는 무시하지요. 여성부가 무엇 하는 곳일까요. 성인지 감수성 집단 학습을 교육하는 곳이지요. 사퇴권유 받은 남○○은 묵언수행가이지요. 여성운동계의 대모라 불린다네요. 포장된 하회탈은 그렇겠지요. 윤 의원과 같이 지킬 앤 하이드지요. 그러니 이번 서울시장 선거에도 지원나왔다가 퇴출되지요. 하기사 페미니스트라고 포장된 그 양반과 비슷하지요.

피해자 부친은 여성운동가 3명이 적극적으로 가해자 편든다고 합니다. 모친은 죽겠다는 딸 달래 놓으면 꽃뱀언어로 또 공격한답니다. 애교 검사로 서울로 영전한 여검사는 꽃뱀은 왜 발생하고 수틀리면 표변하는가 글도 올리네요. 재판에 '사주' 분석하는 분이니까 우리 명리학계에서 초청해야지요. '탐재괴인' 과목으로요. 그러나 피해자가 꽃뱀이면요, P시장 자살 안 하지요. 검사이면 샤프하지 않나요. 그런 시각 가지고 1g도 오차나면 안 될 저울추 검사

일 할까요.

거기에 친문 성향 단체들은 박 시장 성추행 사실 인정한 재판부 공격하네요. 제 식구만 감싸는 내로남불의 극치입니다. 수치와 부끄러움이 아예 없지요. 어중이떠중이의 세월호 고의 침몰설도 그에 못지않지요. 이번 김경수 구속도 혁혁한(?) 공을 세우시고 재판부에 ○○새끼들 표현 쓰네요. 그러면 재판부 임명한 대통령은 무엇일까요? 수준 있는 발언하세요. 내가 정신나간건지 그 양반들이 빙의접신된 건지 헷갈립니다. 세월호 고의침몰설은 불가능한 일이라고 특수단은 말하지요. 선동이지요. 그리고 끔찍한 편 가르기이지요.

또 한 사람 인턴확인서 위조한 C의원도 이젠 추락할 일만 남았네요. "개가 짖어도 기차는 달린다"라고 했는데 그 개가 누가 될지 얼마 남지 않았지요. 이번에 당선 무효인 벌금 300만 원 선고 받으시네요. 자숙하세요. 또한 조용한 날 없는 광복회의 최재형 후손들은 광복회 최재형상 인정 못한다고 발표합니다. 최근 광복회가 추풍낙엽장관에게 이 상을 시상하자 김원웅 광복회장이 정치적 사리사욕으로 최 선생을 이용하고 있다고 반발합니다. 더구나 김 회장은 사업회에 친일청산 반대세력이 있는 것 아닌가 의구심이 든다고 말했다네요.

본인의 잘못 못 보고 독립운동가문 모욕합니다. 자기의 현란한 카멜레온 색깔 바꾸기는 모르는 이기주의자이지요. 독립운동가와 그 후손을 모욕하고 여당만 줄기차게 따라다니는 그 양반이 추풍장관에게 독립운동가 상을 주신다? 경악할 일이지요. 수단방법 가리지 않고 윤 총장 찍어내기에 올인하다가 재소자들을 코로나 구렁텅이로 내몬 양반을 조국 독립 위해 전 재산과 목숨 바친 상을 주시었다고요. 상 받은 사람 모두 민주당 소속 정치인이지요. 현충원의 친일파 무덤 파묘, 애국가 부정, 백선엽 장군 친일파 치부 등으로 국민을 분열시키고 편 가르기 하는 것이 광복회장 일이지요. 광복회 정관에 금지된 정치활동하는 이 양반은 광복회 이끌 자격 없으니 하루빨리 사퇴하세요. 목숨 바친 선열들의 고귀한 정신을 정치로 이용하는 고약한 버릇 고치고 물러나세요.

이제는 부모의 독립운동 의혹까지 제기 됩니다. 그리고 장관후보자 황희 정승은 한 달 생활비가 60만 원이라 합니다. 선조 청백리 닮아서 상당히 깨끗하시군요. 추풍장관 아들 병역 관련에 수준 높은 발언 하더니만 역시 고매하신 인격자이네요. 그런 인격자를 그냥 두나요. 장관으로 입각하시네요. 한 치 오차 없지요. 그보다 한 수 위는 법무부 수장님이시지요. 대법원을 쇠사슬로 묶어 차단하고 뒤에 숨네요. 거기다가 국민 세금으로 며느리 수임파티도 관사에서 여시네요. 법복이 추리닝으로 보이네요. 삼권분립이 안 된 것은 국회의장 행동 보고도 알지만 이 양반은 전임 양○○와 무엇이 다른지 궁금합니다. 이번 판사탄핵의 국회 찬성 보면 전체주의 국가에서 손짓 하나로 통과되는 것과 다를 것 없지요.

국회의원은 다양한 소리와 의견이 나와야지요. 음과 양이 없으면 죽음이지요. 그것이 조화와 균형이 없을 때는 파멸이지요. 따라서 로봇 투표는 의미가 없지요. 또 재미있는 것은 국토부장관이 택시 기본요금 질문에 1,200원이라 답해 국회를 코미디쇼 경연장 만드네요. 국토부장관이 관장하는 대중교통 요금도 모르고 어떻게 정책 수행할까요. 또한 총리는 새벽에 파일 지운 원전 찾아가 산업부를 응원하더니 백 장관 영장에 의아스럽기 짝이 없다 합니다. 민간기업에도 있었고 온화한 이미지가 좋았는데 권력이 사람을 병들게 하는 것 같군요. 그러니 대권후보 선호도에서 보일까 말까 하지요.

그리고 장관후보자 황희 이야기 있었는데 "외고 폐지" 주장하며 제 자식은 외고 보내고 그래도 당당한 장관후보는 1년 수업료만 4,000만 원 넘는 외고랍니다. 생활비는 한 달에 60만 원이고요. 선조 그 정승 분 못지않은 청백리지요. 명절에 고기 선물 오니 된다 합니다. 1년 먹을 고기는 명절에 다 들어오네요. 음, 국회의원 되면 냉장고도 몇십 평 되니 1년 자시군요. 그리고 국회 본회의 열리던 때에는 병가내고 가족과 스페인 여행 다녀오셨는데 불출석 8번 가운데 5번이 해외출장이랍니다. 윤리위반이지요. 세비 받는 양반이 최소한 공인의식 없지요. 직업이 여행가이시지요. 국민혈세로 참 잘 하십니다. 거기다 장관 하시겠다고요. 청백리 황희 정승이 무덤에서 일어나실 것 같네요.

드디어 장관 임명하네요. 내 예감으로는 이번 시장선거 후 이 정권의 끝없는 추락이 보이네요. '징후'이지요. 다음 대선 결과가 어떨지 신호 보내지요. 기초공사 과정이 이러면 민심 어디로 갈까요. 카멜레온 교수님도 외고 출신 딸 있는데 외고 출신은 대학에서 어학 전공해야 한다 해놓고 이공계 거쳐 보통 사람 상상하기 어려운 방식으로 서류 조작하여 의전원까지 보내시니 참 훌륭한 엄빠찬스 쓰지요. 반성은커녕 인턴과정까지 밀어붙이지요. 용 되려 하지 말고 가재붕어로 살라고 가르치시네요. 우리나라 고위 공직자가 되려면 거짓말을 잘해야 하지요.

내로남불도 기본이지요. 이 나라 법조계 최고수장도 거짓말쟁이 아닌가요. 법은 거짓말 가려내는 일인데 이율배반이자 코미디이지요. 왜 코미딜까요. 법복 입고 근엄하게 거짓말 연기하니 배꼽이 웃을 수밖에 없지요. 물론 깨끗한 법관이 훨씬 많지요. 윤총장이나 꾹교수 부인사건이나 정의로운 법관이 더 많지만 미리미리(?) 뭉개고 뭉개는 몇몇 분들 있지요. 그리고 이제는 망자가 묻힌 국립묘지에 오물 붓고 조화 태우고 난리지르박 춥니다. 친여단체 회원들이 유공자 봉분과 묘비에 가축 배설물 뿌립니다. 아마 그 사람들 선조는 독립투사였겠지요. 그래도 국가의 성역에 묘지 밟고 욕 퍼붓는 건 비상식적 행위 아닐까요. 모두 국립묘지 안치 요건 갖춘 분 아닌가요. 이해하기 어렵네요.

그리고 과거 환경단체들이 요란한 소리 내더니만 이 정부 들어 잠잠한 이유를 전 환경부장관 구속으로 감이 오네요. 자기들이 하면 체크리스트, 남이 하면 블랙리스트이지요. 내로남불 끝판이지요. "우리가 남이가" 나이트클럽 개설했네요. 쫓아내고 그 자리에 누구 앉힐까요. 그러니 환경단체 소리 날 리가 있나요. 여성단체도 마찬가지이지요. 벼룩도 체면이 있으니 이번 '쥴리' 벽화에 점 잖은 발표하네요. 오죽하면 법원이 산하기관에 이처럼 대대적 사 표받는 것 못 봤다 할까요.

공공기관 낙하산 인원이 466명이랍니다. 정치권에서는 정권말 폭탄 될 수도 있답니다. 혹시 그중에 "대깨문"은 안 계시지요. 그런 데 그 체크리스트가 원인이 되어 장관이 징역행이니 판사분들 중 대부분은 깨어있는 분들이지요. 그리고 가짜 뉴스 퍼뜨린 분들이 이번에는 비판언론 징벌하겠다는 적반하장의 모범을 보이시네요. 제발 징벌하세요. 자꾸만 새로운 춤을 선보입니다.

잘 익은 생선을 드시라고 맡긴 LH 직원 땅 투기 의혹과 부산 O 시장 가족의 가덕도 로또는 분노 일게 만들지요. 다음 대선 '징후' 이지요. 지금 맑지 않은데 가능성 있겠습니까. 기초공사가 부실한 데 건물 올라갈까요. 공정(?)한 이 정부의 행태 보시지요. 서민 위 한다는 LH에 배신감 크지요. 장관 임명 때도 요란하더니 결국 LH 사장 출신이네요. "오거돈 공항" 개발이익은 오 일가가 가지고 신도시 이익은 LH 직원들이 가져가네요.

가히 환상적 궁합이지요. 지금 잠깐은 찹쌀궁합, 본드궁합이네 요. 구린내와 악취의 궁합이지요. 내년 대선 훌륭하게 준비하시네 요. LH 투기 공사라….

33. 미투의 내로남불

진보와 인권 외친 그들의 두 얼굴이 참으로 가련하네요. 야누스이자 지킬 앤 하이드이지요. 페미니스트는 무얼까요. 하회탈이지요. 이제 도덕성 논할 가치조차 없지요. 민주당은 정의당 대표 미투사건에 경악할 일이라고 그 특유의 내로남불 여지없이 보여주지요. 싼다가지는 없지요. 나의 잘못은 티끌이요, 그대는 바위지요. 남은 혹독하게 비판하고 자기통제에는 느슨한 민낯이 그대로 드러납니다. 선동과 내로남불이 주특기이지요. 여성운동가로 포장한 위선자 그 의원도 사퇴해야지요. 인권위도 P시장의 말과 행동은 성희롱으로 결론 내네요.

페미니즘 앞세운 정의당의 추락은 P시장 못지않게 충격이지요. 그래도 민주당보다는 몇 수 위 처신이네요. 비교해 보세요. 바로 사과하고 물러나네요. 좀 배우시지요. 그대들 스승(?)이네요. 지하에서 노회찬은 어떻게 볼까요. 본인 마지막 비서실장의 일그러진 행위 말입니다. 진보의 이런 오염된 시각은 P시장을 맑은 분이라 하고 "님의 뜻 기억하겠습니다." 플랜카드를 서울시에 거시네요. 제발 '미투'의 고귀한 뜻은 아니겠지요. 흠 없는 사람이 있나요. 그 위치에서 지킬 앤 하이드의 짐승 행태가 문제지요. 그런 양반이 1,000만 시민의 시장이니까 문제지요. 성추행 가해자 중 P시장처럼 좋은 대우 받은 사람이 있을까요. 짐승이 한 일을 기억하겠다는 행위 하네요. 그러니 P시장의 피해자를 "살인자로 고발" 하신다는 고고한 인격집단의 단체도 등장합니다. 흑백이 바뀌고 있지요.

우리 민주당이 부끄럽고 참담하다는 양심 가진 의원도 있네요. 그러나 그런 훌륭한 분들이 손꼽을 정도니까 문제지요. 바람 부는 대로 흘러가는 물결의 낙엽들이 무슨 소신 있나요. 특정집단에 막혀 벙어리가 된 초선 의원분들 사퇴하시고 성찰하세요. 부끄럽지 않나요. 국민 피땀 드시면 밥값하세요. 국회의원을 로봇하라고 혈세 주는 것 아니지요. 그리고 P시장 피해자 공격이 도 넘는 상황이고 반성과 성찰의 태도로 가야 한다고 말합니다.

P시장 측근인 남○○은 6개월 뭉개다가 페북사과하십니다. 여성운동가란 탈 쓰고 지내온 것 어떤가요. 남편은 환경부 산하 공무원이시군요. 여기에 서울시장 남성 후보도 P시장 부인이 발표한 성명에 동조하고 춤을 춥니다. 여성단체서 항의하지요. 그렇게 정신 못 차리실까요. 가만히 있으면 안 될까요. 피해자 입장은 전혀 고려함 없고 오로지 시장되기 위해 한 표가 필요하지요. 선동 주특기인 운동권 출신이네요. 하기사 P시장도 페미니스트탈 쓰고 한 표 구걸했으니 어디 갈 리 있나요. 그리고 P시장 미망인도 지금 발표할 시간가요. 부창부수네요. 그러니 배우자 감옥 있고 딸 문제로 시끄러운 그 교수와 똑같네요. 줄기차게 글 올리시네요. 좋았

던 시절 그 시절인 양 착각하고 있네요. 꿈꾸듯 낙동강 오리알 만지고 계시네요. 부끄러운 줄 아셔야지요. 싼다가지가 없지요.

또 보궐선거 하는데 많은 공 세운 성추행 선거 만드신 장본인 부산의 O시장님 일가는 "가덕도로또"를 부동산으로 잡으셨다네요. 서울의 LH공사 직원들의 부동산 투기와 때를 같이 합니다. 잘 익은 생선을 상까지 차려서 드시네요. O시장은 수천 평에 달하는 땅을 일가족이 운영하는 회사에서 가덕도 부근에 매입하였네요. 성추행으로 만든 선거 장본인이 가덕도 신공항 특별법 수혜자가 되는 것이지요. 그것도 노른자위 땅이랍니다. LH 도둑님들도 똑같지요. 신도시에 100억 땅 투기 의혹 받는 양반들이 현 국토부장관 시절 일 저지르셨네요. 사실이면 이 정부의 정책관리 허점이 드러난 대규모 투기 사건이 되겠지요.

O시장은 가덕도 땅으로 '로또' 조짐 보이네요. 누구를 위하여 종은 울릴까요. 그리고 주택공사 직원들 선매입도 썩은 냄새 진동합니다. 서민들 집 장만에 힘 빠지게 하는 이런 사람 처단할 생각하세요. LH직원 중 땅 산 직원 상당수가 보상담당이시랍니다. 10건 중 9건이 현 국토부장관의 사장 재직 때 매입하셨네요. 장관 출발부터 요란하더니만 관리 부실의 본래 얼굴 나오네요. 화장 안 한 그대로 말이지요. 민낯이지요. 보상과 직원이니 보상은 프로지요. O시장과 부동산 '미투'이지요. 앞서거니 뒤서거니 불륜 비벼댑니다.

음양 부조화 엇박자이니 반드시 파멸하지요. 그리고 자기 때문에 선거하는 가덕도 공항에 숟가락 놓고 있네요. 천리안이네요. 그래야 돈 벌지요. 훌륭한 혜안입니다. 마이더스 숟가락입니다. 훌륭해요! 부동산 펀드에서 초청해야 할 귀한 분입니다!

34. 사랑하는 나의 딸 너무 춥구나!

　백악관 참모는 새벽에도 대통령을 깨운답니다. 오후 6시 반 첫 보고 때 적극 대응했으면 막을 수 있었다네요. 새벽 1시 청와대 긴급회의에 대통령은 참석하지 않고요. 그 다음날 8시 30분에 죽음을 보고합니다. 국민이 차디찬 바다에서 생사를 오갈 때 최고 지도자는 잠을 잔 것이지요. 노력한 것과 잠잔 것은 하늘과 땅 차이지요. 오죽하면 피살 공무원 아들이 대통령은 무얼 했냐고 묻습니다.

　국방부 첫 발표는 "사살하고 불태웠다"였는데 시간이 지날수록 색깔이 바뀌어 이제는 탈북으로 몰고 갑니다. 앵무새 담화발표는 "엄중히 경고한다"입니다. 말없이 물 내려보내 수해 피해 극심해도 같은 말을 합창합니다. 그 사실 알고도 유엔 종전선언을 진행합니다. 기름까지 부어서 시신 행방 모르게 하였지요. 그 뒤가 가관입니다. 이제는 수색쇼를 하여 우리 장병들 힘들게 합니다.

　추방부에서 북방부로, 군인 냄새는 전혀 나지 않지요. 첫 보고 받고 조치 안 하고 3시간 뒤 북은 우리 국민 사살하였고 안보실장에게 NSC회의 맡기고 아카펠라 공연관람 하시네요. 바그네 세월호 7시간 행동 두고 그때 야당은 어떤 행동했을까요. 벌떼처럼 일어나고 심지어 불륜까지 언급하는 정신 나간 사람도 있었지요. 선동기회는 놓치는 법이 없지요. 국내 정치적 사안은 엄정대처 강조하지요. 우리 사회를 또 다시 위험에 처하게 하면 용서치 않을 것이라며 우리 국민에게 강경 메시지 보내고 북방부는 북한에게는 그렇게까지 할 줄 몰랐다고 달나라 황당 변명이나 지껄입니다. 꼭 연인 사이에 새로운 애인이 생겨 고무신 거꾸로 신은 사람에 대한 감정식으로 대합니다. 그리고 물 방류 때에도 연락사무소 폭파 때에도 뻐꾸기 소리만 리바이벌입니다. "유감"과 "엄중경고", 두 단어지요.

월북할 이유가 없다는 형은 무슨 근거로 동생이 월북했는지 상세히 밝혀야 한다고 말합니다. 상식적으로 빚이 있다고 아들딸 남기고 월북할 사람 있을까요. 그것도 안정적인 공무원 신분이 말입니다. 그리고 박왕자 피격사건에도 우발적이라는 북은 끝내 사과 없지요. 야당은 통수권자 자격 없다 하고 그 이유는 보고받은 직후에도 평화를 이야기했다는 것입니다. 우리가 북에 형님처럼 도움 주는 것 반대할 국민 없습니다. 동포가 굶주리는데 왜 못 도와줍니까. 그런데 하는 행위를 보세요. 그리고 우발적으로 급히 쏘아죽인 것도 아니고 6시간 동안 보고하고 지켜보다가 총살시킨 상황을 보면 반드시 응징해야 합니다. 그리고 6시간 동안 대통령 행적도 공개해야 합니다.

코로나 최초 사망자 나올 때는 짜파구리 파티이고 이번엔 공연

관람입니다. 적대관계인 중동도 살해 후 화장하지 않고 극악한 테러리스트도 시신은 돌려준답니다. 그리고 내가 알기로는 오사마 빈 라덴도 총살 후 인도양 바다에 수장시킨 것으로 기억합니다. 항상 북한에는 "엄중경고"만 뻐꾹뻐꾹합니다.

대비되는 참군인 김관진은 적폐수사로 재판 중이라지요. 김관진이 그렇네요. 북도 겁낸 군인이 참군인이지, 소신 없이 할 말 못하는 정치군인들이 무슨 군인인가요. 무인이 문관 같아요. 그러니 군 기강이 강아지 놀이터이지요. 급식 부정, 성추행…. 꼿꼿한 김장수도 마찬가지입니다. 김정일한테 고개 숙이지 않는 그 자세 보았지요.

북이 사람을 짐승처럼 쓰레기처럼 소각해도 하루를 속인 이 나라에 대통령과 군이 있습니까. 유엔에 연락해 종전선언 취소나 순서 바꿀 수 없었을까 궁금합니다. 월북이라 해도 사람을 짐승 잡듯이 죽이고 소각할 수 있나요. 한 민족, 한 핏줄을요. 군인들은 허수아비가 아니지요.

김관진은 바로 총격 가하라고 했지요. 몇십 배 화력 집중하라고 말입니다. 그런데 "미안" 한마디에 반색하고 나서는 어처구니없는 양반들입니다. 사람을 살인하고 불태워도 "미안" 하면 옛날 왕이 말하듯 갑읍하는 신하입니다. 친서라인 가동하고도 국민 구하는 데에는 쓰지 않았지요. "미안" 한마디가 대북성과라 합니다. 북이 가진 이중 플레이가 내로남불이고 살인 정당화하는 궤변이 누구와 닮았을까요. 불리하면 유감표명으로 넘어갑니다. 한마디로 내 잘못은 없지요. 소설을 쓰시네요. 초기에는 피격 후 화장이라 하던 북방부가 이젠 자진월북이라고 하고 북은 불법 침입자라 하는데 사망자 친형은 자진월북이 잠꼬대라고 항변합니다. 북과 비공식라인 멀쩡해도 활용 생각 못한 청와대와 군은 무슨 생각일까요.

최초 보고 후 10시간에 대해 청와대는 침묵하고 있지요. 세월호 7시간을 3년이 지나도 곰탕으로 우려먹고 지금도 너절하게 가슴팍에 리본 달고 정치에 이용하는 그것과 무엇이 다른지 설명해 보십시오. 운도 좋아요 병균바이러스 코로나가 천국이지요. 아니면 광화문이 시끄러울 건데 말입니다. 그런데 그 달콤함이 반드시 독약 되어 돌아옵니다. 6시간 동안 차디찬 바닷물에 살아 보려고 얼마나 힘들었을까요. 아직 어린 딸 생각에 눈감기 힘들었을 겁니다. 막을 수 있었던 청와대는 공연 관람까지 하고 국군의 날에도 평화 외치시네요. 북한이 우리 국민을 무참히 살해한 후 대통령은 오리무중입니다.

바그네 세월호 7시간 두고두고 맹물까지 우려먹던 이 정권입니다. 그것도 모자라 사참위 연기하여 국가 세금 축내고 있지요. 감사원에서 경비 감사해야 합니다. 천안함 유족과도 대비해야지요. 그리고 국방부가 엄마찬스 아들 구하는 노력 반만 해도 막을 수 있지 않았을까요. 국민이 죽어가는 데 잠을 못 깨우실까 대통령은 친서에서 코로나 사태에 비추어 "생명 존중에 경의 표한다" 했습니다. 고모부 살육과 형을 죽이고 천안함과 연평도에 포격 가하는 살인자에게 한 말씀이지요.

촉새는 계몽군주라 칭송하십니다. 소인은 고급언어 의미를 전혀 모르겠네요. 김해 계신 형님이나 잘 모시어요. 여당 대표는 휘발유 불태운 시신을 화장이라고 하십니다. 그쪽 지방은 기름에 태운 시신을 화장이라고 하는 모양입니다. 그리고 장군님 한마디에 온갖 벌레들이 머리 내밀어 인사합니다. 그러니 선거특보 지낸 양반들이 이번에 '간첩'으로 등장하지요. 주적이 누군지 혼란스럽네요. 사과 이틀 만에 북은 영해 침범 말라고 엄중경고하네요. 시신 수색을 쇼로 본다는 건가요. 운도 좋네요. 개천절에 수백만 명 모일 건데 차량시위도 면허정지라 합니다.

그런데 반풍수가 볼 때 왠지 예감이 좋지 않습니다. 꼭 무슨 일이 터질 듯한 불안감이 밀려옵니다. 소각을 화장이라고 가리고 이 상황에도 엄마찬스 아들은 보좌관과 함께 구렁이가 되어 병역의 혹 담을 넘어갑니다. 기막힌 타이밍이네요. 훌륭합니다. 대통령 복심이라는 양반은 그 시간에 보고해 봐야 취할 수 있는 것은 제한적이라 하네요. 국민이 무참히 살육되어도 제한적이다? 미국의 트럼프도 김학송 선교사 풀려날 때 새벽 3시에 기내까지 들어가 일행을 맞이했습니다.

그리고 월북으로 확인되어 간다고 물증 제시 없이 황희 정승은 말하시네요. 그런 애교 부리니까 입각하시네요. 피아노 안배 위도 방법 있지요. 선조 얼굴에 오물 뿌리지 마세요. 호위무사도 함부로 칼 쓰면 죽습니다. 여당은 모든 것이 MB 탓, 바그네 탓, 전 정부 탓이 입버릇 되어 왔지요. 그런 양반들이 정권 잡았으니 책임

하나는 확실히 지키리라 생각했지요. 그런데 달나라 가셨는지 대통령이 안 보이지요. 추풍장관과 윤 총장 간의 알력도 임명권자 역할 없고 침묵 아니면 사라집니다. 불공정과 반칙의 주인공 임명하면서 공정을 37차례 강조합니다. 위급할 때는 달나라 여행 가시네요. 어느 신문에는 군이 하수처리장인가 묻고 있습니다. 북한의 삶은 소대가리 모욕에도 엎드리고 황제 휴가 의혹에는 행정처리가 잘못되었다고 합니다. "삽살개", "머저리", 북의 표현에는 부처이시고 국민을 상대로 대통령이 모욕죄로 고소하는 코미디 연출합니다. "좀스럽다"라는 뜻을 이번에 나는 알았습니다.

군 내부에서는 우리가 "봉"이냐 합니다. 김관진, 김장수의 그늘도 보이지 않고 무인의 냄새도 없는 가을 벌판에서 있는 허수아비 장관으로 보이네요. 어떤 위협에도 관용하고 자국민 건드리고 살인하고 불태워 죽여도 아무 대가 요구 않는 어처구니 빠진 맷돌이 되어갑니다. 어처구니는 맷돌 손잡이지요. 그러니 맷돌을 돌릴 수가 없지요. 여기에도 음양조화와 궁합이 있지요. 그리고 "미안" 한마디에 숨어있던 빨간 벌레들이 기어 나와 축제를 벌이십니다. 감동 넘어 졸도 직전입니다. 떠중이는 "화장"이라고 표현하시네요. 내부 수양이 절제 안 된 행동입니다. 가볍기 짝이 없네요. 방송 최고의 개런티 받고 나팔 잘 부르네요. 곧 그 나팔 깨어집니다. 극단은 한 시절이지, 절대 오래 못갑니다. 자영업자들 코로나로 죽어가는데 시민혈세의 높은 개런티 반납하세요. 그게 시민 피와 땀 아닌가요.

돈키호테처럼 지 잘난 맛에 사는 촉새는 고급언어로 무식한민 초 어지럽게 합니다. "계몽군주" 의미가 무엇일까요. 앞서 설명한 술 한잔 같이한 그 형님 정신 계승이나 잘하세요. 살인 만행도 소 각이 아니고 장례가 되는 것이 좌파 시각입니다. 월북자로 몰고 가는 선동이 시작되었네요. 서둘러 월북으로 단정 짓는 정부입니 다. 빚 때문이라고 합니다. 공무원이 빚 때문에 자식 남겨 놓고 월 북합니다. 동료 모두 아니라 해도 단정 짓네요.

해경 발표로 통지문이 거짓임이 명백히 드러나고 군 감청에서는 시신에 휘발유 뿌려 태우라고 지시한 것이 알려졌습니다. 대통령 이 자고 있으면 전쟁이 일어나도 보고 없이 기다릴 것 같습니다. 위기관리에 깨어있고 잠자는 시간이 따로 있나요. 안보의 기본상 식 아닌가요.

어떤 문팬은 자기 부모 욕하는 건 참아도 대통령 욕하는 것 못 참는답니다. 그러니 극단적 편 가르기 집단이지요. 그것은 양념이 아니고 어딘가 모자라는 사람이지요. 다음 정권에 그 흔적과 그 림자 다 드러납니다. 영원할 것 같지요. 분명히 드러납니다. 곰팡 이는 햇볕 나면 죽지요. 음양입니다. 밝은 세상 오면 흔적조차 없 지요. 친문들의 공격성으로 국민 간에 얼마나 심한 갈등 겪는지 모릅니다. 얼빠진 네티즌들은 아빠 잃은 남매 조롱하는 정신이상 자집단 같습니다. 대통령이 말한 양념이 아니고 오물덩어리지요. 시민단체에서 고발하였는데 얼굴 한번 보고 싶어요. P시장 자진 에도 피해자 조롱하고 2차 가해 가하는 것이 충성인가요. 그것은 대통령을 모욕하고 또 모욕하는 것입니다. 이 정권 1년 후면 끝나지요. 침묵 33시간을 월북설로 잡탕 비빔밥 만들고 북한이 보낸 통지문에도 월북의사 밝힌 적도 없다고 합니다.

고2 아들은 대통령에게 아빠가 잔인하게 죽음 당할 때 이 나라는 무얼 하고 있었냐고 묻고 월북 주장에 "말이 된다고 생각합니까"라고 합니다. 한 가정의 가장을 이렇게 몰락시킬 수 있는 자격이 누구에게 있는지 묻고 싶습니다. 초등학교 1학년 딸은 아빠가 해외출장 간 것으로 알고 있습니다. 이런 상황에 얼빠진 모임들은 2차 가해 가하여 두 번 죽이고 있네요. 사건 직후 "미안" 하니까 긍정적이라네요. 음, 사람을 살인하고 그리고 기름 부어 불태워도 "미안" 하면 상대방은 긍정적으로 변하는 것이군요.

수색쇼하여 장병들 힘들게 하고 북한 눈치 보느라 조명탄도 못 쏘는 절름발이 군대이지요. 국민이 죽어가는데 주무시니 못 깨웠다 합니다. 5년 동안 잘하라고 국민이 빌려준 권력이고 본인도 공공재라 약속해 놓고 그 약속은 바람 따라 구름 따라 달나라에 착륙했지요. 계수나무 옆이군요. 토끼도 있네요. 그 옆에는 돛대도, 삿대도 없이 국민이 탄 배가 정처 없이 가고 있네요. 사건 10일이 지나서 대변인 통해 마음이 아프다 하네요. 직접 하시는 것이 순서에 맞지 않나요.

통일부장관 나으리는 북에는 인도적으로 쌀 보내자 합니다. 사람 죽이고 불태워도 인도적 행위는 해야 하는 거네요. 그러니 통일부 폐지론이 나오지요. 무슨 일 하는지 민초는 모르겠네요. 말할 시기도 모르는 모자람이네요. 때와 시간도 구분 못하는 한 나라의 장관이네요. 색깔이 궁금한 양반이네요.

당연히 우리 민족 도와야 합니다. 우리가 잘 살고 북이 힘들면 도와주어야 하지요. 뭐가 아까울까요. 그것은 당근과 회초리를 같이 사용할 때 이야기지요. 오냐오냐하니까 패륜아로 변해갑니다. 회초리 들어도 모자랄 판에 "미안" 한마디에 종북 벌레들이 기어나와 합창을 합니다. 이 정권 핵심은 운동권 정권이고 그 주류는 NL(민족해방) 계열이라 합니다. 한국 내 주요시설 파괴 모의자 이○○가 NL이라 하네요. 주체사상파인가요.

처음에는 "미안" 하니까 졸도한 양반들, 그리고 북은 35일 만에 남쪽 책임이라 합니다. 북한과 입 맞추느라 "시신 소각" 공식 발표 뒤집은 북방부는 연평도 꽃게들 놀라게 수색쇼하고 있네요. "월북" 주장 근거를 가족에게도 숨기는 정부는 진실이 두려운 것일까요. 그렇게 자신 없으세요?

사랑하는 아들과 딸아! 너무 춥구나! 애처롭고 비통한 절규가 들립니다! 명복을 빕니다. 사랑하는 딸 두고 어떻게 이승을 떠났을까요. 통일된 나라에 다시 환생하는 윤회 삶 빌어 드릴게요!

35. 추풍낙엽과 마이웨이

늦가을의 바람이 차갑습니다. 단풍이 절정에 이르고 낙엽들이 나무의 성장에 희생한 뒤 거리에 나뒹굴고 있습니다. 지난여름 나무를 위해 치열한 희생을 하였지요. 자외선을 공급하여 나무 성장에 이바지한 것이지요. 그것이 국가인 "나무"를 위한 깨끗한 공직자일 수도 있지요. 그래서 잘 물든 단풍은 꽃보다 훨씬 아름답지요. 그리고 떨어진 그 자리에는 내년 봄에 싹이 파릇파릇 돋아납니다. 죽은 것 같지만 아니지요.

단지 바람만 머물지 않고 스쳐지나가지요. 추풍이지요. 추풍은 흔적 없는 부도덕한 사람들의 모습이지요. 많은 검사들이 좌천되고 옷을 벗어도 정의는 죽지 않습니다. 지나온 역사를 보세요. 전 서방의 쓸쓸한 노후를 보면 됩니다. 그의 반려자가 화려하게 손들고 다니던 그 모습 기억하지요. 한때이고 잠시의 순간이지요. 화려한 한복과 행동은 전 서방보다 순자 씨가 더 액션 강했지요. 땡전뉴스라 뉴스 시작은 전 서방이었지요. 지금은 땡코지요. 그리고 전 서방은 늙은 치매노인에 불과하지요.

JP는 정치는 허망한 업종이라 했지요. '허업'이지요. 비단 정치만 그럴까요? 인생도 반드시 지위에서 내려와야 하지요. 지금 가을 장관의 모습보세요. 부정확한 정보로 수사의뢰하고 감찰개시하여 제 발등 찍는 헛발질이 많지요. 물론 소시민의 빗나간 판단일 수도 있지요. 너무 흉보지 마세요. 모욕죄에 걸리나요. 그러면 민초 이름 알릴 기회이지요.

도저히 민초가 이해하기 어려운 부분은 음모론이나 풍문 수준의 정보 이용한 채널A사건이나 특히 사기 피의자 말 듣고 병살타 친 라임사건, 드루킹 댓글사건은 어중이와 말 많은 패널C, 전직 여의원, 추풍장관 세 사람이 김경수 잡았지요. 결국 김경수는 추락하네요. 그리고 채널A도 기자는 무죄이지요. 그리고 이때까지 단 한 번 발동된 수사지휘권도 취임 9개월에 세 번 발동합니다. 대단합니다. 그리고 윤 총장 가족까지 겨누고 있습니다. 금감원이 무혐의라고 결론 낸 윤 총장 아내사건도 가족기록 다 긁어모아 발표합니다. 엄마찬스의 수신제가가 먼저로 보이지 않을까요.

과거 윤 총장 적극 옹호하다가 칼끝 겨누자 집요하게 공격하는 두 얼굴들 국회에 많이 있지요. 두 얼굴 연기는 허리우드 연기주 연상급이지요. 리처드 기어도 손들 정도군요. 특히 유체이탈 연기는 독보적입니다. 영화 〈식스센스〉 능가할 수준이지요. 이런 연기는 질 나쁜 사기꾼이라던 여당에서 김○○ 진술은 신빙성 있다고 정신이 오락가락하는 자들과 궁합이 본드 궁합입니다. 찹쌀보다 본드가 강력하지요. 사기 피해자들은 피눈물 흘리는데 사기꾼의 "검찰개혁" 한 방으로 의인대접 받는 이상한 나라입니다. 과거 김대업으로 재미 본 정당은 의인이라 했지요. 그런 전통은 이어받지 마세요. 그리고 검찰개혁으로 포장해 놓았지만 정치권력의 검찰권 장악이 본질이겠지요.

얼마 전 퇴임한 검찰간부가 정치가 검찰을 덮어버렸다고 한탄하지 않았나요. 그리고 정권에 의해 "검찰개혁"된 줄서기 검사들이 정권실세 연루된 펀드게이트를 덮고 조작하지 않았나 하는 문제로 온 나라가 시끄럽지요. 사기 피의자를 007영화처럼 전세기 1억 주고 빌려 캄보디아로 도피시키는 사람이 아닌 귀신행각으로 놀라게 하지요. 그 뒤에는 민정실에 2022년에 개봉될 "불타는 태양" 영화 막후 실력자도 있지요. 경찰총장이시랍니다. 권불 1년이네요. 흐르지 않고 고이는 물은 썩기 마련이지요. 그리고 한동훈 검사장을 올해 세 번째 이동시키는 보복은 사춘기 소녀 같네요. 추풍낙엽은 춘풍새싹으로 화려하게 돌아옵니다. 그리고 그 사람을 최고 검사로 키우는 사람도 추풍이지요. 1년 세 번 좌천은 독재시절에도 없던 신기록이라네요. 한검 사장은 전 정권 수사 때는 영웅이었고 이 정권 탄생에도 공헌(?)한 양반입니다. 윤 총장과 함께 말입니다. 해 끼친 자에게서 은인이 나오고 은인 중에서도 해 끼치는 자 나오지요. 그런 고사성어가 있지요. 그 중심은 모두 "내" 탓이지요.

가을바람이 지나면 섬뜩한 겨울이 오겠지요. 그리고 봄바람이 불겠지요. 과욕은 반드시 화를 부르게 되어 있습니다. 한 검사장! 진천에 오골계 많으니 보양하고 내년에 오시라요. 이제 근무태도 감찰이네요. 맷집 키우고 더 유명인물로 성장시키는 그 양반이 참 고맙지요. 이렇게 열처리하여 단련시키는 추풍장관은 참 고마운 사람이지요. 비바람 없이 어떻게 사람이 성장하나요.

그 재미있는 코미디는 사기 피의자가 정의로운 의인이 되어가는 재미있는 세상입니다. 법에 지식 없는 민초이지만 내가 볼 때 검찰 조직의 극히 일부가 줄서기로 3류가 되어가는 것 같네요. 삼성을 조사할 자격 있나요. 세계 일류 20개나 가지고 있는 삼성을 3류 정치와 관료들이 칼 들이대는 것이 부끄럽지 않을까요. 노골적인 정치편향과 줄 세우기가 3류로 만들지요. 사기꾼 피의자 옥중서신에 윤 총장 정조준하고 그것은 택도 없는 중상모략이라고 윤 총장은 웃고 있네요. 도둑님 한마디에 나서는 이유는 무엇일까요. 사기 피의자지휘에 그대로 움직이네요. 정의가 무서운 구린내가 있는 것일까요.

가을장관이 꺼낸 윤 총장 가족의혹 4건에 대하여 작년 청문회 때 문제없다고 칭송하더니 이번 감사에 180도 바뀐 거품 무는 P 의원은 윤 총장과 동기라는데 지나치군요. 국민의 머슴이 아니라 내 명을 거역하고 발언한 여왕과 비슷한 군림하는 행동하시네요. 검찰개혁은 반드시 이루어져야 하지요. 그리고 추 장관과 여권이 입에 달고 사는 말을 펀드사기꾼 역시 똑같은 검찰개혁 말하네요. 한명숙사건이나 채널A 그리고 라임사건 모두 사기범들 제보에 지화자 얼씨구 춤추고 총장보다 사기범 말 믿고 성역 없는 수사 필요하다니 코가 막히네요. 그리고 야권 인사로비와 윤 총장 비판 옥중편지 공개되자 의인으로 대접하십니다. 범죄 저울 다루는 법조인 맞나요. 금감원이고 민정실이고 다 내 사람이라고 큰소리 치시는데 틀린 말씀 아니니 영화 같이 공범을 탈출시켰겠지요.

추풍의 칼춤은 권력비리수사 못하게 힘빼는 목적으로 보이고 공수처 속도전도 뭐가 그리 급할까요. 광야를 달리는 칭기즈 칸의 전투를 보는 것 같네요. 내가 볼 때는 속도 추진하는 자들이 부메랑 맞을 것 같네요. 분명히 그럴 것 같아요. 또한 추풍의 비밀번호 자백법 만들라하니 정의당에서는 인권유린이라 하고 폭탄 사이다 진 교수는 차라리 고문을 합법화하라고 비웃네요. 국회의원 상대로도 기본도 없는 마이웨이하니까 여당 위원장이 정도껏 하라고 일침 가해도 추풍장관은 막무가내입니다. 질의 끝나기 전 답변하는 유치원생 수준도 보여줍니다. 김종민 변호사는 대한민국 헌법에 파고들어 나라 망치는 암세포가 되어가는 것 같다고 말하네요. 그리고 자신이 윤 총장 지지율 올려주고 지지율 높으니 사퇴하라고 하네요.

검찰은 사육된 강아지가 지키는 곳이 아니지요. 맹견이 되어 공권력 지켜야지요. 로봇은 제어단추 하나면 되지요. 무슨 심장이 필요하겠습니까. 그러니 부끄러움이 있을까요. 개는 길거리에서도 교접하고 주인이 죽도록 패도 순응하고 고기 조각 한점에 주인에게 꼬리 흔들지요. 모든 동물 중 인간만이 부끄러움, 염치 아니까 구분되지요. 오르가슴도 인간 암컷만이 가지지요. 그 두 가지가 동물과 다르지요.

그런데 요즘 동물과 흡사한 인간이 가끔 보이네요. 부끄러움이 없는 거지요. 한편 살아있는 권력 수사하라고 임명식 때 말해놓고 칼끝이 정권을 향하자 인사학살하여 훌륭한 검찰개혁을 하십니다. 그러나 정의는 곳곳에 칼날세우고 있지요. 우리나라 최고 엘리트 그룹의 극히 일부가 문제지요. 그리고 드루킹에 제 눈 찍고 노대통령 탄핵에 또 찍고 채널A 한명숙 이번 라임사태까지 사기꾼 피의자 말 듣고 제 발등 찍어나갑니다. 병살타 선수 같네요. 어디에 무엇을 추구하면서 달리시나요. 무엇이 기다릴까요.

또 신기한 일은 아들 논산훈련소 면회 날 본인 명의 정치자금카드로 한우 자시고 먼 곳 주유소 기름도 넣고 손오공처럼 먼 길을 체크카드하신 축지법이 놀라워요. 제 얼굴 검은 것 못 보고 윤 총장 검정색으로 꾸짖고 있네요. 이제 추풍은 낙엽되어 떠나가는 배 신세지요. 권력에 줄 선 자들이 벌써 떠나가지요. 신의와 소신으로 뭉친 것이 아니고 무늬만 같은 색깔이니 언제든 옷 갈아입지요. 현직 떠나면 주변은 썰물처럼 빠져나가고 혼자 되는 날 다가오네요. 극성 지지자는 곧 '허상'으로 바뀌지요. 이것 역시 영매사가 바뀌는 신내림이지요. 믿는 몸주(내 몸 주인) 없이 가능할까요. 내년 봄에 "몸주"가 바뀌면 새로운 영매사가 오겠지요. 즉, 대통령이 바뀌면 중간연결하는 영매사 오지요. 최면 전문가이니까 저에게 오세요. 회로연결 해드릴게요. 이제 추풍낙엽은 마지막 잎새가 되어갑니다. 가을도 만추가 지나가니 이제 시간도 다가오고 있네요.

어떤 경우에도 정의는 존재합니다. 전체 검찰 조직에 마지막 몇

명 남은 검사들의 최후는 참으로 부끄러울 것으로 예상되네요. 남의 눈을 어떻게 마주칠까요. 차관도 택시기사분과 로맨스(?) 있는 피의자이시고 국민 시선 한 몸에 받는 중앙지검장도 화려(?)하네요. 드디어 기소되네요. 정해진 수순이지요. 오차 날 리가 없지요.

온갖 방패가 된 추풍은 어떨까요. 채널A기자 무죄판결이 내리막길의 '징후'로 보이네요. 마음 내리고 하심하세요. 인생이 뭐라고 그리 집착할까요. 집착 끊으면 평화가 오는 거지요. 집착하다보니 너무 먼 길 왔지요. 이게 돌아갈 수도 없지요. 후회해도 이젠 늦지요. 가족은 얼마나 불안할까요. 내려오세요. 하심(下心)하세요. 그대 혼자 사는 게 아니지요. 버리세요. 찌꺼기 버리세요. 드디어 사의를 표하는군요. 권력무상, 인생무상입니다. 뭘 얻었을까요. 뭘 잃어버렸을까요. 손익계산서 한번 보세요. 분명히 잃은 것이 많을 겁니다.

내가 얻은 것은… 만신창이 영혼이 아닐까요. 치열하게 살아왔는데…, 빈손…. 한쪽만 바라보면 바로 보는 것 아니고 음양 조화 물론 아닙니다. 보수 입장이니 이 글 보는 진보분들 "열" 하강시키세요. 그것도 융합과정입니다. 넓게 보세요. 보수, 진보 중 한쪽의 기쁨이 컸다면 반대쪽은 상처 많지요. 그것이 못된 편 가르기 폐습입니다.

음양 조화 없이 한쪽 달리면 파멸이 반드시 오지요. 그것이 음양이지요.

36. 고마해라, 욕 마니 무따 아이가!

영화 〈친구〉에 나오는 부산거리는 내가 고등학교 시절에 많이 다닌 추억의 거리입니다 보림극장은 남진, 나훈아쇼를 많이 했고 그 부근은 신발공장이 많아 근로자가 많았지요. 칼에 피살당한 그 자리는 국제호텔 앞이고 그 뒤는 결혼식장이 많이 있었고 38년 전에 나도 그곳에서 결혼을 하였습니다. 고교시절 연극에 빠져 기웃거리던 시민회관과 그 뒤에 그 당시 높이 있던 동방아파트도 생각나고 조방낙지의 맛있는 음식점도 생각납니다. 중국집 2층에서 고교생으로 몰래 술도 한잔하고 여학생들과의 MT도 생각나는데 그 친구들은 다 어디서 무엇을 할까 생각해 봅니다. '드라곤'이라는 서클 만들어 촐랑대던 모습이 눈에 선하군요.

내가 지금부터 논하는 비평은 보수 입장에서 말하는 것이니 거부감 있게 받아들이는 분도 계실 것이고 박수 보내는 분도 있겠지요. 이 사회는 다양한 소리가 존재하고 나만이 옳다는 것은 있을 수가 없지요. 그런 각도로 지극히 평범한 소리를 들어보시길 바랍니다.

지금 우리는 대통령의 소리를 듣기 어렵습니다. 장관과 총장이 매일 싸워도 임명권자의 교통정리는 없고 묵언수행 중입니다. 진보인사까지 "우리 대통령은 착한 임금님"이라 평가합니다. 뒤로 빠지고 행사 폼 잡는 데만 나타납니다. 또한 공수처, 가덕도, 경제규제법을 마음대로 처리하겠다는 여당의 입법독재가 촛불혁명 민주화 외치던 사람들이 맞을까요. 자신 몸 태워 세상을 밝게 하는 것이 촛불혁명이지요. 그런데 그 정신, 민주화 잘 진행하고 계신가요. 2014년 야당시절 민생회복과 민주수호 외쳤던 사람들입니다.

내가 볼 때에는 야누스의 두 얼굴로 보이네요. 정부도 뒤에서 조정하고 방관태도입니다. 김해 신공항 검증위 뒤에 숨은 정부입니다. 검증의원 일부가 정부에 이용당했다 하고 들러리 선 기분이라고 말합니다. 내 개인적으로는 천문학적인 비용 들어 만드는 가덕도 신공항 반대합니다. 내 생각으로는 주변과 거리가 너무 멀리 있습니다. 우리 부산 시민들 가덕도 함정에 빠지면 안 됩니다. 공항 유치를 자신의 업적으로 자랑한 정치인들 그 뒤 막대한 적자에 책임 안 집니다. 전국 공항 보세요. 거의 적자이지요. 민주당은 선거에 이기는데 이 나라는 골병들고 있지요. 이 나라 채무가 이 정부 들어 220조 늘었지요. 오거돈 성추행에 죄 없는 국민이 가덕도 신공항건설에 10조 내야 합니다.

벌써 O시장 일가 가덕도 로또 부동산 터져 나오지요. 누구 때문에 하는 선거인가요. 그리고 슬쩍 재판도 시장선거 이후로 구렁이 담 넘어갑니다. "오거돈" 공항 제목 참으로 탁월한 선택이네요. 시장선거 결정적 패인 인지도 모릅니다. 성추행은 신공항으로 가리면 되지요. 전형적인 선동수법이지요. 그런데 너무 늦네요. 두고 보세요. 절대 가덕도 공항 안 만들어집니다. 속임수입니다.

또한 현 정권의 야누스 두 얼굴과 내로남불은 전 정권을 적폐수사로 몰아 자살자와 깊은 상처 남기고 잔인하게 보복하고 추풍을 방패로 자기 허물 손 못 대게 하고 지금은 동안거에 들어가 묵언수행하십니다. 회향일이 안 보이고 또한 아름다운 복수하겠다 할 때 국민은 어리석게도 믿었지요. 그러나 이 정권의 정치보복은 역대 누구보다 잔인하였습니다.

그리고 적폐수사 때 대법원장은 일본 찍어 놓고 보니 이건 이 정부 발등이네요. 친일청산이 어떠니, 토착왜구가 어떠니 선거에 이용하고 죽창가 불러대는 걸 보는 스가는 바보가 아니지요. 이용하고 또 이용하여 극일할 생각해야지, 선동·이용만 하는 근시안적인 사람들로 보입니다. 압류한 일본기업 자산 이루어지면 한일관계 끝이라고 경고하니 국정원장이 일본으로 날아가고 잘난 여당 의원들 러브콜 보내고 난리지르박에 탱고까지 추시네요. 평소 토착왜구니, 죽창이니 하다가 갑자기 스텝 바뀐 춤에도 아주 적응이 탁월하십니다. 그러니 몸과 마음이 분리된 유체이탈 화법은 탁월한 수준이지요. 진작 잘하시지요.

그러나 국내선거에 필요하면 죽창가 부르고 반일선동 나서겠지요. 이건희가 말했지요. 특히 정치인이 문제라고 말입니다. 온갖 역경 극복하고 초일류 상품으로 일본 극복한 삼성의 기술은 정치인 만 명과도 바꿀 수 없지요. P의원은 "삼성저격수"라는 닉네임

있는데 내가 볼 때는 포퓰리스트 같습니다. 의정활동 훌륭하여 여당 의원 중 내가 좋아하는 분인데 이것은 바로잡으면 좋겠네요. 그 힘으로 기업규제 완화에 신경 쓰세요. 그리하여 기업들 신바람 나게 만드세요. 그러면 고용은 자연히 늘어납니다. 올해 2,000개 기업 해외 나갔지요. 만약 삼성이 미국에 반도체 공장 지으면 우리 손해가 얼마일까요. 검토하고 있다고 합니다. 강성노조와 규제 국가에서는 이런 현상이 계속될 것입니다.

또 하나 기도 막히고 코도 막히는 것은 정의부는 정의를 유린해도 당당하고 오히려 호통까지 치시네요. 윤 총장 청문회 당시 윤 총장 비난에 "음해"라고 하다니 정권비리 수사하니까 태도가 180도 바뀌어 카멜레온이 되어 호통치시네요. 추풍낙엽은 27회 거짓말해도 요지부동입니다. 과거 민주화로 위장한 진면목이 이제 하나씩 마각 드러냅니다. 국회는 일당 형태가 되어 관제 여당이 되어갑니다. 그리고 부동산 궤변은 끝이 없습니다. 호텔방 전세비유를 포함하여 빈껍데기 전세대책 발표하면서 23타수 무안타 장관은 저금리 탓, 인구구조 탓하며 국민 가슴에 불을 지르네요. 그리고 성장통이라고 난해한 말씀 합니다. 이론과 실제에서 실제는 까막눈인 뻐꾸기말만 계속합니다. 전문가 아닌 정치인이니까 당연한 결과이고 참혹한 결과 예견되어 있었지요. 하기사 바뀐 양반도 정말 훌륭하시네요. 그러니 정해진 수순으로 낙마하네요. 그리고 부동산문제는 자신 있다고 말한 대통령은 꿈에나 볼 수 있는 현상이 나타나지요. 보좌하는 참모 문제로 보입니다. 자신 있으면 국민과 진정한 대화해 보세요.

이 정권의 흘러가는 공식은 다 비슷해 보입니다. 소득주도 성장은 패러다임의 대전환이라고 큰소리치다가 효과 안 나타나면 통계 수치를 주물럭거려 "효과가 있다"고 우기지요. 4년 지난 지금도 우기지요. 그러다가 전 정부 탓으로, 야당 탓으로 돌리는 선동정치의 전형을 보여줍니다. 그러나 국민은 바보가 아닙니다.

빌라형 임대주택 간 여당 여의원 "내 집 같아 아파트 환상 버리라" 했지요. 그대가 살아보세요. 립서비스가 국회의원 할 일이 아닙니다. 경제 전문가는 보이지 않고 보여주기 형태이지요. 그리고 우리도 확보 못한 백신을 "북에 나눠주자"라고 통일부장관은 홍얼거리네요. 냉정히 보세요. 이게 제정신 장관입니까. 위험한 상황에 내 가족 두고 남 쳐다보는 거지요. 바이든 정부 출범하면 이 양반 그만두어야 할 시기 올 것 같네요. 개인이념이 뼛속까지 좌파라 해도 그건 자유이지만 한 국가정책에 그것이 개입되면 경솔하기 짝이 없지요. NL운동권의 끝을 보는 것 같네요.

이러니 북의 행동은 3·1절 기념식에서 대통령은 방역 협력 제안하자 다음 날 방사포 도발로 연애편지 보내고 "겁먹은 개", "바보"라고 김여정이 사랑편지 보내네요. 그래도 북한에는 한없이 자애로우신데 우리 국민 상대 '모욕죄'는 왜 생길까요. 이번에 한미동맹을 냉전동맹이라고 하는 장관은 뼛속까지 좌파로 보입니다. 국회는 금태섭 의원 통해 군기 잡은 여당은 이제는 수색대는 필요 없고 돌격대와 나팔수만 보이네요 딴소리와 소신에 찬 말을 못하는 절름발이입니다. 소통의 혈관이 막히면 추락합니다. 그러니 윤의 앵벌이 사건도 대표 한마디에 입 닫고 바른말 금 의원 공천 안주니 탈당하고 반대편에서 시장선거 도우미 나오지요. 피가 돌지 않으면 사람은 죽게 되어 있습니다. 음양 부조화이지요.

법원 판결도 비틀거립니다. 억지논리로 무죄 아니면 감형입니다. 카멜레온 교수 동생 학원사건은 뇌물 자신 양반이 심부름꾼보다 형이 작은 이상한 판결입니다. 중요사건 계속 뭉개고 있는 김○○ 판사 판결이네요. 이제 병가 내고 휴가 가네요. 미리미리(?) 건강 챙기시지, 늦었네요. 무너지는 '징후'이지요. 누구 동생 운영 학원이지요. 돈 자신 넘보다 전달자의 죄가 무겁지요.

진보학자 최장집 교수는 민주당은 당내 민주주의가 없다고 말합니다. 바른말 하고 탈당하면 따돌림 문자폭탄 보냅니다. 이번 당 대표 선거에도 정책 대결은 없고 문자폭탄 시비네요. 훌륭한 앵벌이 윤의 추함도 당 대표 함구령에 날뛰는 호위무사들도 조용하지요. 국회가 내야 할 소리 없는 식물국회이지요. 음양조화 안되니 여당만 존재하여 사막화되지요. 밤이 없고 낮만 있으니 말입니다. 소신은 알래스카로 가고 공수처법 통과 모자라 야당의 비토권 뺏으려 법 개정하려 들고 무엇이 두려운지 급하게 매듭 지으려 혈안이군요. 대통령 30년 지기 시장 당선에 관련되어 있는 검찰수사는 인사학살하여 공중분해의 묘기를 보여줍니다.

청와대는 일본 기업이 징용 배상하면 이후에 한국 정부가 보전해 주는 안도 타진했다네요. 폭탄 사이다 진교수는 토착왜구는 청와대에 있었다고 말합니다. 사실이면 말이지요. 성폭력 반성 없이 선거 후보 내겠다는 민주당은 2차 가해자이고 스스로 페미니스트 대통령은 가해자만 애도하고 피해자에겐 한마디도 없네요. 당헌 고쳐 서울시장 후보공천을 두고 청와대는 당에서 하니 언급할 이유 없다고 페인트 모션을 씁니다. 야당에서는 석고대죄 해야 할 민주당 공천에 어이없다고 합니다. 하기사 너무 어이없는 일이 많아서 불리한 일에는 침묵이 다이아몬드고, 유리하면 사소함도 자랑하는 것이 이 정권 스타일 아닌가요.

대쪽 유인태는 보궐선거 공천을 지금 와서 손바닥 뒤집듯 하는 건 명분이 없는 처사라 합니다. 취임식에서 했던 통합의 약속은 바람 따라 구름 따라 삼랑진 지나 구포다리에서 에덴공원에 가고 있네요. 그리고 "재인산성"을 도시 중심에 건설하시네요. 훌륭한 건축술로 세계 기자들의 칭송(?)을 크게 받습니다. 조국사건 때 민심폭발 보고 겁먹었지요. 외신조차 처음 보았다 합니다. 이순신 장군과 세종대왕께서 얼마나 갑갑하셨을까요. 놀이시설은 줄서고 정부비판 집회는 봉쇄하지요. 정치방역하고 있네요. 앞으로 후진국에서 좋은 방어막 연구하러 오실 겁니다.

그리고 시위 때마다 등장하는 귀족노조에 대하여 부탁좀 할까 합니다. 정치노조 민노총에 질려 등 많이 돌리지요. 언제까지 굴뚝산업 노동법 고집하실 건가요. 이제는 공순이, 공돌이가 아닌 귀족입니다. 신분에 맞게 이 사회 이바지 하세요. 머리띠 두르지 마시고 투쟁일변도로 경찰 폭행하고 도로 점거하는 돌격대 모습

좀 지양하세요. 과거 착취하던 경영인 모습은 지금은 찾기 어렵지요. 아니 없지요. 그러니 상생과 윈윈이 필요하지요. 1인당 생산비용은 선진국 능가하고 급여는 더 달라하니 누가 기업하겠어요.

지금 민주노총에 "민주"가 있나요? 책임이 대단히 크지요. 정부는 근로자 권익 표방하지만 오히려 취약 근로자 권익에 무관심하고 근로자 간에도 표 가르기 합니다. 이런 곳이 민노총이 참여할 곳입니다. 민노총도 권력이라고 힘주면 안 되지요. 권력 끝나면 원수 만나지요. 상생과 화합은 없고 극단은 항상 문제 일으키지요. 또한 속이 훤히 보이는 것은 대통령을 형이라 불렀다는 귀하신 분은 미투 부산시장 아래 경제부시장 하시다가 뇌물 4,000만 원 꿀꺽 드시고도 풀려나시는 기적(?)을 연출합니다.

코로나로 생계문제로 몇 만 원 음식물 훔친 장발장은 교도소 가지요. 그러니 검찰개혁하면 무엇할까요. 이미 개혁이 완성되어 있는데 말입니다. 또한 이번 선거 20대가 등 돌리는 이유는 아빠엄마찬스의 불공정 논란 때문이라 합니다. 현대 사회의 극심한 생존경쟁에서 탈락공포 느끼니 공정성에 매우 민감하지요. 그러니 20대 남자뿐만 아니라 여자들도 떠나가지요.

원전파일 444개 삭제 공무원은 윗선 묻자 "신내림 받았다"고 유체이탈 화법의 황당한 말을 합니다. 신내림의 영매사는 장관이고 그 위에 또 접신되는 신이 있지요. '몸주'이지요. 즉, 주인이지요. 그 신이 조정하는 대로 영매사는 움직이지요. 신내림은 무병 앓는 자가 접신하는 과정인데 나도 적지 않게 최면으로 회로연결 하다가 너무 힘들어 이젠 하지 않습니다. 믿는 구석 없이 이런 일 저지를까요. 명색이 총리도 방문하여 범죄자들을 격려합니다. 야당도 정신 차려야 합니다. 좀 다부지게 하세요. 민초인 내가 봐도 짜고 치는데 말입니다.

신내림의 신은 누구일까요. 내가 빙의되어 내 안에서 나를 움직이는 신은 누구일까요. "죽을래" 하는 장관은 신이 아닌 영매사입니다. 한마디로 신이 조정하는 대로 움직이지요. 명문대 나와 평생 철밥통 안전직장인데 시대 잘못 만나 애처롭군요. 힘없는 하부 조직원이 무슨 잘못 있을까요. 앞서 "인연" 편에 말했던 하○주 군 입대 동기 참 천운이고 행운입니다. 한수원 원장에서 쫓겨난 그 친구는 정말 행운이지요. 축하한다. 뒤에 소주 한잔 사줄게, 행운아야.

이러니 외국 언론인 영국 《이코노미스트》는 문 대통령 검찰개혁은 역효과이고 퇴임 후 수사대상 될 수 있다고 하네요. 그리고 그 언론은 개혁은 정반대로 가고 있고 감옥에 간 전임자들과 같은 운명에 처하느냐 여부가 가장 큰 문제라 진단합니다. 그리고 아끼고 아끼는 23전 전패의 국토부장관은 서민들의 고통을 빵에 빗대고 부동산문제를 이 정부 할 말 없으면 쓰는 말 "전 정부 탓"이라고 합니다. "내 탓이오"는 하나도 없지요. '내로남불'의 고유명사까지 국제사회에 등재하네요. 그러니 현실도 직시 않고 부동산은 자신 있다고 대통령은 말하지요. 파인플레이 하라는데 부모찬스 플레이하니 혈압 오르고 거기에 부동산까지 얼씨구절씨구 춤추니 회망 가질 수가 없지요. 한 번도 경험하지 못한 나라 만들겠다고 한 약속 하나는 확실히 지켰네요. 높은 산성만 쌓아 가고 국민의 생명이 불태워져도 이념과 당파의 이익을 우선시하네요.

DJ나 노 대통령처럼 지지층 설득에 자신 없으니까 나라는 편 가르기로 두 동강 나고 있습니다. 거기에 동서도 분리시키네요. 더불어 비리 파헤치는 검사 수사권 뺏고 자기편으로 색깔 채우네요. 무엇이 두려울까요. 과거 검사나 판사의 법복은 권위가 있었지만 지금은 정해진 대사가 있는 것 같아 보입니다. 물론 극히 일부겠지요. 흙탕물은 오래가지 않고 가라앉지요. 줄서는 애완견들 이제 1년 안 남았지요. 부끄러워서 우찌 살꼬…. 지조와 소신 없는 법조인은 일반인과 다를 것이 전혀 없지요. 그러나 정의로운 법관이 더 많겠지요.

갈수록 이상해지는 공무원의 "월북" 발표는 구린내가 슬슬 피어 오르지요. 진실을 속일 수 있을까요. 동료 12인의 진술도 정해놓은 로드맵 앞에 무력해지고 아들의 절규에도 답이 없지요. 두고두고 이 정권의 문제가 될 것입니다.

덮으려던 금융사기 의혹이 하나둘 드러나자 검찰 내 로봇들이 "긴급회의" 여신답니다. 정의와 공정은 무너지고 친문만 살맛나는 세상으로 보입니다. 우리 국민 사살해 시신 불태워도 눈치 보느라 조용합니다. 이러니 국책은행도 나사 빠져 재택근무하라니까 제주도 여행 가시는 수출입은행 직원도 계십니다. 자영업자는 휴일도 없는데 공휴일 노시고도 염치도, 날치도 없습니다.

"저를 지지하지 않는 분도 저의 국민이고 섬기겠습니다. 그리고 보수와 진보의 갈등은 끝내야 합니다. 문제가 생기면 광화문 거리에 직접 나가겠습니다. 그리하여 소통하겠습니다." 어느 분의 취임사입니다. 담배연기처럼 사라진 빈말입니다. 이런 판에 미친 집값 책임자도 부동산정책 실패 인정하기 싫지요. 내가 볼 때 정말 이상하고 요상합니다. 노무현 대통령은 머리 숙여 사과했습니다. 주체 사상파는 사과는 패배이고 죽음을 의미하는 것으로 보입니다. 부동산은 자신 있다고 큰소리치더니 23전 전패 두고 이전 정부 탓, 저금리 탓합니다. 내 탓은 없습니다. 그러니 '내로남불'의 국제 고유명사 창조하지요. 조수진 의원은 사기피의자와 법무장관이 한 팀인 한 번도 경험하지 못한 나라라는 것이 세간에 흘러 다니는 풍자라고 합니다. 수치스러운 풍자이지요.

그리고 이 나라의 중심에 "버럭" 소리 지르고 감정조절 못하는 양반이 있습니다. 한 나라 권력 핵심에 있는 사람이 무슨 일을 할까요. 군림밖에 없지요. 습관되어 있으니 안하무인이지요. 그릇이 접시만 한 양반이 국민을 대표하는 국회의원을 대하는 자세가 토론을 하고 수용하는 자세는 보이지 않습니다. 광화문 집회 참가자를 "살인자"라 발언합니다. 민노총은 의인이고 반대편이 하면 살인인가요. 우리 국민 소각한 북한에는 벙어리가 되고 교도소에 방역마스크 제공 못하고 지지자가 아니면 살인자라 부르는 정부가 살인자 아닐까요. 자기 자신도 "수신" 못하는 분노조절 장애인이 무슨 치국평천하를 논하실까요. 쏘는 벌처럼 달려듭니다.

살인자는 사람을 구조보다 살인하고 불태운 북한 정권이지요. 비서실장쯤 되면 품위 있는 언어를 사용해야지요. 권력 중심이 국민을 안하무인으로 대하니 외교 중심축인 한미동맹은 주미대사가 헛소리하여 금이 가고 청년의 날에 '쇼' 보여주던 우리의 자랑 BTS에 대한 중국 횡포엔 역시 묵언수행 중이시고 일본문제는 손 놓았다가 일본 경고에 국정원장부터 난리법석 피우네요. 독일 소녀상 사태도 그렇게도 친일이니 토착왜구 말하는 양반들이 누구 닮아 묵언수행하니 청곡사절로 가고 없네요. 무슨 단체 회장님, 죽창가 교수님 비롯한 토착왜구 발언하시는 분들 부처님 되시었네요. 그러니 동물로는 카멜레온이고 식물은 해바라기지요. 껍데기 소신이지요.

외교장관 역시 인형인지 말이 없습니다. 그리고 중국가신 그 양반은 소득주도 성장 망하니 소득주도 여흥으로 법인카드를 룸싸롱에서 쓰시네요. 고대 수치라고 고대 사이트에 불을 지르십니다 세상 깨끗하고 아는 체하더니 제발 중국 항산에 가서 도 닦고 먼지 씻어내고 오세요. 오스트레일리아 "세도나"와 더불어 기(氣)가 아주 강하여 수행자의 최적지이니 권합니다.

얼마 전 이건희 회장이 저승으로 가니까 군소정당이 흠을 봅니다. 과거 김정일 조문 추진했던 당이지요. 그러니 몇 석 얻어 초라하지요. 변방 한국을 세계 일류로 만든 승부사이고 20개 제품이 글로벌 1위이지요. 그룹 도덕성까지 훌륭한지는 모르지요. 그러나 기술로는 세계정복하지 않았나요. 그리고 이번에 엄청난 사회환원

하였지요. 이 상황에도 "구토" 난다고 지저분한 발언하는 여당의
원 그 양반은 십장에 털이 난 분인가요. 맨날 친일 토착왜구 타령
하는 못난이들 좀 배우세요. 정치는 3류를 못 벗어나고 극일한 재
벌들이 그대들 스승입니다. 극일할 생각은 못하고 반일 선동만 요
란합니다. 그것밖에 배운 것이 없지요. 해방 후 실력으로 일본 꺾
었는데 친일이니 반일이니 하는 정치인들은 무얼 했을까요. 염치
좀 있어야지요. 제대로 된 기업가를 존중하는 문화가 필요하지
요. 삼성은 언제까지나 기술속국으로 있을 수 없다고 혁신하여 세
계 일류기업이 되어 대한민국 국격 높였습니다. 삼성의 순기능 못
보는 밴댕이 속 가지고 있으니 "토할 것 같다"는 못난 말 해대지
요. 그런 양반이 의원이십니다. 시정잡배도 쓰지 않는 귀한 언어입
니다. 지금 국가경제 주도가 '반도체'인 걸 알기나 할까요.

그런 판이니 3류정치가 대통령 국회 연설 때 야당 대표 몸수색
합니다. 그리고 그것도 전 정부 탓입니다. 눈이 매서운 정무수석
도 집값은 전 정부 탓입니다. 정무일이나 하세요. 국토부에 관여
할 능력 있나요. 전 정부보다 잘한 것이 무엇이 있는지 궁금합니
다. 그리고 전세난은 과도기이고, 월세가 어때서라고 유체이탈 화
법 쓰네요. 서민은 모으고 또 모아서 주택 마련하는데 가슴에 염
장 지릅니다. 오르는 집값에 결혼포기 청와대 청원까지 나와도 여
권은 정상화 과정이라고 합니다. 임대차법 일어서로 통과시킨 지
3개월 만에 서울 전셋값은 2년 치 올랐네요. 전국으로 번진 전세
대란으로 매물 부족 현상이 19년 만에 최악이라네요. 부동산 자

신 있다는 분은 이제 동안거가 시작되어 묵언수행 중이십니다.

추풍에 낙엽 떨어지고 동풍 지나 봄이 오면 동안거가 끝나겠지요. 그러나 동안거 회항일은 보이지 않네요. 어려울 것으로 보이네요. 1년 지나도 오르고 또 오르는 부동산이네요. 이런 상황에 우리가 최고 기술 가진 원자력 분야와 과학계 과학자 800명이 "신공항, 월성원전"을 정치가 과학을 뒤엎었다고 비판합니다. 정부의 김해 신공항 건설 백지화와 월성 원전 조기폐쇄에 강력하게 비판합니다. 그리고 비이성적이고 선동적인 정치인의 립서비스도 유치하다고 합니다.

선거철만 되면 옛날 고무신 ,막걸리가 각종 포퓰리즘으로 변해갑니다. 이번 서울시장 보셨지요. 유치하기 짝이 없지요. 그나마 바른 소리 하는 양심의원이 몇 사람 있어 다행입니다. 정의당도 공수처법 신공항법 막아섭니다. 정부정책이 손바닥 뒤집듯이 한다고 꼬집었지요. 요즘 정의당은 민주당 2중대로 보이지 않습니다. 한때는 "우리가 남이가" 블루스 추던 파트너가 아니네요. 그래야 군소정당 벗어난다고 나는 생각합니다. 재난지원금도 야당이 선수 치자 소극적으로 나옵니다. 이제 정신이 들지요.

코로나 발원지 중국에 대문 열어 방역 자랑하다 1차, 2차 대유행을 맞았지요. 정부 비판집회는 재인산성으로도 모자라 "살인자"라 하고 민노총 집회는 속보이는 시늉만 합니다. 불륜이지요. 바람난 유부녀의 끝은 어디일까요. 파멸이지요. 어긋난 음양 부조화이자 어긋난 궁합이지요. 불륜의 독약 뒤에 무엇이 있을까요. 둘다 고통 오지요. 그리고 장수장관인 국토부장관은 거듭되는 정책 실패에도 교체하지 않지요. 소신인지, 원칙인지 국민 부아 더 돋우고 이젠 빵 타령, 전 정부 탓 합니다. 반성은 없고 불쾌한 넋두리합니다. 하기사 법무장관 이어 정무수석까지 부동산 관리해도 대안이 없지요. 자기 맡은 일이나 잘하세요. 그러니 유체이탈 발언과 신내림 발언하지요. 지방도 똘똘한 한 채 바람 불고 전국으로 번지는 최악의 집값 양극화에도 사과 한마디 없지요.

또한 여당은 대북전단 금지법 단독처리하네요. 야당이 김여정 하명법이라 하고 표현의 자유를 침해하는 위헌법률이라고 하고 김여정 칭송법이라 하고 삶은 소대가리 욕을 하면서 사람 죽여도 눈도 껌뻑 안 하지요. 짝사랑이 지나치면 삼성병원에서도 못 고치는 '상사병'에 걸리지요. 눈이 멀어 보이지 않지요. 빨간색과 파란색 구분 안 되지요. 정신 차리라 하면 니가 정신 차리라고 합니다.

또 정신 차려야 할 양반 있네요. 그렇게 부동산 망치고도 경제 부총리는 급등추세에도 진정세가 주춤하다고 말장난을 하네요. 집값 폭등을 표현하는 기술이 뛰어나네요. 닮고 싶어요. 저 정도 문창성 가지면 문열이 형님도 울고 갈 글 솜씨 가지겠네요. 서민과 무주택의 주거불안이 최악으로 가도 주무장관은 빵 타령이나 하고 대통령은 부동산 자신 있다 합니다. 국무회의 열어보았자 맹탕이지요. 선장이 저런데 선원은 말할 것 없고 배에 탄 국민은 바람 따라 물 따라 표류합니다. 좌초하지 않을까 걱정입니다.

또 하나 코미디는 여야가 합의하여 여가부장관에 발언금지시켜 국회에서 열린 여성가족위원회에 말 한마디도 못하는 여가부장관은 처량하네요. 그곳에서 여야는 참으로 드물게 화합하네요. 기록적이네요. 여야합의 말이지요. 음과 양이 합을 하였지만 합하여 변하는 오행은 부끄럽지요. 사주명리학으로는 가짜 불륜 합(合)이지요. 소신도 없고 내 개인 생각인데 이 나라 여성 장관 중 일제대로 하는 양반 찾기 어렵네요. 인형 아니면 로봇으로 보입니다. 청문회 때 시끄럽고 자료제출 거부하던 그 장관은 조용하네요. 이미지 관리 중이신가요. 서울시장 선거 대비해 말이지요.

그런데 이번 선거에 정책 대결은 없고 네거티브 생떼탕으로 무너지네요. 이번에는 '줄리' 네거티브 시작하여 윤 총장 도우네요. 그 선동버릇 어디가나요. 그리고 총리양반이 상주고 격려한 원전자료 삭제 공무원 본격수사한다니 속이 뻥 뚫리네요. 윤 총장은 외부공격 신경 쓰지 말라고 말합니다. 바르니까 무서운 것이 없지요. 또한 '별'은 어두운 밤하늘에서 가장 밝게 빛나지요. 또한 거짓은 가리려고 용을 쓰면 쓸수록 헛발질하는 것입니다. 그러니 매번 병살타 칩니다.

주일대사 내정자도 인터뷰에서 일왕을 천왕이라 불러야 한다고 가벼운 소리합니다. 토착왜구는 안방에 있네요. 선거 때면 토착왜구이고 친일청산이 필요한 때에는 색깔 바꾸는 게 이 정권이지요. 그리고 YS 차남 현철이는 요즈음 정부 흐름 보면서 옛날 유신정권 말기를 떠올리네요. 지금 대통령도 책임 피할수록 더 커지는 것을 알겠지요. YS가 항상 내려올 때 '하산' 주의하라 했지요. 왠지 느낌이 좋지 않네요.

그리고 여성 장관 제대로 된 장관 못 보았는데 오늘 개각발표 있습니다. 페미니스트로 여성장관 숫자 맞추기에 급급하니 이번 인사도 기막힙니다. 또한 훌륭하신 지금 장관인 이순신 장군의 23전 전승과 비교되는 23전 전패의 화성에서 온 그 양반이 하는 빵 타령은 바그네의 한 해보다 3년간 주택 인허가가 28%나 적은 것으로 나타나네요. 전문가 아닌 정치인의 당연한 모습이지요.

총장 몰아내기에 충청도 대통령 지지율이 15% 폭락합니다. 내 처가 충청도인데 은근해 보여도 성질 급한 경상도보다 한 수(?) 위 입니다. 몇 번 말한 호남 편중에 소외된 점이 크게 작용했지요. 이 제 보세요. 호남은 단합하나 점점 고립되지요. 그걸 정치는 이용 하지요. 공평해야지, 운동권의 극단적인 편 가르기가 부메랑처럼 돌아올 것입니다. 소신과 원칙은 가출하고 내용이 없습니다. 원전 평가조작과 울산선거에 대한 시원하고 쓴소리의 명쾌한 말 듣고 싶은데 징후도 안 보이네요. 포퓰리즘 돈 뿌리고 정책 실패는 세 금으로 메꾸다보니 국가부채는 하루 3,000억이 증가한답니다. 정 해진 수순이지요.

생각을 정리하여 정신 바로 하세요. 국회의원이 민초 생각보다 못하면 그만두세요. 세 치 혀로 바른말 해야 합니다. 그리고 1년 새 나라 빚이 113조에 달해 국가재정 관리에 빨간불이 켜지는 이 상황에도 23타수 무안타의 국토부장관 내정자는 공공주도 공급 만 강조하여 개발이익 환수에 집착하네요. 맹물대책이 재연되지 않나 우려합니다.

국회로 가볼까요. 여당 입맛에 쏙 들게 공수처장 임명하고 공수처법을 뜻대로 앉아 일어서로 통과시키네요. 이때까지는 정의당도 그 '불륜' 탱고에 참여하네요. 윤 총장 죽이고 정권 호위무사로 산성을 쌓네요. 운동권의 위선 민주는 꿀 빨기 바빠서 그것이 독인 줄 모릅니다. 벌써 징조가 보이지요. 공수처 출발부터 폐지로 나옵니다. 세월 흐르니 경찰서 역할도 못하네요. 정해진 수순이지요. 추풍장관도 한 말씀 하시네요. 서릿발이 아니라 애정드라마 보는 것 같네요. 억지로 통과시킨 법의 부메랑이자 흔적이고 피할 수 없는 '업'이지요.

야당도 이제 내부총질 말고 바그네 정부 과오 사과는 해야 합니다. 잘못에 대한 반성이 보수의 참모습이지요. 분란 없이 사과가 진행되어야 합니다. 내부총질과 분열을 가장 반길 사람은 누구일까요. 그러므로 분명 그들과는 다른 모습으로 진정한 사과해야 합니다.

나는 불자이지만 특정종교에 대한 좋은 이미지를 가지고 있었는데 "○○구현 ○○○"의 불법 비리 옹호 보면서 와장창 깨어지는군요. 그 종교 일부이지 전체는 아니지요. 과거에도 그 단체는 '민주' 포장하는 기술 많이 보였지요. 불법비리 저지른 정권을 "정의"라 표현할 때는 멘붕까지 오네요. 그 단체가 아프리카 봉사 활동 중 신자를 성폭행하고 시위 중 잠든 신도를 성추행 했지요. 재보궐 선거원인 제공자와 "미투"이지요. 그러니 같은 색깔로 비리 옹호하지요. 그리고 윤 총장에게 통제 불능의 폭력성이라고 비난하고 추풍 장관은 부당한 힘에 대한 저항이라고 응원하네요. 그리고 성명 발표 직전 친정권 검사를 만났다고 합니다. 종교 말살한 북한을 한 번도 비판한 적도 없다네요. 이 정부와 궁합이 오공본드 불륜궁합입니다. "그대 없인 못 살아"이지요. 상사병은 치료약이 없습니다.

일어서 앉아로 공수처법 통과시킨 후 판사들도 아니라고 한 "판사 사찰"로 윤 총장 징계한다고 합니다. 정의의 길을 가지 않으면 여야 모두 무너집니다. 우리 국민 수준을 우습게 보고 오만하네요. 그리고 자랑하던 방역이 이젠 하루 500명으로 늘어나 병상이 없는데 청와대는 코로나 터널 끝이 보인다고 3차례 언급합니다. 북한이 대통령을 그렇게 욕하더니 이제는 외무장관 발언 두고 시비 겁니다. 하기사 대통령을 삶은 소대가리라고 평한 그 사람들이 무슨 말을 못할까요. 태영호는 북한이 남한 인사권까지 개입한다고 쓴소리합니다.

오늘 10일 공수처법 강행처리하고 윤 총장 징계위도 열립니다. 자, 누구에게 득이 될까요. 역사는 돌고 돕니다. 1년 반 후 이 나라 대통령이 누가 될까요. 알 수 없지요. 이 정부가 맑고 깨끗하면 문제없지요. 그러나 문제라면…. 내 생각에는 회오리바람이 불지 않을까 보입니다. '징후'이지요. 사전경고이지요. 대선 앞두고 말입니다. 그리고 부산시장은 야당 지지율이 여당후보 2배 넘는다네요. 우리 부산사람들 가덕도 잽에 넘어갈 정도 아니지요. 선거 때 되면 나타나는 괴물 잘 보아야 합니다.

프랑스는 원자력 에너지에 환경과 미래가 달려있다고 하고 내년에만 5,000명 새로 고용하겠다 합니다. 마크롱은 원자력은 탄소 배출이 적고 안전한 에너지원이라고 강조합니다. 《조선일보》주필은 대통령은 여당과 연대해 국가에 2조 8,000억 배상하라고 합니다. 탈원전은 가짜 뉴스로 시작했고 원전 안전성은 대통령이 인정하였고 경제성 저평가는 조작되었다 합니다. 탈원전은 정책실패 아닌 대통령이 국가이익을 개인 오기의 희생물로 삼았고 전 재산을 내놔도 모자란다고 강조합니다. 두고두고 이 정권 힘들게 할 것이고 대통령의 짐이 될 것으로 나는 봅니다. 이제 멀쩡한 농지도 태양광으로 변해 갑니다. 그 결과 소금값이 폭등하네요. 염전이 태양광으로 변해 갑니다. 민초인 나의 생각은 세계 최고 기술 가진 원전을 왜 폐기하려는지 도저히 이해불능입니다.

거기다 이 정부가 자랑하고 기대던 K방역이 무너지는군요. 4일 전 터널 끝이 보인다고 한말은 무슨 의미일까요. 안철수는 대통령 안정 발표할 때마다 확진자 증가한다고 대통령 "저주" 표현 쓰네요. 도우미 KBS 방송국 측은 비서관 한마디에 흑백사진으로 둔갑시켜 쇼를 하더니 오늘은 180도 말을 바꿉니다. 이러니 국민이 신뢰할 수 있나요. 터널 끝이 아니라 시작이네요. 오늘은 절체절명 상황입니다로 말을 바꾸시네요. 모든 위기는 오만과 자만에서 오지요. 송구한 마음 금할 수 없다고 발표합니다. 국가의 핵심이 이러는 건 문제가 많지요. 참모들 말입니다. 제정신이 아니지요.

야당에 충분한 필리버스터 약속했던 여당이 윤희숙과 정부 실정에 대한 비판이 이어지자 코로나 방역을 이유로 강제 종결합니다. 부끄러움은 다행히 아시네요. 그것도 하회탈 국회의장까지 한 표 보탭니다. 야당 초선 의원들에게 박수 보냅니다. 국회까지 독재 국회로 만드네요. 얼마 남지 않았으니 실컷 하세요. 다음 대선 '징후'로 나는 생각되네요. 그럴수록 국민 마음은 멀어져가지요. 이러니 추풍낙엽도 4전 4패 당하는 것이 당연하지요. 나설수록 윤 총장 지지는 올라갑니다. 선동은 진실에 앞서갈 수 없지요. 방역에 1,200억 홍보비 쏟아붓고 백신 병상 의료진 다 놓쳐버렸네요. "터널 끝이 보인다"더니 터널로 들어가고 있지요. 그러다가 "절체절명"이라니 누굴 믿고 탈출해야 할까요.

2025년까지 병상 5,000개 확충한답니다. 눈앞에 불이 나서 타고 있는데 소방서 짓는다고 난리지르박 춥니다. 백신접종도 아직 확정도 못했는데 내년 3월경이라고 대통령과 총리는 발표합니다. 3월이 오니 안갯속이네요. 서울은 안개에 젖어 한 치 앞 백신도 안 보이네요. 오직 선거네거티브만 춤추고 부동산 가리는 배우 연기만 나오네요. 최재욱 고대 교수는 정부가 코로나 백신접종을 서두를 필요가 없다는 입장을 수차례 밝힌 바 있는데 이는 매우 중대한 오류이자 실책이라고 말합니다. 대통령은 머지않아 종식된다고 하고 방역 안정화 등 낙관적 발언할 때마다 코로나 상황은 번번이 더 악화되니 국민이 신뢰할 수 없는 것입니다. "터널의 끝이 보인다" 해놓고 3일 후 "송구한 마음" 그리고 하루 지나 "절체절명"이라고 바꿉니다. 이러니 정부 방역 믿지 못하고 지자체들 각자 사는 길을 택합니다. 소상공인들도 찔끔찔끔 거리두기로 코로나도 못막고 골목경제까지 무너졌다고 하소연합니다.

이렇게 1,000명 넘게 코로나 확진자 나온 이 마당에 앵벌이 윤의원은 "길" 할머니 생신 축하한다며 노마스크 파티 열어 쿵짝쿵짝 합니다. 국민혈세 낭비 말고 당장 내려와야 하는데 여당도 참 문제네요. 당 대표 군기잡기에 정의고 의원 역할이고 실종되었네요. 자기 소리 낼 소신 가진 정치인이 있나요. 바람 불면 드러눕는 잡초이지요. 할머니들의 피눈물을 아시나요.

청와대 비서관 그만둔 지 한 달 만에 총선에 출마한 C의원의 법안발의 자체도 코미디급입니다. C의원은 윤 총장이 노골적 정치행위를 했다 합니다. 윤 총장을 정치적 인물로 누가 만들었을까요. 바로 그대들 아닙니까. 이런 자가당착이 없지요. 두려운 것인가요. 남 잘못 보기 전 자신의 먼지와 티끌을 보세요. 그것이 국회의원 그릇이지 군림 하는 자리가 아닙니다. 역지사지는 없고 내로남불만 있는 것 같아 서글프네요. 그러니 당선무효형 해당하는 법의 심판 내리지요. 그것도 많이 배우고 사회지도층에 있는 양반들이 말이지요. 우매한 민초보다는 나아야지요. 근데 아닌 것 같아요. 물론 내 시각이 바르지 않을 수도 있지요. 그러나 나 시각대로 조명해 보았습니다.

반대편이 없으면 전체주의 국가겠지요. 그리고 음양 부조화이지요. 지금이 그렇지요. 앵벌이도 처리 못하면서 빛나는 배지 달고 있지요. 부끄러움 모르고 국민혈세 축내고 있네요. 부끄러버라⋯.

37. 라임과 옵티머스 형제

　라임금융의혹 핵심인물은 6개월 동안 284회 사람 만나시고 독립운동 못지않게 옥중서신으로 검찰개혁 논하시는 분이지요. 민정실에 부탁하여 윤 총경에게 이야기 다 해놓았다 합니다. 윤 총경이 누군가요. 과거 윤 총장이라 불리며 조국과 함께 사진 찍은 강호동보다 힘센 사람이지요. 2022년에 개봉될 영화의 제작자이지요. 그리고 횡령 공범 빼돌리기 위해 1억 전세기 빌려 캄보디아로 도피시켰지요.

　엄청난 힘 없이 도저히 이룰 수 없지요. 영화 기획하시는 분들의 교과서이지요. 연구하십시오. 도피자로 공범인 김 이사는 홍콩 전세기 타고 유유히 마카오 빠져나갑니다. 숀 코네리 배우도 배우고 갈 수준이지요. 언젠가 그 대본을 독자 여러분도 보실 겁니다. 절대 가릴 수 없지요. 개봉박두이니 기대하세요. 영화 제목은 "버닝썬"입니다. 라임 주범은 공범에게 형이 일처리 할 때 경비 아끼는 사람이던가 금감원이고 민정실이고 다 형의 사람 아닌가 말합니다. 참으로 섬뜩합니다. 사기 피의자가 이 나라 권력 핵심을 주무르다니 말입니다. 아주 구석구석 안마하고 물파스 바르셨네요. 돈 앞에 무너지는 우리나라 돈 흐름을 관장하는 핵심부서나 그 부서 청와대 행정관과 남편이 짜고 치는 고스톱은 참으로 가관입니다. 역시 돈은 귀신도 부리네요. 그러니 권력핵심 부서도 어김없이 개입하지요. 불륜궁합의 대표이지요. 정치인 포함해서요.

금감원은 라임조사계획을 룸싸롱에서 전달합니다. 금감원이 룸싸롱에서 업무 보는 것을 처음 알았습니다. 거기는 술 먹는 곳이지, 그런 서류 전달하는 곳 아니지요. 펀드사태 키워놓고선 "남탓"하며 뒤에 숨은 금감원장의 늑장 부실 대응으로 사모펀드 사고가 대형화되니 옵티머스를 작년부터 3차례 조사하고도 아무런 조치 안 해 결국 사고 터지지요. 정해진 코스이지요. 권력과 돈이 본드궁합이고 악어와 악어새처럼 밀실불륜을 저지릅니다. 피해자의 피 같은 돈 빨아먹고 마각이 드러나니 영화처럼 도피시킵니다. 힘 있는 금감원은 책임지는 사람 없는 성골·진골이고 힘없는 은행과 증권 등 판매사만 중징계 당합니다.

게이트의 오물과 악취가 하도 심하니까 덮을 방법이 없을 정도랍니다. 1조 6,000억 날린 라임펀드 부도 후에도 금감원은 미적거리고 드라큘라들이 도피하실 시간주시네요. 이것이 단순사기일까요. 무식한 내가 봐도 전혀 아닙니다. 1년 가까이 질질 끌더니 사기 피의자에게서 야당 정당인과 검사이름 나오니 환한 웃음 짓네요. 사기 피의자가 구원투수이네요. 코가 막히는 일은 1억 투자에 800만 원 건진답니다. 5,000억 투자한 옵티머스 손실율이 92%랍니다. 그리고 1,400억은 행방불명이라네요. 그 돈으로 곳곳에 콩

고물 뿌리지요. 최초 투자한 이혁진은 샌프란시스코에서 날 잡아 봐라 하고 부인은 해외평통자문 의원 이시랍니다. 평통 의장은 대통령이지요. 그리고 옵티머스 막후엔 7인의 회장단이 활동하고 자금세탁 중인 550억의 행방이 묘연하답니다. 회장단 참으로 대단합니다. 양반도시 안동의 하회탈 주문하여 쓰고 있었네요. 미끼지요. 그래야 투자하지요. 사주학의 전형적인 탐재괴인격 사주이지요. 그 지은 업 손자 대까지 내려갑니다. 만약 죄 짓고 돈 갈취했으면 손자 대에 불행 옵니다. 반드시 벌 받습니다.

사기 피의자가 정의로운 의인이 되어가는 희한한 세상입니다. 옵티머스 사기범 아내 이모 청와대 행정관은 지분 9.8% 가진 대주주이고 세탁처로 의심되는 관계사 최대 주주인 그 사람이 민정수석실에 자리합니다. 그 자리는 금융감독원 관장하는 자리입니다. 고양이 앞에 뼈도 제거한 통구이 생선 만찬상을 차립니다. 초등학생도 이해할 못된 행위를 가리지만 악취는 가릴 수가 없지요. 그래도 당당하고 국정감사에는 증인으로 나오지도 않습니다. 영매사는 있고 '신내림'은 몸주 없이 가능하지 않지요. 생빙의된 거지요. 빙의는 죽은 자에게서만 오는 것이 아니지요. 최면에서는 '위광효과'라 하지요. 고양이 앞에 쥐 형태이지요.

또한 옵티머스 펀드에 공기관 금융업체들께서 수백억씩 넙죽넙죽 인수하시네요. 공기관들이, 은행들이 바보일 리가 있나요. 바보 아니지요. 눈치 빠르게 줄서기 선수로 변하지요. 옵티머스의 먹잇감 중에는 전파진흥원이 투자 750억을 하셨네요. 국민의 피눈물을 후안무치하게 사용하셨네요. 왜 눈치 없이(?) 거금 투자했을까요. 그 이유 중 하나는 동업자 비호로 로비정황 확보하고 수사 뭉갠 양반은 노른자위 유지하고 계속 수사 맡기는 걸 직접 확인하니 의심 여지없지요.

참 재미있지요. 그런 자에게 수사 맡기면 국민의 피눈물을 달랠 수 있나요. 동료 검사가 검사라고 생각하지도 않는 그 사람은 식사는 누구와 할까요. 제대로 양심 있는 자라면 부끄러워 다니겠습니까. 얼굴이 얼마나 두꺼울까요. 성형외과 연구용이지요. 압구정동 의사들 참고하세요. 검찰은 이 돈이 7인 회장단으로 흘러 갔으리라 의심합니다. 7인 보니 대단히 명망 있는 양반들이네요. 미끼가 좋아야 고객이 믿고 물지요. 이 양반들이 사실이라면 썩고 또 썩은 거지요.

옵티머스 뺏긴 이혁진은 문 순방 시 따라가 유영민 장관에게 전파진흥원 감사청탁 민원이 출발점이라 하네요. 이혁진과 가까운 동문이 누군지는 독자 분들이 더 잘 아시지요. 행정관이 최대 주주로 있던 관계사에 500억 흘러간 뒤 사라졌다는 진술도 나왔지요. 그 돈이 어디로 갈까요. 하늘로 담배연기처럼 사라지지는 않을 것이고 벌레들끼리 파티 벌이겠지요. 모조리 뭉개는 사이 옵티머스 브로커 대부분 잠적하시지요. 시간 벌어준다고 고생 많이 하시네요. 이것은 수사가 아니라 은폐조작이지요. 그러니 야당 원내대표가 심판과 선수가 한 팀이니 특검해야 한다고 강하게 주장해도 마이동풍이지요.

도둑님들의 앞날이 편할까요. 밤마다 악몽이고 불안할 거지요. 세월 흐르면 지워질까요. 철저히 벌 받습니다. 비밀은 모래알처럼 새어나가게 되어있지요. 이제 검찰 장악이 끝났으니 이번 펀드사건도 다른 사람들처럼 덮고 뭉갤 수 있다고 보는 걸까요. 수사 총지휘했던 남부지검장이 지금은 옵티머스 공범 변호 맡고 계신다네요. "불륜" 카바레에서 쿵짝쿵짝 잘 돌아가네요. 조금 지나면 멀리 갈 건데 많이 노세요. 추풍장관은 사기 피의자 말 듣고 계속 헛발질합니다. 사리분별이 분명한 사람이 광인전략 쓰고 연기하는 모습이 측은합니다. 추풍장관이 윤석열 총장과 다툼에서 승리하면 무엇이 올까요. "본래무일물"이지요. 불자이니까 잘 알 겁니다. "Nothing"입니다. 그리고 지은 업 없는지 보세요. 한 여자이지, 특별한 여성도 아니지요.

다시 검찰로 가볼까요. 라임사태의 라임전주는 청와대 비서관에게 5,000만 원 주었다 하네요. 문건이 터지면 다 죽는다고 경고하니 나라가 난리지르박 추네요. 사기꾼은 사기꾼이지요. 상대가 원하는 것을 꿰뚫어 보는 것이 사기꾼이고 부패한 권력과 돈은 찰떡궁합이지요. 시간이 지나면 신내림의 "몸주"가 반드시 드러납니다. 사기 피의자는 "영매사"이지 신은 따로 있지요. 전 서방 보세요. 그것도 부패한 권력과는 "그대 없인 못 살아"지요. 이제 "그대 때문에 못 살아"가 머지않아 도래할 것이니 준비해 놓으세요. 추풍은 국정감사에서 오해와 허위라면서 뭉개려 합니다.

그리고 옵티머스 939억이 8명 호주머니로 들어간 뒤 사라졌다고 합니다. 라임 김봉현은 도피 중에 강기정 외 고위인사 6명 로비 내용을 언론에 흘리라고 지시하십니다. 또한 검찰개혁해야 한다고 몽유병 환자 말 하십니다. 얼굴은 마스크로 가렸지만 보이는 눈의 삼백안이 섬칫하네요. 관상 보시는 분은 무슨 의미인지 아시지요. 아직도 믿는 구석이 있고 비밀이 탄로 나면 이 정부 깊숙이 묻어둔 무언가가 있는 듯합니다. 착각 마세요. 영원한 권력 없고 1년 반 후면 무너지고 권력 바뀌면 다 죽지요. 반드시 오물은 시간 지나면 썩어 냄새 풍기지요. 가릴 수 없지요. 생빙의로 보이네요. 사기 피의자가 "검찰개혁" 말하는 이상한 나라에 살고 있습니다. 하기사 근래에 검찰개혁 논하는 자 정상적인 사람 없지요. 부끄러운 건 알고 있지요. 그리고 피의자는 신내림이지요. 빙의환자 되었지요. 그러니 헛소리하지요. 내 "몸주" 믿고요.

여당 대표 측근이 옵티머스사건 조사 중 자살하였습니다. 이 정부 들어 자살사건이 왜 이리 자주 일어날까요. 이 또한 미래 드러날 '징후'이지요. 계좌추적에는 전남 다수업체로 부터 장기간에 걸쳐 거액을 급여형식으로 지급받았다고 합니다. 무언가 냄새가 고약하지요. 그리고 이 대표는 틈날 때마다 공수처 강행하려고 합니다. 왜 그럴까요. 백성이 깊은 뜻을 알 리 없지요. 허나 대권후보 지지율은 떨어지고 또 떨어지지요. 망자의 '한'이 아니겠지요. 민심은 천심이라 했지요. 그리고 분명한 것은 정의는 드러나는 것이지요. 내 추측이 어긋나길 빕니다. 피해자의 한이 그냥 둘 리 없지요. 한이 평생 갑니다. 대를 이어가지요. 가해자는 쉽게 잊을

지 모르지만 우리가 일본에 대한 증오 보세요. 동물적이지요. 그 돈이 삶의 전부인 분들도 많겠지요. 그 한이 어디로 갈까요. 손자 대까지 갑니다. 이실직고하시고 석고대죄 하세요. 아니면 저승까지 가지고 가세요.

피해자의 피의 절규 외면하면 그건 사람이 아니지요. 그리고 덮고 가릴 일 아닙니다. 지켜보아야지요. 독약 들지 마세요…, 죽습니다…. 관련자 모두 '업' 받지요….

38. 에나가? 하모!

내 고향 진주를 중심으로 3개 시와 6개 군이 쓰는 방언입니다. 서부 경남 전부로 보시면 되지요. 에나가는 참말이가, 진짜가 하는 뜻이고 하모는 그렇다, 맞다는 뜻이지요. 제가 내담자 대상으로 이런 말 들으면 반갑지요.

지금부터 추풍장관과 황소총장이 진행하는 헌정사상 처음 겪는 일에 관하여 깊은 지식은 없지만 평범한 소시민의 생각으로 조명해 보고자 합니다. 다른 의견도 많겠지요. 그리고 나의 생각이 반드시 옳은 것도 아닙니다. 다양한 각도에서 바라보아 주시기 바랍니다. 추풍이 윤 총장을 직무정지시키고 윤 총장은 끝까지 법적 대응하겠다고 합니다. 더하여 한 점 부끄럼 없이 할 일 해 왔고 위법 부당한 처분에는 끝까지 대응하겠다고 합니다. 지난번 국감에서 윤 총장의 기(氣)는 여당을 압도하였고 난공불락의 요새 같았지요. 그 자신감은 자신의 깨끗함과 맑은 처신에서 오는 것으로 나는 추측하고 선조로부터 내려오는 DNA 영향이 아닐까 합니다.

친정부 검찰과 법무부가 군사작전 벌이듯 타이밍 맞추고 여기에 행정부까지 지화자하고 가세합니다. 물론 우리나라 물방부와 호위무사가 하는 군사작전이니까 시작부터 자충수 두기 시작합니다. 2016년에 설치한 38선 방어벽도 나사 빠진 것도 모르고 있는 한심하기 짝이 없고 엄마찬스에 피격 공무원에 이리저리 끌려다니니까 헛발질 해대는 국방부 풍경과 어쩜 그렇게도 국정감사가 닮았을까요.

법조계 전변협회장은 정치인 장관이 권력수사 막아보려고 최후 수단 동원해 총장 억누른 것은 법치를 유린한 무모한 정치행위라 말합니다. 좋은 일에만 웃으며 나타나는 인사권자는 묵언수행 중이시고 추풍발표 직전 보고 받았다고 청와대에서 하는 발표는 초등학생 수준도 냄새 맡을 정도이지요. 법조계에선 대통령은 뒤에 숨고 추풍이 전면에서 대리전하고 있다는 평가입니다. 야당에서는 사실상 승인이라고 말합니다. 대통령에게 부담 주지 않고 사실상 총장 해임을 하는 두 마리 토끼 사냥하는 것이라고 말합니다. 검찰 내부는 개혁으로 포장하여 가린 폭거라고 말하고 야당은 윤 총장을 임전무퇴 이순신 장군이라 비교하네요.

이낙연은 기다렸다는 듯이 "윤 총장 혐의 충격적"이라고 거취 정하라 하네요. 자기 사무실에 사기피의자 펀드에서 1,000만 원 집기 지원받으니 불안하겠지요. 아니 땐 굴뚝에 연기 나니 귀한 생명 한 분이 자진하지요. 망자의 한이 어디로 갈까요. 그리고 공수처 노래 부릅니다. 양복 받은 K의원이나 집기 받은 대선주자나 제발 그것만 받았으면 합니다. 나는 종기가 썩으면 칼로 수술하여 고름 짜내고 항생제 주사 맞아야 한다고 생각합니다. 여기저기 악취나면 수술해야지 그렇지 않으면 터집니다. 야당은 대통령을 향하여 숨어있지 말고 교통정리 하라고 말하고 살아있는 권력수사하자 보복했다고 말하며 유승민은 "또 숨었다. 왜 이리 비겁한가"라고 말합니다. 코로나 확진자가 500명 넘고 넘쳐나는 실업자와 끝이 안 보이는 자영업자의 고통 속에 이 나라는 선장 없이 망망대해 표류하는 돛단배 같습니다.

자, 이제 7년 만에 평검사 회의 열려 반대의견 분명히 전달합니다. 맨 처음이 부산동부 지검이라 괜히 기분이 좋군요. 재송동일 겁니다. 전직 검찰총장은 유신 때 야당총재 직무정지 연상시킨다고 하네요. 내 기억으로는 박통이 YS를 겁내서 김형욱과 이후락을 시켜 일을 저지른 것으로 기억합니다. 정권 몰락 시작이었지요. 여러분은 어떻게 상상하십니까. 재미있지요. 한번 대입해 보십시오. 오죽하면 진보성향의 참여 연대도 수사의 독립성 훼손한다고 말합니다. 검사들도 실명 걸고 집단반발합니다. 문 캠프 활동한 변호사도 추풍의 활극에 개탄하고 있습니다. 원전, "선거개입", 라임, 옵티머스 등 냄새 나는 곳 수술하려고 하자 칼 들이대어 윤총장 찍어냅니다.

맨 처음 원전은 O의원이 오만하게 "선 넘지 말라" 경고하네요. 그대가 무엇인데 그럴까요. 대통령을 왕으로 착각한 착시현상 일으키지요. 권력에 취해 이성을 상실한 것이지요. 생빙의이지요. 오세요. 최면 전문가에게 오세요. 고약한 질환이지요. 정권 바뀌면 그대도 추풍낙엽이 될 수 있지요. 주인은 국민이고 권력은 5년 세든 것인데 정신 잃은 언어 구사합니다. 권력에 취한 거지요.

두 번째 "라임"사건은 윤 총장이 수사개입하여 감찰 지시하였고, 4,000명 백성의 피 흘린 돈 1조 6,000억 피해 입힌 드라큘라들의 피잔치이지요. 역사에 가정은 없지만 윤 총장이 대선승리하여 시원히 밝힐 꿈을 꾸어 봅니다. 옵티머스는 1조 5,000억을 공공기관 매출채권 투자한다고 속인 것이지요. 금융사기사건과는 다르나 나의 지인 중 수술 직전 잘 빠져나온 경우 원전의 한수원 원장 지낸 군대 동기 ㅇ주가 어느 날 TV조선에 출현해 이유 없이 무턱대고 잘렸다고 말할 때 유심히 보았고 비례대표 때도 13번인가 안정권이었는데 공병호가 물러나면서 이름이 사라졌지요. "ㅇ주야, 넌 정말 복 받은 놈이다. 너는 잘생긴 얼굴에 학자 타입이지, 그런 오염된 곳은 원자탄보다 무서운 곳이다. 정말 잘 빠져나왔다. 축하한다"라고 말하고 싶어요. 자꾸 표창원이 생각납니다. 국회의원직 훌훌 벗어버린 그 자유와 앞날 말이지요. 대단히 영리하고 천리안 눈 가진 분 같네요.

그리고 여론조사 보면 호남과 비호남 차이가 극명한데 이것은 분열주의의 시도이니 호남 분들도 생각 달리해야 합니다. 타 지역은 잔잔한 분노로 연결되어 고립이 심화될 수 있습니다. 한 지붕 두 가족처럼 말이지요. 그러니 이 정권의 노하우인 선동술로 자꾸 자극하는 부채 흔들지요. 극렬 지지층과 노년층만으로 선거 이길 수 있다고 생각하는 듯합니다. 그래서 노인 일자리에 물 쓰듯 하지요. 폭탄 사이다 진 교수는 윤 총장 징계는 원전 수사가 결정적이고 추풍은 깍두기라 평하네요.

불법혐의 덮으려고 검찰무력화와 총력전 보면 측은합니다. 좀 잘하시지요. 겉으로는 먼 산 보고 내부는 추풍시켜 윤 총장 사태 논합니다. 거기에 민주당은 집단 폭행처럼 윤 총장을 공격하지요. 대통령은 바그네 정권 적폐수사 이끌던 윤 총장을 초고속 승진시켜 임명하면서 살아있는 우리 권력도 수사하라고 해놓고 그 활시위가 자신들을 겨누자 염치도 부끄러움도 없는 사람으로 변합니다. 자신들의 불법혐의 없애려고 추풍 내세워 윤 총장을 식물총장으로 무력화시키고 있네요.

평검사부터 고검장까지 초유의 대형검란이 일어나고 오늘따라 이 정부 자랑이자 수호신이었던 코로나 확진이 583명이 나오니 비상 걸리네요. 이때 추풍이 주장하는 "판사사찰" 일부도 공개합니다. 일반 사업가도 거래처 부모기 제일까지 알지요. 생일은 물론 그 사람의 성품도 파악하지요. 사업 마케팅 기본이 지피지기 아닌가요. 평검사부터 고검장까지 "윤석열 직무정지는 부당"하다고 성명 내고 "검찰개혁" 불신임 선언합니다. 로봇 몇 사람만 빼고 말이지요. 추풍도 7년 전 의원시절에 열심히 일하는 검찰의 수사책임자 윤 총장 내치지 않았느냐고 총리한테 호통치는 모습이 TV에 나오네요. 내로남불이지요.

추풍과 비슷한 돌격대장 S전 여의원은 목포부동산 논란 중 조용히 있지 못하고 누구처럼 위치 잊고 설쳐댑니다. 윤 총장이 대통령 팔고 하는 거짓말이라 말하네요. 국민이 그대 말을 믿을까요, 윤 총장 말을 믿을까요. 그대나 바로 하시지요. 윤 총장이 거짓말할 양반이 아니라는 건 지나온 행적이 말하고 있지요. 윤 총장이 왜 이 정권 적이 되었는지 국민들이 모를 리가 있나요. 이유는 간단명료하지요. 충견 되기를 거부하고 악취 나는 비리 공격한 맹견이 되었기 때문이지요. 세 번 좌천당한 쓰리스타 한 검사장은 물어오라는 것만 물었으면 총장과 꽃길을 갔을 것이라 하였지요.

앞으로도 냄새는 지울 수 없어 바람 따라 그 흔적을 드러냅니다. 부메랑이지요. 그리고 죄 있으면 길로틴의 처벌을 받지요. 청문회 때 적폐청산의 이순신 장군이라 평한 "우리 윤 총장"이 울산시장 부정선거와 탈원전 정책 펀드 사건까지 건드리자 급소 가격에 혼이 난 정권이 행동개시하였지요. 금융사건에 연루된 정권 핵심인사에겐 한없이 두려운 사람이 윤 총장이지요. 이젠 선명해집니다.

그리고 법원결정 나오기도 전에 윤 총장 자르지요. 18개 모든 지검 평검사 반대성명에도 윤 총장 징계 절차 강행하지요. 주심도 묵언수행 중이시고 끝 안 보이는 치킨 게임이 벌어지네요. 나의 예감으로는 내년 대선 이후 모두 날개 없이 추락할 것 같아요. 그러면 처참하게 사망하지요. 그리고 뒤에 있으면서 추와 윤 갈등이 나흘째 침묵은 금이라고 수행 중이지요. 검사 행동에 "겁도 없다", 지라시 버릇이라고 점점 오만해가지요. 추심복 직속 검사까지 징계가 위법이라고 발언합니다. 그 안에 맹견이 있지요. 애완견과 맹견은 도저히 궁합으로 연결되지 않지요. 우리나라 최고의 엘리트

집단이 맹견이 더 많지, 애완견은 극소수이지요.

"월말 복귀냐, 해임이냐" 운명의 한 주가 윤 총장에게 다가오고 그 결정은 두 사람 분쟁 뒤에서 한 번도 나타나지 않은 대통령이 결정한다고 합니다. 또한 대검 PC 털어도 "판사성향" 추가 문건 없다고 하고 윤 총장 죄가 안 된다는 보고 내용도 삭제되었다고 이정화 검사는 말합니다. 이런 검사 때문에 정의는 살아있고 나라는 바로 흘러갑니다. 큰물에서 미꾸라지 몇 마리는 흙탕물 일으켜도 메기의 먹이에 불과한 초라한 몰골이지요. 모든 것이 짜고 정해진 순서이지요. 윤 총장 직무 정지부터 하고 이를 합리화하려는 수사가 벌어졌는데 각종 무리수와 불법으로 물들었다는 비판이 나오고 있습니다. 간단합니다. 정의와 정도를 안 가니 삐그덕 소리 요란하네요. 이것도 음양배합이 안 되니 파경일보 직전입니다.

벌써부터 여당에서는 윤 총장의 출마자격 문제 삼네요. 정의가 무서운 것을 고백하지요. 즉, 해임 땐 대선 못 나간다고 주장하여 윤 총장 쳐내는 데서 대선출마 싹까지 도려내려 한다고 C의원은 말합니다. 이제 대선후보 되니 네거티브가 난리지르박 추네요. 선동가들의 진짜 추한 얼굴들이 등장합니다. 판검사 경력 1시간도 없지만 법조인답게 파인플레이하세요. 두고두고 그대는 힘들 것입니다. 피의자 신분에도 오만한 그대 모습 거울 한번 보실래요. 그러니 당선무효형 벌금까지 받네요. 정해진 수순이지요.

이 정부가 자랑했던 K방역은 아직 백신계약 체결도 못한 정부의 책임도 두고두고 아킬레스건이 될 것입니다. 코로나로 재미 보더니만 촛불과 코로나가 어떤 춤을 출지 유심히 지켜볼 것입니다.

윤 총장의 한 갑자 생일날 큰 선물 받았지요. 태어난 해가 돌아올 때가 한 갑자이지요. 그래서 올해가 경자(庚子)년이니까 경자(庚子)년 출생이 됩니다. 1960년 11월 1일이면 명조에 시주가 빠지니 일주까지 기록해 보았지요. 대운은 6대운이지요. 신문에 난 생일 참고 기록입니다. 명리가로서 분석했지만 생년월일이 확실하지 않으니 참고하십시오. 음력으로 분석하였습니다.

지금은 갑오(甲午)대운이고 66세에 을미(乙未)대운이 옵니다. 일주는 경술(庚戌) 괴강살이지요. 여자는 문제 되나 남자는 통솔력이 뛰어나지요. 일간경금(庚金)은 신용과 의리중시하고 누가 뭐라든 내 길 가는 강한 사주이지요. 박통과 정주영 회장도 같지요. 월간과 일지에 편인 보세요. 외골수이고 한 우물 팝니다. 그러니까 "LET IT BE" 즉, 나를 건드리지 말고 그냥 두세요 하는 사주입니다. 때론 고지식하고 융통성 없을 수도 있으나 소신과 원칙은 분명합니다.

월지상관은 부하가 많다는 의미입니다. 명리가 여러분이 처음 이 명조 보시면 묵직하고 중후한 느낌이 드실 겁니다. 징계해제 발표날 출근길에 지지자 보자 차에서 내려 날씨도 추운데 그만 나오시라 합니다. 그것은 반대자에게도 같이 당부합니다. 복잡한 법 조항은 모르나 명리학으로 평소 내 생각은 일간이 무토(戊土) 아니면 경금(庚金)이리라 생각하였습니다.

명리연구하시는 분들은 가까운 사람의 명조를 철저히 분석하세요. 그 사람 임상실험이 스승입니다. 명조 자체가 우두머리 지휘자상입니다. 대운의 갑경충(甲庚沖)은 문제가 되지 않지요. 자(子)수가 유통도 시키지만 강한 경금(庚金)이 극하니 문제 안 되지요.

이야기 바꾸어 징계한 날 대통령은 공수처 중립이 생명이라고 발표합니다. 그런데 얼마 지나지 않아 차에서 차로 이동하는 공수처장과 중앙지검장이 007촬영 연기하시네요. 이 정부에 영화 촬영이 유난히 많네요. 조연 연기는 변호사시네요. 제목은 "보안상"이네요. 개운한 느낌은 전혀 없고 터널 끝이 안 보이는군요. 야당의 비토권을 없애놓고 공수처 중립성 내세우는 이런 상황에 대통령은 1시간 공공임대 이벤트에 4억 5,000만 원 혈세를 바람에 날립니다. 누구나 살고 싶은 임대주택이라 하는데 9월부터 20%는 비어 있다고 합니다. 공공임대 주민들은 새벽까지 인테리어 공사했다 합니다. 그렇게 부동산 정책 실패하고도 보여줄 쇼가 있을까요.

청와대는 윤석열 사퇴 여당과 함께 바라지만 윤 총장은 "법치훼손"으로 끝까지 싸울 것 같네요. 그리고 그렇게 이용하던 코로나도 30개국은 백신 맞으며 새해 맞는데 우리나라는 언제 몇 명이 맞을지 모르는 안개 자욱한 상황이지요. 현재 세계 111위라 합니다. 일본은 다 맞고도 남는 물량 확보했다는데 말이지요. 하기사 터널 끝 보인다고 말한 것이 3일 후 절체절명이라 하니 국민이 얼마나 불안할까요. 세계 10위의 경제대국이 한심합니다. 우리 정부는 K방역 자만에 빠져 홍보열 올리고 관료들은 책임 피할 궁리하셨습니다. 그래서 선구매를 피하였다네요. 이스라엘은 모사드까지 동원하고 우리나라 국정원은 뭘 할까요. 캐나다는 부작용 대비 인구 11배 확보했답니다. 국민 생명을 너무 안이하게 대응하지 않은가요. 주의 깊게 살펴야 될 일입니다.

성탄절의 황홀한 밤입니다. 황소총장이 복귀하네요 사필귀정이지요. 뉴스에서 오르가슴을 느낍니다. 유튜브의 배 변호사 목소리가 소녀처럼 낭랑하고 민영삼의 평온한 목소리 처음 듣는 것 같습니다. 뭔가 1년 내내 막혀있던 변비가 뻥 뚫렸군요. 정의는 반드시 살아있고 부메랑과 '혼적', '업'은 반드시 그 기능을 합니다. 가려져 있던 눈 녹으니 온갖 악취 풍기네요. 깨끗하게 정리하시길 바랍니다.

물론 나와 반대의견도 많이 있지요. 당연하지요. 그러나 수용해야지요. 다양한 의견이 많아야 민주국가지요. 미국 보세요. "대깨트" 말로 보세요. 대가리 깨져도 트럼프의 광신도들 말입니다. 썰렁하기 짝이 없지요. 다 떠나가지요. 극단은 결과 역시 극단적이지요. 화합과 소통 없는 정부는 끝이 정해져있지요. 민초인 나도 아는데 독이 든 꿀 빨고 있는 양반들이 아직도 많이 있네요. 윤총장은 징계에서 풀려나 이 나라를 밝은 빛으로 채우세요. 그리고 공수처장은 고고학 공부 했으니 역사 흐름 분명하겠구나 생각했는데 중앙지검장 에스코트나 하고 차량 바꿔타기 묘기 벌써 보이네요. 이 정부에 영화 소재가 너무 많네요. 민심이 떠나면 그 자리는 파리 생명보다 더 비참하니 처신 바르게 해야 하지요. 그 앞에는 맹물조서 작성이 있었지요. 제발 '징후'가 아니길 빕니다.

아쉽게도 '해체' 이야기가 벌써 나오네요.

민초는 모르겠네요. 무얼 하는 곳인지. 국민들은 연기 보고 싶어하지 않지요. 비밀은 절대 있을 수 없지요. 용케 가리면 썩어서 나는 냄새는 어떻게 할까요. 어떻게 하나! 정의와 만남은 빙글빙글 돌고… 멀어져가는…. 나미 노래를 대입해 보았습니다. 보는 관점은 진보와 보수 다르겠지만 결국 승자는 '정의' 아닐까요. 나의 생각이 옳지 않을 수 있지요. 그러나 이 나라를 움직이는 엘리트들은 절대 가볍게 행동하지 않지요. 그리고 그것이 국운이지요. 음, 그래요….

맺음말

2022년 신이 내릴 대통령! 대선이 다가오고 나의 에세이도 정리되어 갑니다. 시작이 있으면 끝이 있지요. 특히 권력은 화무십일홍이지요. 동물의 세계에는 장유유서나 부끄러움이 없듯이 지금 대선후보들의 네거티브는 보는 국민조차 씁쓸하네요. 그래서 이 사회의 지도자급에게 쓴소리한 것을 흉보지 마세요. 나의 소신과 시각으로 조명한 것이니까요. 그래서 새 대통령에게 몇 가지를 부탁드립니다.

첫째, 공정한 법 집행하여 지금도 뭉개고 있는 오물을 대청소, 깨끗하게 한 뒤 출발하세요. 엘리트 우리 수사요원들을 우두머리 따라 맹목적으로 따르는 레밍 만들어 절벽으로 추락하는 비극을 만들지 마세요.

둘째, 부동산문제 시원히 해결하여 삶의 기본 보금자리 만들고 정치인 아닌 전문가를 인사에 반영하세요.

셋째, 극도의 편 가르기로 고약한 동서지역 감정과 노사화합의 문제들을 용광로에 넣어서 새롭게 만드세요. 그런 못된 정치가 국민 마음을 이중구조로 만들고 선동술로 상처주지요.

넷째, 국제고유명사가 된 '내로남불' 버리세요. 미투사건에도 사과 없고 다른 당 사건은 "경악" 같은 표현을 쓴다든지, 여성단체의 위선은 내로남불 모델이지요. 앵벌이 사회단체 깔끔하게 정리하세요. 그리고 광복회도 정치하는 곳이 아니지요. 피땀 흘린 선조들의 고귀한 희생정신을 혼탁하게 하면 안 되지요. 결론은 맑고 깨끗한 정부이지요. 대통령과 가까운 분 중 내가 아는 분이 있는데 노 대통령 시절부터 굉장히 청렴하게 주변 관리해 온 것으로 알고 너무 원칙적이어서 그 양반이 서운해할 정도였습니다. 문제는 '인사'로 보입니다. 국가 인사를 정에 끌려선 안 되지요. 그것은 인간적인 것이지 지도자 모습은 아니지요.

내가 기 수련 통하여 입점에 들어가 보니 50% 초반 득표율로 내가 지지하는 분이 당선되네요. 꿈이 아니겠지요. 노년기 편하게 흘러가면 좋겠네요. 곧 노년기 시작인데 정치분야라도 맑고 깨끗하길 간절히 기원합니다. 비빔밥의 버무림 미학으로 무장한 훌륭한 대통령을 기원합니다!